DANIEL SILVA
A CASA DE ESPIÕES

DANIEL SILVA
A CASA DE ESPIÕES

Tradução
Laura Folgueira

Rio de Janeiro, 2022

Copyright © Daniel Silva 2017
Título original: *House of Spies*

Direitos de edição da obra em língua portuguesa no Brasil adquiridos pela Casa dos Livros Editora LTDA. Todos os direitos reservados. Nenhuma parte desta obra pode ser apropriada e estocada em sistema de banco de dados ou processo similar, em qualquer forma ou meio, seja eletrônico, de fotocópia, gravação, etc., sem a permissão do detentor do copyright.

Contato:
Rua da Quitanda, 86, sala 218 – Centro – 20091-005
Rio de Janeiro – RJ – Brasil
Telefone: (21) 3175-1030
www.harpercollins.com.br

CIP-Brasil. Catalogação na Publicação
Sindicato Nacional dos Editores de Livros, RJ

S579c

Silva, Daniel, 1960-
 A casa de espiões / Daniel Silva ; [tradução Laura Folgueira]. - 1. ed. - Rio de Janeiro : Harper Collins, 2018.
 512 p. : il. ; 23 cm.

 Tradução de: house of spies
 ISBN 978-85-9508-265-6

 1. Romance americano. I. Folgueira, Laura. II. Título.

18-49249
CDD: 813
CDU: 821.111(73)-3

Meri Gleice Rodrigues de Souza - Bibliotecária CRB-7/6439

24/04/2018 30/04/2018

*Mais uma vez, para minha esposa,
Jamie, e meus filhos, Nicholas e Lily*

Cuidado com a fúria de um homem paciente.

— JOHN DRYDEN, *Absalom and Achitophel*

Parte Um

◇◇◇◇◇◇◇◇◇◇◇◇◇◇

O FIO SOLTO

I

BOULEVARD REI SAUL, TEL AVIV

Apesar de ser algo tão sem precedentes, tão carregado de riscos institucionais, tudo foi feito com o mínimo de estardalhaço. E em silêncio. Isto foi o mais notável: o silêncio operacional com que aquilo foi executado. Houve o anúncio dramático transmitido ao vivo para a nação, a pomposa primeira reunião de gabinete e a festa opulenta no casarão de Ari Shamron à beira do lago em Tiberíades, à qual todos os amigos e colaboradores do passado dele — os chefes de serviços secretos, os políticos, os cardeais do Vaticano, os *marchands* de Londres e até um inveterado ladrão de arte de Paris — foram cumprimentá-lo. Mas, fora isso, tudo se deu quase sem ruídos. Um dia, Uzi Navot estava sentado à sua grande escrivaninha de vidro fumê no escritório do chefe e, no dia seguinte, tinha sido substituído por Gabriel. Sem a escrivaninha moderna, vejam bem, pois vidro não era o estilo de Gabriel.

Ele gostava mais de madeira. Madeira bem antiga. E de quadros, é claro. Ele percebeu que não conseguiria passar doze horas por dia numa sala sem quadros. Pendurou um ou dois pintados por ele próprio, não assinados, e vários de autoria de sua mãe, que tinha sido uma das mais importantes artistas israelenses de sua época.

Pendurou até uma grande tela abstrata feita por sua primeira esposa, Leah, quando os dois eram alunos da Academia de Arte e Design Bezabel, em Jerusalém. No fim do dia, quem visitasse o andar executivo conseguia ouvir um pouco de ópera — *La Bohème* era uma das favoritas — vazando pela porta. A música só podia significar uma coisa. Gabriel Allon, o príncipe de fogo, o anjo vingador, o filho escolhido de Ari Shamron, tinha, enfim, assumido seu lugar de direito como chefe do serviço secreto de inteligência israelense.

O predecessor de Gabriel não tinha ido muito longe. Na verdade, Uzi Navot mudou-se apenas para o outro lado do saguão, para um escritório que, na configuração original do prédio, tinha sido o refúgio fortificado de Shamron. Nunca antes um chefe afastado havia permanecido sob o mesmo teto que seu sucessor. Era uma violação a um dos princípios mais sagrados do Escritório, que determinava uma limpeza dos pincéis a cada punhado de anos, um arar da terra. É verdade que alguns dos antigos chefes tinham mantido suas cartas em jogo. Eles iam ao Boulevard Rei Saul de tempos em tempos, trocavam histórias de guerra, davam conselhos ignorados e, no geral, se tornavam um estorvo. E, claro, havia Shamron, o eterno, a sarça ardente. Shamron construíra o Escritório à sua imagem. Ele deu ao serviço sua identidade, sua linguagem própria, e considerava ter o direito divino de se meter em qualquer assunto como bem entendesse. Foi Shamron quem deu a Navot o trabalho de chefe — e foi Shamron quem, quando finalmente chegou o momento, o tirou dele.

Foi Gabriel quem insistiu na permanência de Navot, com todas as gratificações de que ele desfrutara em sua encarnação anterior. Eles compartilhavam a mesma secretária — a formidável Orit, conhecida dentro do Boulevard Rei Saul como Cúpula de Ferro por sua habilidade de repelir visitantes não desejados —, e Navot manteve o uso do carro oficial e um destacamento completo de guarda-costas, o que gerou algumas reclamações no Knesset. Contudo, isso foi visto como algo necessário para a manutenção da paz. O cargo exato dele era bastante vago, o que era típico do Escritório. Eram mentirosos profissionais. Só falavam a verdade entre si. Para todos os outros — esposas, filhos, os cidadãos que juravam proteger —, escondiam-se sob um manto de simulações.

Quando suas respectivas portas estavam abertas, que em geral era o caso, Gabriel e Navot se viam através do saguão. Eles se falavam todas as manhãs por uma linha telefônica segura, almoçavam juntos — às vezes, no refeitório da equipe; em outras, no escritório de Gabriel — e passavam alguns minutos em silêncio à noite, acompanhados pela ópera de Allon, que Navot, a despeito de sua sofisticada ascendência vienense, detestava. Ele não apreciava a música, e as artes visuais o entediavam. Fora isso, Gabriel e ele concordavam em todas as outras questões — pelo menos, as que envolviam o Escritório e a segurança do Estado de Israel. Navot tinha lutado por acesso total a Gabriel e conseguido, insistindo em estar presente em todas as reuniões importantes da equipe sênior. Ele se mantinha em silêncio como uma esfinge, com os braços grossos cruzados em frente ao peito de lutador e uma expressão impenetrável no rosto. Mas, de vez em quando, completava as frases de Gabriel por ele, como se quisesse deixar claro para todos na sala que, como gostavam de dizer os norte-americanos, não havia distanciamento entre os dois. Eram como Boaz e Jaquim, os pilares gêmeos que guardavam a entrada do Primeiro Templo de Jerusalém. Quem pensasse em jogar um contra o outro pagaria um preço alto. Gabriel era o chefe do povo, mas ainda assim era um chefe, e não toleraria intriga em sua corte.

Não que fosse provável haver alguma, pois os outros oficiais que compunham sua equipe sênior eram unha e carne. Todos tinham sido recrutados no Barak, o time de elite responsável por algumas das mais célebres operações da história de um célebre serviço. Há anos, trabalhavam em um conjunto apertado de salas subterrâneas outrora usadas como local de despejo de móveis e equipamentos velhos. Agora, ocupavam uma série de escritórios localizada próxima à sala de Gabriel. Até Eli Lavon, um dos mais importantes arqueólogos bíblicos de Israel, tinha concordado em abrir mão de sua posição de docência na Universidade Hebraica e voltar a trabalhar para o Escritório em tempo integral. Em teoria, Lavon supervisionava os observadores, batedores de carteiras e especialistas em plantar aparelhos de escuta e câmeras escondidas. Mas, na realidade, Gabriel o usava como achava melhor. Melhor vigilante já treinado no Escritório, Lavon protegia Gabriel desde os dias da Operação Ira de Deus. Seu pequeno cubículo, com cacos de porcelana, moedas e ferramentas antigas, era o lugar para onde Gabriel muitas vezes ia em busca de alguns minutos de tranquilidade. Lavon nunca tinha sido muito falante. Como Gabriel, fazia seu melhor trabalho na escuridão, e sem emitir um som.

Alguns dos veteranos questionaram se era sábio Gabriel encher a suíte executiva com tantos legalistas e relíquias de seu passado glorioso. A maioria, porém, mantinha as preocupações para si. Diretor-geral algum — fora, é claro, Shamron — tinha assumido o controle do Escritório com tanta experiência ou reputação. Gabriel estava no jogo há mais tempo que qualquer outro no setor e, no caminho, tinha colecionado um extraordinário rol de amigos e cúmplices. O primeiro-ministro britânico devia a ele sua carreira; o Papa, sua vida. Apesar disso, ele não era o tipo de homem que cobrava descaradamente uma velha dívida. O homem com verdadeiro poder, dizia Shamron, nunca tinha de pedir um favor.

Mas ele também tinha inimigos. Inimigos que haviam destruído sua primeira esposa e tentado destruir a segunda. Inimigos em Moscou e Teerã que o viam como o único obstáculo às suas ambições. Por enquanto, tinham sido contidos, mas, sem dúvida, voltariam. Assim como o homem com quem ele travara sua última batalha. Era este, por sinal, que ocupava o primeiro lugar na lista de tarefas do novo diretor-geral. Os computadores do Escritório lhe designaram, aleatoriamente, um codinome. Mas, por trás das portas criptografadas do Boulevard Rei Saul, os novos líderes do Escritório e Gabriel se referiam a ele pelo grandioso *nom de guerre* que ele dera a si mesmo. *Saladin*... Falavam sobre ele com respeito e até um traço de mau agouro. Ele viria atrás deles. Era só questão de tempo.

Havia uma fotografia compartilhada por outros serviços de inteligência do mundo. Fora tirada por um informante da CIA em Ciudad del Este, no Paraguai, localizada na conhecida e nebulosa Tríplice Fronteira da América do Sul. Mostrava um homem grande e robusto, de aparência árabe, tomando café num estabelecimento ao ar livre, acompanhado por um comerciante libanês suspeito de ter ligações com o movimento jihadista global. A câmera tinha sido posicionada num ângulo que tornava inúteis os softwares de reconhecimento facial. Mas Gabriel, abençoado com um dos melhores pares de olhos do ramo, estava confiante de que o homem era Saladin. Ele o viu pessoalmente, no *lobby* do Four Seasons Hotel, em Washington D.C., dois dias antes do pior ataque terrorista em solo norte-americano desde o 11 de Setembro. Gabriel conhecia a sua aparência e o seu cheiro, a forma como o ar reagia quando ele entrava ou saía de um cômodo. E sabia como Saladin andava. Como seu homônimo, ele mancava, resultado de uma ferida causada por estilhaços de bomba, que fora tratada de forma rude numa casa de muitos cômodos e pátios perto de Mosul, no norte do Iraque. Esse andar manco, agora, era seu cartão de visitas. A aparência física de um homem podia ser modificada de muitas formas. Cabelos podiam ser cortados ou tingidos, um rosto podia ser alterado com cirurgia plástica. Mas um andar como o de Saladin era eterno.

Como ele tinha conseguido escapar dos Estados Unidos era um assunto muito debatido, e todos os subsequentes esforços para localizá-lo falharam. Relatos o colocavam em Assunção, Santiago ou Buenos Aires. Havia até um boato de que ele teria achado abrigo em Bariloche, região montanhosa argentina famosa pelas pistas de esqui e amada por criminosos de guerra nazistas fugitivos. Gabriel descartou a ideia de imediato. Ainda assim, considerava a possibilidade de que Saladin permanecesse escondido às vistas de todos. De qualquer forma, onde quer que estivesse, estava planejando um próximo movimento. Disso, Gabriel tinha certeza.

O recente ataque a Washington, com seus prédios e monumentos arruinados e um número de mortos catastrófico, tinha estabelecido Saladin como nova cara do terror islâmico. Mas qual seria o bis? O presidente norte-americano, em uma de suas últimas entrevistas antes de deixar o cargo, declarara que Saladin era incapaz de outra operação de grande escala, que a reação militar norte-americana tinha deixado em frangalhos sua rede antes gigantesca. Saladin respondera ordenando que um homem-bomba se explodisse em frente à Embaixada dos Estados Unidos no Cairo. Peixe pequeno, retrucou a Casa Branca. Poucas vítimas, nenhum norte-americano entre os mortos. Ato desesperado de um homem que estava de saída.

Talvez, mas houve outros ataques também. Saladin atingia a Turquia praticamente à vontade — casamentos, ônibus, praças públicas, o movimentado aeroporto de Istambul — e seus partidários na Europa Ocidental, aqueles que o mencionavam com algo parecido a um fervor religioso, executaram uma série de ataques do tipo "lobo solitário" que deixara um rastro de mortes por França, Bélgica e Alemanha. Algo grande, porém, estava por vir, algo coordenado, um espetáculo de terror para rivalizar com a calamidade infligida em Washington.

Mas onde? Outro ataque aos Estados Unidos parecia improvável. Sem dúvida, diziam os especialistas, um raio não cairia duas vezes no mesmo lugar. No fim, a cidade escolhida por Saladin para seu retorno triunfal não foi surpresa para ninguém, especialmente para aqueles que tinham como profissão lutar contra terroristas. Apesar da predileção pelo sigilo, Saladin amava o palco. E que lugar melhor para encontrar um palco do que no West End, em Londres?

2

ST. JAMES'S, LONDRES

Talvez fosse verdade, pensou Julian Isherwood enquanto assistia à chuva torrencial ser carregada pelo vento num céu escuro. Talvez, de fato, o planeta estivesse perdido. Um furacão em Londres, e no meio de fevereiro, ainda por cima. Alto e de comportamento um pouco instável, Isherwood não nascera para aguentar tais condições. No momento, ele estava se protegendo na entrada do Wilton's, restaurante localizado na Jermyn Street, local que ele conhecia bem. Arregaçou a manga de sua capa de chuva e franziu o cenho ao olhar o relógio. 19h40. Estava atrasado. Decidiu chamar um táxi, mas não encontrou um à vista.

Do bar do restaurante veio o som de risadas indiferentes, seguidas de uma retumbante voz de barítono de ninguém menos que Oliver Dimbleby. O local era o principal ponto de encontro de um pequeno bando de *marchands* especializados em obras de Velhos Mestres que conduziam seus negócios nas estreitas ruas de St. James's. O Green's Restaurant & Oyster Bar, na Duke Street, era o antigo reduto favorito deles, mas havia fechado as portas devido a uma disputa com a empresa que cuidava do imenso portfólio de imóveis da rainha em Londres. Era algo sintomático das mudanças que tinham varrido o bairro e o mundo de arte londrino como um todo. Os Velhos Mestres estavam fora de moda. Os colecionadores atuais, bilionários globais e instantâneos que fazem fortuna com mídias sociais e aplicativos para telefones, só se interessavam por obras modernas. Até os impressionistas ficaram antiquados. Isherwood só tinha vendido duas pinturas desde o Ano-Novo. Ambas, obras intermediárias, escola de não-sei-das-quantas, ao estilo de tal-e-tal. Oliver Dimbleby não fechava uma transação há seis meses. Nem Roddy Hutchinson, considerado o negociante mais inescrupuloso de toda a cidade. Mas, toda noite, eles se reuniam no bar do Wilton's e garantiam um ao outro que logo a tempestade passaria. Julian Isherwood já tinha quase perdido as esperanças de uma recuperação.

Ele já tinha enfrentado tempos turbulentos. A aparência britânica, o guarda-roupa devotadamente britânico e o sobrenome tradicional britânico escondiam o fato de ele, na verdade, não ser nem um pouco britânico — ao menos não tecnicamente. Britânico de nacionalidade e passaporte, sim, mas alemão de nascimento, francês de criação e judeu de religião. Apenas um punhado de amigos confiáveis sabia que Isherwood tinha chegado em Londres como refugiado na infância, em 1942, depois de ser carregado pelos Pireneus cheios de neve por um par de pastores bascos. Ou que seu pai, o renomado *marchand* parisiense Samuel Isakowitz, e sua mãe foram assassinados no campo de concentração de Sobibor. Embora Isherwood cuidadosamente guardasse os segredos de seu passado, a história dessa fuga dramática da Europa ocupada pelos nazistas chegara aos ouvidos do serviço secreto de inteligência de Israel. Em meados dos anos 1970, durante uma onda de ataques terroristas palestinos contra alvos israelenses na Europa, ele foi recrutado como *sayan*, um ajudante voluntário. Isherwood tinha apenas uma missão: ajudar a construir e a manter o disfarce operacional de um restaurador de arte e assassino chamado Gabriel Allon. Nos últimos anos, porém, as carreiras deles seguiram em direções opostas. Gabriel agora era chefe da inteligência israelense, um dos mais poderosos espiões do mundo. Isherwood? Estava parado na porta do Wilton's apanhando do vento, levemente bêbado, e esperando por um táxi que nunca chegaria.

Ele checou o relógio uma segunda vez. Eram 19h43. Sem guarda-chuva, Isherwood segurou sua velha maleta de couro acima da cabeça e caminhou com dificuldade em direção a Picadilly, onde, após uma espera de cinco encharcados minutos, entrou agradecido no banco traseiro de um táxi. Deu ao motorista um endereço aproximado — tinha vergonha de dizer o nome de seu verdadeiro destino — e monitorou ansiosamente o tempo enquanto o táxi se arrastava por Picadilly Circus. Ali, o veículo virou na Shaftesbury Avenue, chegando à Charing Cross Road, quando o relógio bateu oito horas. Isherwood estava oficialmente atrasado para sua reserva.

Ele deveria ligar e comunicar o atraso, mas havia uma boa chance do estabelecimento em questão não segurar a mesa. Tinha implorado por um mês até consegui-la, para começo de conversa. Não arriscaria tudo agora com uma ligação em pânico. Além disso, com um pouco de sorte, Fiona já estaria lá. Era uma das coisas que ele mais gostava nela: a pontualidade. Ele também gostava do cabelo loiro, dos olhos azuis, das pernas longas e da idade, 36 anos. Na verdade, naquele momento, ele não conseguia pensar em nada que não gostasse, motivo pelo qual tinha gastado tanto tempo e esforço para garantir uma reserva em um restaurante no qual normalmente não pisaria.

Outros cinco minutos se passaram antes do táxi deixá-lo em frente ao teatro St. Martin, casa permanente da peça *A ratoeira*, de Agatha Christie. Rapidamente, ele cruzou a West Street até a entrada do famoso Ivy, seu verdadeiro destino. O *maître* lhe informou que a srta. Gardner ainda não tinha chegado e que, por algum milagre, a mesa ainda estava disponível. Isherwood entregou a capa de chuva à garota da chapelaria e foi levado a uma banqueta com vista para a Litchfield Street.

Sozinho, ele olhou com desaprovação seu reflexo na janela. Com seu terno Savile Row, gravata carmesim e muitas mechas grisalhas, ele era uma figura elegante, ainda que um pouco suspeita, um visual que ele descrevia como depravação honrosa. Ainda assim, não dava para negar que ele estava na idade à qual os médicos em previdência se referiam como "outono da vida". Não, pensou, melancólico, ele estava *velho*. Velho demais para ir atrás de mulheres como Fiona Gardner. Quantas outras existiram? As estudantes de arte, as curadoras novinhas, as recepcionistas, as jovens belas que aceitavam lances pelo telefone na Christie's e na Sotheby's. Isherwood não era exigente; tinha amado todas. Acreditava no amor como acreditava na arte. Amor à primeira vista. Amor eterno. Amor até que a morte os separe. O problema era que ele nunca tinha realmente encontrado um de verdade.

De repente, ele pensou sobre uma tarde recente em Veneza, uma mesa de canto no Harry's Bar, um Bellini, *Gabriel*... Ele tinha dito a Isherwood que não era tarde demais, que ainda havia tempo para se casar e ter um ou dois filhos. O rosto esfarrapado no vidro discordava. Ele tinha passado muito da data de validade, pensou. Morreria sozinho, sem filhos e sem esposa, fora sua galeria.

Ele voltou a checar o horário: 20h15. Agora, era Fiona quem estava atrasada. Não era do feitio dela. Isherwood tirou o celular do bolso interno do paletó e viu que tinha recebido uma mensagem. desculpa, julian, mas infelizmente não vou conseguir... Ele parou de ler. Provavelmente, era melhor assim. Poupava-lhe um coração partido. Mais importante, evitava que ele fizesse papel de trouxa mais uma vez.

Ele guardou o celular no bolso e considerou suas opções. Podia ficar e jantar sozinho ou ir embora. Escolheu a segunda; não se jantava sozinho no Ivy. Levantou-se, recolheu sua capa de chuva e, murmurando um pedido de desculpa ao *maître*, rapidamente saiu para a rua, bem na hora em que uma van Ford Transit branca estava freando na frente do teatro. O motorista saiu no mesmo instante, vestido com uma jaqueta de marinheiro volumosa e segurando algo que parecia uma arma. E não era uma arma qualquer, pensou Isherwood, era uma arma de guerra. Quatro outros homens estavam pulando da mala da van, cada um deles vestindo um casaco pesado e segurando o mesmo tipo de fuzil de assalto. Parecia a cena de um filme a que ele assistiu em Paris e Washington.

Os cinco homens se dirigiram tranquilamente à porta do teatro numa unidade de batalha concisa. Isherwood ouviu o som de madeira se quebrando, seguido de tiros. Então, alguns segundos depois, vieram os primeiros gritos, abafados, distantes. Eram os gritos dos pesadelos dele. Mais uma vez, ele pensou em Gabriel e o que faria numa situação como esta. Correria direto para o teatro e salvaria o máximo de vidas possível. Mas Isherwood não tinha nem as habilidades, nem a coragem de Gabriel. Ele não era herói. Na verdade, era o oposto.

Os gritos apavorantes estavam ficando mais altos. Isherwood tirou o celular do bolso, discou 999 e reportou que o Teatro St. Martin estava sofrendo um ataque terrorista. Então, virou-se e olhou para o restaurante histórico do qual acabara de sair. Seus clientes abastados pareciam alheios à carnificina a alguns passos dali. Certamente, pensou ele, os terroristas não se contentariam com um único massacre. O icônico Ivy seria a próxima parada.

Isherwood considerou suas opções. Novamente, havia duas. Ele podia fugir ou tentar salvar o máximo de vidas possível. A decisão foi a mais fácil de sua vida. Cambaleando para o outro lado da rua, ele ouviu uma explosão vinda da direção de Charing Cross Road. Depois, outra. Então, uma terceira. Ele não era um herói, pensou, enquanto irrompia pela porta do Ivy balançando os braços como um louco, mas podia agir como um. Talvez Gabriel estivesse certo. Talvez não fosse tarde demais para ele, afinal.

3
VAUXHALL CROSS, LONDRES

Eram doze no total, de etnias árabes e africanas, com passaportes europeus. Todos tinham passado um tempo no califado do Estado Islâmico (EI) — inclusive num campo de treinamento, agora destruído, perto da antiga cidade síria de Palmira — e voltado à Europa Ocidental sem serem detectados. Mais tarde, ficaria provado que suas ordens foram enviadas por meio do Telegram, serviço de mensagens instantâneas gratuito que utilizava criptografia cliente-cliente. Foi enviado apenas um endereço, a data e o horário em que deveriam aparecer. Não sabiam que os outros tinham instruções parecidas; não sabiam que eram parte de uma trama maior. Na verdade, não sabiam que eram parte de trama alguma.

Entraram no Reino Unido, um por um, de trem e de barca. Dois ou três passaram por um breve interrogatório na fronteira; o resto foi recebido de braços abertos. Quatro foram para a cidade de Luton, quatro para Harlow e quatro para Gravesend. Em cada localização, um agente da rede estava à espera, junto com as armas deles — coletes e fuzis de assalto. Os coletes continham um quilo de TATP ou triperóxido de triacetona, um explosivo cristalino altamente volátil, fabricado a partir de acetona e peróxido de hidrogênio. Os fuzis eram AK-47 de fabricação bielorrussa.

Os agentes baseados na Inglaterra informaram às células de ataque a respeito dos alvos e dos objetivos da missão. Não eram homens-bomba suicidas, mas guerreiros suicidas. Deviam matar o máximo possível de infiéis com seus fuzis e, só quando encurralados pela polícia, detonar os coletes suicidas. O objetivo da operação não era a destruição de prédios ou marcos históricos, mas sangue. Não deveria haver distinção entre homem ou mulher, adulto ou criança. Sem piedade.

No fim da tarde — em Luton, Harlow e Gravesend —, os membros das três células compartilharam uma última refeição. Depois, ritualmente prepararam seus corpos para a morte e, às sete daquela noite, subiram em três vans Ford brancas idênticas. Os agentes baseados na Inglaterra cuidaram da direção, os guerreiros suicidas se sentaram atrás, com seus coletes e suas armas. Nenhuma das células sabia da existência das outras, mas todas iam em direção ao West End de Londres e o horário dos ataques era exatamente o mesmo. O relógio era a marca de Saladin. Ele acreditava que no terror, como na vida, escolher o momento preciso era essencial.

O venerável Teatro Garrick tinha visto guerras mundiais, a Guerra Fria, uma depressão e a abdicação de um rei. Mas nunca testemunhara nada como o que ocorreu às 20h20 daquela noite, quando cinco terroristas do EI o invadiram e começaram a disparar na multidão. Mais de cem morreriam durante os primeiros trinta segundos, e mais cem nos terríveis cinco minutos que se seguiram, enquanto os criminosos se moviam metodicamente pelo teatro, fileira por fileira, assento por assento. Cerca de duzentas almas afortunadas conseguiram escapar pelas saídas laterais e dos fundos, junto com todo o elenco e os produtores. Muitos nunca mais trabalhariam em teatro.

Os terroristas saíram do Garrick sete minutos depois de entrar. Do lado de fora, encontraram dois oficiais desarmados da Polícia Metropolitana. Depois de matar ambos, dirigiram-se à Irving Street e massacraram todos pelo caminho, de restaurante em restaurante, até, nas extremidades da Leicester Square, serem confrontados por um par de policiais metropolitanos da unidade especial de armas de fogo. Os oficiais estavam armados somente com revólveres Glock 17 9mm, mas, ainda assim, conseguiram abater dois dos terroristas antes que conseguissem detonar seus coletes explosivos. Dois dos que sobreviveram dispararam bombas no lobby do cavernoso Odeon Cinema; o terceiro, num restaurante italiano lotado. No total, quase quatrocentas pessoas morreriam só neste ataque em particular, tornando-o o mais fatal da história britânica — pior até do que o atentado, em 1988, do voo 103 da Pan Am, que sobrevoava Lockerbie, na Escócia.

Infelizmente, estes cinco membros não estavam agindo sozinhos. A célula Lutton, como se tornaria conhecida, atacou o Teatro Prince Edward, também exatamente vinte minutos após as oito da noite, durante uma apresentação de *Miss Saigon*. O Prince Edward era muito maior que o Garrick, com 1.600 assentos em vez de 656 — portanto, o número de vítimas foi consideravelmente maior. Além disso, todos os cinco terroristas detonaram seus coletes suicidas em bares e restaurantes ao longo da Old Compton Street. Mais de quinhentas vidas foram perdidas no espaço de seis minutos.

O terceiro alvo era o St. Martins: cinco terroristas, exatamente vinte minutos após as oito da noite. Ali, porém, um time de oficiais da unidade especial de armas de fogo interveio. Mais tarde, seria revelado que um transeunte, um homem identificado apenas como um importante *marchand* de Londres, tinha reportado o ataque às autoridades segundos após os bandidos entrarem no teatro. O mesmo *marchand*, então, ajudara a evacuar a sala de jantar do restaurante Ivy. Como resultado, apenas 84 pessoas morreriam nessa parte do ataque. Em qualquer outra noite, em outra cidade, o número seria impensável. Agora, era razão para agradecer. Saladin tinha destilado o terror no coração de Londres. Londres nunca mais seria a mesma.

Pela manhã, a escala da calamidade estava óbvia. A maioria dos mortos ainda permanecia onde tinha caído — muitos, inclusive, ainda em seus assentos no teatro. O diretor da Polícia Metropolitana declarou que o West End inteiro era uma cena de crime ativa e clamou que tanto londrinos quanto turistas evitassem a área. O metrô cancelou todos os serviços como medida preventiva; empresas e instituições públicas permaneceram fechadas o dia todo. A Bolsa de Valores de Londres abriu no horário de sempre, mas os negócios foram suspensos quando os preços das ações despencaram. A perda econômica, como a perda de vidas, foi catastrófica.

Por motivos de segurança, o primeiro-ministro Jonathan Lancaster esperou até o meio-dia para ir ao local devastado. Com sua esposa, Diana, ao seu lado, ele caminhou do Garrick ao Prince Edward e, por fim, ao St. Martins. Depois, em frente ao posto de comando improvisado da Polícia Metropolitana na Leicester Square, ele falou brevemente com a mídia. Pálido e visivelmente abalado, jurou que os criminosos seriam julgados.

— O inimigo é corajoso — declarou. — Mas nós também.

Nas primeiras horas, curiosamente, o inimigo permaneceu em silêncio. Sim, houve vários posts comemorativos nos sites extremistas de sempre, mas nada oficial vindo do Estado Islâmico. Finalmente, às cinco da tarde, horário de Londres, uma admissão formal de responsabilidade apareceu em uma das muitas contas de Twitter do grupo, junto com fotografias dos quinze soldados que executaram o ataque. Alguns analistas se mostraram surpresos por não mencionarem alguém chamado Saladin. Os mais experientes, porém, não estranharam. Saladin, disseram, era um mestre. E, como muitos mestres, preferia não assinar sua obra.

Se o primeiro dia foi caracterizado por solidariedade e luto, o segundo foi de divisões e acusações. Na Câmara dos Comuns, vários membros do partido de oposição reprovaram o ministro e seus chefes de inteligência por terem fracassado em detectar e impedir o atentado. Acima de tudo, perguntaram como era possível que os terroristas tivessem conseguido os fuzis daquele porte num país com algumas das leis de controle de armas mais draconianas do mundo. O chefe do Comando de Contraterrorismo da Política Metropolitana emitiu um comunicado defendendo suas ações, bem como Amanda Wallace, diretora-geral do MI5. Graham Seymour, chefe do Serviço Secreto de Inteligência, também conhecido como MI6, escolheu ficar em silêncio. Até recentemente, o governo britânico nem reconhecia a existência do MI6, e ministro algum em sã consciência jamais sonharia em mencionar em público o nome do chefe da instituição. Seymour preferia os antigos costumes aos novos. Era um espião por natureza e criação e nunca falava em público. Quando muito, um vazamento venenoso a um repórter amigável era suficiente.

A responsabilidade por proteger o solo britânico de ataques terroristas era, primeiramente, do MI5, da Política Metropolitana e do Centro Conjunto de Análise Terrorista. Ainda assim, o Serviço Secreto de Inteligência tinha um papel importante em detectar tramas no exterior antes que chegassem à vulnerável orla da Grã--Bretanha. Graham Seymour avisara repetidas vezes ao primeiro--ministro que um ataque do EI era iminente. Seus espiões, contudo, não tinham conseguido produzir informações úteis para evitá-lo. Consequentemente, ele considerava o ataque a Londres, com sua horrenda perda de vidas inocentes, o maior fracasso de sua carreira longa e distinta.

Seymour estava em seu escritório magnífico em Vauxhall Cross no momento do ataque — ele viu as luzes das explosões de sua janela — e, nos sombrios dias que se seguiram, mal saiu dali. Os assistentes mais próximos lhe imploravam que dormisse um pouco e, em particular, temiam sua aparência incomumente exausta. De forma grosseira, Seymour os aconselhou a gastar melhor o tempo encontrando as informações vitais que evitariam o ataque seguinte. O que ele queria era um fio solto, um membro da rede de Saladin que pudesse ser manipulado e obedecesse ordens. Não uma figura sênior; essas eram fiéis demais. O homem que Graham Seymour buscava seria um peixe pequeno, um cumpridor de pequenas tarefas, alguém que carregava a mala dos outros. Era possível que esse homem nem soubesse ser membro de uma organização terrorista. Era possível, até, que nunca tivesse ouvido o nome Saladin.

Policiais, secretos ou não, têm certas vantagens em tempos de crise. Eles organizam batidas-surpresas, fazem prisões, dão coletivas de imprensa para garantir ao público que estão fazendo todo o possível para manter todos seguros. Espiões, por outro lado, não têm tais recursos. Por definição, agem em segredo, em becos, em quartos de hotel, em esconderijos e em todos os lugares ermos onde agentes são persuadidos a entregar informações vitais a uma potência estrangeira. No início de sua carreira, Graham tinha feito esse tipo de trabalho. Agora, só podia monitorar os esforços dos outros a partir de seu escritório pomposo. Seu pior medo era que outro serviço encontrasse o fio solto primeiro, que ele fosse relegado a um papel de coadjuvante mais uma vez. Porém, o MI6 não conseguiria desvendar a rede de Saladin sozinho; precisaria da ajuda dos amigos na Europa Ocidental, no Oriente Médio, nos Estados Unidos. Se o MI6 conseguisse desenterrar a inteligência certa rapidamente, Graham Seymour seria o primeiro entre seus pares. No mundo moderno, era o melhor que um espião podia esperar.

Assim ele permaneceu em seu escritório, dia após dia, noite após noite, e assistiu, com uma inveja considerável, à Polícia Metropolitana e ao MI5 capturarem o resto da rede de Saladin na Grã-Bretanha. Os esforços do MI6, porém, não produziram nada importante. Na verdade, Seymour ficou sabendo mais por seus amigos da CIA e de Israel do que por sua equipe. Finalmente, uma semana após o ataque, ele decidiu que uma noite em casa lhe faria bem. Os registros de computador mostrariam que sua limusine Jaguar saiu do estacionamento, por coincidência, precisamente às 20h20. Mas, enquanto ele estava cruzando o Tâmisa na direção de sua casa em Belgravia, seu telefone de serviço vibrou. Ele reconheceu o número, bem como a voz feminina que surgiu na linha um momento depois.

— Espero que não seja uma hora ruim — disse Amanda Wallace. — Tenho algo que pode interessá-lo. Por que não passa aqui para um drinque? Por minha conta.

4

THAMES HOUSE, LONDRES

A Thames House, sede do MI5 de frente para o rio homônimo, era um prédio que Graham Seymour conhecia bem por ter trabalhado nele por trinta anos até se tornar chefe do MI6. Enquanto avançava pelo corredor da suíte executiva, parou em frente à porta do escritório que tinha sido seu quando era vice diretor geral. Miles Kent, atual vice, ainda estava em sua mesa. Era possivelmente o único homem em Londres com uma aparência pior que a de Seymour.

— Graham — cumprimentou Kent, levantando os olhos do computador. — O que o traz ao nosso pequeno cantinho do reino?

— Me diga você.

— Se eu dissesse — respondeu Kent, tranquilamente —, a abelha-rainha me mandaria embora.

— Como ela está?

— Não ouviu falar? — Kent fez sinal para Seymour entrar e fechou a porta. — Charles fugiu com a secretária.

— Quando?

— Alguns dias depois do ataque. Ele estava jantando no Ivy quando a terceira célula entrou no St. Martin's. Durante o ataque, olhou-se no espelho e percebeu que não poderia continuar vivendo infeliz daquela maneira.

— Ele tinha uma amante e uma esposa. O que mais queria?

— Um divórcio, aparentemente. Amanda já saiu do apartamento e está morando aqui no escritório.

— Isso tem acontecido bastante.

Seymour ficou surpreso com a notícia. Ele tinha visto Amanda naquela mesma manhã na Downing Street, número 10, e ela não tocara no assunto. Verdade fosse dita, Seymour estava aliviado que a vida amorosa inconsequente de Charles finalmente tivesse sido exposta. Os russos tinham seus meios de descobrir segredos e nunca hesitaram em utilizá-los para tirar vantagem.

— Quem mais sabe?

— Descobri por acidente. Você conhece Amanda, ela é muito discreta.

— Uma pena Charles não ser... — Seymor foi em direção à porta, então parou. — Sabe por que ela quer me ver com tanta urgência?

— O prazer de sua companhia?

— Fala sério, Miles.

— Só sei — disse Kent — que tem algo a ver com armas.

Seymour saiu para o corredor. A luz acima da porta de Amanda estava verde. Ainda assim, ele bateu de leve antes de entrar. Encontrou-a sentada à sua mesa grande, com os olhos baixos examinando um arquivo aberto. Olhando para cima, dispensou um sorriso frio a Seymour. Parecia, pensou ele, que ela tinha aprendido tal gesto praticando no espelho.

— Graham — falou ela, levantando-se. — Que bom que você veio.

Amanda saiu lentamente de trás da mesa. Estava bem vestida, como sempre, num terninho que caía perfeito para sua estrutura alta e desengonçada. A abordagem foi cautelosa. Os dois eram da mesma turma quando ingressaram no MI5 e passaram quase trinta anos lutando um contra o outro. Agora, ocupavam duas das posições de mais poder na inteligência ocidental, mas, ainda assim, a rivalidade persistia. Era tentador pensar que o ataque alteraria a dinâmica do relacionamento, mas Seymour não acreditava nisso. O inevitável inquérito parlamentar estava chegando e, sem dúvida, seriam descobertas falhas e erros de conduta por parte do MI5. Amanda lutaria com unhas e dentes para garantir que Seymour e o MI6 levassem uma parte da culpa.

Uma bandeja de drinques fora colocada na ponta da brilhosa mesa de reuniões de Amanda. Ela preparou um martini com azeitonas e cebola em conserva e, para Seymour, um gim-tônica. O brinde foi contido, silencioso. Depois, levou o espião até a área de estar e fez um gesto na direção de uma poltrona de couro moderna. A BBC apareceu na grande televisão de tela plana. Aviões de guerra britânicos e norte-americanos estavam atacando alvos do EI perto da cidade síria de Raqqa. A porção iraquiana do califado fora em grande parte reconquistada pelo governo central em Bagdá. O santuário sírio permanecia sob o controle dos extremistas, mas estava cercado. A perda de território, porém, não tinha sido capaz de diminuir a capacidade do Estado Islâmico de conduzir operações terroristas em outros países. O ataque em Londres era prova disso.

— Onde acha que ele está? — perguntou Amanda após um momento.

— Saladin?

— Quem mais?

— Não temos uma definição de...

— Você não está falando com o primeiro-ministro, Graham.

— Se eu tivesse de chutar, em algum lugar longe do califado, que está diminuindo de forma rápida.

— Onde?

— Talvez na Líbia ou nos Emirados Árabes. Também pode estar no Paquistão ou no Afeganistão. Ou pode estar ainda mais perto. Ele tem amigos e recursos. Lembre-se: ele era um de nós. Saladin trabalhava para o Serviço de Inteligência Iraquiano Mukhabarat, antes da invasão. Ele fornecia apoio material aos terroristas palestinos favoritos de Saddam. Ele sabe o que está fazendo.

— É uma forma suave de dizer... — comentou Amanda Wallace. — Saladin quase me faz sentir saudade dos dias dos espiões da KGB e das bombas do IRA. — Ela se sentou em frente a Seymour e, pensativa, apoiou o drinque na mesa de centro. — Tem uma coisa que preciso contar, Graham. Uma coisa pessoal, horrível. Charles me trocou pela secretária, que tem metade da idade dele. Que clichê, não é?

— Sinto muito, Amanda.

— Você sabia que ele estava tendo um caso?

— A gente ouve boatos — respondeu Seymour, com delicadeza.

— Eu não ouvi, e sou diretora-geral do MI5. Suponho que seja verdade o que dizem. A esposa sempre é a última a saber.

— Não há chance de reconciliação?

— Nenhuma.

— O divórcio vai ser uma bagunça.

— E caro — completou Amanda. — Especialmente para Charles.

— Vão fazer pressão para você se afastar.

— É por isso que vou precisar do seu apoio. — Ela ficou em silêncio por um momento. — Sei que tenho boa parte da culpa por nossa pequena guerra fria, Graham, mas ela já durou tempo demais. Se o Muro de Berlim caiu, nós dois podemos ser amigos.

— Eu não poderia concordar mais.

Desta vez, o sorriso de Amanda quase pareceu sincero.

— E, agora, o verdadeiro motivo para eu ter pedido para você vir. — Ela apontou um controle remoto na direção da televisão e um rosto apareceu, um homem de ascendência egípcia, com uma barba suave e aproximadamente trinta anos de idade. Omar Salah era o líder da célula Harlow. Ele foi morto por um policial dentro do Teatro St. Martin's, antes de conseguir detonar o colete. Seymour conhecia bem o arquivo de Salah. Tratava-se de um entre os milhares de muçulmanos europeus que viajaram à Síria e ao Iraque depois do EI declarar seu califado em junho de 2014. Por mais de um ano após a volta de Omar Salah ao Reino Unido, ele tinha sido alvo de vigilância do MI5 em tempo integral, tanto física quanto eletrônica. Mas, seis meses antes do ataque, o MI5 concluiu que Salah não era mais uma ameaça iminente. Os observadores do A4 estavam trabalhando no limite, e o egípcio parecia ter perdido seu gosto pelo Islã radical e pelo jihadismo. A ordem de cessar tinha a assinatura de Amanda. O que ela e o resto da comunidade de inteligência britânica não perceberam era que Salah estava se comunicando com a central de comando do EI com métodos criptografados que nem a poderosa Agência de Segurança Nacional norte-americana conseguia decifrar.

— Não foi culpa sua — comentou Seymour, em voz baixa.

— Talvez não — respondeu Amanda. — Mas alguém vai ter que assumir a responsabilidade, e provavelmente vou ser eu. A não ser que eu consiga usar o infeliz caso de Omar Salah para meu benefício. — Ela parou de falar por um momento e, então, completou: — Ou, melhor dizendo, para *nosso* benefício.

— E como faríamos isso?

— Omar Salah fez mais do que liderar um time de assassinos islâmicos no Teatro St. Martin's. Foi ele quem contrabandeou as armas para o Reino Unido.

— Onde ele as conseguiu?

— De um agente do EI baseado na França.

— Quem disse?

— Omar.

— Por favor, Amanda — falou Seymour, cansado. — Está tarde.

Ela olhou de relance para o rosto na tela.

— Ele era bom, mas cometeu um pequeno erro: usou o laptop da irmã. Nós o apreendemos no dia seguinte ao ataque e estamos varrendo o HD desde então. Hoje à tarde, encontramos os vestígios digitais de uma mensagem criptografada para a central de comando do Estado Islâmico, instruindo Omar a viajar para Calais e se encontrar com um homem que se denomina Scorpion.

— Escolha inteligente de nome — comentou Seymour, de modo sombrio. — Havia alguma menção a armas na mensagem?

— A linguagem era codificada, mas é óbvio que sim. Também é consistente com um boletim que recebemos do Departamento Geral de Segurança Interna da França, o DGSI, no fim do ano passado. Parece que Scorpion está no radar dos franceses há algum tempo. Infelizmente, não sabem muito sobre ele, incluindo seu verdadeiro nome. A teoria atual é que ele faça parte de uma gangue de drogas, provavelmente, marroquina.

Fazia sentido, pensou Seymour. A ligação entre o EI e as redes criminosas europeias era inegável.

— Você já contou alguma dessas coisas aos franceses? — perguntou ele.

— Não vou deixar a segurança do povo britânico nas mãos do DGSI. Além disso, gostaria de achar Scorpion *antes* dos franceses. O problema — adicionou rapidamente —, é que meu poder acaba onde começa o oceano.

Seymour ficou em silêncio.

— Longe de mim dizer como você deve fazer seu trabalho, Graham. Mas, se eu fosse você, enviaria amanhã mesmo um oficial à França. Alguém que fale o idioma. Alguém familiarizado com redes criminosas. Alguém que não tenha medo de sujar as mãos. — Ela sorriu. — Você não conheceria alguém assim, conheceria, Graham?

5
HAMPSHIRE, INGLATERRA

Ele tinha chegado à cidade portuária no sul da Inglaterra, como muitos antes, na traseira de uma van governamental com janelas escuras. Passou em velocidade considerável pelas marinas e pelos velhos armazéns vitorianos de tijolos vermelhos, antes de virar numa viela que atravessava o primeiro *fairway* de um campo de golfe, que, na manhã da chegada dele, estava abandonado às gaivotas. Logo além do *fairway*, ficava um fosso vazio e, além deste, um antigo forte com paredes de pedra cinza. Orginalmente construído por Henrique VIII em 1545, era agora a principal escola para espiões do MI6.

A van parou brevemente no portão antes de entrar no pátio central, onde os carros da ED, ou Equipe de Direção, estavam estacionados em três fileiras. O motorista da van, Reg, desligou o motor e, com pouco mais que um meneio de cabeça, sinalizou ao homem no banco de trás que podia sair sozinho. O Forte não era um hotel, ele podia ter dito, mas não o fez. O novo recruta era um caso especial, ou era o que Vauxhall Cross tinha informado. Como todos os novos recrutas, ele ouviria a todo momento que estava sendo admitido a um clube exclusivo. Os membros desse clube viviam com um conjunto de regras diferente do que seus concidadãos. Eles sabiam coisas e faziam coisas que os outros não sabiam nem faziam. Isto posto, o homem no banco de trás não parecia a Reg o tipo de cara que se comoveria com tais elogios. Aliás, ele parecia já viver segundo um conjunto de regras diferentes há bastante tempo.

O Forte tinha três alas — a leste, a oeste e a principal, onde acontecia a maior parte do treinamento. Acima da portaria ficava um conjunto de quartos reservados ao chefe e, do lado de fora, uma quadra de tênis, uma de squash, um campo de *croquet*, um heliporto e um estande de tiro, embora Reg suspeitasse que o passageiro não necessitasse de muito treinamento de armas, de fogo ou qualquer outra. Era um soldado de elite. Dava para ver no formato do corpo dele, no formato da mandíbula e no modo como ele colocou a mala de lona no ombro antes de atravessar o pátio. Sem fazer som algum. Ele era o tipo silencioso. Tinha estado em lugares que desejava esquecer e executado missões sobre as quais ninguém abordava fora de salas protegidas e instalações seguras. Ele era confidencial. Era problema.

Logo após a entrada da ala oeste ficava o pequeno nicho onde George Halliday, o porteiro, esperava por ele.

— Marlowe — disse o novo recruta com pouca convicção. E depois, quase como se tivesse acabado de pensar naquilo, completou: — Peter Marlowe.

Halliday, o mais antigo membro da Equipe de Direção — uma relíquia dos dias do rei Henrique, segundo a lenda contada no Forte —, correu um dedo indicador pálido, fino e comprido pela lista de nomes.

— Ah, sim, sr. Marlowe. Estávamos esperando. Sinto muito pelo clima, mas acho bom se acostumar com ele. — Halliday disse isso enquanto parava para remover uma chave da fileira de ganchos abaixo de sua mesa. — Segundo andar, último quarto à esquerda. O senhor tem sorte, possui uma linda vista do mar. — Ele colocou a chave em cima do balcão. — Imagino que possa levar sua mala.

— Imagino que sim — respondeu o novo recruta com algo que parecia um sorriso.

— Ah — disse Halliday, de repente —, quase esqueci. — Ele se virou e tirou um pequeno envelope de um dos escaninhos de correio na parede atrás de sua mesa. — Isso chegou para você ontem à noite. É do "C".

O novo recruta pegou a carta e a enfiou no bolso de seu sobretudo pesado. Colocou a mala de lona no ombro — como um soldado, segundo Halliday — e a carregou pelo lance de antigos degraus que levavam à área residencial. A porta do quarto abriu com um gemido. Ao entrar, deixou a bolsa que estava no ombro no chão. Com o olho treinado de um especialista em observação, ele examinou os arredores. Uma cama de solteiro, um criado-mudo com um abajur para leitura, uma pequena escrivaninha, um armário simples para suas coisas, um banheiro particular com um chuveiro. Alguém recém-graduado numa universidade de elite poderia achar o apartamento mais do que adequado, mas o novo recruta não se impressionou. Sendo um homem de riqueza considerável — ilegítima, mas, ainda assim, considerável —, ele estava acostumado com acomodações mais confortáveis.

Tirou o casaco e o jogou na cama, retirando o envelope do bolso. Relutante, abriu a aba e pegou o pequeno cartão. Não havia cabeçalho, apenas três linhas de um texto manuscrito, feito com uma inconfundível tinta verde.

A Inglaterra está melhor agora que você chegou para cuidar dela...

Um recruta comum podia ter guardado tal bilhete como suvenir de seu primeiro dia como oficial de um dos serviços de inteligência mais antigos e orgulhosos do mundo. Mas o homem conhecido como Peter Marlowe não era um recruta comum. Além disso, tinha trabalhado em lugares onde um bilhete desses podia custar a vida de um homem. Portanto, depois de ler — duas vezes, como era seu hábito —, ele o queimou na pia do banheiro e deixou as cinzas escorrerem com a água pelo ralo. Depois, foi até a estreita janela do quarto e fitou o mar na direção da ilha de Wight. E se perguntou, não pela primeira vez, se tinha cometido o pior erro de sua vida.

Obviamente, seu nome não era Peter Marlowe. Era Christopher Keller, intrigante por si só, pois, segundo as informações do Governo de Sua Majestade, Keller estava morto há uns 25 anos. Ele devia ser o primeiro falecido a servir em qualquer departamento da inteligência britânica desde Glyndwr Michael, o galês sem-teto cujo cadáver tinha sido usado pelos grandes enganadores dos tempos da guerra para enviar documentos falsos à Alemanha nazista como parte da Operação Mincemeat.

A Equipe de Direção do Forte, porém, não sabia nada disso sobre o novo recruta. Na verdade, não sabia quase nada. Por exemplo, que ele era veterano da elite do Serviço Aéreo Especial (SAS), que ainda detinha o recorde do regimento na corrida de resistência de 65 quilômetros pela cordilheira de Brecon Beacons, no País de Gales, ou que tinha conseguido a maior pontuação da história da Killing House, a casa da morte, infame local de treinamento onde membros aperfeiçoavam suas habilidades de combate em contato direto. Um exame mais amplo de seus arquivos — todos fechados por ordem do próprio primeiro-ministro — teria revelado que, no fim dos anos 1980, durante um período de guerra especialmente violento na Irlanda do Norte, ele foi inserido na parte ocidental de Belfast, viveu entre os católicos romanos da cidade e recrutou agentes de penetração no Exército da República Irlandesa (IRA). Esses mesmos arquivos mencionariam, em termos bastante vagos, um incidente numa fazenda no Condado de Armagh, onde Keller, com seu disfarce descoberto, tinha sido levado para interrogatório e execução. As circunstâncias exatas de sua fuga eram nebulosas, mas envolviam a morte de quatro homens do IRA, dois dos quais praticamente cortados em pedacinhos.

Após a apressada evacuação da Irlanda do Norte, Keller voltou à sede do SAS em Hereford para o que imaginou que seria um longo descanso e um período como instrutor. Contudo, depois da invasão do Kuwait pelo Iraque em agosto de 1990, ele foi designado ao esquadrão da operação de guerra Sabre do Deserto e enviado para o oeste iraquiano, buscando pelo arsenal letal de mísseis Scud de Saddam Hussein. Na noite de 28 de janeiro de 1991, Keller e sua equipe localizaram um lançador a uns 160 quilômetros ao noroeste de Bagdá e mandaram as coordenadas pelo rádio aos comandantes na Arábia Saudita. Noventa minutos depois, uma formação de soldados-bombardeiros da coalizão voava baixo pelo deserto. Mas, num caso desastroso de fogo amigo, a aeronave atacou o esquadrão do SAS, em vez do local dos Scud. Oficiais britânicos concluíram que toda a unidade havia morrido, incluindo Keller.

Na verdade, ele sobreviveu ao incidente sem um arranhão, um dos seus dons. No início, pensou em enviar uma mensagem via rádio para a base e solicitar sua retirada. Em vez disso, furioso com a incompetência dos superiores, começou a andar. Escondido por baixo do robe e do turbante de um árabe do deserto, e altamente treinado na arte da clandestinidade, ele passou pelas forças da coalizão e entrou, sem ser detectado, na Síria. Dali, na direção oeste, passou por Turquia, Grécia e Itália, até acabar na orla da escarpada ilha de Córsega, onde caiu nos braços abertos de *don* Anton Orsati, um personagem criminoso cuja antiga família de bandidos corsos se especializara em assassinato por aluguel.

O *don* deu a Keller uma vila e uma mulher para curar suas feridas. E, quando ele já estava recuperado, lhe ofereceu trabalho. Com a aparência do norte europeu e treinamento do SAS, Keller foi capaz de cumprir contratos que estavam além das capacidades dos assassinos corsos de Orsati, os *taddunaghiu*. Como disfarce, ele era um executivo da pequena empresa de azeite de oliva de Orsati, o que possibilitou que percorresse a Europa Ocidental por 25 anos, matando segundo as ordens *don* Anton. Os corsos o aceitaram como um deles, e ele pagou a generosidade adotando seus hábitos. Vestia-se, comia e bebia como corso, e via o resto do mundo com o desprezo fatalista característico. Até usava um talismã da Córsega num cordão — um pedaço de coral vermelho em formato de mão — para repelir o mau-olhado. Agora, tinha voltado para casa, para uma antiga fortaleza de pedras cinzas com vista para um mar frio cor de granito. Iam ensiná-lo a ser um bom espião inglês. Mas, primeiro, ele teria que reaprender a ser inglês.

Os outros membros da turma de Keller estavam de acordo com o que o MI6 gostava — homens brancos e membros da classe média ou alta. Ademais, todos eram recém-formados em Oxford ou Cambridge, com exceção de Thomas Finch, que havia estudado na London School of Economics e trabalhado como banqueiro até, finalmente, aceitar o convite do MI6. Ele falava chinês fluentemente e se considerava muito esperto. Durante a primeira sessão, ele reclamou, em parte brincando, que havia aceitado um corte substancial no salário pela honra de servir seu país. Keller podia ter se vangloriado do mesmo, mas teve o bom senso de não fazê-lo. Disse aos colegas que tinha trabalhado no setor de varejo de alimentos e que, no tempo livre, gostava de escalar montanhas, duas coisas que, por acaso, eram verdade. Quanto à sua idade — ele era de longe o mais velho do grupo, talvez o recruta mais velho de todos os tempos —, alegou que tinha amadurecido mais tarde que o normal, o que não era nem um pouco o caso.

O curso era conhecido formalmente como Curso de Entrada de Novos Oficiais de Inteligência. O objetivo era preparar recrutas para um trabalho de baixa hierarquia em Vauxhall Cross, embora fosse necessário treinamento para operar em campo, não causando danos irreparáveis aos interesses do país ou das próprias carreiras. Havia dois instrutores principais — Andy Mayhew, grande, ruivo, tagarela, e Tony Quill, ex-recrutador de agentes magro como um galgo, que, dizia-se, seria capaz de seduzir até uma freira e roubar seu rosário quando ela não estava olhando. Vauxhall Cross tinha esquadrinhado os arquivos dos dois para determinar se, em sua vida anterior, eles podiam ter se encontrado com um agente operacional do SAS chamado Christopher Keller. Não podiam. Mayhew era basicamente um homem da sede. Quill era da Cortina de Ferro e do Oriente Médio. Os dois jamais tinham colocado os pés na Irlanda do Norte.

A primeira porção do curso abordava o MI6 em si — história, estrutura, sucessos, fracassos. Era uma organização muito menor que suas equivalentes norte-americano e russo, mas tinha força surpreendente para competir. Segundo Quill costumava dizer, graças àqueles que comandam o serviço. Enquanto os norte-americanos dependiam da tecnologia, o MI6 se especializava em inteligência humana, com os oficiais sendo considerados os melhores recrutadores e controladores de agentes do ramo. O duro trabalho de convencer homens e mulheres a trair seus países ou suas organizações era executado pelo IB, o braço de inteligência. Aproximadamente 350 oficiais faziam parte dessa inteligência, a maioria em embaixadas britânicas pelo mundo todo, sob a segurança do disfarce diplomático. Outros oitocentos, mais ou menos, atuavam na divisão de serviços gerais. Oficiais dessa divisão, conhecida como GS, se especializavam em questões técnicas ou tinham posições administrativas nas várias controladorias geográficas do MI6. Cada uma era gerenciada por um superintendente que se reportava ao chefe. Embora Mayhew e Quill não soubesse, "C" já tinha determinado que o recruta conhecido como Peter Marloew não trabalharia em nenhuma das controladorias existentes. Ele seria uma controladoria em si. Uma controladoria de um homem só.

Com a criação da fundação institucional, Mayhew e Quill voltaram suas atenções para a arte da inteligência humana — manutenção de um disfarce apropriado, excelência em vigilância, escrita secreta, pontos de entrega e coleta de informações, esbarradas discretas em outros agentes para trocas de informações, exercícios de memória. A memória de um espião, de acordo com Quill, era sua única amiga no mundo. E aí, claro, havia as longas e detalhadas palestras sobre como encontrar e recrutar com sucesso fontes humanas de informação. Keller tinha uma vantagem injusta sobre os colegas de classe: ele tinha recrutado e controlado agentes num lugar em que um pequeno passo em falso resultaria numa morte atroz. Aliás, tinha certeza de que poderia ensinar a Mayhew e a Quill algumas coisinhas sobre como conduzir uma reunião clandestina de modo que tanto agente quanto oficial sobrevivessem ao encontro. Em vez disso, nas salas de aula da ala principal, ele adotava a postura de pupilo quieto e atento, ansioso para aprender, mas não para agradar ou impressionar. Isso, ele deixava para Finch e Baker, um estudante de literatura de Oxford que já tomava notas para seu primeiro romance de espiões. Keller só falava quando se dirigiam a ele, e nenhuma vez levantou a mão ou se voluntariou para responder. Era o mais invisível possível na sala de aula apertada com doze alunos. Esse era seu talento especial — se fazer invisível para aqueles ao seu redor.

Nas ruas de uma cidade próxima, Portsmouth, onde os recrutas faziam a maior parte dos exercícios de campo, as habilidades formidáveis de Keller eram mais difíceis de esconder. Ele limpava seus pontos de coleta sem que ninguém nem levantasse a sobrancelha e suas esbarradas eram perfeitas. Seis semanas após o início do curso, o MI5 mandou uma equipe de observadores de A4 para ajudar num exercício de contravigilância que duraria o dia todo. O objetivo era demonstrar que a vigilância física apropriada — a verdadeira, não a do tipo mambembe — era quase impossível de detectar. Os outros calouros não conseguiram enxergar nenhum dos observadores do MI5, mas Keller percebeu os quatro membros de uma equipe altamente especializada que o seguiu durante uma excursão ao shopping Cascades. Incrédulo, o MI5 exigiu uma segunda chance, mas os resultados foram os mesmos. A sessão do dia seguinte foi dedicada não a identificar vigilância, mas a despistá-la. Keller sumiu da visão de sua equipe em exatos cinco minutos e desapareceu sem deixar vestígios. Eles o encontraram mais tarde naquela noite, cantando num karaokê com sotaque francês no Druid's Arms, na Binsteed Road. Saiu do *pub* com o nome, o telefone e o endereço de todos no local, além de uma proposta de casamento. Na manhã seguinte, Quill telefonou para o Recursos Humanos em Vauxhall Cross e perguntou onde tinham encontrado o homem chamado Peter Marlowe.

— Não o encontramos — informou o responsável pelos Recursos Humanos. — Ele é do acervo pessoal do "C".

— Me mande mais dez iguais a ele — falou Quill — e a Inglaterra vai dominar o mundo de novo.

O verdadeiro trabalho do curso era feito à noite, no bar e no refeitório particular dos recrutas. Eles eram encorajados a beber — o álcool, diziam, era parte importante da vida de um espião — e várias vezes por semana um convidado especial se juntava a eles para jantar. Superintendentes, especialistas em política, operadores lendários. Alguns ainda trabalhavam para o serviço. Outros eram personagens cheios de teias de aranha vestindo ternos amassados que relembravam seus duelos com a KGB em Berlim, Viena e Moscou.

A Rússia era novamente a principal adversária e alvo do MI6 — o grande jogo, disse um soldado da Guerra Fria já meio acabado, fora renovado. Quill alertou seus alunos que, em algum momento, os russos tentariam recrutar cada um deles com ofertas de dinheiro ou chantagens. Como eles reagiriam na hora H determinaria se dormiriam à noite ou apodreceriam num inferno criado por si mesmos. Ele, então, passou um vídeo da famosa coletiva de imprensa de 1955 em que Kim Philby negava ser da KGB. Quill chamou o episódio da melhor mentira que já tinha visto.

James Bond podia ter licença para matar, mas oficiais do MI6 não tinham. O assassinato, como método, era estritamente proibido, e a maioria dos espiões britânicos não carregava uma arma, muito menos a disparava no cumprimento do dever. Ainda assim, eles não eram meros funcionários de escritório, pelo menos não todos eles, e o mundo era um lugar cada vez mais perigoso. O que significava que tinham de ter uma compreensão básica de como operar uma arma — onde inserir o pente, como carregar o cartucho, como segurar o dispositivo de modo a não atirar em si mesmo ou num colega, esse tipo de coisa. Novamente, foi difícil camuflar a proficiência de Keller. No primeiro dia do treinamento de armas, o instrutor entregou a ele um revólver, Browning 9mm, e ordenou que disparasse na direção da silhueta humana a cinquenta metros do estande. Keller levantou a arma com agilidade e, sem parecer mirar, enfiou todas as trezes balas na cabeça do alvo. Quando pediram que repetisse o exercício, ele disparou um pente inteiro de balas no olho esquerdo do alvo. Dali em diante, foi dispensado das atividades com armas de fogo. Também não foi exigido que participasse do curso rudimentar de defesa pessoal. Não depois de quase deslocar o ombro de um instrutor que, inocentemente, apontara uma arma não carregada em sua direção. Depois disso, nem mesmo Mayhew, que tinha a constituição de um jogador de rugby, queria pisar no tatame com ele.

Os recrutas eram mantidos, em grande parte, isolados da população civil ao seu redor, mas Mayhew e Quill não faziam esforços para isolá-los do mundo exterior — muito pelo contrário. Uma pilha de jornais britânicos e internacionais estava à disposição a cada dia no café da manhã e, na sala de estar, havia uma televisão que recebia todas as redes de notícias globais e europeias. Eles estavam reunidos em torno dela na noite do ataque a Londres, desesperados, furiosos e sabendo que essa era a guerra na qual logo estaria lutando. Um deles, mais cedo do que os outros.

Na semana seguinte, o curso chegou à sua conclusão. Todos os doze membros da turma foram aprovados com facilidade, com Peter Marlowe recebendo a maior pontuação e Finch, um segundo lugar respeitável, mas distante. Naquela noite, todos jantaram juntos uma última vez na companhia de Mayhew e Quill. Pela manhã, colocaram as chaves de seus quartos na mesa de George Halliday e carregaram suas malas para o pátio externo, onde Reg, o motorista, esperava atrás do volante de um ônibus para levá-los, aqueles espiões recém-cunhados, para Londres. Mas faltava um. Eles o procuraram nos cômodos da ala leste, da oeste e da principal, no estande de tiros, na quadra de tênis, no campo de *croquet* e no ginásio, até que, finalmente, às nove da manhã, Reg saiu para Londres com onze recrutas em vez de doze. Foi Quill quem encontrou o pedaço de corda abaixo da janela dele, o minúsculo pedaço de tecido voando como uma flâmula no arame acima do muro do perímetro e as pegadas frescas pela praia, feitas por um homem com pressa que pesava aproximadamente 90 quilos bem definidos. Uma pena, pensou Quill. Mais dez iguais a ele e a Inglaterra dominaria o mundo de novo.

6
WORMWOOD COTTAGE, DARTMOOR

A rota precisa de sua fuga, assim como a saída de Saladin dos Estados Unidos, nunca foi explicada de forma satisfatória. Havia, porém, algumas pistas, como o Volkswagen Jetta azul-claro reportado como furtado do estacionamento do supermercado Morrisons, em Gosport, às 10h15 daquela mesma manhã. Ele foi descoberto na mesma tarde em Devon, a 160 quilômetros a oeste, estacionado em frente a uma agência dos correios e loja de conveniências no pequeno povoado de Coldeast. O tanque estava cheio e, no painel, havia um bilhete escrito a mão pedindo desculpas por qualquer inconveniente ao proprietário. O Regimento de Policiais de Hampshire, que tinha a jurisdição, começou uma investigação, que terminou de forma abrupta após uma ligação de Tony Quill. O policial-chefe teve que entregar o bilhete, junto com todos os vídeos de vigilância do estacionamento do Morrisons — embora, mais tarde, tenha-se ouvido ele comentar que estava cansado das trapaças dos camaradas da velha fortaleza cinza do Rei Henrique. Brincar de espionagem nas ruas de Portsmouth era uma coisa. Roubar o carro de um pobre coitado, mesmo que para um exercício de treinamento, era rude.

A cidade de Coldeast só era conhecida porque ficava às margens do Parque Nacional de Dartmoor. Desabava uma chuva torrencial no dia em questão, e escureceu prematuramente. Como resultado, ninguém notou Christopher Keller caminhando pela Old Liverton Road, com uma mala de lona pendurada em um dos ombros. Quando ele chegou a Liverton Village Hall, a noite estava escura como nanquim. Não importava, ele conhecia o caminho. Virou numa trilha contornada por cercas vivas e a seguiu para o norte, passando pela fazenda Old Leys. Subiu na grama para permitir a passagem de um caminhão caindo aos pedaços, mas, fora isso, parecia ser o último homem na face da Terra.

A Inglaterra está melhor agora que você chegou para cuidar dela...

Em Brimley, ele virou para oeste e seguiu por uma série de trilhas de pedestres até Postbridge. Para além da vila, ficava uma estrada que não aparecia em mapa algum e, no fim, deparou-se com um portão que denotava discreta autoridade. Parish, o cuidador, tinha se esquecido de destrancá-lo. Keller o escalou sem dificuldade e seguiu pela longa entrada de cascalho em direção à casa de pedra calcária que ficava em cima de uma elevação no pântano deserto. Uma luz amarelada brilhava como vela numa destrancada porta da frente. Antes de entrar, o ex-recruta limpou os sapatos com cuidado no capacho. O ar cheirava a carne, temperos e batatas. Ele espiou a cozinha e viu a srta. Coventry, suja e vagamente temível em frente a um forno aberto, com um avental amarrado em torno da ampla cintura.

— Sr. Marlowe — disse ela, virando-se. — Esperávamos você mais cedo.

— Me atrasei um pouco para sair.

— Espero que não tenha tido problemas.

— Nenhum.

— Olhe só para você! Coitadinho. Veio caminhando desde Londres?

— Não exatamente — respondeu Keller com um sorriso.

— Está pingando água pelo meu chão todo.

— Será que você vai conseguir me perdoar?

— Improvável. — Ela pegou o casaco encharcado dele. — Arrumei seu antigo quarto. Há roupas limpas e alguns itens de higiene. Você tem tempo para um bom banho quente antes do "C" chegar.

— O que tem para o jantar?

— Torta de carne.

— Minha favorita.

— É por isso que fiz. Gostaria de uma xícara de chá, sr. Marlowe? Ou talvez algo mais forte?

— Talvez um uísque para aquecer os ossos.

— Vou cuidar disso. Agora, suba antes que pegue uma gripe.

Keller deixou os sapatos no hall de entrada e subiu a escada até seu quarto. Uma muda de roupa estava estendida com capricho na cama. Calças de veludo, um suéter verde-oliva, roupas de baixo, um par de mocassins de camurça, tudo do tamanho adequado. Também havia um maço de Marlboro e um isqueiro dourado. Keller leu a inscrição. *Ao futuro...* Sem saudação, sem nome. Não era necessário.

Ele tirou a roupa molhada e ficou um bom tempo debaixo da água escaldante do chuveiro. Quando voltou para quarto, havia um copo de uísque no criado-mudo, em cima de um pequeno guardanapo de pano branco do MI6. Já vestido, levou o drinque para a sala de estar no andar de baixo, onde encontrou Graham Seymour sentado em frente à lareira, elegantemente vestido de tweed de flanela. Ele estava ouvindo as notícias no antigo rádio de baquelita.

— O carro roubado — disse ele, se levantando — foi um belo toque.

— Como você me ensinou, é sempre melhor fazer um pouco de barulho em casos como esse.

— Ensinei? — Seymour deu um sorriso malicioso. — Só estou feliz de tudo ter sido feito sem recorrer à violência.

— Um oficial do MI6 — retrucou Keller com seriedade fingida — nunca recorre à violência. Se sentir necessidade de empunhar uma arma ou dar um soco, é só porque não fez seu trabalho direito.

— Talvez tenhamos que repensar essa abordagem — declarou Seymour. — Só sinto muito por perder um homem como Peter Marlowe. Ouvi falar que as notas dele no curso foram bastante impressionantes. Andy Mayhew ficou tão devastado com seu desaparecimento que tentou se demitir.

— Mas Quill não?

— Não — respondeu Seymour. — Quill é mais durão.

— Espero que você não tenha sido muito duro com o pobre Andy.

— Eu mesmo aceitei a culpa, embora tenha ordenado uma revisão completa do perímetro de segurança do Forte.

— Quem mais sabe de nosso pequeno ardil?

— O controlador da Europa Ocidental e dois de seus oficiais administrativos mais sêniores.

— E Whitehall?

— O Comitê de Inteligência Conjunta — falou Seymour, balançando a cabeça — está totalmente no escuro.

O Comitê de Inteligência Conjunta, conhecido pela sigla CIC, era composto por fiscais e chefes de serviço do MI5 e MI6. Eles determinam prioridades, avaliam o produto, aconselham o primeiro-ministro e garantem que os espiões sigam as regras. Graham Seymour tinha chegado à conclusão de que o Serviço Secreto de Inteligência precisava de espaço de manobra, que, num mundo perigoso, com ameaças por todos os lados, era preciso sujar um pouco as mãos de vez em quando. Vinha daí sua relação renovada com Christopher Keller.

— Sabe — disse Seymour, com os olhos examinando o físico robusto de Keller —, você quase parece de novo um de nós. Pena que tenha que ir embora.

Eles entraram na cozinha e se sentaram à mesa que ficava no nicho pequeno e aconchegante, com janelas de chumbo e vista para o pântano. A srta. Coventry serviu a torta de carne com um vinho tinto da adega bem equipada e uma salada verde para a digestão. Seymour passou boa parte da refeição interrogando Keller sobre o curso que ele acabara de concluir. Ele estava particularmente interessado na qualidade dos outros membros da turma.

— Você não recebe as avaliações e pontuações? — perguntou Keller.

— É claro. Mas valorizo sua opinião.

— Finch faz uma cobra venenosa parecer boazinha — contou Keller —, o que significa que tem tudo para ser um bom espião.

— As notas do Baker também eram bastante boas.

— Igual ao primeiro capítulo do *thriller* que ele está escrevendo.

— E o curso em si? — quis saber Seymour. — Conseguiram ensinar alguma coisa a você?

— Isso depende.

— Do quê?

— De como você pretende me usar.

Com o sorriso cuidadoso de um espião, Seymour declinou o convite de Keller para informá-lo sobre sua viagem inaugural como agente formado do MI6. Em vez disso, com a chuva batendo nas janelas, ele falou sobre seu pai. Arthur Seymour tinha espionado para a Inglaterra durante mais de trinta anos. Mas, no fim de sua carreira, quando tudo foi mandado para o espaço pelos informantes e traidores, o serviço secreto o enviou para a pilha de pedras cinzas à beira-mar para acender o fogo das próximas gerações de espiões britânicos.

— Ele odiou cada segundo — contou Seymour —, pois sabia que era o fim da linha. Meu pai sempre pensou no Forte como uma cripta na qual eram desovados os cadáveres velhos.

— Quem dera seu pai pudesse ver você agora...

— Sim — respondeu Seymour, distante. — Quem dera...

— Ele era duro com você, o velho?

— Ele era assim com todo mundo, ainda mais com minha mãe. Felizmente, eu representava quase nada para ele. Estive com meu pai em Beirute nos anos 1960, quando Kim Philby também estava lá. Após ele me despachar para a escola, foi alguém que eu só via algumas vezes por ano.

— Ele deve ter ficado decepcionado quando você entrou para o MI5.

— Ameaçou me deserdar. Achava, igual a todos do MI6, que o MI5 era composto por policiais e profissionais sem qualificação.

— Então, por que você entrou?

— Porque queria ser julgado pelas minhas conquistas. Ou talvez — continuou Seymour após um momento — não quisesse me juntar a um serviço que tinha sido destruído por traidores. Talvez desejasse *pegar* espiões em vez de recrutá-los. Talvez quisesse impedir que bombas do IRA explodissem em nossas ruas. E foi aí que você apareceu.

Silêncio.

— Nós dois fizemos um bom trabalho em Belfast. Paramos muitos ataques, salvamos inúmeras vidas. E o que você fez? Fugiu e se juntou ao pequeno bando de assassinos de *don* Orsati.

— Você deixou algumas coisas de fora do relato.

— Só por uma questão de tempo. — Seymour balançou a cabeça lentamente. — Fiquei de luto por sua causa, seu canalha. Seus pais também. No funeral, tentei confortar seu pai, mas ele estava inconsolável. Foi uma coisa terrível, o que fez a eles.

Keller acendeu um cigarro e depois entregou o isqueiro dourado novo para Seymour.

— Você se lembra da inscrição?

— Sim. Está tudo no passado. Fique tranquilo, Christopher, você foi reintegrado. Está como novo. Só precisa agora de uma garota com quem dividir aquela sua linda casa em Kensington.

Seymour esticou a mão para pegar um cigarro de Keller, mas parou no meio do caminho.

— Oito milhões de libras, uma bela quantia. Pelos meus cálculos, você ainda tem cerca de 25 milhões, todos recebidos de *don* Orsati. Pelo menos, o dinheiro está numa respeitada instituição financeira britânica, em vez daqueles bancos que você utiliza na Suíça e nas Bahamas. Foi repatriado, igual a você.

— Tínhamos um acordo — comentou Keller, em voz baixa.

— E pretendo cumpri-lo. Não se preocupe, você pode ficar com o dinheiro que ganhou de forma ilícita.

Keller não respondeu.

— E a garota? — perguntou Seymour, mudando de assunto. — Alguém em vista? Teremos que investigá-la, você sabe.

— Andei meio ocupado, Graham. Não tive oportunidade de conhecer muitas mulheres.

— E aquela que pediu você em casamento no Druid's Arms?

— Ela estava bastante bêbada e, com certeza, acha que conheceu um francês naquela noite.

Seymour sorriu.

— Ela não vai ser a última a cometer esse erro.

7
LONDRES — CÓRSEGA

Fazia quinze anos desde que Christopher Keller tinha permitido que sua foto fosse tirada pela última vez. Naquela ocasião, ele estava empoleirado num banco de pedra instável numa pequena loja no alto das montanhas da região central da Córsega. As paredes da loja estavam cheias de retratos — noivas, viúvas, patriarcas —, todos sem sorrir, pois os habitantes da vila eram um grupo sério, que suspeitava de forasteiros e de aparelhos modernos, como câmeras, que pensavam ser portadores de mau-olhado. O fotógrafo era um parente distante de *don* Anton Orsati, talvez seu primo — por casamento, não por sangue. Ele temia a presença do inglês sério e silencioso que, dizia-se, executava para Orsati missões que os *taddunaghiu* comuns não eram capazes. O fotógrafo tirou seis fotos naquele dia. Em cada uma, Keller não parecia a mesma pessoa. Elas apareceram em seis passaportes franceses falsos que Keller usou durante a carreira como assassino profissional. Dois dos passaportes ainda estavam válidos. Um, ele mantinha no cofre de um banco em Zurique; o outro, em Marselha — informações que não contou aos novos empregadores no Serviço Secreto de Inteligência. Nunca se sabia, pensou ele, quando seria necessária uma carta na manga.

O técnico que tirara a foto para o MI6 também tinha ficado nervoso com sua presença e, consequentemente, trabalhado com pressa incomum. A sessão aconteceu não em Vauxhall Cross — a frequência de Keller no prédio devia ser estritamente limitada —, mas num porão em Bloomsbury. O produto final mostrava um homem sério, talvez de cinquenta anos, que parecia ter voltado de longas férias ao sol. O nome, segundo o passaporte no qual a foto foi colocada, era Nicholas Evans, e ele tinha 48 anos. O MI6 forneceu uma carteira de motorista britânica com o mesmo nome, junto com três cartões de créditos e uma mala cheia de arquivos relativos a seu disfarce, que tinha algo a ver com vendas e marketing. Keller também recebeu um celular, que o permitiria se comunicar em segurança com Vauxhall Cross. Ele supôs, corretamente, que o telefone seria utilizado para controlar seus movimentos e bisbilhotar as conversas. Na primeira oportunidade, ele o abandonaria.

Keller tomou um trem Eurostar às 5h40 e chegou a Paris às 9h15, restando quase duas horas para descobrir se estava sendo seguido. Com as técnicas ensinadas a ele por Mayhew e Quill no Forte — e outras que tinha aprendido nas ruas de West Belfast —, ele definiu que não estava.

A próxima etapa foi o TGV a Marselha, que partiu da Gare de Lyon às 11h30. Durante todo o percurso, Keller estudou em seu laptop as informações do seu disfarce, enquanto, para além de sua janela, as cores de Cézanne — amarelo-cromo, marrom-avermelhado, verde-azulado, azul-marinho — passavam como uma agradável memória de infância. Ele chegou a Marselha às duas da tarde e passou a hora seguinte andando pelas ruas sujas e familiares do centro da cidade, até ter certeza de que sua chegada não fora notada. Finalmente, na Place de la Joliette, entrou no banco Société Générale, onde Monsieur Laval, o gerente de sua conta, forneceu acesso ao seu cofre. Pegou, então, o passaporte falso e cinco mil euros e deixou os objetos fornecidos pelo MI6, como cartões de crédito, passaporte, carteira de motorista e laptop.

Já fora do banco, caminhou até o terminal de barcas, comprou um bilhete para a travessia à Córsega, com acomodação de primeira classe. O homem no balcão não achou nada demais no fato de ele ter pago em dinheiro. Afinal, estavam em Marselha, e a barca ia em direção a Ajaccio. Num café próximo, ele pediu uma garrafa de Bandol rosé e bebeu até metade enquanto lia o jornal *Le Figaro*, satisfeito pela primeira vez em muitos meses. Uma hora depois, alerta mas agradavelmente inebriado, ele estava na proa da barca que abria caminho ao sul do Mediterrâneo, com as palavras de um antigo provérbio correndo por seus pensamentos. *Quem tem duas mulheres perde a alma. Mas quem tem duas casas perde a cabeça.*

Keller acordou antes do amanhecer e logo sentiu o cheiro de alecrim e lavanda que entravam em sua cabine. Colocou suas roupas inglesas e, vinte minutos depois, saltou da barca ao lado de uma família corça rechonchuda e mal-humorada devido ao horário. Num bar em frente ao terminal, ele perguntou se podia usar o telefone para fazer uma ligação local. Em circunstâncias normais, o proprietário daria de ombros em virtude do pedido ter vindo de um estrangeiro. Ou, se estivesse disposto, mentiria que o telefone não funcionava desde o último siroco. Mas Keller proferiu de forma impecável o dialeto da ilha. O proprietário ficou tão chocado que até sorriu ao colocar o telefone em cima do balcão. E, sem ser solicitado, preparou até uma xícara de café forte e uma pequena taça de conhaque, pois estava muito frio naquela manhã, e um homem não podia aguentar tal clima sem algo para fortificar o sangue.

O número que Keller discou era desconhecido para todos exceto para alguns poucos residentes da ilha e, mais importante, para as autoridades francesas. O homem que atendeu pareceu satisfeito ao reconhecer a voz do outro lado e, curiosamente, nem um pouco surpreso. Ele o instruiu a permanecer no café; mandaria alguém buscá-lo. O carro chegou uma hora depois, conduzido por um jovem chamado Giancomo, que Keller conhecia desde garoto. O desejo do motorista era ser um *taddunaghiu* como Keller, que ele idolatrava. Por enquanto, era um faz-tudo do *don*. Em Córsega, um homem de 25 anos podia ser coisa pior.

— O *don* disse que você nunca voltaria.

— Até o *don* — respondeu Keller filosoficamente — erra de vez em quando.

Giancomo olhou de cara feia, como se tivesse ouvido uma heresia.

— O *don* é como o Papa. Infalível.

— Agora e para sempre — disse Keller em voz baixa.

Eles seguiam pela costa oeste da ilha. Na cidade de Porto, tomaram uma estrada ladeada por alamedas de oliveiras e pinheiros-larício e começaram a longa e sinuosa subida pelas montanhas. Assim que Keller abaixou a janela, voltou a sentir o aroma da *macchia*, alecrim e lavanda. Ela cobria Córsega de leste a oeste, de ponta a ponta, um tapete denso e intricado de pequenos arbustos que definia a própria identidade da ilha. Os corsos temperavam sua comida com a *macchia*, aqueciam suas casas com ela no inverno e se refugiavam nela em tempos de guerra e vingança. Segundo uma lenda corsa, um homem caçado podia fugir para a *macchia* e, se assim desejasse, permanecer sem ser detectado. Keller sabia que isso era verdade.

Por fim, chegaram à antiga vila dos Orsati, região com casas cor de arenito e telhados vermelhos, reunidas ao redor da torre do sino de uma igreja. Ela estava lá desde o tempo dos vândalos, ou assim se dizia, quando as pessoas da costa subiam para o morro em busca de segurança. A propriedade de *don* Orsati se localizava num pequeno vale onde era produzido o melhor azeite da região. Bem na entrada se posicionavam dois seguranças, que tocaram o chapéu quando Giancomo se dirigiu pelo caminho longo reservado aos carros.

Ele estacionou na longa sombra do adro. Keller, sozinho, subiu os frios degraus de pedra até o escritório do *don*, que examinava um livro contábil de couro sentado em frente a uma mesa grande de carvalho. Ele era um homem enorme para os padrões corsos, com mais de 1,82 metro e costas e ombros largos. Vestia calças largas, sandálias de couro empoeiradas e uma camisa branca sem vincos que sua esposa passava pelas manhãs e de novo à tarde, quando ele acordava de seu cochilo. Cabelos e olhos pretos. Ao lado do cotovelo estava uma garrafa decorativa de azeite de oliva Orsati — a fachada legítima que o *don* usava para lavar os lucros da morte.

— Como vão os negócios? — perguntou Keller, enfim.

— Qual parte? Sangue ou azeite? — No mundo de Orsati, sangue e azeite fluíam juntos em uma empreitada perfeita.

— Ambas.

— O azeite, não muito bem. Essa economia estagnada está me matando. E os britânicos com essa bobagem de Brexit! — Ele balançou a mão como se dispersasse um cheiro ruim.

— E o sangue? — quis saber Keller.

— Você por acaso viu a história do empresário alemão que desapareceu do Carlton Hotel, em Cannes, na semana passada?

— Onde ele está?

— Oito quilômetros a oeste de Ajaccio. — O *don* sorriu.

— Vivo num momento e morto no seguinte — comentou Keller, citando um ditado corso.

— Lembre-se, Christopher, a vida só tem o tempo que leva para passar por uma janela. — O *don* fechou o livro contábil e examinou Keller com cuidado. — Não esperava tê-lo de volta à ilha tão cedo. Está repensando sobre sua nova vida?

— Muito — falou Keller.

A resposta agradou *don*. Ele avaliava Keller como um cão astuto.

— Espero que seus amigos na inteligência britânica não saibam que você está aqui.

— É possível — replicou Keller, com franqueza. — Mas não se preocupe, seu segredo está seguro comigo.

— Não posso me dar ao luxo de não me preocupar. Quanto aos britânicos — falou *don* —, não confie neles. Você é o único habitante daquela temerosa ilha com o qual já me importei. Se eles parassem de vir aqui para as férias de verão, tudo ficaria certo no mundo.

— É bom para a economia da ilha.

— Eles bebem demais.

— Um problema cultural, infelizmente.

— E agora você é um deles de novo.

— Quase.

— Eles lhe deram um novo nome?

— Peter Marlowe.

— Prefiro o antigo.

— Não estava disponível. O coitado está morto, entende?

— E seus novos empregadores? — perguntou o *don*.

— Todo pomar tem sua maçã podre — respondeu Keller.

— Apenas a colher — respondeu *don* — conhece as mágoas da panela.

Um silêncio amigável se estabeleceu entre eles. Havia apenas o vento nos pinheiros-larícios e o crepitar da lenha da *macchia* na lareira, que perfumava o ar do grande escritório. Por fim, ele perguntou por que Keller tinha voltado à Córsega, e o inglês, com um movimento indiferente de cabeça, deu a entender que vinha por questões relacionadas à sua nova atividade.

— Você foi enviado para cá pelo serviço secreto britânico?

— Mais ou menos.

— Não seja evasivo, Christopher.

— Eu não tinha um provérbio adequado na ponta da língua.

— Nossos provérbios — disse *don* — são sagrados e corretos. Agora, me diga por que está aqui.

— Estou atrás de um homem. Um marroquino chamado Scorpion.

— E se eu concordar em ajudar? — O *don* bateu na capa de couro de seu livro contábil.

Keller não disse nada.

— Hoje em dia nem mais o relógio trabalha de graça, Christopher.

— Eu esperava que você pudesse fazê-lo como um favor pessoal.

— Você me abandona e deseja meus serviços de graça?

— Isso também é um provérbio?

O *don* franziu a testa.

— E se eu conseguir encontrar esse homem?

— Meus amigos na inteligência britânica acham que pode ser uma boa ideia eu negociar com ele.

— Você sabe qual a área de atuação desse marroquino?

— Drogas, aparentemente. Mas, em seu tempo livre, fornece armas ao EI.

— EI? — *Don* Orsati balançou a cabeça com severidade. — Suponho que tenha algo a ver com os recentes ataques em Londres.

— Suponho que sim.

— Nesse caso, faço de graça.

8
CÓRSEGA

O tempo de vida médio do *Capra aegagrus hircus*, também conhecido como bode doméstico, é de quinze a dezoito anos. Pelos cálculos de Keller, o espécime pertencente a Don Casabianca — dono do vale adjacente à propriedade dos Orsati — já estava mais do que na hora de deixar esse mundo, visto que há mais de 24 anos o irritava. Por muito tempo, o bode escolheu descansar à sombra de três oliveiras antigas localizadas em frente ao caminho de cascalho que levava à vila de Keller. A criatura sem nome, com o porte de um cavalo palonimo e barba vermelha, decidia quando bloquear a estrada — geralmente àqueles que não aprovava. Keller, um homem nascido no continente e sem sangue corso em suas veias, recebia por parte do animal um ressentimento especial. A batalha entre os dois acontecia há tempos e, quase sempre, era o bode que levava a melhor. Em muitas ocasiões, Keller decidira terminar o duelo com um tiro bem dado entre os olhos malévolos do bode. Seria um erro grave. Ele desfrutava da proteção de *don* Casabianca, e se alguém fizesse mal a um pelo do animal, haveria uma pendência a ser resolvida. Ocorrências graves assim são sempre fáceis de prever o final. Ela podia ser resolvida amigavelmente com uma taça de vinho, com uma desculpa ou algum tipo de restituição. Ou podia continuar por meses e até anos. Portanto, Keller não tinha escolha a não ser esperar pacientemente o falecimento do bode. Sentia-se como um filho preguiçoso que contava com sua herança enquanto seu pai rico se agarrava teimosamente à vida.

— Eu esperava evitar esta cena — disse Keller tediosamente.

— Ele teve um susto em outubro. — Giancomo bateu com o dedo impacientemente no volante. — Ou talvez tenha sido novembro.

— Verdade?

— Câncer. Ou talvez tenha sido uma infecção dos intestinos. *Don* Casabianca trouxe o padre para dar a extrema-unção.

— E o que aconteceu?

— Um milagre — explicou Giancomo, dando de ombros.

— Que azar. — Keller e o bode trocaram um olhar longo e tenso. — Tente buzinar.

— Você não pode estar falando sério.

— Talvez funcione desta vez.

— Obviamente — disse Giancomo —, você ficou longe por tempo demais.

Bufando, ele saiu do carro. O bode levantou o queixo em desafio e ficou parado enquanto Keller, com as pontas dos dedos no nariz, ponderava suas opções. Em geral, ele partia para cima aos gritos e com braços levantados, pois na maioria das vezes o bode corria para a *macchia*, esconderijo de alguns bandidos da região. Mas, naquela manhã, Keller não estava com disposição para um confronto. Estava cansado da viagem e um pouco enjoado da barca. Além disso, o bode, mesmo sendo um canalha surrado, tinha sofrido bastante com a possibilidade do câncer ou da infecção intestinal, além da extrema-unção. Aliás, desde quando a Igreja aprovava a distribuição de sacramentos sagrados a bovídeos com cascos fendidos? Só em Córsega, pensou Keller.

— Ouça — falou, por fim, apoiando-se contra o capô do carro —, a vida é curta demais para esse tipo de bobagem.

Ele podia ter terminado a conversa afirmando que da vida só se levam as coisas boas, mas não achava que o bode, que, afinal, era só um bode, compreenderia a analogia. Em vez disso, Keller falou sobre a importância dos amigos e da família. Confessou que tinha cometido muitos erros e que, só depois de viajar quase todo o planeta, conseguiu voltar ao lar de forma mais feliz. Ele só tinha um relacionamento não resolvido, o deles, e desejava consertá-lo antes que fosse tarde demais.

O bode, então, surpreendentemente, inclinou a cabeça para o lado à maneira de um homem que Keller, muitos anos antes, fora contratado para matar. Deu alguns passos para a frente e lambeu o dorso da mão de Keller antes de voltar à sombra das três antigas oliveiras. O sol brilhava forte na vila de Keller quando Giancomo seguiu pela entrada para carros. O ar cheirava a alecrim e lavanda.

Em casa, Keller encontrou seus pertences exatamente como os deixara — a biblioteca extensa, a coleção modesta de pinturas de impressionistas franceses —, embora com uma fina camada de poeira. Era areia do Saara, reconheceu, carregada ao longo do Mediterrâneo pelo último siroco. Tunisiano, algeriano, talvez marroquino, como o homem que *don* Orsati tinha prometido encontrar em nome de Keller.

Ao entrar na cozinha, ele descobriu que havia suprimentos na despensa e na geladeira. De alguma forma, o *don* tinha recebido aviso prévio da volta de Keller. Ele se serviu uma taça de um rosé corso e foi para o quarto. Em cima de um livro de Ian McEwan no criado-mudo havia um revólver Tanfoglio carregado. Os ternos estavam pendurados de forma organizada no armário, vestuário do antigo diretor de vendas no norte da Europa da Orsati Olive Oil Company e, por trás de uma porta secreta, ficava uma grande seleção de roupas para qualquer ocasião — ou assassinato. O jeans rasgado e a lã do boêmio vagante, a seda e o ouro do milionário, a lã e o tecido impermeável do montanhista esportista. Havia até a batina e o colarinho de um padre católico, junto com um breviário e um kit portátil para missas. Ocorreu a Keller que os disfarces, como os passaportes franceses falsos, podiam se provar úteis também no novo trabalho. Ele se lembrou do celular e do laptop do MI6 apodrecendo lentamente num cofre em Marselha. Vauxhall Cross já devia estar ciente de que os aparelhos não se moviam há mais de doze horas. Em algum momento, Keller teria de dizer a Graham Seymour que estava vivo e bem. *Em algum momento*, pensou novamente.

Keller colocou um par amassado de calças de algodão cáqui e uma blusa de lã áspera, e levou um vinho e o livro de McEwan para o terraço do andar de baixo. Já na *chaise* de ferro forjado, continuou a ler o romance exatamente de onde tinha parado, no meio de uma frase, como se a interrupção tivesse durado alguns minutos, e não muitos meses. Era a história de uma jovem aluna de Cambridge recrutada para a inteligência britânica no início dos anos 1970. Keller descobriu ter pouco em comum com a personagem, mas gostou do livro mesmo assim. Quando uma sombra avançou sobre a página, ele arrastou a *chaise* pelo terraço, colocando-a contra a balaustrada, e ali permaneceu até que a escuridão e o frio o empurraram para dentro. Naquela noite, chegou um vento forte e gelado do norte, arrancando vários azulejos do telhado. Keller não se importou. Seria até bom ter algo para fazer enquanto *don* procurava o misterioso Scorpion.

Os dias seguintes se passaram sem nada de forma calma e monótona. O reparo do telhado consumiu apenas parte de uma manhã, incluindo as duas horas passadas na loja de ferramentas em Porto, discutindo as últimas ventanias com os homens de vilarejos próximos. Parecia que a *tramontana* do dia anterior, originada em Po, tinha soprado com mais frequência que o normal, bem como o *maestrale*, que é como os corsos se referiam ao vento que vinha do Vale do Rhône. Todos concordavam que tinha sido um inverno difícil, o que, segundo provérbios locais, prometia uma primavera benigna. Keller, cujo futuro era incerto, não tinha nada a declarar.

Às tardes, ele escalava os picos íngremes no centro da ilha — Rotondo, d'Oro, Renoso — e fazia trilhas pelos vales ensolarados da *macchia*. Na maioria das noites, ele jantava com *don* Orsati em sua propriedade. Depois, enquanto bebia conhaque no escritório, sondava detalhes relativos à busca por Scorpion. O *don* só falava em provérbios e Keller, que estava sob a disciplina de um serviço de inteligência, respondia com os seus próprios. Mais do que qualquer outra coisa, eles ouviam o uivo dos ventos, que é a forma como os homens corsos preferem passar as noites.

No sexto dia desde a chegada de Keller, houve um atentado em Stuttgart, na Alemanha, causado por um homem-bomba num terminal ferroviário. Resultado: dois mortos, vinte feridos e as questões de sempre. Seria o terrorista um lobo solitário ou estaria agindo a mando da central de comando do Estado Islâmico? Daquele que chamavam de Saladin? Keller assistiu à cobertura televisiva até meados da tarde, quando entrou em sua surrada camioneta Renault e dirigiu até o vilarejo. A praça central ficava no ponto mais alto da cidade. Em três lados, havia lojas e cafés e, no quarto, uma velha igreja. Keller pegou uma mesa num dos estabelecimentos e observou um jogo de *boules* até os sinos da igreja soarem as cinco da tarde. Nesse momento, as portas do templo religioso se abriram e várias pessoas saíram, em sua maioria, idosos, descendo trêmulas a escadaria. Uma senhora de preto olhou de relance para Keller antes de entrar em uma casa ao lado da igreja. Ele terminou o vinho, deixou algumas moedas na mesa e atravessou a praça.

★ ★ ★

Ela o recebeu, como sempre, com um sorriso preocupado e uma mão afetuosa que tocava sua bochecha. Tinha a pele cor de farinha e vestia um xale preto que cobria o cabelo branco e seco como palha. Era estranho, pensou Keller, como as marcas étnicas eram apagadas pelo tempo. Se não fosse a linguagem e os hábitos católicos místicos, ela podia ser confundida com a velha tia Beatrice de Keller, em Ipswich.

— Você está na ilha há uma semana — disse ela, enfim — e só agora veio me ver. — Ela olhou profundamente nos olhos dele. — O mal voltou, meu filho.

— Onde o contraí?

— No castelo à beira-mar, na terra dos druidas e feiticeiros. Havia um homem ali que trabalha com números e fala uma língua estrangeira. Cuidado com ele no futuro. Ele não deseja seu bem.

A mão da velha ainda estava pressionando a bochecha de Keller. Na linguagem local, ela era conhecida como uma *signadora*. Sua tarefa era cuidar dos que sofriam de mau-olhado, embora ela também pudesse ver o passado e o futuro. Quando Keller trabalhava para *don* Orsati, ele nunca saía da ilha sem fazer uma visita à velha. Quando voltava, a casinha torta em frente à praça estava sempre entre suas primeiras paradas.

Ela retirou a mão da bochecha de Keller e passou os dedos pela cruz que carregava em torno do pescoço.

— Você está procurando alguém, não está?

— Você sabe onde ele está?

— Não vamos nos apressar, meu querido.

Com um movimento de mão, ela o convidou a se sentar à pequena mesa na sala de visitas. Diante de si, colocou um prato com água e um vasilhame de azeite de oliva, no qual Keller colocou o dedo. Depois, segurou-o sobre o prato e deixou três gotas caírem na água. O azeite deveria ter se unido em uma única gota. Em vez disso, se partiu em milhares de gotículas e, logo, não havia sinal dele.

— Como suspeitei... — disse a velha, franzindo a testa. — E pior do que o normal. O mundo fora da ilha é um local cheio de problemas e dominado pelo mal. Você deveria ter ficado conosco.

— Era hora de ir embora.

— Por quê?

Keller não respondeu.

— Foi tudo obra do israelense. Aquele com nome de um anjo.

— A escolha foi minha, não dele.

— Você ainda não aprendeu, não é? Não faz sentido mentir para mim. — Ela olhou para o prato de água e azeite. — Você precisa saber que o encontrará novamente.

— O israelense?

— Infelizmente, sim.

Sem mais palavras, ela segurou a mão de Keller e rezou. Após um momento, começou a chorar, um sinal de que o mal tinha passado do corpo dele para o dela. Então, fechou os olhos e pareceu dormir. Ao acordar, instruiu Keller a repetir o teste do azeite e da água. Dessa vez, apenas uma única gota se formou.

— Não espere tanto tempo da próxima vez — pediu ela. — É melhor evitar que o mal permaneça em seu sangue.

— Preciso de alguém em Londres.

— Conheço uma mulher num local chamado Soho. Ela é grega, uma herege. Use-a apenas em caso de emergência.

Keller empurrou o prato na direção do centro da mesa.

— Me conte sobre aquele conhecido como Scorpion.

— O *don* o encontrará numa cidade no outro extremo de uma das estações de barcas. Não está em meu poder dizer a você qual delas. Ele não é importante. Mas pode levá-lo àquele que é.

— Quem?

— Não está em meu poder — repetiu ela.

— Quanto tempo terei de esperar?

— Quando for para a casa, faça a mala. Você nos deixará em breve.

— Tem certeza?

— Duvida de mim? — Sorrindo, ela buscou o seu olhar. — Você está feliz, Christopher?

— Tão feliz quanto um homem como eu pode ser.

— Ainda sofre por aquela que perdeu em Belfast?

Ele não disse nada.

— É compreensível, meu filho. A forma como ela morreu foi terrível. Mas você matou o homem que a levou, aquele chamado Quinn. Recebeu sua vingança.

— A vingança cura mesmo essas feridas?

— Está perguntando à pessoa errada. Afinal, sou corsa. Assim como você já foi um dia. — Ela olhou para a fita de couro em torno do pescoço de Keller. — Pelo menos, ainda usa seu talismã. Vai precisar dele. Ela também.

— Quem?

Os olhos dela começaram a se fechar.

— Estou cansada, Christopher. Preciso descansar.

Keller colocou um rolo de euros em sua mão, beijando-a antes.

— É demais — disse ela, baixinho, enquanto ele saía. — Você sempre me dá demais.

9
CÓRSEGA – NICE

Mais tarde naquela noite, no calor da lareira do escritório de *don* Orsati, Keller foi informado de que Scorpion estaria esperando dali a dois dias no Le Bar Saint Étienne, na Rue Dabray, em Nice. Keller fingiu surpresa. E o *don*, que sabia que Keller tinha ido ver a *signadora*, fez pouco esforço para esconder a irritação com o fato de que a velha mística, que ele conhecia desde criança, mais uma vez tinha roubado sua cena.

Muitas das informações, porém, que *don* Orsati descobriu nem a vidente poderia ter imaginado. Ela não sabia, por exemplo, que o nome verdadeiro de Scorpion era Nouredine Zakaria; que ele tinha passaporte tanto francês quanto marroquino; que tinha sido um bandido de baixo escalão na maior parte da vida e enviado a uma prisão francesa; e que, segundo se acreditava, havia passado vários meses no califado, provavelmente em Raqqa. Isso queria dizer que era possível que estivesse sob vigilância do DGSI, embora os homens do *don* não tivessem evidências disso. Ele estava marcado para chegar ao Le Bar Saint Étienne, sozinho, às 14h15. Esperava um francês chamado Yannick Ménard, criminoso de carreira que se especializara na venda de armas. Ménard, porém, não poderia ir. Ele estava oito quilômetros a oeste do Ajaccio, no cemitério aquático dos Orsati. As armas que planejava vender a Nouredine Zakaria — dez fuzis de assalto Kalashnikov e dez metralhadoras compactas Heckler & Koch MP7 com supressores e mira holográfica Elcan — estavam num armazém de Orsati nos arredores da cidade de Grasse, na Provença.

— Quanto isso valeria a seus amigos em Londres? — quis saber o *don*.

— Achei que tínhamos concordado que seu trabalho seria *pro bono*.

— Só por curiosidade.

— A morte de Ménard pode complicar as coisas — comentou Keller, pensativo.

— De que forma?

— Os britânicos não gostam de sangue.

— Não é verdade que vocês têm licença para matar?

Não, explicou Keller, não era.

O Le Bar Saint Étienne ocupava o térreo de um prédio na esquina da Rue Vernier. O toldo era verde, as mesas e cadeiras, de alumínio. Era um lugar de bairro para tomar um *café* ou uma cerveja, ou talvez comer um sanduíche. Turistas raramente se aventuravam por ali, a não ser que estivessem perdidos.

Do lado oposto do cruzamento ficava La Fantasia. Ali, a especialidade era pizza, embora o ambiente fosse idêntico. Keller chegou às 13h30 e, depois de pedir um café no balcão, se acomodou em uma mesa na rua. Estava vestido como um homem do sul. Não um tipo bem de vida que vivia numa vila nos morros ou num apartamento de frente para o mar, mas um tipo que vivia da malandragem das ruas. Garçom num dia, operário no outro, ladrão à noite. Tinha cumprido uma pena curta na prisão e era bom com os punhos e com uma faca. Era um excelente amigo para tempos de dificuldade, e um inimigo perigoso.

Ele retirou um cigarro do maço de Marlboro e o acendeu com um isqueiro descartável. O telefone também era descartável. Enquanto tragava, ele observou a rua tranquila e as janelas fechadas dos prédios ao redor. Não percebeu sinais de perseguidores. Mayhew e Quill, os instrutores no Forte, teriam lembrado a ele que a vigilância de um serviço profissional era quase impossível de detectar. Keller, porém, confiava em seus instintos. Ele tinha trabalhado como assassino na França por mais de vinte anos e, mesmo assim, não era nada mais que um boato para a polícia francesa. Não era porque ele tinha sorte, mas sim porque era muito bom em seu trabalho.

Uma van Peugeot pequena, amassada e empoeirada passou na rua com um rosto norte-africano atrás do volante e outro no assento do carona. Nada de vir sozinho, aparentemente. Keller também não estava sozinho. Violando todas as regras do MI6, escritas e não escritas, ele portava um revólver Tanfoglio ilegal na parte inferior das costas. Se a arma fosse descarregada — e se a bala atingisse outro ser humano —, a carreira de Keller seria a mais curta na história do Serviço Secreto de Inteligência de Sua Majestade.

O Peugeot estacionou em uma vaga na Rue Dabray enquanto um segundo carro, um Citroën sedã, parou em frente ao Le Bar Saint Étienne. Nele, também havia um par de homens com aparência de norte-africanos. O passageiro desceu e se sentou numa das mesas do lado de fora, enquanto o motorista ia em direção a uma vaga na Rue Vernier.

Keller apagou o cigarro e considerou sua situação. Nenhum sinal do serviço de segurança francês, pensou, apenas quatro membros de uma gangue criminosa marroquina, muito possivelmente ligada ao Estado Islâmico. Ele se lembrou das muitas palestras a que tinha assistido durante o curso de recrutas sobre as regras a cumprir e quando abortar um encontro. Dadas as circunstâncias atuais, a doutrina do MI6 ditava uma retirada às pressas. No mínimo, Keller seria obrigado a se comunicar com seu superior em Londres. Pena seu telefone seguro estar trancado no cofre de um banco em Marselha.

Com o telefone descartável, Keller tirou uma foto do homem que o esperava no Le Bar Saint Étienne. Então, levantando-se, deixou algumas moedas na mesa e começou a atravessar a rua. Ele não é importante, tinha dito a velha. Mas pode levá-lo àquele que é.

10
RUE DABRAY, NICE

Ele era um cidadão da França esquecida, dos amplos cinturões dos subúrbios, os *banlieues*, que rodeavam grandes centros metropolitanos como Paris, Lyon e Toulouse. Na maior parte, seus residentes viviam em edifícios altos e com muito apartamentos que eram fábricas de crime, uso de drogas, ressentimento e, cada vez mais, radicalismo islâmico. A enorme maioria da crescente população muçulmana da França não queria nada mais do que viver em paz e cuidar da família. Mas uma pequena minoria tinha caído no canto da sereia do Estado Islâmico. Alguns, como Nouredine Zakaria, estavam preparados para cometer massacres em nome do califado. Keller tinha encontrado muitos como ele — membros de gangues de rua do norte da África — enquanto trabalhava para *don* Orsati. Suspeitava que Zakaria conhecia pouco sobre o Islã, os pilares do jihadismo ou os costumes dos *salaf al Salih*, os seguidores originais do profeta Maomé, que os assassinos do EI buscavam emular. Mas o marroquino possuía algo mais valioso do que conhecimento sobre o Islã. Como criminoso de carreira, era um operador de talento natural que sabia como adquirir armas e explosivos, como roubar carros e celulares e onde encontrar lugares para os membros de uma célula terrorista se esconderem antes e depois de um ataque. Em resumo, ele sabia como fazer as coisas sem chamar a atenção da polícia. Para um grupo terrorista — ou um serviço de inteligência, na verdade —, era uma competência essencial.

Ele era forte e de três a cinco centímetros menor do que Keller. Seu corpo não era esculpido em uma academia. Era o físico de um prisioneiro, aprimorado com exercícios incansáveis em um espaço confinado. Parecia ter 35 anos, mas Keller não conseguia ter certeza; nunca fora bom em adivinhar as idades de homens do norte da África. A aparência era um estereótipo — testa alta com arcos nas têmporas, maçãs do rosto amplas, boca carnuda, lábios escuros. Óculos de aviador com lente amarelada escondiam seus olhos. Keller tinha a impressão de que eram quase pretos. No pulso direito, havia um relógio suíço grande, sem dúvida, roubado. O fato de estar nesse pulso significava que ele, provavelmente, era canhoto. Então, seria a mão esquerda, não a direita, que pegaria a arma que ele carregava do lado de dentro da jaqueta de zíper parcialmente fechada. O volume era bastante óbvio. E intencional, pensou Keller.

Naquele momento, uma unidade da Police Nationale passou lentamente pelo café, um Peugeot 308 bom para o meio ambiente, um carrinho de kart com luzes e uma pintura chamativa. O oficial atrás do volante observou por muito tempo os dois homens sentados na parte externa do Le Bar Saint Étienne. Keller observou o carro dobrar a esquina enquanto acendia um cigarro. Quando, por fim, ele falou, o fez como um verdadeiro corso, para que Nouredine Zakaria soubesse que ele era um homem que se devia levar a sério.

— Você foi instruído — disse ele — a vir sozinho.

— Está vendo mais alguém sentado aqui, amigo?

— Não sou seu amigo. Nem perto disso. — Keller olhou na direção do Citroën estacionado do outro lado da rua e da van Peugeot na Rue Dabray. — E eles?

— Caras do bairro — respondeu Zakaria, dando de ombros.
— Diga para irem dar uma volta.
— Não posso.

Keller começou a se levantar.

— Espere.

Keller congelou e, após hesitar por um momento, voltou a se sentar em sua cadeira. Mayhew e Quill teriam ficado contentes com a performance de seu melhor pupilo; ele tinha acabado de estabelecer o domínio sobre a fonte. Era uma técnica tão antiga quanto a do bazar, a boa vontade em abrir mão de um negócio. Mas Nouredine Zakaria também era um homem do bazar. Marroquinos eram negociadores natos.

Ele fez menção de pegar algo dentro de sua jaqueta de couro.

— Bem devagar — falou Keller.

Lentamente, a mão pegou um telefone celular de um bolso interno. Como o de Keller, era descartável. O marroquino enviou uma mensagem breve. *Ping*, pensou Keller, enquanto a mensagem corria pela rede celular francesa. Alguns segundos depois, dois motores foram ligados, exemplos da proeza automotiva francesa.

— Feliz? — perguntou Nouredine Zakaria.

— Extasiado.

O marroquino acendeu o próprio cigarro, um Gauloise.

— Onde está Yannick?

— Sentiu-se mal.

— Então, você é o chefe?

Keller permitiu que a pergunta passasse sem resposta. O fato de que ele era o chefe, pensou, estava óbvio.

— Não gosto de mudanças — declarou o marroquino. — Elas me deixam desconfortável.

— Mudar é bom, Nouredine. Mantém todo mundo atento.

Uma sobrancelha se levantou acima das lentes amareladas.

— Como você sabe meu nome verdadeiro?

Keller conseguiu parecer ofendido com a pergunta.

— Eu não estaria aqui — disse, sem mudar o tom de voz — se não soubesse.

— Você fala como um corso — falou Zakaria —, mas não parece um.

— As aparências enganam.

O marroquino ficou em silêncio. A dança estava quase completa, pensou Keller, aquela que dois criminosos experientes faziam antes de começar os negócios. Ele já não era um assassino de aluguel, mas alguém que coletava informações. E a única forma de conseguir informação era conversando. Decidiu colocar outra moeda no jukebox e ficar na pista mais um pouco.

— Yannick me disse que você está interessado em adquirir vinte unidades.

— Vinte é um problema?

— Nem um pouco. Na verdade, minha organização em geral lida com quantidades bem maiores.

— Maiores, quanto?

Keller olhou para as nuvens, como se quisesse dizer que o céu era o limite.

— Para ser sincero, vinte praticamente não valem nosso tempo ou esforço. Yannick devia ter checado comigo antes de prometer qualquer coisa. Ele tem um futuro promissor, mas é jovem. E, às vezes — completou Keller —, não faz perguntas suficientes.

— Por exemplo?

— Minha organização opera mais ou menos como um governo — explicou Keller. — Queremos saber quem são os compradores e como pretendem usar a mercadoria. Quando os norte-americanos vendem aviões a seus amigos sauditas, por exemplo, os sauditas têm de prometer que não vão usar as aeronaves contra os israelenses.

— Porcos sionistas — murmurou o marroquino.

— Ainda assim — disse Keller, franzindo a testa —, sei que compreende o que estou dizendo. Não podemos entregar seu pedido sem certas restrições.

— Por exemplo?

— Precisaríamos de sua garantia de que nada será usado aqui na França ou contra os cidadãos da República. Somos criminosos, mas também somos patriotas.

— Nós também somos.

— Patriotas?

— Criminosos.

— São mesmo? — Keller fumou em silêncio por um momento. — Escuta, Nouredine, o que você faz em seu tempo livre não me importa. Se quiser fazer jihad, vá em frente. Eu também faria uma se estivesse em sua posição. Mas, se usar as armas em solo francês, há uma boa chance delas serem rastreadas até meu chefe. Isso o deixaria extremamente infeliz.

— Achei que *você* era o chefe.

Uma nuvem de fumaça rolou por cima da mesa. Os olhos de Keller lacrimejaram. Ele nunca gostou do cheiro dos Gauloises.

— Diga para mim, Nouredine. Jure que não vai usar minhas armas contra meus concidadãos. Prometa que não vai me dar motivo para caçar e matar você.

— Você não está me ameaçando, está?

— Eu nem sonharia com isso. Só não gostaria que fizesse algo de que pode se arrepender depois. Porque, se você se comportar, meu chefe pode conseguir o que você quiser. Entende?

O marroquino apagou lentamente o cigarro.

— Ouça, *habibi*, estou começando a perder a paciência. Vamos fazer negócios ou preciso encontrar outra pessoa para me vender as armas? Alguém que não me faça tantas perguntas de merda.

Keller não disse nada.

— Onde elas estão?

Keller olhou na direção oeste.

— Na Espanha?

— Não tão longe. Vou levar você lá, só nós dois.

— Não vai, não. — Zakaria pegou seu celular e, com uma segunda mensagem, convocou o Citroën. — Mudança de planos.

— Não gosto de mudanças.

— Mudar é bom, *habibi*. Mantém todo mundo atento.

11

GRASSE, FRANÇA

Keller, como instruído, se sentou no banco do carona, com Nouredine Zakaria atrás dele. O marroquino se perguntou em voz alta se Keller gostaria de colocar as mãos no painel, uma sugestão que Keller rejeitou com algumas obscenidades corsas bem escolhidas e um provérbio sussurrado. Zakaria nem se deu ao trabalho de inquirir se o negociante tinha uma arma. Keller estava posando como vendedor de armas, afinal. Zakaria provavelmente supôs que ele tinha um RPG no bolso de trás.

O Citroën parou uma vez na periferia de Nice, por tempo suficiente para outro norte-africano se acomodar no banco traseiro. Era uma versão menor de Zakaria, um ano ou dois mais jovem, talvez, com uma cicatriz profunda em uma bochecha. Muito provavelmente, Keller agora estava rodeado por três criminosos de carreira ligados ao EI. Por isso, passou os minutos seguintes estudando uma sequência de movimentos que ele executaria para sair do carro caso o negócio desse errado.

Houve discordância sobre o caminho a ser percorrido desde Nice até o destino. Zakaria queria usar a Autopista A8, mas Keller o convenceu de que a D4, com duas pistas, era uma opção melhor.

Eles a pegaram desde o começo, ao longo da praia perto do aeroporto, seguiram-na pelo pé dos Alpes Marítimos, atravessando Biot e Valbonne e, finalmente, chegaram aos arredores de Grasse. Keller olhou pelo espelho retrovisor lateral. Parecia não haver mais membros da gangue os seguindo. Essa percepção não lhe trouxe conforto. A troca final de dinheiro por mercadorias era a parte mais perigosa de qualquer negócio criminoso. Não era incomum uma das partes, comprador ou vendedor, terminar com uma bala na cabeça.

O armazém da Orsati Olive Oil Company em Grasse servia como o principal centro de distribuição para toda a Provença. Ainda assim, como a maioria das instalações de Orsati, era fácil não vê-lo. Ficava numa rua empoeirada chamada Chemin de la Madeleine, num bairro industrial a nordeste do centro histórico da cidade. Keller digitou o código no teclado do portão da frente e entrou na propriedade a pé, seguido pelo Citroën. Depois, abriu a porta do armazém e levou Zakaria e o homem com a cicatriz na bochecha para dentro. Zakaria segurava uma maleta de aço inoxidável que, provavelmente, continha 60 mil euros — três mil euros para cada arma do mercado negro. Keller achou o preço bastante justo. Ele acendeu um interruptor e, acima deles, uma fileira de luzes fluorescentes se acendeu, iluminando várias centenas de caixotes de madeira. Três continham armas, o resto, azeite de oliva.

— Bem pensado — disse o marroquino.

— Esta é a parte — respondeu Keller — em que você me mostra o dinheiro.

Ele esperava a discussão usual em relação ao protocolo. Em vez disso, Zakaria apoiou a maleta no chão de concreto, abriu os fechos de combinação e levantou a tampa. Notas de dez, vinte, cinquenta e cem, todas presas com elástico. Keller levou uma das pilhas ao nariz. Cheirava levemente a haxixe.

Keller fechou a maleta e acenou com a cabeça em direção ao fundo do armazém. Zakaria e o segundo marroquino hesitaram por um instante e, então, começaram a caminhar, com Keller alguns passos atrás. A maleta pendurada na mão esquerda. Por fim, chegaram a uma pilha organizada de caixotes retangulares. Com um aceno de cabeça, Keller instruiu Zakaria a remover a tampa do que estava mais em cima. Dentro, havia cinco AK-47s de fabricação bielorrussa. O marroquino tirou uma das armas e a inspecionou com cuidado. Era óbvio que ele conhecia armas.

— Vamos precisar de munição. Estou interessado em adquirir cinco mil balas. É suficiente para sua organização?

— Imagino que sim.

— Eu esperava que fosse responder isso.

O marroquino devolveu o Kalashnikov ao caixote. Depois, entregou a Keller um pedaço de papel dobrado ao meio.

— O que é isto?

— Considere uma pequena demonstração de boa-vontade.

Keller desdobrou o papel e viu algumas linhas inscritas em francês com tinta vermelha. Virou para cima com um olhar afiado.

— Por quê? — perguntou.

— Para provar para mim que você não é um policial. Ou um espião.

— Eu pareço um espião, por acaso?

— As aparências enganam. — O olhar de Zakaria caiu sobre o segundo marroquino, aquele com a cicatriz no rosto. — Prove, *monsieur*. Prove para mim que é um traficante de armas e não um espião francês.

— E se eu me recusar?

— Então, é muito improvável que saia deste lugar com vida.

O segundo marroquino estava parado a alguns metros do ombro direito de Keller, e Zakaria à sua frente, ao lado dos caixotes.

Sorrindo, Keller deixou o pedaço de papel escorregar da ponta dos dedos. Quando ele tocou o chão, Keller já tinha sacado o Tanfoglio de suas costas. Mirou no rosto de Nouredine Zakaria.

— Muito impressionante — disse o marroquino. — E o tempo todo segurando o dinheiro. Mas talvez você não saiba ler muito bem.

— Eu leio perfeitamente. E ouço muito bem, também. E tenho certeza que você acaba de me ameaçar. Grande erro, *habibi*. Fatal, na verdade.

Zakaria olhou nervoso para o segundo marroquino, que fez uma tentativa desastrada de sacar a arma de dentro de seu casaco. O braço de Keller girou 45 graus para a direita e, sem hesitação, ele puxou duas vezes o gatilho do Tanfoglio. O *tap-tap* de um profissional treinado. Ambos os tiros atingiram o marroquino no centro da testa. Então, o braço voltou à posição original. Se Zakaria tivesse permanecido imóvel, poderia ter apresentado a Keller um dilema sobre como proceder. Em vez disso, também tentou sacar uma arma, tornando a decisão de Keller, assim, instintiva. *Tap-tap*... Outro marroquino morto.

Keller guardou o Tanfoglio de volta na cintura de sua calça. Então, recuperou o pedaço de papel do chão do armazém e releu as palavras que Nouredine Zakaria tinha escrito em tinta vermelha.

Mate meu amigo ou eu mato você.

Mudança de planos, pensou Keller. Ele colocou a maleta no chão do armazém ao lado dos corpos e foi até onde o terceiro marroquino estava sentado atrás do volante do Citroën. Keller bateu na janela do motorista com o nó dos dedos. O vidro desceu.

— Pensei ter ouvido tiros — disse o marroquino.

— Seu amigo Nouredine insistiu em testar minha mercadoria. Keller abriu a porta.

— Entre, meu amigo. Ele tem algo que quer que você veja.

★ ★ ★

Keller passou aquela noite num pequeno hotel perto do Velho Porto de Cannes e, pela manhã, contratou um carro para levá-lo a Marselha. Passavam das dez quando ele chegou. Entrou na Société Générale na Place de la Joliette e pediu acesso a seu cofre. As baterias de seu computador e celular tinham acabado há muito tempo. Ele recarregou os dois no TGV para Paris e descobriu em sua caixa de entrada várias mensagens não lidas de Vauxhall Cross, cada uma com um tom cada vez mais alarmado. Keller esperou estar em segurança dentro de seu segundo trem, um Eurostar em direção a Londres, antes de informar a seu contato que estava indo para casa. Duvidava que sua recepção seria agradável.

 Não houve mais mensagens até o trem entrar na estação St. Pancras International. Foi então que ele recebeu uma transmissão neutra de seis palavras, afirmando que alguém o encontraria no saguão de desembarque. O comitê de boas-vindas acabou sendo Nigel Whitcombe, o jovial assistente, provador de comidas e faz--tudo de Graham Seymour. Whitcombe não proferiu uma palavra sequer enquanto levava Keller de Euston Street a uma fileira de casas do pós-guerra cobertas de fuligem perto da estação de metrô Stockwell. Enquanto subia pelo caminho até o jardim, com a maleta de aço inoxidável contendo 60 mil euros de dinheiro do EI, Keller compunha o relatório verbal que logo faria a seu chefe. Ele tinha encontrado o ativo conhecido como Scorpion e, como instruído, tentara fazer negócios com ele. Infelizmente, a primeira transição não ocorrera como planejado, e três membros de uma célula do califado estavam mortos. Fora isso, sua primeira missão como oficial do Serviço Secreto de Inteligência de Sua Majestade tinha corrido sem problemas.

12

STOCKWELL, LONDRES

— Não dava para ter errado o disparo?
— Tentei — respondeu Keller. — Mas os idiotas pularam na frente das minhas balas.
— Por que você estava carregando uma arma?
— Considerei um ramo de margaridas, mas achei que levá-la seria melhor para meu disfarce. Afinal, eles tinham a impressão de que meu trabalho era vendê-las.
— Onde ela está agora?
— A arma? Ainda em Córsega, suponho.
— E os corpos?
— Alguns quilômetros a oeste.

Seymour olhou desconsolado a pequena sala de estar. Estava decorada com todo o charme de uma sala VIP de aeroporto. O esconderijo não era exatamente uma das joias da coroa do MI6 — havia propriedades muito melhores do serviço secreto nos elegantes bairros de Mayfair e Belgravia —, mas Seymour o utilizava devido à proximidade de Vauxhall Cross. O sistema de gravação automática estava desligado há anos. Ainda assim, ele checou o módulo de alimentação para ter certeza de que ninguém o tivesse ligado por engano. Ele ficava localizado num armário na cozinha acanhada. As luzes e os medidores de sinal estavam desligados e sem vida.

Ele fechou a porta do armário e olhou para Keller.

— Eles precisavam mesmo morrer?

— Apesar de não serem pilares da comunidade, Graham, não tive muita escolha. Eram eles ou eu.

— Recomendo que seu amigo, *don*, limpe bem aquele armazém. Sangue mancha, sabe?

— Voltou a ver *CSI*?

Seymour não respondeu.

— A polícia francesa nunca ousaria olhar aquele armazém — explicou Keller —, pois está na folha de pagamento do *don*. É assim que funciona no mundo real. É por isso que os bandidos nunca são pegos. Pelo menos, os espertos.

— Mas, ocasionalmente, até os espiões são descobertos. E, quando envolve assassinato, às vezes, eles vão para a cadeia.

— Defina assassinato.

— A morte ilegal de outro...

— "Se quiséssemos fazer parte dos escoteiros, teríamos entrado para os escoteiros."

Seymour levantou uma sobrancelha.

— T.S. Eliot?

— Richard Helms.

— Meu pai o detestava.

— Se quisesse que o trabalho fosse feito de acordo com as regras — declarou Keller —, teria dado para um oficial de carreira que ambiciona uma controladoria. Mas, em vez disso, me mandou.

— Pedi que você se infiltrasse na célula como traficante de armas corso. Tenho certeza de que nunca mencionei matar três terroristas do EI em solo francês.

— Não era minha intenção. Mas não vamos fingir que estamos chocados com meus métodos, Graham. Nos conhecemos há tempo demais para isso.

— Sim, de fato — murmurou Seymour. — Desde uma fazenda em South Armagh.

Ele abriu outra porta do armário e tirou uma garrafa de Tanqueray e uma segunda de tônica. Depois, abriu a geladeira e examinou o conteúdo. Estava vazia, com exceção de dois limões secos, com a casca da cor de um saco de papel.

— Heresia.

— O quê?

— Um gim-tônica sem limão. — Seymour pegou um punhado de gelo do congelador e o dividiu em dois copos manchados. — Suas ações têm consequências. A principal delas é o fato de que a única ligação entre o ataque e a rede de Saladin agora está no fundo do Mediterrâneo.

— De onde não poderá matar mais ninguém.

— Às vezes, um terrorista vivo é mais útil que um morto.

— Às vezes — concordou Keller, a contragosto. — O que está tentando dizer?

— Estou tentando dizer — disse Seymour, entregando um drinque a Keller — que agora não temos escolha a não ser compartilhar o nome de Nouredine Zakaria com nossos amigos da inteligência francesa.

— E o que diremos aos franceses sobre o paradeiro de Nouredine?

— O mínimo possível.

— Se não se importar — comentou Keller —, acho que não vou participar dessa reunião.

— Na verdade, também não tenho nenhuma intenção de encontrá-los.

— Quem você está planejando mandar?

Quando Graham Seymour anunciou o nome, Keller sorriu.

— Ele sabe algo sobre isto?

— Ainda não.

— Você é um canalha traiçoeiro.

— Está no nosso sangue. — Seymour deu um gole em sua bebida e franziu a testa. — Eles não o ensinaram nada lá no Forte?

13

BOULEVARD REI SAUL, TEL AVIV

Se houvesse algum registro oficial do acontecimento, o que não existia, teria revelado que Gabriel Allon passou boa parte daquela mesma noite no centro de operações do Boulevard Rei Saul. Sobre a viagem de Christopher Keller à França ou a reunião no esconderijo em Stockwell, ele não sabia nada. Só tinha olhos para os monitores de vídeo, que mostravam um comboio de quatro caminhões de carga se movendo de Damasco para oeste, em direção à fronteira com o Líbano. Em uma tela, a imagem aérea de um satélite-espião israelense Ofek 10 flutuando bem alto sobre a Síria. Em outra, a vista era de uma câmera de vigilância IDF bem acima do Monte Hérmon. Como resultado da filmagem com tecnologia infravermelha, os motores dos caminhões brilhavam contra um pano de fundo escuro. O Escritório tinha informações muito seguras de que o comboio continha armas químicas sendo levadas para o Hezbollah, pagamento pelo apoio do grupo radical xiita ao regime sírio sitiado. Por motivos óbvios, o armamento não poderia chegar ao destino pretendido, um armazém da organização no Vale do Beca.

O centro de operações era bem menor que os similares ingleses e norte-americanos, além de mais espartano e utilitário, como uma câmara secreta de guerra. Havia duas cadeiras reservadas, uma para o chefe e outra para o vice. Ambos, porém, estavam de pé. Navot com os braços pesados cruzados sobre o peito, Gabriel com uma mão no queixo e a cabeça inclinada para um lado. Seus olhos verdes estavam fixos na tomada do Ofek. Ele não tinha ativos em campo, nenhum operador na linha do perigo. Ainda assim, permanecia tenso e inseguro. Ser chefe é sentir o peso do comando, pensou ele. Gabriel também não gostava dos arranjos altamente tecnológicos da noite. Ele preferia lidar com os inimigos a um metro, não a um quilômetro.

De repente, uma memória o invadiu. Outubro de 1972. Piazza Annibaliano, em Roma. A primeira missão. Um anjo vingador esperando no elevador operado por moedas. Um terrorista palestino com o sangue de onze técnicos e atletas israelenses nas mãos.

— Com licença, você é Wadal Zwaiter?
— Não! Por favor, não!

O toque característico do telefone do chefe trouxe Gabriel de volta ao presente. Navot esticou a mão intuitivamente para atender, mas parou. Sorrindo, Gabriel levantou o fone, ouviu em silêncio e desligou. Ele e Navot ficaram lado a lado, como Boaz e Jaquin, cada um contemplando uma tela.

Finalmente, Gabriel disse:

— A Força Aérea Israelense vai atacá-los no minuto em que cruzarem a fronteira.

Navot assentiu, pensativo. Esperar até o comboio estar no Líbano eliminaria o risco de atingir quaisquer tropas russas ou sírias, reduzindo, assim, a probabilidade de começarem a Terceira Guerra Mundial.

— No que estava pensando há pouco? — perguntou Navot depois de um momento.

— Na operação — respondeu Gabriel, surpreso.

— Mentira.

— Como sabe?

— Você estava apertando um gatilho com o indicador direito.

— Estava?

— Onze vezes.

Gabriel ficou em silêncio por um momento.

— Roma — disse, por fim. — Eu estava pensando em Roma.

— Por que agora?

— Por que em algum momento?

— Achei que você tinha atirado nele com a mão esquerda.

Gabriel assistia ao comboio de quatro caminhões se movimentar continuamente para o oeste. Às nove e dez da noite, horário de Tel Aviv, ele entrou no Líbano.

— Opa! — disse Navot.

— Deviam ter checado o GPS — ironizou Gabriel.

Houve um estalo na rede de comunicações segura e, alguns segundos depois, uma explosão. Vista através das câmeras infravermelhas, a imagem resultante era tão brilhante que Gabriel teve que desviar os olhos. Quando voltou a observar a tela, viu um único homem em chamas fugindo do comboio estraçalhado. Ele só desejava que fosse Saladin. Não, pensou friamente enquanto saía de fininho do centro de operações. Melhor a um metro que um quilômetro.

Gabriel passou em sua sala para pegar casaco e maleta antes de descer para o estacionamento subterrâneo e entrar no banco de trás de sua SUV blindada. Ao se aproximar dos arredores de Jerusalém Ocidental, seu telefone seguro tocou. Era da Rua Kaplan — o primeiro-ministro precisava falar com ele naquele instante. Enquanto jantava frango *Kung Pao* e rolinhos primavera, o político o interrogou por noventa minutos sobre operações atuais e futuras. O Irã era sua maior obsessão, com o novo governo de Washington logo atrás. A relação com o presidente norte-americano anterior tinha sido desastrosa e o atual havia prometido laços mais fortes entre as duas nações. Ele tinha, inclusive, comentado sobre a possibilidade de realocar a Embaixada dos Estados Unidos de Tel Aviv para Jerusalém, mudança que, provavelmente, desencadearia uma tempestade de protestos nos mundos árabe e islâmico. Políticos da coalizão do primeiro-ministro queriam aproveitar as condições favoráveis e expandir o assentamento judeu na Cisjordânia. A anexação estava no ar. Gabriel era uma voz de cautela. Como chefe do Escritório, ele precisava da ajuda dos serviços de inteligência árabes em Amã e no Cairo para proteger o entorno de Israel. Além disso, tinha progredido nas negociações com a Arábia Saudita e os Emirados Árabes Unidos, que temiam os persas mais do que os judeus. A última coisa que ele queria era uma mudança unilateral na frente palestina.

— Quando você está planejando ir a Washington? — perguntou o primeiro-ministro.

— Não fui convidado.

— Desde quando precisa de um convite? — O líder israelense tentou pegar um rolinho primavera com um par de pauzinhos e, ao não conseguir, o espetou. — Tem certeza de que não quer um?

— Não, obrigado.

— Frango?

Gabriel levantou uma mão, defensivamente.

— Mas é *Kung Pao* — disse o primeiro-ministro, incrédulo.

Era quase meia-noite quando a SUV de Gabriel virou na Rua Narkiss. Antes uma das regiões mais tranquilas da cidade, ela parecia uma zona de guerra. Havia pontos de checagem de segurança em cada ponta e, em frente ao antigo prédio de apartamentos de calcário no número 16, um guarda. Fora isso, pouca coisa tinha mudado. O portão do jardim ainda rangia ao abrir, um eucalipto que tinha crescido demais ainda obscurecia os três pequenos terraços, a luz da escada ainda era de um verde enjoativo. Ao chegar ao corredor do terceiro andar, Gabriel encontrou a porta entreaberta. Ele entrou em silêncio e viu Chiara sentada numa ponta do sofá, com um livro aberto no colo. Gentilmente o removeu da mão dela e olhou a capa. Era uma edição em italiano de um suspense de espionagem americano.

— Já não tem bastante disso na sua vida real?
— Parece tão mais glamoroso quando ele escreve sobre isso.
— Como é o herói dele?
— Um assassino com consciência, um pouco parecido com você.
— Ele também é restaurador de arte?

Ela fez uma careta.

— Quem poderia inventar uma coisa dessas?

Gabriel tirou o sobretudo e o paletó e, provocante, jogou ambos nas costas de uma poltrona. Chiara balançou a cabeça em desaprovação e, após lamber a ponta do dedo, virou a página do livro. Ela vestia uma calça de moletom cinza e um pulôver de lã para se proteger do friozinho do inverno. Ainda assim, com seu cabelo longo e despenteado sobre um dos ombros, estava incrivelmente bonita. Mesmo já perto dos quarenta anos, nem o tempo, nem o estresse do trabalho de Gabriel deixaram uma marca em seu rosto. Nele, Gabriel via traços árabes, do norte da África e da Espanha, bem como de todos os outros lugares pelos quais os ancestrais dela tinham perambulado antes de se encontrarem no antigo gueto judeu de Veneza. Mas eram os olhos dela que sempre o seduziram mais. Eram cor de caramelo com pontos dourados, combinação que ele não conseguia reproduzir em tela. Quando estavam felizes, o enchiam de uma satisfação que ele nunca conhecera. E, quando estavam decepcionados ou irritados, ele se sentia a pior criatura da terra.

— Como estão as crianças? — perguntou ele.

— Se você acordá-las... — Ela lambeu o indicador novamente e virou outra página.

Gabriel tirou os sapatos e, de meias, entrou no quarto dos bebês sem fazer barulho. Havia dois berços encostados contra uma parede que ele tinha pintado com nuvens. Duas crianças, um menino e uma menina, ambos com pouco mais de um ano, dormiam cabeça com cabeça, como haviam feito no útero da mãe. Gabriel esticou o braço em direção à filha, Irene em homenagem à avó, mas se conteve. Ela era uma criatura da noite, que acordava fácil, uma espiã por natureza. Raphael, porém, dormia pesado em qualquer situação, inclusive no toque da mão de seu pai à meia-noite.

De repente, Gabriel percebeu que havia três dias que não via os filhos acordados. Ele era chefe há pouco mais de um mês e já tinha perdido marcos importantes — a primeira palavra de Raphael, os primeiros passos vacilantes de Irene. Ele prometera a si mesmo que não seria assim, que não permitiria que o trabalho interrompesse sua vida pessoal. Era, claro, uma fantasia. O chefe do Escritório não tinha vida pessoal. Não tinha família, não tinha esposa fora a nação que jurara proteger. Não era uma sentença perpétua, ele se assegurou. Apenas seis anos. As crianças teriam sete no fim de seu mandato. Haveria muito tempo para consertar as coisas. A não ser, claro, que o primeiro-ministro lhe pedisse para ficar. Ele calculou quantos anos teria ao fim de dois mandatos. O número o deprimiu. Era digno de Abraão. *Noé...*

Ele saiu de fininho e entrou na cozinha. A mesa no estilo das cafeterias tinha sido posta com seu jantar. Tagliatelle com favas e queijo, uma variedade de *bruschettas*, omelete com tomate e ervas, tudo disposto como se para uma fotografia de um livro de culinária. Gabriel se sentou e colocou o celular no centro da mesa, com cuidado, como se fosse uma granada. Depois de aceitar o emprego como chefe, ele tinha, brevemente, considerado mudar sua família para um dos subúrbios seculares de Tel Aviv, ficando mais próximo do Boulevard Rei Saul. Percebia, agora, que era melhor permanecer em Jerusalém para ficar próximo do escritório do primeiro-ministro. Três vezes, ele tinha sido convocado à Rua Kaplan no meio da noite, uma delas porque o primeiro-ministro estava inquieto e precisando de companhia. Tinham discutido o estado do mundo enquanto assistiam a um filme de ação norte-americano na televisão. Gabriel tinha cochilado durante o clímax e, ao amanhecer, sido levado, com os olhos turvos, para sua mesa.

— Vinho? — ofereceu Chiara, segurando por cima um tinto da Galileia.

Gabriel recusou.

— Está tarde — disse ele.

Chiara colocou o vinho no balcão.

— Como foi com o primeiro-ministro?

— Inesperadamente interessado em questões asiáticas.

— Comida chinesa de novo?

— *Kung Pao* e rolinhos primavera.

— Ele é muito consistente.

Chiara se sentou em frente a Gabriel e assistiu com apreciação enquanto ele enchia o prato.

— Você não vai comer nada? — perguntou ele.

— Comi há cinco horas.

— Pegue uma coisinha para eu não me sentir mal-educado demais.

Ela pegou um pedaço de *bruschetta* coberta de azeitonas picadas e salsinha italiana e mordiscou a beirada.

— Como foi o trabalho?

Ele deu de ombros, evasivo, e girou seu garfo no tagliatelle.

— Nem tente — avisou ela. — Você é meu único contato com o mundo real.

— O Escritório não é exatamente o mundo real.

— O Escritório — contra-argumentou ela — é o mais real possível. Todo o resto é faz-de-contas.

Ele contou uma versão oficial e resumida do ataque ao comboio, mas os belos olhos de Chiara logo ficaram entediados. Ela preferia as fofocas do Escritório aos chatos detalhes das operações táticas. A política, as batalhas mortais, os casos românticos. Fazia muitos anos que ela saíra do serviço e, ainda assim, se tivesse a chance, voltaria a campo num piscar de olhos. Gabriel tinha inimigos demais para isso, inimigos que já tinham mirado sua família antes. Portanto, ela tinha que se satisfazer no papel de primeira-dama. Ao contrário da mulher do chefe anterior, a conspiradora Bella Navot, Chiara era muito amada pelas tropas.

— Vai ser assim pelos próximos seis anos? — perguntou Chiara.

— O quê?

— Jantares à meia-noite. Você comendo, eu assistindo.

— A gente sabia que ia ser difícil.

— Sim — concordou ela, vagamente.

— É tarde demais para mudar de ideia, Chiara.

— Não estou mudando de ideia. Só sinto saudade do meu marido.

— Eu também sinto saudade de você. Mas não há nada...

— Os Shamron nos convidaram para jantar amanhã à noite — interveio ela, de repente.

— Amanhã à noite é ruim. — Ele não explicou por quê.

— Talvez possamos ir para Tiberíades de carro no sábado.

— Talvez — disse ele sem convicção.

Um silêncio pesado caiu entre eles.

— Sabe, Gabriel, Deus nem sempre foi gentil com você.

— Não, não foi.

— Mas deu a você uma segunda chance de ser pai. Não a desperdice. Não seja um homem que vai e vem na escuridão. É só disso que eles vão se lembrar. E não tente justificar dizendo a si mesmo que está protegendo os dois. Isso não é suficiente.

Bem nesse momento, o celular dele acendeu. Hesitante, ele digitou sua senha e leu a mensagem de texto.

— Primeiro-ministro? — perguntou Chiara.

— Graham Seymour.

— O que ele quer?

— Uma palavrinha em particular.

— Aqui ou lá?

— Lá — respondeu Gabriel.

Sem nenhuma outra palavra, ele ligou para o Boulevard Rei Saul e ordenou que o Departamento de Viagens fizesse os arranjos necessários para aquela que seria sua primeira viagem ao exterior como chefe do Escritório. Havia um voo saindo do Ben Gurion às sete, chegando em Londres às 10h30. Abririam espaço na primeira classe para Gabriel e seu destacamento. Os britânicos cuidariam da segurança em seu território.

Com o itinerário completo, ele desligou a ligação e, olhando para a frente, viu que Chiara tinha ido embora. Sozinho, fez uma segunda ligação a Uzi Navot e contou a respeito da viagem. Ligou a televisão e terminou o jantar. Com um pouco de sorte, pensou ele, poderia conseguir dormir uma ou duas horas. Ele deixaria seus filhos na escuridão e na escuridão voltaria. Ele os manteria a salvo do perigo. E, como recompensa, eles podiam algum dia se lembrar do toque de sua mão à meia-noite.

14

JERUSALÉM – LONDRES

Foi assim que Gabriel Allon, tendo dormido de modo intermitente ou quase nada, saiu da cama direto para o interior de uma SUV blindada. Ele chegou ao aeroporto Ben Gurion alguns minutos antes da decolagem de seu voo e, acompanhado de dois guarda-costas, embarcou direto na pista. Ele não tinha bilhete e seu nome não aparecia em nenhuma lista. Como regra, o *ramsad*, o chefe do Escritório, nunca viajava internacionalmente com seu nome verdadeiro, mesmo que fosse para um destino razoavelmente amigável como o Reino Unido. Ativos hostis, como os iranianos e os russos, tinham acesso a registros de companhias aéreas. Assim como os norte-americanos.

Ele passou o voo de cinco horas lendo os jornais, um exercício sem sentido para um homem que sabia demais, e, ao chegar a Heathrow, colocou-se aos cuidados de uma equipe de recepção do MI6. Já no centro de Londres, no banco de trás de uma limusine Jaguar, ele se arrependeu de não ter jogado uma gravata em sua maleta. Durante a maior parte do tempo, olhou pela janela e lembrou as muitas vezes em que tinha chegado escondido na cidade sob nomes diferentes, sob bandeiras diferentes, lutando guerras diferentes. A geografia de Londres era, para Gabriel, um campo de batalha. *Hyde Park, Westminster Abbey, Covent Garden, Brompton Road...* Ele tinha sangrado em Londres, sofrido em Londres e, num apartamento que servia como esconderijo do Escritório, certa vez, recitado votos de casamento secretos a Chiara, por temer que não sobreviveria ao dia seguinte. Sua dívida com os serviços secretos britânicos era enorme. A Grã-Bretanha lhe tinha dado cobertura nas épocas mais sombrias de sua vida, e o protegido quando outro país o teria jogado aos lobos. Em troca, ele tinha resolvido sua cota de problemas em nome do Governo de Sua Majestade. Pelos cálculos de Gabriel, no momento, estavam empatados.

Por fim, o carro virou na Vauxhall Bridge e acelerou por cima do Tâmisa, em direção ao templo da espionagem na margem oposta. No andar mais alto, Gabriel cruzou um jardim inglês de um átrio e entrou no escritório mais bonito de todo o reino dos espiões, onde Graham Seymour, cercado por vários membros de sua equipe executiva, esperava para recebê-lo. Foi feita uma rodada de apresentações breve e superficial. Logo depois, a equipe sênior saiu, e Seymour e Gabriel ficaram a sós. Por um longo momento, eles se avaliaram em silêncio. Eram tão diferentes quanto dois homens podiam ser — em tamanho e forma, em criação, em fé —, mas o elo era inquebrável. Tinha sido forjado após inúmeras operações conjuntas, travadas contra um elenco diverso de inimigos e alvos. Terroristas jihadistas, o programa nuclear iraniano, um traficante de armas russo chamado Ivan Kharkov. Eles só desconfiavam um pouco um do outro. Isso, no mundo da espionagem, queria dizer que eram grandes amigos.

— Então — disse Seymour, por fim —, como é ser um membro do clube?

— Nossa filial do clube não é tão grandiosa quanto a sua — respondeu Gabriel, olhando ao redor do magnífico escritório. — Nem tão antiga.

— Não foi Moisés que despachou uma equipe de agentes para espionar a terra de Canaã?

— O primeiro fracasso de inteligência da história — comentou Gabriel. — Imagine como teriam sido as coisas para o povo judeu se Moisés tivesse escolhido outro pedaço de terra.

— E agora cabe a você proteger aquele pedaço de terra.

— O que explica por que meu cabelo está a cada dia mais branco. Quando eu era um menino crescendo no Vale de Jezreel, tinha pesadelos sobre o país sendo dominado por nossos inimigos. Agora, tenho sonhos assim toda noite. E, neles, a culpa é sempre minha.

— Também ando tendo sonhos assim. — Seymour olhou para o outro lado do rio, na direção do West End. — E pensar que teria sido pior se um *marchand* importante de Londres não tivesse visto os terroristas entrando no teatro.

— Alguém que eu conheça?

— Na verdade — respondeu Seymour —, talvez. Ele possui uma galeria de Velhos Mestres em St. James's. Uns 75 anos, mas ainda anda com mulheres mais novas. Aliás, ele ia jantar com uma garota com metade da idade dele no Ivy na noite do ataque, mas levou um cano. Melhor coisa que já aconteceu a ele. — Seymour olhou para Gabriel. — Ele não mencionou nada disso a você?

— Tentamos manter o mínimo de contato possível.

— Você deve ter tido influência nele. Ele agiu como um verdadeiro herói.

— Tem certeza de que estamos falando sobre o mesmo Julian Isherwood?

Seymour sorriu, sem querer.

— Tenho que admitir uma coisa sobre seu amigo Saladin — comentou depois de um momento. — Ele administra uma operação muito organizada. Por enquanto, só conseguimos identificar outro indivíduo diretamente ligado à trama, um agente na França que forneceu os fuzis automáticos. Despachei um de nossos oficiais para localizá-lo, mas, infelizmente, houve um contratempo.

— De que tipo?

— Uma fatalidade. Três, para ser preciso.

— Entendo — comentou Gabriel. — E o nome do oficial?

— Peter Marlowe. Ficou um tempo no norte da Irlanda. Costumava trabalhar no setor de azeite de oliva em Córsega.

— Nesse caso, considere-se com sorte de só terem morrido três pessoas.

— Duvido que os franceses achem isso. É por isso que preciso que você dê uma palavrinha com eles por mim.

— Por que eu?

— Apesar de seu histórico péssimo em solo francês, você conseguiu fazer alguns amigos importantes dentro do serviço de segurança do país.

— Não vão ser meus amigos por muito tempo se eu me meter numa operação malsucedida.

Seymour não disse nada.

— E se eu concordar em ajudar? — perguntou Gabriel. — O que eu ganho?

— A eterna gratidão do Serviço Secreto de Inteligência de Sua Majestade.

— Fala sério, Graham, você pode fazer melhor que isso.

Seymour sorriu.

— Posso, mesmo.

Já estava na hora do pôr do sol quando Gabriel saiu de Vauxhall Cross. Ele não estava no banco de trás de uma limusine Jaguar, mas no banco do passageiro de um pequeno Ford *hatch* pilotado por Nigel Whitcombe. O jovem inglês dirigia muito rápido e com a tranquilidade de alguém que participava de corridas de carro nos fins de semana. Gabriel equilibrou a maleta nos joelhos e segurou firme no descanso de braço.

— Onde ele está morando?

— Infelizmente, essa informação é confidencial — respondeu Whitcombe, sem o mínimo traço de ironia.

— Talvez, então, eu devesse usar uma venda.

— Perdão?

— Deixa para lá, Nigel. Você poderia ir um pouco mais devagar? Eu gostaria de não ser o primeiro chefe do Escritório a morrer no cumprimento do dever.

— Achei que você já estivesse morto — respondeu Whitcombe. — Que tinha morrido na Brompton Road, em frente à Harrods. Eu li no *Telegraph*.

Whitcombe tirou, levemente, o pé do acelerador. Ele seguiu na Grosvenor Road pelo Tâmisa e, depois, foi em direção ao norte pelos bairros de Chelsea e Kensington até o Queen's Gate Terrace, onde freou em frente a uma casa grande de cor creme e estilo georgiano.

— Isso *tudo* é dele? — perguntou Gabriel.

— Só os dois andares de baixo. Foi uma pechincha, cerca de oito milhões.

Gabriel checou a janela do primeiro andar. As cortinas estavam fechadas e não parecia haver luz acesa lá dentro.

— Onde você acha que ele está?

— Prefiro não tentar um palpite.

— Tente o celular dele.

— Ele ainda está descobrindo como o celular funciona.

— O que isso quer dizer?

— Vou deixar que ele explique.

Whitcombe teclou o número, que tocou várias vezes sem resposta. Ele ligou uma segunda vez, com o mesmo resultado.

— Será que tem uma chave embaixo do capacho?
— Duvido.
— Suponho que teremos que usar a minha.

Gabriel saiu do carro e desceu o pequeno lance de escada que levava à entrada do porão do duplex. Tentou a maçaneta. Trancada. Whitcombe franziu a sobrancelha.

— Achei que você tinha uma chave.
— Eu tenho. — Gabriel tirou uma pequena ferramenta de metal do bolso interno do sobretudo.
— Você não pode estar falando sério.
— É difícil largar velhos hábitos.
— Você pode achar difícil de acreditar — falou Whitcombe — mas o "C" nunca usa um abridor de fechaduras.
— Talvez ele devesse.

Gabriel colocou a ferramenta na tranca e a forçou com delicadeza para a frente e para trás até o mecanismo se abrir.

— E se houver um alarme? — quis saber Whitcombe.
— Tenho certeza de que você vai pensar em algo.

Gabriel girou a maçaneta e abriu alguns centímetros da porta. Silêncio.

— Diga a Graham que vou voltar sozinho hoje. Fale também que ligo para ele de Paris assim que resolver a questão com os franceses.
— E seu destacamento de segurança?
— Estou carregando mais do que um abridor de fechaduras — declarou Gabriel, e entrou.

A porta dava em uma cozinha que seria o sonho de Chiara. Seis mil metros quadrados de espaço, um balcão com iluminação de bom gosto, uma ilha com pia de chef, um par de fornos de convecção e um fogão a gás Vulcan com uma coifa profissional. A geladeira de aço inox. Dentro, havia várias garrafas de rosé corso e um pedaço de queijo aromatizado com alecrim, lavanda e tomilho. Parecia que a transição do proprietário ainda estava em progresso.

    Gabriel pegou uma taça do armário e a encheu com um pouco do rosé. Depois, desligou as luzes da cozinha e levou o vinho para a sala de estar no andar de cima. Estava mobiliada com uma única cadeira e um pufe, além de uma televisão do tamanho de um *outdoor*. Ele foi até a janela e, abrindo as cortinas, espiou a rua, onde um homem com um sobretudo caro estava, naquele momento, saindo de um táxi. Logo que começou a subir os degraus da frente da casa, parou subitamente e lançou um olhar para a janela onde Gabriel estava. Então, virou abruptamente e desceu em direção à entrada do porão.

    Após alguns segundos, Gabriel ouviu o som de uma porta se abrindo e fechando, o acender de um interruptor e um xingamento sussurrado no dialeto dos nativos da ilha de Córsega. O invólucro da garrafa de vinho rosé. Gabriel o deixara à vista no balcão. Um erro de principiante, pensou.

    Um pouco de luz vazava da escada que vinha da cozinha, o suficiente para delinear a silhueta do homem que apareceu na entrada da sala de estar um minuto depois, com uma arma nas mãos. O extremo do cômodo onde estava Gabriel, porém, permanecia na escuridão absoluta. Ele observou o homem virar à esquerda e depois à direita com movimentos calculados de quem sabia como eliminar um monte de adversários num cômodo. Ele avançou devagar e, com o acender de um interruptor, inundou a sala de luz. Ele virou uma última vez, mirando a arma na direção de Gabriel, antes de, enfim, apontar o cano para o chão.

    — Seu babaca — disse Christopher Keller. — Tem sorte de eu não ter matado você.

    — Sim — respondeu Gabriel, sorrindo. — E não é a primeira vez.

15
KENSINGTON, LONDRES

— Uma Walther PPK — comentou Gabriel, admirando a arma de Keller. — Muito Bond da sua parte.

— É fácil de esconder e tem um impacto e tanto. — Keller sorriu — Um tijolo numa janela de vidro laminado.

— Não sabia que os oficiais do MI6 tinham permissão para carregar armas de fogo.

— Não temos.

Keller encheu uma taça de vinho com o rosé e ofereceu a garrafa a Gabriel.

— Estou dirigindo.

Keller franziu o cenho e encheu a taça de Gabriel até um centímetro da borda.

— Como entrou aqui?

— Você deixou a porta destrancada.

— Mentira.

Gabriel contou a verdade.

— Algum dia — falou Keller —, você vai ter que me ensinar a fazer isso.

Ele removeu seu sobretudo Crombie e o jogou de qualquer jeito em cima do balcão. Seu terno era cinza-escuro, a gravata, da cor de prata manchada. Ele quase parecia respeitável.

— Onde você estava? — perguntou Gabriel. — Num velório?

— Numa reunião com meu conselheiro de investimentos. Ele me levou para almoçar na Royal Exchange e me informou que o valor de meu portfólio tinha caído em mais de um milhão de libras. Graças ao Brexit, estou apanhando muito, ultimamente.

— O mundo é um lugar perigoso e imprevisível.

— Nem me fale — concordou Keller. — O seu lado está começando a parecer uma ilha de paz e tranquilidade, ainda mais agora que você está no comando do lugar. Desculpe não ter conseguido ir à sua festinha de posse. Eu tinha um compromisso na época e não consegui me livrar.

— O curso de recrutamento?

Keller assentiu.

— Três meses de tédio interminável à beira-mar.

— Mas com sucesso — respondeu Gabriel. — Exauriu os observadores do A4. Notas recordes na prova final. Mas é uma pena o lance com a França. Não é a melhor maneira para começar uma carreira.

— Olha quem fala. Sua carreira foi uma série de desastres intercalados com ocasionais calamidades. E olha onde isso o levou. Você é o chefe, agora.

— Shamron sempre diz que uma carreira sem polêmica não é uma carreira de verdade.

— Com quantos anos está o velho?

— Ele perdura.

— É um pouco como Israel, não?

— Shamron? Ele *é* Israel.

Keller acendeu um cigarro e soprou a fumaça em direção ao teto.

— Isqueiro novo? — perguntou Gabriel.

— Você repara em tudo.

Gabriel tirou o isqueiro da mão de Keller e leu a inscrição.

— Esta deve ter dado trabalho para ele.

— O que vale é a intenção — respondeu Keller e, então, perguntou: — Quanto ele contou a você?

— Contou que enviou você à França para rastrear o marroquino que forneceu os Kalashnikovs para o ataque a Londres. Disse também que você conseguiu encontrá-lo em questão de dias, embora o DGSI nunca tenha conseguido saber o nome dele. Ele sugeriu que seu antigo empregador, o inigualável *don* Anton Orsati, tenha dado uma ajuda valiosa. Sobre isso, especificamente, não entrou em detalhes.

— Com bom motivo.

— Parece que você se encontrou com esse marroquino, cujo nome era Zouredine Zakaria, em um café em Nice, e o levou a acreditar que você era um traficante de armas corso. Para provar sua legitimidade, concordou em vender a ele dez Kalashnikovs e dez Heckler & Koch MP7s pelo preço razoável de sessenta mil euros. Infelizmente, o negócio não correu como o planejado, e você avaliou ser necessário matar Zakaria e dois associados dele, eliminando, assim, a única ligação conhecida entre a rede de Saladin e o ataque a Londres. Considerando tudo — disse Gabriel —, eu diria que você passou dos limites.

— Merdas acontecem.

— De fato. E, agora, eu é que tenho que limpar a bagunça.

— Só para deixar registrado, não foi ideia minha enviar você com o rabo entre as pernas para os franceses.

— Você deve estar me confundindo.

— Com quem?

— Com alguém que tem um rabo para enfiar entre as pernas.

— Então, como pretende agir?

— Primeiro, vou pedir aos franceses tudo o que eles têm sobre Nouredine Zakaria. Depois — disse Gabriel —, vou convidá-los a se juntar à minha operação para encontrar Saladin.

— *Sua* operação? Os franceses nunca vão topar. Nem Graham.

— Graham abriu mão do comando hoje à tarde. Ele também concordou em me deixar tomar você emprestado. Agora, você trabalha para mim.

— Canalha — disse Keller, amassando o cigarro. — Eu devia ter matado você quando tive a chance.

Eles jantaram naquela noite num pequeno restaurante italiano perto da Sloane Square, onde nenhum dos dois era conhecido. Depois, Gabriel tomou um táxi sozinho para a Embaixada de Israel, localizada num lugar tranquilo em Kensington, perto da High Street. O embaixador e o chefe de estação ficaram excessivamente felizes em vê-lo, bem como seus guarda-costas. Na sala de comunicações seguras do andar inferior — conhecida, no Escritório, como a Sagrada entre as Sagradas —, ele ligou para o número particular do homem que precisava ver em Paris. Ele estava deitado, em seu triste apartamento de solteiro na Rue Saint-Jacques, e não ficou nada chateado de ouvir o som da voz de Gabriel.

— Eu queria saber se você teria uns minutinhos amanhã para me encontrar.

— Tenho reunião com meu ministro a manhã toda.

— Meus pêsames. E de tarde?

— Estou livre depois das duas.

— Onde?

— Na Rue de Grenelle.

Após a ligação, Gabriel telefonou para o Boulevard Rei Saul e informou a Mesa de Operações que estenderia sua estada no exterior em pelo menos um dia. O Departamento de Viagens cuidou dos arranjos. Gabriel ficou tentado em passar a noite no antigo apartamento que servia como esconderijo na Bayswater Road, mas seus guarda-costas o convenceram a permanecer dentro da estação. Como a maioria dos postos avançados do Escritório, havia um pequeno quarto para épocas de crise. Gabriel se esticou na odiável cama portátil, mas o sono lhe fugiu. Era a atração de uma operação, o pequeno êxtase de estar de volta ao campo, mesmo que "o campo", naquele momento, fosse uma embaixada em um dos bairros mais exclusivos do mundo.

Finalmente, poucas horas antes do nascer do sol, ele se entregou ao sono. Levantou-se às oito, tomou o café da manhã com os oficiais da Estação de Londres e, às nove, se sentou no banco de trás de um Jaguar do MI6 em direção ao aeroporto de Heathrow. Seu voo era o British Airways 334. Ele embarcou no último minuto, acompanhado dos seguranças, e se sentou em uma poltrona na janela, na primeira classe. Enquanto a aeronave levantava voo sobre o sudeste da Inglaterra, ele espiou os campos verde-acinzentados encolhendo lá embaixo. Por dentro, porém, estava vendo um homem grande e de constituição robusta, de aparência árabe, mancando em um lobby de hotel em Washington. Cabelos podiam ser cortados ou tingidos, um rosto podia ser alterado com cirurgia plástica. Mas um andar manco como aquele, pensou Gabriel, era eterno.

16

RUE DE GRENELLE, PARIS

Dizia-se que Paul Rousseau tinha planejado mais bombardeios que Osama bin Laden. Ele não negava, embora explicasse que nenhuma de suas bombas explodira de fato. Rousseau era um experiente praticante da arte da enganação. Ele tinha autoridade para tomar "medidas ativas" para tirar de circulação terroristas em potencial antes que eles tomassem medidas ativas contra a França e seus cidadãos. Os 84 oficiais do Grupo Alfa, unidade de elite de Rousseau no DGSI, não gastavam recursos preciosos seguindo suspeitos de terrorismo, ouvindo ligações telefônicas ou monitorando comentários fanáticos na internet. Em vez disso, balançavam a árvore e esperavam os frutos venenosos caírem em suas mãos. Em outro país, em outra época, um civil liberal poderia chamar esses métodos de ciladas. Paul Rousseau também não teria contestado essa alegação.

Durante os seis primeiros anos de sua existência, o Grupo Alfa foi um dos segredos oficiais mais bem guardados da França, e seus agentes operaram com impunidade. Isso, porém, tinha mudado após o ataque do EI a Washington, quando reportagens na imprensa norte-americana revelaram que Rousseau tinha sido ferido durante a explosão de um caminhão no Centro Nacional de Contraterrorismo, no subúrbio de Northern Virginia. Relatos subsequentes, principalmente na mídia francesa, detalharam alguns dos métodos mais intragáveis do Grupo Alfa. As operações foram comprometidas e os informantes, identificados. O ministro do Interior e o chefe do DGSI responderam negando, categoricamente, que houvesse uma unidade chamada Grupo Alfa. Mas era tarde demais. O dano era irreversível. Discretamente, pediram para Rousseau abrir mão de sua sede anônima na Rue de Grenelle e mudar sua operação para a sede do DGSI em Levallois-Perret. Rousseau se recusou. Ele nunca tinha gostado da periferia de Paris. Além disso, seus controladores de agentes não podiam executar direito as tarefas se fossem vistos entrando e saindo de um complexo murado com uma placa que dizia MINISTÈRE DE L'INTÉRIEUR.

Apesar do nível de ameaça elevado, Paul Rousseau e o Grupo Alfa continuaram a travar sua guerra silenciosa contra as forças radicais do Islã num elegante prédio do século XIX no chique sétimo *arrondissement*. Uma placa de cobre discreta avisava que no local funcionava a Sociedade Internacional de Literatura Francesa, um toque especialmente rousseauniano. Lá dentro, porém, todos os subterfúgios acabavam. A equipe de apoio técnico ocupava o porão; os observadores, o térreo. No segundo andar, ficava o lotado Arquivo do Grupo Alfa — Rousseau preferia dossiês em papel a arquivos digitais. O terceiro e o quarto andares eram domínio dos controladores de agentes. A maioria ia e vinha pelo portão na Rue de Grenelle, ou a pé ou de carro. Outros entravam por uma passagem secreta que ligava o prédio à loja de antiguidades pequena e desleixada que ficava ao lado, de propriedade de um francês idoso que tinha servido secretamente durante a guerra na Argélia. Rousseau era o único membro do Grupo Alfa que tivera permissão para ler o chocante arquivo do lojista.

O quinto andar era sombrio, escuro e silencioso, exceto pelo Chopin que ocasionalmente fluía pela porta aberta de Rousseau. Madame Treville, sua secretária sofrida de longa data, ocupava uma mesa organizada na antessala e, no extremo oposto de um corredor estreito, ficava o escritório do jovem e ambicioso vice de Rousseau, Christian Bouchard. Todos no estabelecimento de segurança francês davam como certo que Bouchard assumiria o controle do Grupo Alfa quando — e se — Rousseau decidisse se aposentar. Ele já tinha tentado isso uma vez, após a morte da amada Colette. O livro que ele esperava escrever, uma biografia de Proust em vários volumes, era apenas uma pilha de notas escritas à mão. Contudo, ele sabia que o terrorismo radical islâmico seria o trabalho de sua vida. Era uma luta que a França não podia perder. Rousseau acreditava que a própria sobrevivência da República estava em jogo.

Mesmo que improvável, o agente francês encontrou em Gabriel um parceiro valioso. A aliança deles tinha sido formada depois do primeiro episódio de Saladin em Paris, o bombardeio fatal ao Centro Isaac Weinberg para o Estudo do Antissemitismo na França. Saladin não tinha escolhido o alvo por acaso. Ele sabia das ligações secretas de Gabriel com a mulher que o administrava. Paul Rousseau também sabia e, junto com Gabriel, colocou um agente infiltrado na corte de Saladin. A operação tinha fracassado em evitar o ataque a Washington, mas tinha praticamente acabado com décadas de animosidade e de desconfiança entre o Escritório e os serviços de inteligência franceses. Uma consequência bem-vinda do novo relacionamento era que Gabriel agora estava livre para viajar pela França sem medo de ser preso ou perseguido. A lista de pecados em solo francês, os assassinatos, os danos colaterais, tudo foi oficialmente perdoado. Ele era tão legítimo quanto um espião profissional podia ser.

As rigorosas novas medidas de segurança do Grupo Alfa exigiam que Gabriel se livrasse de seu comboio e destacamento de proteção perto da Torre Eiffel e andasse sozinho o resto do caminho. Em geral, ele entrava no prédio pelo portão da Rue de Grenelle, mas, a pedido de Rousseau, entrou pela passagem na loja de antiguidades dessa vez. Rousseau estava esperando por ele no quinto andar, na sala de reuniões com paredes de vidro e à prova de som. Usava uma jaqueta de *tweed* amassada que Gabriel já tinha visto muitas vezes antes e, como sempre, fumava um cachimbo, violando as leis francesas que baniam o uso de tabaco em locais de trabalho. Gabriel era um não fumante devoto. Ainda assim, algo na rebelião particular de Rousseau lhe parecia reconfortante.

Ele retirou uma fotografia de sua maleta e a deslizou pelo tampo da mesa. Rousseau olhou para o rosto do homem e depois para cima com severidade.

— Nouredine Zakaria?

— Você conhece?

— Só pela reputação. — Rousseau levantou a fotografia. — Onde conseguiu isto?

— Não é importante.

— Ah, mas é, sim.

— Veio dos britânicos — admitiu Gabriel.

— De que filial?

— MI6.

— E por que o MI6 de repente está interessado em Nouredine Zakaria?

— Porque foi Nouredine quem forneceu os Kalashnikovs para o ataque em Londres. Ele é aquele que chamam de Scorpion.

Não há sentimento pior para um espião profissional que ouvir de um oficial de outro serviço algo que ele mesmo já deveria saber. Paul Rousseau suportou tal humilhação enquanto recarregava lentamente seu cachimbo.

— Quanto você sabe sobre ele? — perguntou Gabriel.

— Ele trabalha para a maior rede de tráfico de drogas da Europa.
— Fazendo o quê?
— A forma polida de dizer é que ele cuida da segurança.
— E a forma não polida?
— Ele é um mandante e assassino. A Police Nationale acredita que ele tenha pessoalmente matado pelo menos doze pessoas. Não que possam provar — completou Rousseau. — Nouredine é o mais cuidadoso possível. O chefe dele também.
— E quem é esse?
— Vamos começar do começo. — Rousseau levantou de novo a foto. — Onde conseguiu isto?
— Já disse, com os britânicos.
— Sim, ouvi da primeira vez. Mas onde os britânicos conseguiram?
— Não é importante.
— Ah, mas é, sim.

17

RUE DE GRENELLE, PARIS

— De quantas armas estamos falando?
— Acredito que vinte.
— E onde esse agente da inteligência britânica colocou as mãos em vinte Kalashnikovs e HKs?

A expressão de Gabriel conseguiu transmitir ao mesmo tempo ignorância e indiferença, ou algo entre uma e outra.

— Ele fingiu ser um corso? — perguntou Rousseau. — Tem certeza?

— Isso é importante?

— Veja, só alguém que viveu na ilha por muitos anos consegue imitar o sotaque.

Gabriel não disse nada.

— É amigo seu, esse agente britânico?

— Somos conhecidos.

— Ele deve ser muito bem conectado para conseguir algo desse tipo. Além de muito talentoso.

— Ele tem muito a aprender.

— Qual é seu interesse nessa história? — indagou Rousseau.

— Meu interesse — respondeu Gabriel — é Saladin.

— O meu também. E é por isso que vou contar até dez e conter minha raiva. É bem possível que esse seu amigo britânico tenha conseguido provar algo que eu suspeitava há muito tempo.

— O quê?

Rousseau não respondeu, ao menos, não diretamente. Com um tom professoral, ele voltou no tempo, até o inverno esperançoso de 2011. Na Tunísia e no Egito, regimes opressores foram varridos por uma onda repentina de ira e ressentimento populares. A Líbia seria a próxima. Em janeiro, houve pequenos protestos contra falta de habitação e corrupção política, protestos que logo se tornaram uma revolta nacional. Rapidamente, ficou óbvio que Muammar Kadhafi, governante tirânico da Líbia, não seguiria o exemplo de seus colegas em Tunis e no Cairo e sairia em silêncio. Ele governava com um punho de ferro há mais de quatro décadas, roubando suas riquezas petrolíferas e assassinando seus oponentes, às vezes apenas como entretenimento. Um militar experiente, sabia o destino que o aguardava se caísse. E, assim, mergulhou sua retrógrada nação numa guerra civil completa. Temendo um banho de sangue, o Ocidente interveio militarmente, com a França no papel de protagonista. Em outubro, Kadhafi estava morto e a Líbia, livre.

— E o que fizemos? Mandamos dinheiro e demos assistência ao povo líbio? Apoiamos o país enquanto tentava fazer a transição de sociedade tribal para democracia em estilo ocidental? Não — falou Rousseau —, não fizemos isso. Na verdade, não fizemos quase nada. O que aconteceu como resultado de nossa inércia? A Líbia se tornou mais um Estado falido, e o EI ocupou o vazio.

O perigo de um porto-seguro no norte da África, continuou Rousseau, era óbvio. Permitiria que os terroristas infiltrassem soldados e armas na Europa Ocidental e atacassem praticamente à vontade. O problema é que, pouco meses depois da chegada do Estado Islâmico na Líbia, forças policiais da Grécia e da Espanha notaram outra tendência perturbadora. O fluxo de narcóticos do norte da África, especialmente de haxixe vindo de Marrocos, cresceu em níveis sem precedentes. Além disso, houve uma mudança nas rotas tradicionais de contrabando. Se antes as gangues transportavam os produtos pelo Estreito de Gibraltar num pequeno barco ou jet ski — ou pela terra, para o Egito e depois os Balcãs —, agora, escoavam os produtos pela água, em enormes navios de carga.

— Tome como exemplo o caso do *Apollo*, aquela lata velha registrada na Grécia e capturada pela marina italiana na costa da Sicília pouco depois do Estado Islâmico se instalar na Líbia, ali perto. Os italianos tinham recebido, de um informante baseado no norte da África, a pista de que o navio continha uma grande quantidade de haxixe. Ainda assim, ficaram chocados com o que descobriram. Dezessete toneladas, uma apreensão recorde.

Mas o *Apollo*, explicou Rousseau, era só o começo. Durante os três anos seguintes, as autoridades europeias fizeram várias outras apreensões ainda mais impressionantes. Todos os navios tinham uma coisa em comum: pararam nos portos da Líbia. Todas as batidas eram baseadas em dicas de informantes bem posicionados no norte da África. No total, mais de trezentas toneladas de narcóticos, com um valor de venda estimado em três bilhões de dólares, foram tiradas do mercado. Contudo, de repente, os informantes pararam de falar e as apreensões desaceleraram e passaram a gotejar.

— Por que a mudança repentina na rota de contrabando? Por que os produtores de repente começaram a forçar quantidades enormes de mercadoria no mercado? E por que — perguntou Rousseau — os informantes ficaram em silêncio? Aqui na França, concluímos que havia um novo jogador poderoso no cenário. Alguém com poder suficiente para tomar o controle das rotas de contrabando. Alguém cujos métodos assustaram os informantes, os silenciando. Alguém disposto a arriscar a perda de toneladas de cargas preciosas porque estaria mais interessado em ganhar muitíssimo dinheiro o mais rápido possível. Determinamos que só havia um grupo que se encaixava nesse perfil.

— O Estado Islâmico.

Rousseau assentiu lentamente.

— O casamento entre haxixe e terrorismo — continuou ele — é tão antigo quanto o próprio tempo. Como você sabe, a palavra *assassino* deriva do árabe *hashashin*, os matadores xiitas que agiam sob a influência de haxixe. O Hezbollah, descendente deles no Líbano, financia parte de sua operação com a venda de haxixe, inclusive, para clientes do país de onde você vem. Quase desde sua criação, o EI foi ativo no mundo das drogas, principalmente, por impor impostos sobre o produto transportado nos territórios controlados por ele. Acreditamos que o Estado Islâmico assumiu boa parte do comércio europeu de narcóticos ilícitos. E a maioria dessas drogas flui pela organização de um homem. O homem para quem seu amigo trabalha — completou ele, tocando na fotografia de Nouredine Zakaria.

O cachimbo de Rousseau tinha apagado. Para a decepção de Gabriel, o francês levou a mão à bolsa de tabaco.

— Meu maior medo — continuou Rousseau — era que o relacionamento fosse mais do que financeiro, que essa organização terrorista usasse a infraestrutura da rede de distribuição desse homem para lançar ataques na Europa. Se seu amigo britânico estiver certo, se Nouredine Zakaria forneceu as armas usadas em Londres, então, parece que meus medos se concretizaram. A questão é: Nouredine estava operando sozinho ou com a benção de seu chefe?

— Talvez devêssemos perguntar a ele.

— Ao chefe do Nouredine? Mais fácil falar do que fazer. Ele é um homem muito popular aqui na França, especialmente entre os ricos e influentes, que jantam em seus restaurantes e bebem e dançam em suas boates. Dormem em seus hotéis, fazem compras em suas lojas e enfeitam os dedos e pescoços com itens de sua linha exclusiva de joias. E, de vez em quando, fumam, cheiram ou injetam suas drogas. O atual presidente da República é amigo pessoal dele. O ministro do Interior e muitos outros dentro da segurança francesa também. Todos se certificam de que perguntas desconfortáveis nunca sejam feitas e que as investigações nunca cheguem perto demais de seu império.

— Ele tem um nome?

— Jean-Luc Martel.

— JLM?

Rousseau pareceu genuinamente surpreso.

— Você conhece esse nome?

— Ao longo dos anos, passei muito tempo na França. É difícil não notar Jean-Luc Martel.

— De fato. Um de nossos empreendedores mais bem-sucedidos. Pelo menos, é o que escrevem sobre ele. Tudo simulação. O verdadeiro negócio de Martel são as drogas. — Rousseau ficou em silêncio por um momento. — E, se eu falasse essas palavras no escritório do meu ministro, ele me expulsaria da sala às gargalhadas. Depois, correria para jantar no novo restaurante de Martel no Boulevard Saint-Germain. Está bombando.

— Ouvi falar.

Rousseau riu involuntariamente.

— Talvez seja possível argumentar com Martel — disse Gabriel. — Apelar ao patriotismo dele.

— Jean-Luc Martel? Impossível.

— Então, suponho que teremos que fazê-lo trocar de lado à moda antiga.

— Como?

— Deixe isso comigo.

Houve um silêncio.

— E se conseguirmos? — quis saber Rousseau.

— Teremos grandes chances de encontrar aquele que nós dois estamos procurando.

— Sim — concordou Rousseau. — Concordo. Mas meu ministro jamais aprovará.

— O que seu ministro não sabe não o machucará.

O francês deu um sorriso sorrateiro.

— E as regras?

— As mesmas da última vez. Uma parceria igual. Eu tenho autonomia no exterior, você tem poder de veto sobre qualquer coisa que aconteça em solo francês.

— E os britânicos?

— Vou precisar dos serviços daquele que fala francês como um corso.

— Quanto eu sei sobre o que de fato aconteceu com Nouredine Zakaria e aquelas armas?

— Cerca de cinquenta por cento.

— Posso saber o resto?

— Sem chance.

— Nesse caso — finalizou Rousseau —, acho que temos um acordo.

Rousseau ligou para o Ministério do Interior e pediu cópias de dois arquivos: um com o nome Nouredine Zakaria, o outro com o nome do homem para quem ele trabalhava. O chefe do Arquivo, um *fonctionnaire* da melhor tradição francesa, imediatamente reclamou do pedido. Por que Rousseau, cuja missão era restrita ao terrorismo jihadista, estava interessado num criminoso marroquino de baixa hierarquia e num dos mais célebres empresários da França? Tratava-

-se, apontou o arquivista, de uma combinação bastante peculiar, como vinho tinto e ostras. Num gesto de boa vontade, Rousseau não disse ao homem à sua frente que achava a analogia infantil, na melhor das hipóteses. Em vez disso, apontou que, como chefe de uma divisão do DGSI, mesmo uma que não existia oficialmente, tinha direito de ver quase todos os arquivos no sistema francês. O arquivista capitulou, embora tenha indicado uma demora de várias horas. Desperdiçar o tempo valioso dos outros, pensou Rousseau, era a revanche máxima de um burocrata.

No fim, levou pouco menos de uma hora para localizar e copiar os arquivos em questão. Um motoboy do Grupo Alfa coletou os documentos às 16h52 e, por um pequeno milagre, os entregou na Rue de Grenelle às 17h11. Não havia como contestar o horário — o segurança, recém-contratado, o anotou em seu registro, o que era obrigatório segundo os novos protocolos do Grupo Alfa. O guarda inspecionou rapidamente os documentos — quinhentas páginas unidas por um par de clipes metálicos — antes de deixar o mensageiro entrar no prédio. Pelo bem de sua saúde, ele subiu de escada, em vez de esperar pelo instável elevador. Às 17h13, colocou os documentos na mesa de Madame Treville. Sobre esse horário, novamente, havia certeza absoluta. Madame Treville o anotou em seu diário de mesa, que depois foi recuperado.

Christian Bouchard, sempre alerta ao perigo ou à oportunidade, colocou a cabeça bem penteada para fora de sua toca e, vendo a pilha de arquivos recém-entregues na mesa de Madame Treville, foi até lá dar uma olhada.

— JLM? Quem pediu isso?

— *Monsieur* Rousseau.

— Por quê?

— Seria preciso perguntar a ele.

— Onde ele está?

— Na sala segura de reuniões. — Ela baixou a voz e completou: — Com o israelense.

— Allon?

Madame Treville assentiu, séria.

— Por que não fui incluído?

— Você estava almoçando quando ele chegou. — Ela fez com que isso soasse como uma acusação. — *Monsieur* Rousseau me pediu para entregar os arquivos no minuto em que chegassem. Talvez você queira fazer isso por mim.

Bouchard pegou a pilha de papéis e a carregou pelo corredor até a sala segura de reuniões, onde encontrou Gabriel e Rousseau atrás de uma parede de vidro à prova de som, concentrados numa conversa. Ele digitou o código para abrir, entrou e colocou os arquivos pesados sobre a mesa, como se fossem prova de uma conspiração.

Foi então, no instante em que as quinhentas páginas pousaram com um baque pesado, que a bomba detonou. Na verdade, o sincronismo foi tal que Gabriel pensou que os próprios documentos tinham, de alguma forma, explodido. Por sorte, ele só se lembraria vagamente do que se seguiu. Tinha consciência de estar caindo através uma inundação de vidro, alvenaria e sangue humano, e que Paul Rousseau e Christian Bouchard estavam caindo junto com ele. Quando finalmente descansou, sentiu como se estivesse confinado em seu próprio caixão. Os últimos pensamentos conscientes foram sobre o próprio velório, uma aglomeração de pessoas de luto em torno de um túmulo aberto no Monte das Oliveiras, duas crianças pequenas, uma filha chamada Irene em homenagem à avó, um menino que levava o nome de um grande pintor. Os filhos não se lembrariam dele. Para eles, ele era um homem que ia e vinha na escuridão. E era à escuridão que ele retornava.

Parte Dois

◇◇◇◇◇◇◇◇◇◇◇◇◇◇

UMA GAROTA ASSIM

18

PARIS – JERUSALÉM

A verdade do que acontecia dentro das paredes do prédio antigo e gracioso da Rue de Grenelle seria revelada pelos papéis — dossiês, relatórios de observação, mensagens de texto e e-mails interceptados, históricos de casos. Por várias horas depois do ataque, eles voaram pelas ruas do sétimo *arrondissement*, da Torre Eiffel a Les Invalides e aos jardins do Museu Rodin, à solta num vento incerto. Houve vários relatos de policiais uniformizados e agentes à paisana coletando os documentos freneticamente, enquanto profissionais de resgate e paramédicos procuravam sobreviventes nos escombros. No início da noite, porém, fotografias de documentos recuperados, todos com o logo do DGSI, começaram a aparecer no Twitter e em outras redes sociais. O *Le Monde* deu o furo de reportagem, seguido pelo resto dos grandes veículos de imprensa franceses. Por fim, sem ter outro recurso que não a verdade, o ministro do Interior confirmou o óbvio. O alvo do segundo grande bombardeio em Paris em menos de um ano não era uma obscura sociedade dedicada à promoção da literatura francesa, e sim uma unidade de elite do DGSI cuja própria existência recentemente fora negada. Ele pediu que os cidadãos da República entregassem todos os documentos recuperados às autoridades e deixassem de postar imagens na internet. A obediência a esse pedido foi desanimadoramente baixa.

Infelizmente, o escândalo político que se seguiu, bem como as muitas questões em relação às táticas do Grupo Alfa, eclipsaria a precisão e a brutalidade do ataque em si. Havia simbolismo não apenas no alvo, mas também no modo de entrega da bomba — uma van Renault Trafic branca, mesmo modelo usado no ataque ao Centro Isaac Weinberg para o Estudo do Antissemitismo na França dez meses antes. Com apenas duzentos quilos, porém, a bomba era bem menor do que a anterior. Ainda assim, o poder de destruição era similar, o que sugeriu para os especialistas que o fabricante de bombas de Saladin, quem quer que fosse, tinha aperfeiçoado sua arte. A força da explosão deixou a sede do Grupo Alfa em ruínas e danificou prédios por vários metros ao longo da Rue de Grenelle. Quatro pedestres que passavam perto da van quando ela explodiu morreram na hora, bem como uma mãe e sua filha de seis anos que entravam na farmácia em frente. Fora eles, as vítimas eram oficiais do Grupo Alfa.

Da van em si, não sobrou quase nada. Uma porta caiu perto de uma *boucherie* na Rue Cler; uma parte do teto, num parquinho no Campo de Marte. Mais tarde, ficaria estabelecido que o veículo fora dado como roubado três semanas antes na periferia de Bruxelas e tinha entrado em Paris pela A13. As autoridades francesas nunca descobririam onde a bomba havia sido preparada. Assim como também nunca identificariam o homem que estacionou a van diretamente abaixo da janela do escritório de Paul Rousseau no quinto andar. Ele foi visto pela última vez subindo numa moto deixada para ele na Praça de la Tour-Maubourg. A moto nunca seria achada.

Por sorte, metade da equipe do Grupo Alfa estava de folga ou em campo quando a bomba explodiu. A equipe técnica e a de observadores foram as que mais sofreram, visto que seus escritórios ficavam nos andares inferiores. Dois jovens do Arquivo faleceram, bem como nove dos controladores de agentes mais experientes do Grupo Alfa. Paul Rousseau e Christian Bouchard só sofreram ferimentos leves, devido, em parte, a estarem na sala de reunião segura quando a bomba explodiu. Por uma infelicidade, Madame Treville tinha escolhido aquele exato momento para organizar o bagunçado escritório de Rousseau e se expôs à força total da detonação. Ela foi tirada com vida dos escombros, mas morreu naquela mesma noite, enquanto o resto da França nadava em intrigas políticas.

Mas havia mais falatório a caminho. No dia seguinte ao bombardeio, surgiram dúvidas quanto às fatalidades dentro do prédio. A fonte da polêmica era um relato de que testemunhas tinham visto dois homens — jovens, robustos e armados com revólveres — revirando freneticamente os escombros logo após o atentado, enquanto gritavam um nome — Gavriel, que, por acaso, é a versão em hebraico do nome do atual chefe do serviço secreto de inteligência israelense. Isso gerou especulações de que o homem em questão, cujo histórico na França era longo e sórdido, estava dentro do prédio quando a bomba explodiu. O ministro do Interior e o chefe do DGSI negaram que ele estivesse presente, ou que estivesse na França. Dado o histórico recente, essas negações foram recebidas com merecido ceticismo.

Na verdade, o homem em questão estava, de fato, dentro da sede do Grupo Alfa no momento do ataque, e passara 45 longos minutos debaixo dos escombros, dobrado e virado como um contorcionista, antes de ser libertado por seus guarda-costas e uma equipe de resgate francesa. Ensanguentado e coberto de poeira, ele foi levado ao hospital militar Val-de-Grâce, onde foi costurado e remendado. Gabriel teve várias costelas quebradas, duas vértebras fraturadas na lombar e uma concussão séria. Os médicos lembrariam que ele falava um francês fluente, ainda que com leve sotaque, e que recusara qualquer medicação para a dor, apesar do intenso desconforto causado pelos ferimentos. Mais tarde, porém, após uma visita de oficiais da inteligência francesa, médicos e enfermeiras de plantão negariam qualquer conhecimento sobre ele.

    Ele, na realidade, permaneceu no hospital por três dias, num quarto ao lado do ocupado por Paul Rousseau e Christian Bouchard. Foi cuidado por uma equipe médica franco-israelense e por uma equipe de guarda-costas de mesma origem. Por fim, após uma rodada de raios-X e ressonâncias magnéticas confirmar que era seguro transportá-lo, ele foi vestido com um terno e uma camisa limpos e levado de ambulância ao aeroporto Charles de Gaulle. Ali, após recusar todas as ofertas de ajuda, subiu um lance íngreme de escada, parando várias vezes para descansar e recuperar o equilíbrio, e entrou na cabine de primeira classe de um jato comercial da El Al. Estava vazia, exceto por uma linda mulher com cabelo escuro rebelde. Ele se sentou ao lado dela, descansou a cabeça em seu ombro e fechou os olhos. O cabelo tinha cheiro de baunilha. Só naquele momento ele teve certeza de que ainda estava vivo.

Ao voltar a Israel, Gabriel foi direto para a Rua Narkiss, onde permaneceu recluso por quase uma semana. No início, ele ficou na cama, levantando-se apenas para pegar os poucos minutos de sol de fim de inverno que batiam à tarde no pequeno terraço. A dor dos ferimentos, embora suportável, era imensa. Cada inspiração era um martírio, e até o menor dos movimentos parecia a estocada de uma lança de ferro quente na base da coluna. Havia ainda os efeitos da concussão: dor de cabeça crônica, sensibilidade à luz e ao som, incapacidade de se concentrar por mais do que dois minutos. Ele ficava mais confortável em um quarto escuro, de porta fechada. Sozinho, tendo apenas seus pensamentos confusos como companhia,

Gabriel tinha medo que sua condição fosse permanente, que esses ferimentos fossem a gota d'água, que tivesse esgotado sua capacidade de cura. Não havia quantidade de retoques capaz de consertá-lo. Ele era uma tela sem reparo.

Os cidadãos israelenses seguiam a vida em tranquilidade, sem saber que o importante chefe do serviço secreto estava deitado numa cama com quatro costelas quebradas, duas vértebras fraturadas e uma dor de cabeça catastrófica sem fim. Havia rumores, alimentados, principalmente, pela imprensa na França, mas descartados depois de catorze segundos de um vídeo divulgado pelo escritório do primeiro-ministro e transmitido na televisão israelense. Ele exibia uma reunião na Rua Kaplan entre o primeiro-ministro, com um sorriso satisfeito e gravata azul, e Gabriel, que usava uma calça cinza e parecia completamente saudável. O vídeo foi gravado pouco depois de ele se tornar chefe e arquivado para uma ocasião como esta. Existiam outros, com roupas diferentes, condições de iluminação alteradas, caso Gabriel um dia achasse necessário passar um período significativo sem fazer aparições públicas. Ele acreditava que esse momento tinha chegado, embora muito mais cedo do que jamais imaginara. O chefe do Escritório tinha quase morrido num ataque friamente calculado à sede de um aliado na guerra ao terror. Portanto, o chefe não tinha saída a não ser responder na mesma moeda. Eram as regras de convivência. Gabriel não deixaria a vingança nas mãos de terceiros. Também não descontaria em alvos insignificantes nos desertos do Iraque e da Síria. O alvo era um homem. Um homem que tinha construído uma rede de morte que atacava as grandes cidades do mundo civilizado. Um homem que estava financiando suas operações por meio da venda de narcóticos na Europa Ocidental. Ele o encontraria e o varreria da face da Terra. A abordagem seria detalhista, meticulosa. Não havia nada mais perigoso, pensou, do que um homem paciente.

Mas ele não conseguiria declarar guerra contra seu inimigo sem um corpo e um cérebro. A dor gradualmente cedeu, como as águas de uma grande enchente, mas os pensamentos continuaram confusos. A operação estava ali, em algum lugar, mas suas tramas e seus personagens centrais se perdiam na névoa da concussão. Ele determinou que eram necessários exercícios vigorosos, não físicos, mas mentais; então, jogou os antigos jogos de memorização de Shamron e, em sua cabeça, releu densas monografias sobre Ticiano, Bellini, Tintoretto e Veronese. O esforço o fatigou — era, afinal, exercício —, mas, lentamente, a operação se mostrou de forma mais clara. Apenas o desfecho lhe fugia. Ele via um homem rico, quebrado, exposto e disposto a cumprir ordens. Mas como ele levaria o homem a esse ponto? Aos poucos, lembrou a si mesmo. Cuidado com a fúria de um homem paciente.

A dor atrapalhava o sono, bem como os pesadelos em que despencava por um redemoinho de entulho, vidro e sangue. Ao acordar na quarta manhã após o atentado, percebeu que a dor de cabeça tinha sumido e que os pensamentos estavam claros. Levantando-se antes de Chiara e das crianças, Gabriel foi à cozinha e fez café, que bebeu enquanto assistia às notícias na televisão. Depois, entrou no banheiro e encarou seu reflexo no espelho. A imagem era, segundo qualquer avaliação, perturbadora. O lado esquerdo do rosto estava razoavelmente intacto, mas o direito — o lado que estivera virado para a força total da explosão — era outra história. O olho estava roxo e inchado, e havia um monte de pequenos cortes e lesões deixados por vidro e estilhaços que voaram. Não era o rosto de um chefe, pensou ele, era o rosto de um vingador. Ele encheu a cuba da pia com água quase fervendo e lenta e dolorosamente raspou a barba de uma semana. Cada passada da lâmina causava uma descarga de dor na base da coluna, e um simples espirro, totalmente inesperado, o deixou dobrado por vários segundos, agonizando.

De banho tomado, ele voltou ao quarto e viu que Chiara tinha se levantado. Colocou uma calça de gabardine e uma camisa social com apenas um pouco de dor, mas o esforço de amarrar seus sapatos Oxford quase o fez voltar para a cama. Sorrindo firmemente para esconder o desconforto, ele foi para a cozinha e encontrou Chiara preparando um bule de café fresco.

— Melhor? — Ela lhe entregou uma xícara de café e o examinou de cima a baixo. — Por favor, não diga que está pensando em ir para o Boulevard Rei Saul.

A realidade era que ele estava. Mas o tom da voz de Chiara o fez reconsiderar.

— Na verdade — disse ele —, pensei em passar um tempo com as crianças. Queria parecer de novo uma pessoa, não um paciente.

— Boa resposta — falou Chiara, com ceticismo. Nesse momento, um ruído veio do quarto dos bebês. Ela sorriu e sussurrou: — E, assim, começamos.

Ele se fez de forte. Ajudou Chiara a vestir as crianças, uma atividade que não lhe causou pouca dor, e supervisou a caótica batalha de comida também conhecida como café da manhã. A manhã foi repleta de atividades infantis, com leitura de histórias, vídeos educativos e muitas fraldas trocadas. Gabriel não entendia como Chiara conseguia enfrentar esta realidade sozinha sem desmaiar de exaustão. Em comparação, chefiar um dos maiores serviços de inteligência do mundo parecia algo trivial.

A hora da soneca foi um oásis. Gabriel aproveitou para dormir também e, quando acordou, saiu para o terraço para aquecer seu corpo cansado no sol de Jerusalém. Dessa vez, porém, levou uma pilha de material de leitura — as quinhentas páginas do arquivo de Jean-Luc Martel, cuja cópia ele tinha levado consigo ao sair da França. Martel era alvo de interesse francês constante há mais de uma década. E, apesar disso, com a exceção de duas pequenas complicações relacionadas a impostos não pagos, a reputação dele continuava acima de qualquer suspeita. A investigação mais recente sobre seu império de negócios tinha acontecido dois anos antes. Foi lançada depois de um traficante de médio porte se oferecer para testemunhar contra Martel em troca de uma sentença de prisão reduzida. O caso foi encerrado por falta de evidências, embora o oficial responsável pela investigação, um homem de caráter inexpugnável, tenha se aposentado como forma de protesto. Talvez não fosse coincidência que o traficante cuja acusação dera início à investigação tenha sido, mais tarde, encontrado morto em sua cela, com a garganta cortada.

A investigação produziu inúmeras comunicações interceptadas — algumas lascivas, muitas prosaicas, todas insignificantes — e várias centenas de fotos de vigilância. Rousseau enviara uma seleção das melhores. Havia Jean-Luc Martel no Festival de Cannes, na Bienal de Veneza, na primeira fileira da Semana de Moda de Nova York, em seu iate de 142 pés no Mediterrâneo, na Rue de Rhône em Genebra e no baile de gala de abertura de seu novo restaurante em Paris. Este, aliás, havia sido um sucesso, pois ele gastou cerca de cinco milhões de euros para garantir a presença de celebridades francesas importantes, além de uma estrela de *reality show* norte-americana que era famosa por ser famosa e alguns artistas de hip-hop norte-americanos que tinham coisas nada gentis a dizer sobre a forma como a França tratava minorias raciais.

Martel estava sempre acompanhado pela mesma mulher nas fotos. Alta e com braços e pernas longas, ela possuía olhos grandes azuis e cabelo loiro nórdico que caía liso por cima dos ombros quadrados. Ela não era francesa, mas inglesa — curioso, pois Martel era um defensor público de tudo o que era gaulês. O nome dela não significava nada para Gabriel, mas o rosto impecável era vagamente familiar. Bastou uma busca rápida na internet para mostrar mais de quatro mil imagens profissionais da moça. Anúncios de roupas. De joias. De uma linha exclusiva de relógios de pulso. De perfume. De roupas de banho. De um carro esportivo italiano de segurança duvidosa. Mas tudo isso estava no passado. Ela, agora, era dona de uma galeria de arte renomada na Praça de L'Ormeau, em Saint-Tropez, na qual as autoridades francesas não viam nada de errado. Uma segunda busca por documentos e notícias disponíveis revelou que ela era uma péssima motorista, que fora presa duas vezes por pequenos delitos relacionados a drogas e se envolvido numa série de casos românticos questionáveis — jogadores de futebol, atores, um membro do Parlamento, um astro do *glam-rock* envelhecido que tinha transado com todas as outras modelos da Inglaterra. Ela nunca se casou e não tinha filhos, pais ou irmãos. Era, pensou Gabriel, sozinha no mundo.

Na maioria das fotografias da vigilância francesa, o olhar dela estava longe e o rosto, abaixado. Apenas em uma, tirada na ilha de Saint-Louis, em Paris, ela foi pega olhando diretamente para a câmera. Foi essa foto que Gabriel mostrou a Uzi Navot naquela mesma noite em sua pequena mesa da cozinha. Era perto de meia-noite; Navot, que passou boa parte da última década em uma ou outra dieta da moda, devorava lentamente os restos do jantar feito por Chiara. Ele estudou a foto com atenção entre as garfadas. Antigo recrutador e controlador de agentes, ele tinha um olhar certeiro para talentos.

— Ela é problema — comentou ele. — Evite.

— Acha que ela sabe de onde o namorado famoso tira o dinheiro?

— Uma garota assim... — Navot balançou seus ombros pesado. — Sabe. Elas sempre sabem.

— A galeria está no nome dela.

— Você está pensando em ameaçá-la?

— Não é minha primeira escolha, mas não se deve limitar as opções.

— *Como* você pretende agir?

Gabriel explicou enquanto Navot terminava de comer.

— Você vai precisar de um traficante de armas russo — apontou Navot.

— Tenho um.

— Ele é casado ou solteiro?

— Casado — respondeu Gabriel. — Bastante casado.

— Com que tipo?

— Com uma boa garota francesa.

— Alguém que eu conheça?

Gabriel não respondeu. Navot encarou a fotografia da mulher, bela, com braços e pernas longas.

— Uma garota assim não sai barato — comentou Navot. — Você vai precisar de dinheiro.

— Sei onde podemos conseguir dinheiro, Uzi. — Gabriel sorriu. — Muito dinheiro.

19

BOULEVARD REI SAUL, TEL AVIV

Levaria mais 72 horas até Jean-Luc Martel, hoteleiro, dono de restaurante, comerciante de roupas, joalheiro e traficante internacional de narcóticos ilícitos, se tornar alvo de uma vigilância do Escritório em tempo integral, junto com Olivia Watson, sua não-exatamente-esposa. O atraso tinha a ver com a localização deles e com a época do ano. Ambos estavam na encantada ilha de São Bartolomeu, nas Índias Ocidentais, e era fim do inverno, o que significava não haver uma mansão para alugar ou quarto de hotel para reservar no resort inteiro. Com a pressão incansável de Gabriel, o Departamento de Viagens conseguiu colocar as mãos numa cabana infestada de mosquitos com vista para os pântanos salinos. Mordecai e Oded, uma dupla de operários faz-tudo do Escritório, se acomodaram lá logo depois, com duas oficiais como acompanhantes — e ambas falavam inglês norte-americano. Os franceses não contribuíram ativamente, apesar de, tecnicamente, o território ser deles. O Grupo Alfa não estava em condições de operar contra ninguém, pois permanecia de luto por seus mortos e em busca de uma nova sede clandestina em Paris. Até onde sabia o resto dos oficiais franceses — os vários ministros, chefes de serviços de inteligência e segurança, policiais e promotores —, não havia operação.

O alvo dessa operação fantasma, porém, não teve dificuldade de achar acomodação em São Bartolomeu. Ele era proprietário de uma grande mansão nos morros acima da Vila de Saint-Jean, de onde podia ver seu hotel de luxo, sua loja especializada em moda de praia para mulheres e seu restaurante, batizado de Chez Olivia. O primeiro lote de fotos de vigilância a mostrava deitada nua ao lado da piscina na mansão de Martel. O próximo a exibia em vários estágios de nudez. Gabriel aconselhou a equipe a dedicar as energias em algo além das fotografias. Ele já conhecia a aparência de Olivia Watson, o que queria eram informações práticas. Foi recompensado com outra foto, que mostrava Martel em flagrante delito com uma das vendedoras de sua butique. Gabriel guardou a foto em segurança, embora duvidasse de seu impacto potencial. Quando uma mulher começava um relacionamento com um francês, especialmente alguém tão bonito quanto Jean-Luc Martel, a infidelidade era parte do negócio. Ele só se perguntava se Olivia Watson jogava seguindo as mesmas regras.

Eles permaneceriam em São Bartolomeu pelos próximos dez dias, alheios ao fato de que, a milhares de quilômetros dali, num prédio comercial anônimo em Tel Aviv, suas vidas estavam sob um ataque contínuo, ainda que silencioso. Eli Lavon, habilidoso investigador financeiro, escavou a JLM Enterprises, que, sendo tão francesa, tinha sede do outro lado da fronteira, na discreta Genebra. Com a ajuda da Unidade 8200, serviço ultrassecreto de inteligência de sinais de Israel, Lavon considerou com calma o balanço patrimonial e os registros fiscais da JLM, que revelaram que a empresa era, de fato, muito lucrativa. Anormalmente lucrativa, na opinião do investigador, que tinha um olho bem treinado para dinheiro sujo. Ele, então, analisou a companhia unidade por unidade. Os restaurantes, os hotéis, as casas noturnas, as lojas e as joalherias. Tudo estava no azul, um impressionante ciclo de sorte durante um período de crescimento econômico lento. O mesmo se podia dizer da Galeria Olivia Watson, em Saint-Tropez. Enquanto o resto do mundo da arte lutava no mercado pós-Grande Recessão, a galeria tinha vendido mais de duzentos milhões de dólares nos últimos dezoito meses.

— Calder, Pollock, Rothko, Basquiat, três obras de Roy Lichtenstein, três de Kooning, alguns Rauschenbergs e mais Warhols do que consegui contar.

— Impressionante — comentou Gabriel.

— Especialmente quando consideramos os preços. Comparei com as vendas em leilões em Nova York e Londres.

— E?

— Não chegam nem perto.

— Talvez ela seja uma boa negociadora — sugeriu Gabriel.

— Posso dizer uma coisa: ela é discreta. Quase todas as vendas são particulares.

— Conseguiu encontrar alguma nota de remessa?

— Para falar a verdade, consegui.

— E?

— Durante os últimos seis meses, ela enviou quatro quadros ao mesmo endereço no Porto Livre de Genebra.

Inicialmente, Lavon conduziu sua investigação do escritório no último andar. Mas, quando a isca foi lançada, ele reuniu os arquivos e migrou para a câmara apertada subterrânea conhecida como Sala 456C. O resto da velha equipe Barak logo se juntou a ele. Havia Yossi Gavish, alto e quase careca, com seu hebraico com sotaque britânico e ar empavonado, e Rimona Stern, de cabelo cor de arenito, quadris largos e língua afiada. Yaakov Rossman, antigo controlador de agentes, com rosto marcado pela varíola e agora chefe de Operações Especiais, retomou seu velho lugar na mesa comunal, ao lado do último quadro de giz em todo o Boulevard Rei Saul. Dina Sarid, base de dados ambulante sobre terrorismo palestino e islâmico do Escritório, ocupou sua posição de sempre, no canto extremo. Na parede vazia acima da mesa dela, havia uma ampliação da última fotografia conhecida de Saladin, a imagem de vigilância tirada na Tríplice Fronteira da América do Sul. A mensagem para os outros era inconfundível. Jean-Luc Martel e Olivia Watson eram apenas degraus. O prêmio final era Saladin.

Gabriel, ainda sofrendo com dores, não precisava daquele lembrete. Ocasionalmente, colocava a cabeça na porta para checar o progresso da equipe, mas, durante a maior parte do tempo, mantinha-se no último andar e se equilibrava numa corda bamba administrativa, chefe num minuto e agente de campo e planejador no outro. Desde os dias de Ari Shamron um diretor-geral não mantinha tão curta as rédeas de uma operação. Apesar disso, o resto dos negócios diários do Escritório — a miríade de operações menores, os processos de recrutamento, as análises e avaliações de ameaças atuais — seguia normalmente, graças à presença de Uzi Navot do outro lado do corredor. Era a estreia da nova parceria deles, e ela prosseguiu sem percalços. Navot chegou a acompanhar Gabriel a uma reunião com o primeiro-ministro, embora, ao contrário do chefe, ele tenha se mostrado incapaz de resistir ao frango *Kung Pao*.

— É o sal — confessou, enquanto saíam da Rua Kaplan. — Eu comeria meu sapato se fosse frito e coberto com molho de soja.

Enquanto Eli Lavon se infiltrava no suspeito conglomerado conhecido como JLM Enterprises, Yossi Gavish e Rimona Stern focavam seus esforços em Jean-Luc Martel. A história de seu começo humilde tinha sido contada muitas vezes, ele não a escondia. Era, como sua juba de cabelo quase preto, parte de seu charme. Quando criança, ele viveu numa vila nos morros da Provença. O lugar, dizia, era apenas passagem para os ricos e belos que passavam a caminho do mar. O pai dele colocava azulejos, a mãe os varria e passava pano neles. Ela era parte argelina, ou, ao menos, era o boato que corria na região. O pai de Jean-Luc batia nela com frequência. Batia em Jean-Luc também. Ele desapareceu quando Jean-Luc tinha dezessete anos. Alguns meses depois, o corpo foi descoberto no fundo de uma ravina isolada, a alguns quilômetros da vila. O crânio estava destruído, traumatismo, provavelmente causado por um martelo. Para o departamento de segurança francês, aquele era considerado o primeiro assassinato cometido por Jean-Luc Martel.

Em entrevistas, Martel falava sobre ter sido um aluno pobre e bagunceiro. A universidade não era uma opção, então, aos dezoito anos, ele seguiu para Marselha, onde trabalhou servindo mesas num restaurante perto do Porto Velho. Ele estudou o negócio com atenção — ou era o que dizia a história — e juntou dinheiro suficiente para abrir o próprio restaurante. Com o tempo, abriu um segundo, depois um terceiro. E, assim, um império nasceu.

As quinhentas páginas do arquivo francês, porém, contavam uma versão bem diferente da época de Jean-Luc Martel em Marselha. Era verdade que ele trabalhou por um tempo como garçom, mas o restaurante não era um estabelecimento comum. Era uma operação de lavagem de dinheiro gerida por Philippe Renard, figura da alta hierarquia francesa especializada na importação e na distribuição de narcóticos ilegais. Renard gostou de cara do jovem bonito dos morros, especialmente depois de saber que Jean-Luc tinha matado o próprio pai. Renard lhe ensinou tudo o que havia para saber sobre os negócios. Apresentou-o a fornecedores no norte da África e na Turquia. Aconselhou-o sobre como lidar com rivalidades com outras gangues para evitar derramamento de sangue e publicidade desnecessários. Instruiu sobre como usar negócios aparentemente legítimos para lavar e esconder lucros. Martel recompensou a confiança de Renard o assassinando com um martelo, assim como tinha feito com o pai, e assumiu controle dos negócios.

Do dia para a noite, Jean-Luc Martel se tornou um dos traficantes mais importantes da França. Mas ele não estava satisfeito em ser apenas um entre muitos. O objetivo era a dominação total do comércio. E, assim, construiu um exército de assassinos de gangues de rua, principalmente marroquinos e argelinos, para acabar com todos os rivais. Quando o sangue finalmente parou de jorrar, Martel era o único sobrevivente. A expansão no comércio de drogas coincidiu com a ascensão no mundo legítimo. Cada lado do negócio alimentava o outro. A JLM Enterprises era uma empreitada criminosa de cima a baixo, uma gigante lavadora industrial que produzia centenas de milhões de euros limpos por ano.

Ele foi casado uma vez, por um breve período, com uma linda atriz que fazia pequenos papéis em filmes nada memoráveis. Durante o processo do divórcio, ela ameaçou contar à polícia tudo o que sabia sobre a verdadeira fonte de renda do então marido. Seu destino foi uma overdose de soníferos e álcool. Depois disso, ele se absteve de romances públicos por muitos meses, o que a imprensa achou adorável. Já a polícia não ficou tão impressionada. Sem fazer estardalhaço, tentou ligar Martel à morte da esposa. A investigação não deu em nada.

Quando ele emergiu de sua Fase Azul, foi com Olivia Watson em seus braços. Ela tinha 33 anos e era membro da tribo perdida de expatriados ingleses que caem em Provença e parecem nunca mais encontrar o caminho de casa. Velha demais para ser modelo, ela gerenciava uma pequena galeria de arte que vendia obras sem importância — "E *isso*", tinha explicado Rimona Stern, "para sermos generosos" — aos turistas que lotavam a vila a cada verão. Com a ajuda financeira de Martel, abriu uma galeria própria. Também desenhou uma linha de moda-praia e uma coleção de móveis em estilo provençal. Como a galeria, ambas levavam seu nome.

— Aparentemente — completou Rimona —, um perfume está sendo criado.

— E cheira a quê?

— A haxixe — ironizou ela.

Mas haveria outro lado da JLM Enterprises? Um lado além da hotelaria e das drogas? O caso de Nouredine Zakaria sugeria que sim. O marroquino tinha conseguido inserir pelo menos quinze fuzis Kalashnikov no Reino Unido, um feito impressionante de contrabando e logística. Sem dúvida, usou uma parte da rede que levava as drogas de Martel à Grã-Bretanha e ao resto da Europa. Mas seria Nouredine a exceção ou haveria outros? Felizmente, o Escritório tinha em sua posse vários milhares de documentos de inteligência franceses entregues por Paul Rousseau após o ataque ao Centro Weinberg em Paris. Com ajuda de um analista do Grupo Alfa em Paris, Dina Sarid comparou os nomes na base de dados com membros conhecidos ou célebres do exército de traficantes e assassino de Jean-Luc, a maioria de ascendência norte-africana. Seis nomes apareceram em ambas as listas: três marroquinos, dois argelinos e um tunisiano. Quatro dos homens tinham cumprido sentenças em prisões francesas por crimes relacionados a drogas. Dois, acreditava-se, tinham passado um tempo na Síria lutando pelo EI. Mas, quando Dina ampliou os parâmetros para incluir associações de segundo e terceiro graus, os resultados foram ainda mais alarmantes.

— A JLM Enterprises — concluiu ela — é um batalhão do Estado Islâmico à espera.

Gabriel encaminhou a análise de Dina a Paul Rousseau em Paris, que colocou os piores dos piores sob observação do Grupo Alfa. Na mesma noite, o último membro da equipe Barak chegou a Tel Aviv a bordo de um voo vindo de Zurique, onde tinha passado vários dias resolvendo uma questão não relacionada ao caso.

Ao entrar na Sala 456C, ele parou por um instante em frente à fotografia ampliada de Saladin, desejou-lhe uma noite desagradável e se sentou em sua antiga mesa, na qual Gabriel tinha pessoalmente colocado duas enormes pilhas de arquivos. Ele abriu o primeiro e franziu a sobrancelha.

— Ivan Kharkov — murmurou. — Há quanto tempo, seu filho da puta miserável.

Foi Ari Shamron que certa vez descreveu Mikhail Abramov como um "Gabriel sem consciência". Não era uma caracterização totalmente justa, mas também não estava longe da verdade. Nascido em Moscou com pais acadêmicos soviéticos dissidentes, Mikhail serviu na elite do Sayeret Matkal, a versão israelense do SAS britânico, antes de se juntar ao Escritório. Os enormes talentos, porém, não se limitavam às armas; daí, a pilha de arquivos deixados por Gabriel na mesa dele.

Em aparência, ele era o oposto de Gabriel. Alto e magricela, de uma palidez extrema e olhos cinza sem cor, era um príncipe de gelo, o contrário do príncipe de fogo que era Gabriel. Durante aqueles intensos dias de preparação, ele praticamente ignorou Jean-Luc Martel e Olivia Watson. Eram luzes numa orla distante — ou, como Gabriel gostava de dizer, do outro lado de uma baía em formato de ferradura. Mikhail só tinha uma missão: se preparar para o papel que logo representaria. Não por coincidência, o personagem cuja vida ele habitaria tinha bastante em comum com sua presa. Como Jean-Luc Martel, era um homem de duas caras, uma que mostrava ao resto do mundo e outra que mantinha cuidadosamente escondida.

Mikhail era autodidata, já que os assuntos a serem estudados envolviam armamentos russos. Mas Gabriel, se afastando de novo da tradição do Escritório, supervisionou pessoalmente o resto. Na noite em que Martel e Olivia Watson saíram de São Bartolomeu, ele convocou Mikhail a seu escritório para um exame final. Gabriel ficou diante de um monitor de vídeo, com um controle remoto na mão, enquanto Mikhail se sentou no sofá de couro, com as longas pernas apoiadas na mesa de centro, os olhos semicerrados numa expressão característica de tédio.

— Tintoretto — disse Mikhail.

Gabriel pressionou o controle e outra imagem apareceu na tela.

— Ticiano — respondeu Mikhail, controlando um elaborado bocejo.

A imagem mudou.

— Rembrandt, pelo amor de Deus. Próxima.

Quando a imagem apareceu, ele colocou uma mão na testa, fingindo estar pensando muito.

— Isso é um Parmigianino ou um Perugino?

— Qual dos dois? — perguntou Gabriel.

— Parmigianino.

— Correto, de novo.

— Por que você não me dá alguma coisa um pouco mais desafiadora?

— Que tal isto?

Outra imagem apareceu na tela. Dessa vez, não era um quadro, mas o rosto de uma mulher.

— Natalie Mizrahi — falou Mikhail.

— Não é isso que estou perguntando.

— Se ela está pronta? É isso que quer saber?

— Sim.

— Quer que eu fale com ela?

Gabriel desligou o monitor de vídeo e concordou com a cabeça lentamente. Não era trabalho para um amante, pensou. Apenas um chefe poderia pedir esse tipo de coisa.

20

VALE DE JEZREEL, ISRAEL

No início da tarde seguinte, após limpar sua caixa de entrada e retornado as ligações necessárias, Gabriel entrou com calma no banco de trás da SUV blindada e saiu em direção ao vale de sua juventude. A paisagem na janela era amarelada como uma antiga fotografia. À noite, um incendiário palestino colocou fogo no Monte Carmelo. Levadas por ventos fortes, as chamas consumiram doze quilômetros quadrados de pinheiro-de-alepo, altamente inflamável, e avançavam sobre a periferia de Haifa. Os bombeiros de Israel tinham se provado incapazes de conter o incêndio, deixando o primeiro-ministro sem escolha a não ser pedir ajuda internacional. A Grécia, mesmo com a economia periclitante, enviara duzentos homens; a Rússia concordara em mandar um avião-tanque. Até o governante da Síria, lutando pela própria sobrevivência, tinha, ironicamente, se oferecido a ir ao socorro de Israel. Gabriel achou a impotência de seu país profundamente perturbadora. O povo judeu tinha drenado os pântanos de malária, aguado os desertos e vencido em três conflitos existenciais contra um inimigo de número muito maior. Mas um palestino com um pacote de fósforos conseguia paralisar o extremo noroeste do país e ameaçar sua terceira maior cidade.

A Rodovia 6, principal ligação norte-sul de Israel, estava bloqueada no Trevo de Ferro. O comboio de Gabriel virou na Rodovia 65 e seguiu na direção leste até Megido, o pequeno morro onde, segundo o livro do Apocalipse, Cristo e Satanás entrariam num duelo que traria o fim dos dias. O antigo monte parecia pacífico, embora estivesse coberto por um véu de fumaça sépia vindo do distante fogo na serra. Eles seguiram na direção norte para o Vale de Jezreel, mantendo-se nas estradas laterais para evitar o trânsito desviado, até um portão de segurança, de metal e com lanças, bloquear o caminho deles. Mais além localizava-se Nahalal, um assentamento agrícola cooperativo, ou *moshav*, fundado por judeus no Leste Europeu em 1921, quando a Palestina ainda estava nas mãos do Império Britânico. Este era o segundo Nahalal. O primeiro assentamento agrícola nesse pedaço de terra foi estabelecido pouco depois da conquista de Canaã. Como registrado no capítulo 19 de Josué, ele pertencia à tribo de Zebulom, uma das doze da antiga Israel.

Gabriel se esticou pela janela e digitou o código no teclado para o portão de segurança abrir. Oleandros e eucaliptos ladeavam a pista levemente curvada que surgia diante deles. A Nahalal moderna tinha desenho circular. Bangalôs ficavam de frente para a estrada e, atrás das casas, como as lâminas de um leque, havia pastos e terra cultivada. As crianças saíam em fila da única escola desse *moshav* e não deram atenção à SUV grande e preta de Gabriel. Vários residentes de Nahalal trabalhavam nos serviços de segurança ou no IDF. Moshe Dayan, talvez o general mais famoso de Israel, estava enterrado no cemitério de Nahalal.

No extremo sul, a SUV virou na entrada de carros de uma casa de aparência contemporânea. Um segurança num colete cáqui apareceu na varanda sombreada e, ao ver Gabriel emergir lentamente do veículo, levantou a mão para cumprimentá-lo. Na outra, ele segurava o cano de uma arma automática.

— Ela acabou de sair.

— Onde ela está?

O segurança inclinou a cabeça na direção das terras agrícolas.

— Há quanto tempo ela saiu?

— Vinte minutos. Talvez meia hora.

— Por favor, diga que ela não está sozinha.

— Ela até tentou, mas mandei alguns dos garotos com ela. Eles levaram um dos quadriciclos. Ninguém consegue manter o ritmo dela.

Sorrindo, Gabriel entrou no bangalô. A mobília era escassa e funcional, parecendo mais um escritório do que uma casa. Anos atrás, as paredes tinham sido forradas com grandes fotografias em preto e branco do sofrimento palestino — a longa e poeirenta caminhada para o exílio, os campos destruídos, os rostos miseráveis dos velhos sonhando com o paraíso perdido. Agora, havia quadros. Alguns eram de Gabriel, obras juvenis, derivativas. O resto era da mãe dele. Todas obras cubistas e expressionistas abstratas, cheias de fogo e dor, produzidas por uma artista no ápice de seu potencial. Um quadro mostrava uma mulher de lado, esquelética, sem vida, enrolada em trapos. Ele se lembrou da semana em que ela o havia pintado; a semana da execução de Eichmann. O esforço a deixara exaurida e de cama. Muitos anos depois, Gabriel descobriria o testemunho que sua mãe tinha gravado e depois trancado nos arquivos de Yad Vashem. Só então descobriria que a representação cubista de uma mulher em trapos era um autorretrato.

Ele foi para o jardim. Uma fumaça subia do Monte Carmelo como a nuvem de um vulcão em erupção, apesar dos céus acima do vale estarem claros e perfumados com o cheiro de terra e excremento bovino. Gabriel olhou por cima do ombro e percebeu que estava sozinho; seu destacamento de segurança parecia ter se esquecido dele. Ele seguiu por uma trilha de terra, passando pelo cercado de animais, observado por vacas leiteiras de olhos vazios. O triângulo de terras cultivadas da fazenda se estendia diante dele. A porção mais próxima do bangalô estava sendo usada para algum tipo de cultivo — Gabriel sentia algum ressentimento pela ignorância sobre questões de fazenda —, mas a seção distante estava arada e vazia somente esperando as sementes. Além da fronteira exterior ficava Ramat David, o kibutz onde ele nasceu e cresceu. Ele foi criado alguns anos depois de Nahalal, em 1926, e o nome vinha não do antigo rei judeu, mas de David Lloyd George, primeiro-ministro britânico cujo governo via com bons olhos a ideia de estabelecer uma nação judaica no território palestino.

Os residentes de Ramat David não eram do Oriente. Eram, em grande parte, judeus alemães. Irene Frankel tinha chegado ali em 1948, mas logo depois conheceu, em Munique, um escritor intelectual e adotou o nome hebraico Allon. Ela esperava ter seis filhos, um para cada milhão perdido para o Holocausto, mas seu útero suportou apenas um, um garoto batizado de Gabriel, o mensageiro de Deus, o defensor de Israel, o intérprete das visões de Daniel. A casa deles, como a maioria em Ramat David, era um local triste, com velas queimando por parentes e irmãos que não sobreviveram, com gritos aterrorizados à noite. Assim Gabriel passava seus dias perambulando pelo antigo vale da tribo de Zebulom. Quando criança, ele achava que era *seu* vale. Agora, era dele, para cuidar e proteger.

O sol já se escondia atrás da serra em chamas, e a luz do dia se retirava. Naquele momento, Gabriel ouviu algo que soou como um pedido de ajuda distante. Eram apenas as primeiras notas do chamado à oração descendo da vila árabe encarapitada nas encostas dos morros ao leste. Na infância, ele conhecera um garoto da vila chamado Yusuf. Yusuf se referia a ele como Jibril, versão árabe do nome, e contava histórias de como era o vale antes da volta dos judeus. A amizade deles era um segredo bem guardado. Gabriel nunca foi à vila de Yusuf. Yusuf nunca foi à dele. O abismo era irreconciliável. Até hoje.

    O chamado à oração lentamente se esvaiu, junto com o resto da luz. Gabriel olhou para os campos escurecidos na direção do bangalô. Onde estavam seus guarda-costas? Ele estava grato pela folga; não conseguia lembrar a última vez em que estivera sozinho. De repente, ouviu a voz de uma mulher chamando seu nome. Por um instante, imaginou que fosse sua mãe. Então, virando-se, viu uma figura esguia correndo até ele pela trilha, seguida por dois homens num quadriciclo. De súbito, sentiu uma pontada de dor na lombar. Ou seria culpa? É isso que fazemos, ele se reassegurou enquanto massageava o local da dor. É o castigo por termos sobrevivido nessa terra.

21

NAHALAL, ISRAEL

Como Gabriel, a doutora Natalie Mizrahi tinha tido o desprazer enorme de ver Saladin ao vivo. O encontro de Gabriel com o monstro tinha sido efêmero, mas Natalie fora obrigada a passar vários dias com ele numa casa de muitos cômodos e pátios perto da cidade de Mossul, no norte do Iraque. Lá, ela tratou duas feridas sérias sofridas por Saladin em um ataque aéreo norte-americano: uma no peito e outra na perna direita. Natalie e Saladin tinham se encontrado novamente, dessa vez, num minúsculo chalé triangular na parte rural de Northern Virginia. Um quadro digno de Caravaggio representava o instante anterior ao resgate dela na galeria horrenda da memória de Gabriel. Por mais que tentasse, ele não conseguia apagá-lo. Isso também era algo que ele e Natalie tinham em comum.

A jornada dela até as profundezas do Estado Islâmico era uma das mais impressionantes dos anais do Escritório. Na verdade, até Saladin, que só conhecia parte da história, previra que um dia alguém escreveria um livro sobre isso. Nascida e educada na França, fluente no dialeto árabe argelino, ela imigrou para Israel com os pais para escapar da onda crescente de antissemitismo em sua terra natal.

Após a mudança, aceitou uma posição no pronto-socorro do Centro Médico Hadassah, em Jerusalém Ocidental. A chegada a Israel não passou despercebida aos olheiros do Escritório. E, quando Gabriel estava procurando por uma agente para colocar na rede de Saladin, foi Natalie que ele procurou. Em uma pequena casa de fazenda em Nahalal, ele descascou as muitas camadas da identidade dela e a transformou em Leila Hadawi, mulher árabe de linhagem palestina, uma viúva decidida a se vingar. Com a ajuda de Paul Rousseau e do Grupo Alfa, ele a inseriu no fluxo de muçulmanos franceses e de outras partes da Europa indo para a Síria lutar pelo Estado Islâmico.

Ela passou quase um mês no califado, num apartamento perto do Parque al-Rasheed no centro de Raqqa, depois num campo de treinamento na antiga cidade Palmira e, finalmente, na casa próxima a Mosul onde, ameaçada de morte, ela salvara a vida do maior gênio do terror desde Osama bin Laden. Durante o período de recuperação, ele demonstrara a ela a maior gentileza. Referia-se a ela apenas como Maimônides, o filósofo e estudioso talmudista que servira como um dos médicos da corte do verdadeiro Saladin no Cairo, e permitia que ela ficasse em sua presença sem cobrir o rosto. Em momento algum ela saiu do lado dele. Tinha monitorado os sinais vitais, trocado ataduras e amenizado a dor com morfina. Muitas vezes, considerara empurrá-lo através da porta da morte com uma overdose. Em vez disso, em nome do juramento de médica e da crença de que era essencial relatar o que testemunhava, ela cuidara de Saladin até ele se recuperar. Um ato de caridade que ele pagou enviando-a para Washington numa missão suicida.

Três meses tinham se passado desde aquela noite e, ainda agora, Gabriel notava traços de Leila Hadawi no comportamento e nos olhos escuros de Natalie. Ela tinha abandonado o véu e a raiva de Leila, mas não a silenciosa devoção nem a dignidade dela. Fora isso, não havia sinais visíveis dos suplícios que ela sofrera no califado islâmico ou no chalé na Virginia, onde Saladin a tinha submetido pessoalmente a um interrogatório brutal. A intenção era executar Natalie da forma preferida do Estado Islâmico, cortando a cabeça. O interessante é que a iminência da morte dela teve o efeito de soltar a língua dele. Saladin admitiu ter servido no Mukhabarat iraquiano sob comando de Saddam Hussein, além de fornecer apoio material e logístico aos terroristas rejeicionistas palestinos como Abu Nidal e se unir à insurgência do Iraque após a invasão norte-americana de 2003. Aqueles três elementos em seu currículo representavam o conteúdo total conhecido pelos serviços de inteligência ocidentais sobre ele. Até o nome verdadeiro continuava sendo um mistério. Natalie, porém, havia convivido no meio mais íntimo de Saladin, numa época em que ele estava fragilizado fisicamente. Ela conhecia cada centímetro do corpo alto e poderoso dele, cada pinta e marca de nascença, cada cicatriz. Essa era apenas uma das razões pelas quais Gabriel tinha ido à fazenda em Nahalal, no vale onde nascera.

A noite esfriou rapidamente, como sempre acontecia na Galileia. Ainda assim, eles se sentaram no jardim, na mesma mesa onde, dez meses antes, Gabriel tinha conduzido o recrutamento de Natalie. Agora, como então, ela se sentava muito ereta, com as mãos dobradas sobre o colo. Usava um conjunto esportivo azul apertado e tênis de corrida verde fluorescente sujos da terra das estradas rurais. O cabelo escuro estava penteado para longe de seu rosto e preso na base do pescoço com um elástico. Os lábios grossos e sensuais exibiam um meio sorriso. Ela parecia feliz pela primeira vez em muitos meses. De repente, Gabriel sentiu outra pontada de dor. Dessa vez, era real.

— Sabe — disse Natalie, com a expressão séria —, você vai se recuperar melhor se tomar alguma coisa.

— É tão óbvio assim?

— Você está pendendo para um lado para não pressionar as fraturas.

Com uma careta, Gabriel tentou imitar a postura ereta de Natalie.

— E a respiração — continuou ela — está muito superficial.

— Dói quando eu respiro. E cada vez que tusso ou espirro, vejo estrelas.

— Você está conseguindo dormir?

— O suficiente. — Então, perguntou em voz baixa: — E você?

Natalie tirou a rolha de uma garrafa de vinho branco da Galileia e encheu duas taças. Bebeu só um pouco e apoiou a taça de volta na mesa. Durante os muitos meses que vivera como muçulmana radical, ela se abstivera de álcool. O consumo diário de vinho branco — que os olheiros do Escritório consideravam seu único vício — diminuíra muito desde a volta de Israel.

— *Está?* — perguntou Gabriel uma segunda vez.

— Dormindo? Nunca fui muito boa nisso, mesmo antes da operação. Além do mais — completou ela, olhando para o exterior do bangalô —, não é exatamente uma casa de segredos, né? Todos os cômodos têm escuta, e cada movimento é registrado e analisado pelos seus psiquiatras.

Gabriel não se deu ao trabalho de negar. O bangalô de fato tinha escutas de áudio e vídeo, e uma equipe de médicos do Escritório registrava todos os aspectos da recuperação de Natalie. As avaliações retratavam uma oficial que ainda lutava contra os efeitos do transtorno de estresse pós-traumático, que sofria de períodos longos de insônia, terrores noturnos e episódios de depressão severa. O treinamento diário de corrida no vale tinha melhorado sua saúde em geral e equilibrado as mudanças de humor. A relação romântica com Mikhail, visitante regular a Nahalal, também. No geral, os médicos de Natalie tinham a opinião — assim como Mikhail — de que ela estava pronta para voltar a um trabalho limitado. Trabalho limitado, porém, não era o que Gabriel tinha em mente. Ele tinha Saladin como objetivo.

Gabriel se mexeu desconfortavelmente na cadeira. Natalie franziu o cenho.

— Pelo menos, beba um pouco do vinho. Podia amenizar a dor.

Ele bebeu. Não amenizou.

— Ele era igual — comentou Natalie.

— Quem?

— Saladin. Não queria remédios para a dor. Tive que quase torturá-lo para convencê-lo de que eram necessários. E cada vez que eu colocava morfina no soro dele, ele lutava para ficar consciente. Se eu tivesse...

— Você fez a coisa certa.

— Não sei se as vítimas de Londres concordariam. Nem as de Paris — completou ela. — Você tem sorte de estar vivo. Nada disso teria acontecido se eu tivesse matado Saladin quando tive a chance.

— Não somos como ele, Natalie. Não fazemos missões suicidas. Além disso, alguém teria ocupado o lugar dele.

— Não tem ninguém como Saladin. Ele é especial. Pode acreditar.

Ela esquentou a mão sobre a vela que queimava entre eles. A direção do vento mudou de repente, trazendo consigo o cheiro ácido dos incêndios. Gabriel preferia isso ao cheiro do vale. Mesmo quando criança, ele o odiava.

Natalie tirou a mão da chama.

— Eu estava começando a achar que você tinha me esquecido.

— Nem por um minuto. E também não esqueci o que você passou.

— Somos dois.

Ela esticou a mão para pegar o vinho, mas parou. A moderação de Leila, parecia, tinha voltado.

— Mikhail me garante que, um dia, não vou me lembrar desses acontecimentos, que serão como lembranças desagradáveis de infância, como a vez em que eu quase decepei o dedo brincando com uma das facas de cozinha da minha mãe. — Ela levantou uma mão no escuro. — Ainda tenho a cicatriz.

O vento arrefeceu e a chama da vela voltou à posição original.

— Você aprova? — perguntou ela.

— O Mikhail?

— Sim.

— O que eu acho não importa.

— Claro que importa. Você é o chefe.

Ele sorriu.

— Sim, Natalie, eu aprovo. Completamente, aliás.

— E você aprovava aquela garota norte-americana com quem ele estava envolvido? A que trabalhava para a CIA? O nome dela — adicionou Natalie, friamente — me escapa.

— Era Sarah.

— Sarah Bancroft — completou ela, enfatizando a primeira sílaba do sobrenome de som bastante aristocrático.

— Sim — falou Gabriel. — Sarah Bancroft.

— Não parece judeu, Bancroft.

— Por um bom motivo. E não — contou Gabriel —, eu não aprovava o relacionamento. Pelo menos, não no começo.

— Por ela não ser judia?

— Porque relacionamentos entre oficiais de inteligência são complicados por natureza. E entre oficiais que trabalham para serviços de países diferentes são inéditos.

— Mas ela era próxima do Escritório.

— Muito.

— E você gostava dela.

— Gostava.

— Quem terminou?

— Não fiquei sabendo de todos os detalhes.

— Até parece — desdenhou ela.

— Acredito — disse ele, com cuidado — que tenha sido Mikhail.

Natalie pareceu considerar com atenção essa última afirmação. Gabriel esperava não ter falado demais. Nunca era possível saber de fato o que se passava entre amantes, especialmente no que dizia respeito a relações antigas. Era possível que Mikhail tivesse se pintado como a parte prejudicada. Não, pensou, não era o estilo dele. Ele tinha qualidades ótimas, mas o coração era feito de aço.

— Imagino que ele vá embora em breve — disse ela.

— Tenho mais algumas peças para colocar no lugar.

— Xadrez operacional?

Ele sorriu.

— E por quanto tempo você acha que ele vai ficar fora?

— É difícil saber.

— Ouvi falar que você vai transformá-lo num traficante de armas.

— Um muito rico.

— Ele vai precisar de uma garota. Senão, Jean-Luc Martel não vai acreditar que ele é real.

— Você sabe muito sobre ele?

— Sobre JLM? — Ela deu de ombros. — Só o que lia nos jornais.

— Acha que ele está envolvido com drogas?

— Era o boato. Eu cresci em Marselha, lembra?

— Sim — disse Gabriel, sem emoção. — Acho que devo ter lido algo sobre isso uma vez no seu arquivo.

— Tratei várias overdoses de heroína quando trabalhava lá — continuou Natalie. — Diziam ser a heroína de Martel. Mas suponho que não dê para acreditar em tudo.

— Às vezes, dá.

Um silêncio caiu entre eles.

— Então, quem é a sortuda? — perguntou Natalie, enfim.

— A garota do Mikhail? Pensei em alguém para o papel — comentou Gabriel —, mas não tenho certeza de que ela vai querer.

— Você já perguntou a ela?

— Ainda não.

— Está esperando o quê?

— Perdão.

— Pelo quê?

Então, um sopro de vento cresceu subitamente e apagou a vela. Eles permaneceram sozinhos na escuridão, sem dizer nada, e observaram as montanhas queimando.

Natalie só precisou de alguns minutos para jogar os pertences numa sacola. Ainda vestida em seu conjunto esportivo, ela se acomodou no banco de trás da SUV de Gabriel e voltou com ele para Tel Aviv. As regras diziam que ela estabelecesse residência num "local de transição", um esconderijo em que agentes do Escritório assumiam as identidades que levariam consigo para o campo. Em vez disso, Gabriel a deixou no apartamento de Mikhail, próximo à rua HaYarkon. Ele achou que não era uma quebra de protocolo completa; afinal, Mikhail e Natalie posariam como marido e mulher. Com alguma sorte, podiam até aprender a não gostar um pouco um do outro. Aí, ninguém duvidaria da autenticidade do disfarce.

Era perto das nove da noite quando a SUV de Gabriel começou a longa subida pelo Bab al-Wad até Jerusalém. Desde que não houvesse acidentes nem alertas de segurança — nem ligações do primeiro-ministro —, ele estaria na Rua Narkiss em no máximo meia hora. As crianças já estariam dormindo, mas, pelo menos, ele poderia fazer uma refeição tranquila com Chiara. Enquanto se aproximavam da fronteira ocidental da cidade, porém, seu celular acendeu com uma mensagem. Ele a olhou por um longo tempo, pensando se podia fingir que ela tinha de alguma forma se perdido na transmissão. Infelizmente, não podia. Ele estava prestes a fazer sua segunda viagem ao exterior como chefe. Dessa vez, iria aos Estados Unidos.

22
LINCOLN MEMORIAL, WASHINGTON

Langley enviou um avião para buscá-lo, o que nunca era bom sinal. Era um Gulfstream.
 G650 com interior de couro e teca, uma grande seleção de filmes e cestas cheias de lanches nada saudáveis. Na parte de trás do avião, havia uma cabine particular de dormir. Gabriel se esticou na cama estreita, mas não conseguiu encontrar uma posição para o torso e os membros que não lhe causasse dor. O céu do lado de fora da janela nunca ficou claro; ele estava indo para o oeste, perseguindo a noite. Sem dormir, Gabriel tinha pouco a fazer que não imaginar o motivo para sua convocação inesperada a Washington. Duvidava que fosse de natureza social. A nova turma da Casa Branca não gostava de ser simpática.
 O avião pousou no aeroporto de Dulles às três e meia e taxiou até um hangar particular, onde um comboio de três Suburban blindados o esperava, com os tubos de escape gentilmente soltando fumaça no ar frio e úmido. O fato de ser tão cedo significava que havia pouco trânsito. Enquanto cruzava a Capital Beltway, Gabriel olhou na direção do *campus* de inteligência da Liberty Crossing, antiga sede do Escritório do Diretor de Inteligência Nacional e

do Centro Nacional de Contraterrorismo. Um bosque cerrado bloqueava a visão da devastação. Por enquanto, o Congresso não tinha alocado os bilhões de dólares necessários para reconstruir Liberty Crossing, outrora um brilhante símbolo da caótica expansão do estado de segurança nacional norte-americano depois do 11 de Setembro. Como os membros do Grupo Alfa de Paul Rousseau, as equipes do Escritório do Diretor de Inteligência Nacional e do CNC foram forçadas a procurar acomodações em outro lugar. Saladin, além de tudo, tinha deixado muitos espiões e analistas sem teto.

A caravana de SUVs virou na Rota 123 e se encaminhou para McLean. Gabriel temeu estar sendo levado para a sede da CIA — que ele evitava sempre que possível —, mas eles passaram pela entrada sem nem diminuir a velocidade e continuaram em direção ao George Washington Memorial Parkway. Essa via os levou ao lado da Virginia do Rio Potomac, às torres de vidro e aço de Rosslyn. Do outro lado do rio, subiam as graciosas espirais da Universidade de Georgetown, mas o olhar de Gabriel foi atraído à feia laje retangular do Key Bridge Marriott, onde Natalie tinha passado muitas horas presa num quarto com uma terrorista franco-argelina chamada Safia Bourihane. Por uma câmera escondida, Gabriel tinha assistido à Natalie gravar um vídeo de mártir e depois enrolar seu corpo num colete suicida. Apenas mais tarde, num chalé na Virginia, ela ficaria sabendo que o colete não funcionava. Saladin a tinha enganado. E tinha enganado Gabriel, também.

Eles continuaram na direção sul ao longo do rio, passando pelo Cemitério Nacional de Arlington, e viraram na Memorial Bridge. Na margem oposta, brilhando como se iluminado por dentro, ficava o Lincoln Memorial. Normalmente, o trânsito vindo de Virginia para Washington era desviado para a 23th Street. Mas as três SUVs do comboio entraram vagarosamente num canteiro de concreto e estacionaram na esplanada do flanco sul do monumento.

Alguns oficiais uniformizados da polícia do parque estavam na escuridão, mas, fora eles, o espaço estava deserto. Nesse momento, o telefone de Gabriel vibrou com uma mensagem que chegava. Ele saiu da SUV, caminhou até a base da escada do memorial e, com uma mão pressionando a lombar, começou a subir.

Uma lona pesada, balançando com o vento fraco, estava esticada na entrada. Gabriel abriu caminho pela fresta com os ombros e entrou, hesitante, na câmara central. Lincoln o olhava contemplativo de cima de seu trono de mármore, como se aflito com os danos a seu redor. A base da estátua estava marcada com minúsculas crateras, bem como os murais de Jules Guérin e as colunas iônicas que separavam a câmara central das câmaras laterais, norte e sul. Uma das colunas tinha sofrido dano estrutural significativo. Era o local onde um membro da rede de Saladin tinha colocado uma mochila cheia de explosivos e esferas de rolamento. A detonação foi potente o suficiente para fazer tremer a Casa Branca. Vinte e uma pessoas morreram dentro do memorial e outras sete, na escada, onde o terrorista abriu fogo com um revólver. Era só o começo.

    Gabriel passou entre um par de colunas marcadas e entrou na câmara norte, onde Adrian Carter, com o rosto virado para cima, estava lendo as palavras do segundo discurso de posse de Lincoln. Ele baixou o olhar na direção do rosto de Gabriel e franziu a sobrancelha.

    — Parece que os boatos, afinal, eram verdadeiros — disse.

    — Que boatos seriam esses?

    — Sobre você estar dentro da sede do Grupo Alfa quando aquela bomba explodiu.

    — Escolhi o momento errado.

    — Sua especialidade.

O norte-americano voltou a estudar o enorme painel. Ele usava um casaco de lã felpuda, calças cáqui amassadas e sapatos que pareciam ter sido desenhados para andar nos bosques da Nova Inglaterra. A roupa, combinada com seu cabelo ralo despenteado e um bigode fora de moda, lhe dava um ar de professor de universidade pequena, o tipo que defendia causas nobres e era uma pedra constante no sapato do reitor. Na verdade, Carter era o chefe da Diretoria de Operações da CIA, o mais antigo da história da Agência. Ele ter convocado Gabriel era uma violação de protocolo; como regra geral, o *ramsad* não se encontrava com adjuntos. Adrian Carter, porém, era um caso especial. Ele era um espião dos espiões, uma lenda que, nos sombrios dias que se seguiram ao 11 de Setembro, tinha desenhado o plano da Agência para destruir a Al-Qaeda e desdobrar suas redes globais. As prisões secretas, as capturas, os métodos de interrogatório avançados: tudo tinha as digitais dele. Por uma década e meia, ele conseguiu dizer para si mesmo e para seus críticos que, apesar de todos os pecados, conseguira proteger o território norte-americano de um segundo espetáculo de terror. E, num piscar de olhos, Saladin o tinha tornado um mentiroso.

— Meu pai me trouxe aqui para ver o doutor King em 1963 — contou Carter. — Era pastor episcopal e estava envolvido com o movimento dos direitos civis. — Ele olhou de relance para Gabriel. — Já mencionei isso?

— Uma ou duas vezes.

— Lembro de ficar muito orgulhoso do meu país naquele dia — continuou Carter. — Senti que tudo era possível. Tive orgulho quando elegemos nosso primeiro presidente negro, apesar de todas as coisas horríveis que ele disse sobre a Agência durante a campanha. Nós tivemos nossas discordâncias durante os anos, mas nunca esqueci o que ele representava. A eleição dele foi um milagre. E nunca teria acontecido se não fosse pelas palavras ditas por Martin Luther King naquele dia. Este é nosso espaço sagrado, nossa terra sacra. É por isso que nunca vou perdoar Saladin pelo que fez.

Carter virou de costas para o painel e caminhou lentamente para a câmara central, onde parou aos pés de Lincoln.

— Você é o especialista. Dá para restaurar?

— O mármore não é meu meio de trabalho — respondeu Gabriel. — Mas, sim, quase tudo pode ser restaurado.

— E meu país? — perguntou Carter, de súbito. — Pode ser consertado?

— Suas divisões são pequenas fissuras em comparação com as nossas. Os Estados Unidos vão encontrar seu caminho.

— Será? Não tenho tanta certeza. — Carter pegou Gabriel pelo braço. — Venha comigo. Quero mostrar uma coisa.

23
GEORGETOWN, WASHINGTON

Não é fácil para o chefe do Escritório e o diretor-adjunto da CIA caminharem sem serem notados em Washington, mesmo logo antes do amanhecer. Apenas um guarda-costas os seguia pelo caminho de pedestres à beira do Potomac; o resto estava na constelação de Suburbans pretos que se movia ao redor deles. O passo de Carter era deliberado, pensativo. Por isso, pelo menos, Gabriel era grato. Suas costas estavam queimando de dor, um fato que ele não conseguia esconder do velho amigo.

— Está ruim demais? — perguntou Carter.

— Infelizmente, dizem que vou sobreviver.

— Espero que o voo não tenha sido tão difícil para você.

— O Gulfstream fez com que fosse tolerável.

— Ele pertence a um amigo meu chamado Bill Blackburn, que trabalhara na Divisão de Atividades Especiais. Ele era um verdadeiro operário naquela época, principalmente na América Central. E fez uma rodada final no Afeganistão depois do 11 de Setembro. Hoje, tem uma empresa de inteligência particular. Chama Black Ops.

— Engenhoso.

— Ele é, na verdade. Bill se deu muito bem. Eu o utilizo para trabalhos que exigem um pouco mais de discrição.

— Achei que era eu quem você usava para esse tipo de trabalho.

— Bill e seus homens sujam as mãos — explicou Carter. — Eu guardo você para aqueles que precisam de um pouco de *finesse*.

— É bom nosso trabalho ser apreciado.

Eles caminharam em silêncio por um momento. Ao redor, surgiam os primeiros sons de mais uma manhã agitada na cidade.

— Bill me pressiona há anos para trabalhar com ele — contou Carter, por fim. — Diz que me pagaria sete dígitos no primeiro ano. Aparentemente, eu não teria que fazer muita coisa. Ele quer me usar como fazedor de dinheiro para garantir que os contratos lucrativos continuem chegando para ele. A guerra global ao terror tem sido muito lucrativa para muita gente nessa cidade. Eu sou o único idiota que não tirou vantagem.

— Você merece, Adrian.

— Você aceitaria um emprego como esse?

— Nem em um milhão de anos.

— Nem eu. Além disso, tenho coisas mais importantes para fazer antes de me mandarem embora de Langley.

— Tipo o quê?

— Tipo pegar o homem que fez *aquilo*.

Carter levantou os olhos para o Kennedy Center. Alguns minutos após o ataque ao Lincoln Memorial, um terrorista suicida tinha detonado seu equipamento no Hall dos Estados. Depois, três outros caminharam metodicamente pelo resto do complexo — o Teatro Eisenhower, a Casa de Óperas, a Sala de Concertos —, massacrando todos que encontravam pela frente.

— Eu conhecia duas das vítimas — confessou Carter. — Um jovem casal que morava perto de mim em Herndon. Ele trabalhava na área de tecnologia, ela era planejadora financeira. Tinham a vida resolvida. Boas carreiras, um financiamento, dois filhos lindos. A casa agora está à venda e os filhos moram com a tia em Baltimore. É o que acontece quando gente como nós comete erros. Pessoas morrem. Várias pessoas.

— Fizemos todo o possível para impedir os ataques, Adrian.

— Meu novo diretor não concorda. Ele é durão, um crente verdadeiro. Pessoalmente, sempre achei que fosse perigoso misturar ideologia e inteligência — falou Carter. — É uma coisa que nubla o raciocínio e faz com que a pessoa acredite no que quiser. Meu novo diretor não vê assim. Os jovens sérios que ele trouxe consigo para a Agência também não. Eles me veem como um fracassado, o que, no mundo deles, é a pior coisa que um homem pode ser. Quando eu imploro por cautela operacional, me acusam de fraqueza. Quando faço uma avaliação que difere de sua visão de mundo, eles me acusam de deslealdade.

— Eleições têm consequências — disse Gabriel.

— Ataques terroristas em solo americano também. Aparentemente, é tudo minha culpa, apesar de eu ter dito a todo mundo que quisesse ouvir que o EI estava planejando nos atacar com algo grande. Segundo os boatos, sou um homem ultrapassado.

— Quanto tempo você tem?

— Algumas semanas, talvez menos. A não ser — continuou Carter em voz baixa — que eu consiga fazer algo para mudar dramaticamente o cenário.

Imediatamente, Gabriel compreendeu por que Adrian Carter o tinha levado a Washington num Gulfstream particular, propriedade de um fornecedor de inteligência chamado Bill Blackburn.

— Seu diretor sabe que estou na cidade?

— Talvez eu tenha esquecido de mencionar...

Ao chegarem ao Thompson Boat Center, eles cruzaram uma ponte de pedestres que atravessava o Rock Creek e passaram pela embaixada da Suécia até Harbor Place. Talvez não fosse coincidência que se tratasse da mesma rota utilizada por três atiradores do Estado Islâmico, depois de saírem do Kennedy Center. Ali, o ataque ainda estava em evidência. O restaurante Nick's Riverside Grill, local popular para turistas, estava fechado com tábuas até segundo aviso. O Sequoia e o Fiola Mare, mais chiques, estavam iguais.

— Como estão as costas? — perguntou Carter enquanto caminhavam pela K Street por baixo da Whitehurst Freeway.

— Depende de quanto mais você pretende me fazer andar.

— Não muito. Só tem mais uma coisa que quero que você veja.

Eles viraram na Wisconsin Avenue e subiram uma encosta até a M Street. A um quarteirão ao norte ficava a Prospect Street. Eles dobraram a esquina e, depois de alguns passos, pararam em frente à entrada do Café Milano. Como os restaurantes de Harbor Place, ele estava fechado até segundo aviso. Quarenta e nove pessoas tinham morrido ali. Mas o número de vítimas teria sido muito maior se não fosse por Mikhail Abramov, que tinha, sozinho, matado quatro terroristas. O restaurante era também conhecido por outra razão: o único alvo onde Saladin havia aparecido pessoalmente.

— Um símbolo bastante trágico de nossa parceria duradoura — disse Carter. — Mikhail salvou muitas vidas naquela noite. Mas podia nunca ter acontecido nada se eu tivesse ouvido seu aviso sobre o homem que você encontrou no lobby do Four Seasons.

— Você sabe o que dizem sobre "o que passou, passou", Adrian.

— Sei. E sempre achei que fosse uma desculpa para os fracassos.

Carter se virou sem mais uma palavra e levou Gabriel para o coração da parte residencial de Georgetown. A vizinhança estava começando a acordar. Luzes brilhavam em janelas de cozinha; cachorros levavam seus mestres sonolentos pelas calçadas de paralelepípedo vermelho. Por fim, chegaram à escadaria curvada de uma grande casa em estilo federal na N Street, a propriedade segura mais exclusiva da agência. Por dentro, a elegante casa antiga estava parecendo uma geladeira, outra prova de que a visita de Gabriel a Washington era de natureza particular.

— Alguém esqueceu de pagar a conta de luz? — perguntou ele.

— Novas regras. A Agência atua agora com foco em sustentabilidade. Eu ofereceria um pouco de café, mas...

— Não tem problema, Adrian. Tenho mesmo que ir.

— Questões urgentes em casa?

— O trabalho de um chefe nunca acaba.

— Eu não saberia. — Carter foi até o termostato e apertou os olhos para o mostrador, perplexo.

— Por favor, diga que você não me arrastou até Washington para relembrar o passado, Adrian. Eu estava aqui, lembra? Eu tinha uma agente dentro da operação de Saladin.

— Uma bela obra de sua parte — comentou Carter. — Mas foi tudo em vão. No fim, Saladin venceu. Eu sei quanto você odeia perder, especialmente para uma criatura como ele.

— Onde você quer chegar?

— Dizem por aí que você está preparando algo com os franceses, e não é uma bela travessa de *coq au vin*. Algo envolvendo Saladin. Quero lembrar a você que foi meu país que ele atacou no último mês de novembro, não o seu. E, se alguém vai pegá-lo, sou eu.

— Você tem alguma operação em andamento?

— Várias.

— Alguma prestes a dar frutos?

— Nenhuma. E as suas?

Gabriel ficou em silêncio.

— Nunca tive vergonha de ser penetra nas festas operacionais — comentou Carter. — Só seria preciso uma ligação ao chefe do DGSI, e ela seria minha.

— Ele não sabe sobre esta.

— Então, deve ser uma das boas.

— Quem sabe...

— Talvez eu possa contribuir.

— E, assim, preservar seu lugar na Diretoria de Operações.

— Certamente.

— Aprecio sua honestidade, Adrian. É reconfortante no nosso tipo de trabalho.

— Tempos de desespero.

— De quanto você precisa para continuar viável?

— Neste ponto, só Saladin pode me salvar.

— Nesse caso — disse Gabriel —, acho que posso ajudar.

Eles conversaram na sala de estar, fechados em seus sobretudos, sem a distração de bebidas. A versão de Gabriel da operação foi resumida, mas honesta o suficiente para nada se perder na tradução. Carter nem piscou com a menção do nome de Jean-Luc Martel; o norte-americano era um homem do mundo real. Ele ofereceu o apoio possível, principalmente em forma de vigilância eletrônica e digital, o forte dos Estados Unidos. Em troca, Gabriel permitiu que Carter levasse a operação ao sétimo andar de Langley e a apresentasse como uma empreitada conjunta da Agência com seus amigos de Tel Aviv. Do ponto de vista de Gabriel, era um preço caro a pagar e havia riscos. Mas, para manter o emprego de Carter, valeria seu peso em ouro.

Eles saíram juntos do esconderijo pouco antes das oito da manhã e foram para o aeroporto de Dulles, onde o Gulfstream de Bill Blackburn o esperava, abastecido e pronto para decolar. A equipe já tinha enviado um plano de voo para o Ben Gurion, mas, ao entrar na aeronave, Gabriel pediu para ser levado para Londres. Esticado na cama na cabine particular, ele caiu num sono sem sonhos. A mente estava em paz pela primeira vez em vários dias. Ele estava prestes a deixar um velho amigo bastante rico. Era, pensou, o mínimo que podia fazer.

24

MAYFAIR, LONDRES

Julian Isherwood era um homem de muitos defeitos, mas a parcimônia não estava entre eles. Pelo contrário, nos negócios, bem como em sua vida particular, ele sempre tinha sido mão aberta. Adquirira uma boa quantidade de quadros que não devia ter comprado — dizia-se que sua coleção pessoal e profissional fazia frente à da própria rainha — e, invariavelmente, era o cartão de crédito dele que terminava na bandeja da conta a cada noite no bar do Wilton's. Não era surpreendente que as finanças dele estivessem num estado perpétuo de decadência. Nos últimos tempos, a situação tinha ficado periclitante. Seu contador descontente, apropriadamente chamado Blunt, tinha sugerido uma venda-relâmpago dos ativos disponíveis, junto com uma redução drástica dos gastos. Isherwood tinha hesitado. A maior parte de seu inventário pessoal tinha pouco ou nenhum valor. Estava tão morto quanto um prego, como diziam no ramo. Acabado. Ferrado. Quanto à ideia de cortar gastos, bem, estava fora de questão. Era preciso viver a vida, ainda mais na idade dele. Além disso, suas ações na noite do ataque o tinham imbuído de um sentimento de otimismo pessoal. Se Julian "Suculento" Isherwood podia arriscar sua vida para salvar os outros, tudo era possível.

Foi essa crença de que dias melhores estavam por vir que compeliu Isherwood a receber Brady Boswell, diretor de um pequeno, mas respeitado museu no Centro-Oeste norte-americano, em sua galeria em Mason's Yard no fim daquela tarde. Boswell tinha uma reputação merecida como observador, não comprador. Ele passou quase duas horas remexendo no estoque de Isherwood antes de, finalmente, confessar que seu orçamento de aquisições estava em situação pior que a da conta bancária de Isherwood, e que ele não estava em posição de comprar nem carpetes novos para o museu, quanto mais um quadro para pendurar nas paredes. Isherwood ficou tentado a dizer para Boswell que, da próxima vez que quisesse ver Velhos Mestres em Londres, devia experimentar ir à National Gallery. Em vez disso, aceitou o convite do norte-americano para jantar, pois não suportava pensar em passar outra noite ouvindo o gorducho Oliver Dimbleby descrever suas últimas conquistas sexuais.

Boswell sugeriu o restaurante de Alain Ducasse em Dorchester, e Isherwood, sem alternativa na ponta da língua, concordou. Eles jantaram caranguejo de Dorset e linguado de Dover e beberam duas garrafas de Domaine Billaud-Simon Les Clos Grand Cru Chablis. Boswell passou boa parte da noite lamentando a horrenda política de seu país. Isherwood ouviu com atenção. Por dentro, porém, se perguntou por que norte-americanos cultos sentiam a necessidade de falar mal de seu país sempre que estavam fora de casa.

— Estou pensando em me mudar — falava Boswell, indignado. — Todo mundo está.

— Todo mundo?

— Bom, não todo mundo. Só gente como eu.

Só os chatos de galocha. Os Estados Unidos, pensou Isherwood, em breve seriam um lugar muito mais interessante.

— Para onde você iria?

— Tenho direito à cidadania irlandesa.

— Irlanda? Minha nossa.

— Ou posso alugar um lugarzinho aqui na Inglaterra até as coisas melhorarem.

— Também temos problemas. É melhor você ficar onde está.

A noção de que a Inglaterra moderna pudesse não ser um paraíso cultural pareceu ser um choque para Brady Boswell. Ele era um daqueles norte-americanos que tinham formado suas impressões sobre a vida no Reino Unido assistindo reprises de *Masterpiece*.

— Os ataques terroristas são uma pena — disse Boswell.

— Sim — concordou vagamente Isherwood.

— Eu queria ver algo no West End enquanto estou aqui, mas não tenho certeza se é seguro.

— Bobagem.

— Conhaque?

— Por que não?

Boswell pediu o mais caro da lista, e quando a conta chegou, adotou a pose favorita de Oliver Dimbleby, a de sobrevivente estupefato de um desastre natural.

— Quem você vai ver amanhã? — perguntou Isherwood enquanto discretamente colocava o cartão de crédito no pequeno porta-contas de couro, aquele que ele esperava não se destruir automaticamente ao ser inserido na máquina.

— Tenho Jeremy Crabbe de manhã e Roddy Hutchinson à tarde. Confio que você não vá contar a eles sobre meus probleminhas de financiamento. Não quero que eles achem que não estou sendo honesto.

— Seu segredo está seguro comigo.

Na verdade, não estava. Aliás, Isherwood planejava ligar para Roddy logo pela manhã e aconselhá-lo a contrair um caso repentino de malária. Senão, seria Roddy a pagar a conta da próxima refeição de Brady Boswell.

Em frente ao restaurante, Isherwood agradeceu Boswell pelo que tinha sido a noite mais desagradável desde seu ato de heroísmo no Ivy. Colocou o norte-americano num táxi — ele estava hospedado numa pensão qualquer na Russel Square — e o mandou embora. Outro táxi estava esperando. Isherwood deu ao motorista o endereço de sua casa em Kensington e entrou no banco de trás. Mas, quando o táxi virou na Park Lane, ele sentiu o celular vibrar no seu peito. Supôs que seria o agradecimento obrigatório de Boswell e, por um instante, considerou ignorar. Em vez disso, pegou o telefone e apertou os olhos na direção da tela. A mensagem era concisa, uma ordem, não um pedido, e parecia não ter ponto de origem. Só podia ter vindo de uma pessoa. Isherwood sorriu. A noite, pensou ele, estava prestes a ficar muito mais interessante.

— Mudança de planos — informou ele ao motorista. — Me leve a Mason's Yard.

A galeria de Isherwood ocupava três andares de um armazém vitoriano decadente, outrora propriedade da Fortnum & Mason. De um lado, ficavam as salas de uma pequena empresa grega de logística; do outro, um bar que recebia garotas bonitas que trabalhavam em escritórios e andavam de *scooter*. A porta era feita de vidro à prova de balas e protegida por três cadeados tecnológicos. Ela cedeu ao toque suave de Isherwood.

— Inferno — sussurrou ele.

O espaço limitado da galeria tinha obrigado Isherwood a organizar seu império na vertical — salas de estoque no térreo, escritórios no segundo andar e, no terceiro, uma sala gloriosa inspirada na famosa galeria de Paul Rosenberg em Paris, onde Isherwood passara muitas horas felizes quando criança. Ao entrar, ele procurou o interruptor.

— Não — disse uma voz do lado oposto da sala. — Deixe apagadas.

Isherwood se moveu lentamente para a frente, desviando de um divã estilo de museu, e se juntou ao homem que parecia estar contemplando uma grande paisagem de Claude. O homem, como o quadro, estava envolto pela escuridão. Os olhos verdes, quando se fixaram em Isherwood, pareceram brilhar como se com uma fonte interna de calor.

— Eu estava começando a me perguntar — disse Gabriel — se seu jantar não iria terminar.

— Eu também — respondeu Isherwood, melancólico. — Quer me dizer como entrou aqui?

— Você deve lembrar que fomos nós quem instalamos o sistema de segurança.

Isherwood se lembrava, sim. Ele também se lembrava de que o sistema tinha sido atualizado após operação envolvendo um traficante de armas russo chamado Ivan Kharkov.

— Parabéns, Julian. Meus amigos da inteligência britânica me disseram que você foi um herói naquela noite.

— Ah, aquilo. — Isherwood fez um gesto de dispensa com as mãos.

— Não seja tão modesto. A coragem está em falta hoje em dia. E pensar que não teria acontecido se sua namorada jovem e bonita não tivesse dado o cano.

— Fiona? Como você sabe sobre ela?

— Os ingleses me deram uma cópia da mensagem de texto que ela enviou enquanto você estava sentado no restaurante.

— Será que nada é sagrado?

— Também me mostraram alguns minutos do vídeo da CCTV — disse Gabriel. — Estou orgulhoso de você, Julian. Você salvou muitas vidas naquela noite.

— Só posso imaginar como eu devia estar. Como Don Quixote idoso atacando moinhos de vento.

Acima deles, a chuva noturna batucava na claraboia.

— O que o traz à cidade? — perguntou Isherwhood. — Negócios ou diversão?

— Eu não me divirto, Julian. Não mais, pelo menos.

— Então, somos dois.

— Está tão ruim assim?

— Estou num período de seca, para dizer o mínimo.

— Quão seco?

— Igual ao Saara — disse Isherwood.

— Talvez eu possa fazer chover um pouco.

— Nada perigoso demais, espero. Não tenho certeza se aguento mais animação.

— Não, Julian, não é nada do tipo. Só preciso que você aconselhe um amigo que está interessado em construir uma coleção.

— É israelense, o camarada?

— Russo, na verdade.

— Ah, não. Como ele ganha dinheiro?

— De formas sobre as quais não gosta de falar.

— Compreendo — retruca Isherwood. — Suponho que não tenha nada a ver com todas as bombas que andam explodindo ultimamente.

— Talvez tenha.

— E se eu concordar em servir como consultor desse camarada?

— Deverá seguir as regras padrões para esse tipo de relação.

— Com isso, quer dizer que poderei cobrar dele uma comissão por cada quadro que ajudá-lo a adquirir.

— Na verdade — explicou Gabriel —, você pode extorqui-lo o quanto quiser. Ele não vai prestar muita atenção.

— Ele aprecia os Velhos Mestres?

— Adora. Mas também gosta de obras contemporâneas.

— Não vou julgá-lo mal por causa disso. Quanto ele está disposto a gastar?

— Duzentos — afirmou Gabriel. — Talvez trezentos.

Isherwood franziu a sobrancelha.

— Ele não vai chegar longe com isso.

— *Milhões*, Julian. Duzentos milhões.

— Você não pode estar falando sério.

A expressão de Gabriel mostrou que ele estava.

— Ele chega a Londres em alguns dias. Leve-o às casas de leilão e às galerias. Compre com cuidado, mas com pressa. Faça um pouco de barulho, Julian. Quero que as pessoas o notem.

— Não consigo fazer isso só com charme e beleza — reclamou Isherwood. — Vou precisar de dinheiro de verdade.

— Não se preocupe, Julian. O dinheiro está vindo.

— Duzentos milhões? — quis saber Isherwood.

— Talvez trezentos.

— Trezentos definitivamente é melhor que duzentos.

Gabriel deu de ombros.

— Vamos fechar em trezentos, então.

25

LONDRES – GENEBRA

Saladin atacara novamente às oito e meia da manhã seguinte. O alvo era a Estação Central da Antuérpia. Dois homens-bomba, dois atiradores, 69 mortos. No mesmo momento, Gabriel estava na estação St. Pancras, em Londres, esperando para embarcar num Eurostar para Paris. O trem dele saiu com quarenta minutos de atraso, embora não tenha sido dada uma explicação para a falta de pontualidade. Parecia que Saladin tinha conseguido criar uma nova normalidade na Europa Ocidental.

— Se ele continuar com isso — disse Christian Bouchard —, vai ficar sem alvos.

Bouchard estava esperando por Gabriel no saguão de desembarque da Gare du Nord. Ele dirigia um Citroën do Grupo Alfa, indo na direção leste pelo Boulevard de la Chapelle. Ele não tinha traços visíveis dos ferimentos que sofrera no ataque à Rue de Grenelle. Na verdade, o francês parecia melhor do que nunca.

— Aliás — disse ele —, devo uma desculpa pela forma como agi antes do bombardeio. Fico feliz de não ter sido sua última impressão de mim.

— Para ser honesto, Christian, nem lembro de ver você naquele dia.

Bouchard sorriu involuntariamente.

— Para onde você está me levando?

— Um esconderijo no vigésimo.

— Conseguiram encontrar uma nova sede?

— Ainda não. Estamos um pouco como os israelenses antigos — informou Bouchard. — Espalhados pelos quatro ventos.

O esconderijo estava localizado num prédio moderno de apartamentos não muito longe de um mercado *kosher*. Paul Rousseau, sentado a uma mesa barata de linóleo na cozinha, fumava o cachimbo incessantemente durante o resumo feito por Gabriel. Rousseau tinha motivo para estar inquieto. Ele deixara um serviço de inteligência estrangeiro ir atrás de um empresário francês e, agora, estava se fartando com o fruto da árvore envenenada. Em resumo, ele estava por um triz.

— Não estou feliz com os americanos. Hoje em dia, a prioridade deles parece ser fusões e aquisições.

— Fiz isso por uma única razão.

— Mesmo assim... — Rousseau mordiscou pensativo o cabo de seu cachimbo. — Você tem certeza sobre a galeria?

— Vou saber mais até o fim do dia.

— Porque se conseguir provar que a galeria é suja...

— Essa é a ideia, Paul.

— Quando você pretende começar a operação?

— Assim que eu conseguir o financiamento necessário — disse Gabriel.

— Você precisa de mais alguma coisa de nós?

— De uma propriedade perto de Saint-Tropez.

— Há várias para alugar, especialmente nessa época do ano.

— Na verdade, não estou buscando alugar.

— Você quer comprar?

Gabriel assentiu.

— Aliás — disse —, já tenho uma propriedade em mente.
— Qual?

Gabriel respondeu. Rousseau pareceu incrédulo.

— A que era do...
— Sim, essa mesmo.
— Está bloqueada.
— Então, desbloqueie. Pode ter certeza de que vou fazer valer a pena. Os pagadores de impostos da França ficarão gratos.
— Quanto você está disposto a oferecer?

Gabriel levantou os olhos na direção do teto.

— Doze milhões parece um preço bom.
— Aparentemente, ela está num estado bastante descuidado.
— Pretendemos reformar.
— Na Provença? — Rousseau balançou a cabeça. — Desejo sorte.

Cinco minutos depois, tendo cumprido mais algumas obrigações operacionais mundanas, Gabriel mais uma vez se encontrava no banco de passageiro do Citroën de Bouchard. Dessa vez, eles dirigiram do vigésimo *arrondissement* para o 12°, onde pararam no Boulevard Diderot, em frente à Gare de Lyon. Parecia estar sob ocupação militar. O mesmo acontecia em todas as estações de trem francesas.

— Certeza que você quer entrar ali? — perguntou Bouchard. — Posso pedir um carro, se você preferir.
— Sei me cuidar.

Filas longas avançavam pelo portal de entrada da estação, onde policiais altamente armados revistavam bolsas e malas e questionavam todos, principalmente, homens jovens de aparência remotamente árabe. O novo normal, pensou Gabriel, ao ser admitido ao grande saguão de embarque. O famoso relógio indicava 15h05, e Gabriel embarcaria na plataforma D. Plataforma Dalet, pensou ele. Justo essa? Não dava para terem escolhido outra?

Ele caminhou pela plataforma, entrou em um dos vagões de primeira classe e se acomodou no assento designado. Apenas quando as lembranças sumiram, ele pegou o celular. O número discado era de uma região em Berna. Um homem atendeu em alemão suíço e Gabriel respondeu com o sotaque de Berlim de sua mãe.

— Estou a caminho do seu belo país, e estava me perguntando se você poderia me levar para me divertir.

Houve um silêncio, seguido por uma longa expiração.

— Quando você chega?

— Às 18h15.

— Como?

— No TGV de Paris.

— O que é, desta vez?

— A mesma coisa que da outra. Uma olhadinha rápida, só isso.

— Nada vai explodir, vai?

Gabriel desligou e assistiu à plataforma deslizando lentamente por sua janela. Mais uma vez, as lembranças surgiram. Ele viu uma mulher, com cicatrizes e cabelo prematuramente grisalho, sentada numa cadeira de rodas, e um homem correndo em sua direção, com uma arma na mão. Fechou os olhos e agarrou o descanso de braço para que não tremesse. *Vou me virar*, ele pensou.

O NDB, como a própria Suíça, era pequeno, mas eficiente. Com sede num prédio de escritórios sem graça em Berna, o serviço era responsável por evitar que os muitos problemas de um mundo desordeiro cruzassem as fronteiras da confederação suíça. Ele espionava os espiões que faziam suas missões no país, cuidava dos estrangeiros que escondiam seu dinheiro em bancos suíços e monitorava as atividades do crescente número de muçulmanos que tinham feito da Suíça sua casa. Por enquanto, o país tinha sido poupado de um grande ataque terrorista da Al-Qaeda ou do Estado Islâmico. Não por acaso. Christoph Bittel, chefe da divisão de contraterrorismo do NDB, era muito bom em seu trabalho.

Ele era pontual como um relógio suíço. Alto e magro, estava apoiado contra o capô de um sedã alemão quando Gabriel emergiu da Gare de Cornavin, em Genebra, às 18h30. Os oficiais da polícia secreta franziram a sobrancelha. Na Suíça, 18h15 queria dizer 18h15.

— Você sabe o endereço do cofre?

— Prédio Três, Corredor Oito, Cofre Dezenove.

— Quem está alugando?

— Algo chamado TXM Capital. Mas suspeito que o verdadeiro dono seja JLM.

— Jean-Luc Martel?

— O próprio.

Bittel xingou em voz baixa.

— Não quero problemas com os franceses. Preciso do DGSI para proteger minha fronteira a oeste.

— Não se preocupe com os franceses. Quanto à fronteira oeste, eu teria muito medo.

— É verdade o que dizem sobre Martel? Que o verdadeiro negócio dele são as drogas?

— Saberemos em alguns minutos.

Eles cruzaram o Rio Rhône e então, alguns momentos depois, as águas verde-muco do Arno. Ao sul, ficava um bairro de Genebra onde turistas e diplomatas raramente se aventuravam. Era uma terra de armazéns organizados e prédios de escritório baixos. Era também lar do discreto Porto Livre de Genebra, depósito onde os super-ricos globais guardavam todos os tipos de tesouros: barras de ouro, joias, vinhos de safras, automóveis e, claro, arte. Não era arte para ser vista e admirada. Era uma commodity, uma proteção contra tempos incertos.

— O lugar mudou desde a última vez em que viemos — disse Bittel. — O último episódio foi o escândalo envolvendo um Modigliani, aquele roubado pelos nazistas. Muitos colecionadores saíram depois daquilo e mudaram suas propriedades para lugares como Delaware e Londres. As autoridades cantonais trouxeram um homem novo para administrar o lugar. Um antigo ministro das Finanças suíço, defensor da letra fria da lei.

— Talvez haja esperança para o seu país, afinal.

— Vamos pular essa parte — comentou Bittel. — Gosto mais quando estamos do mesmo lado.

Uma fileira de estruturas brancas indistintas apareceu à direita deles, com uma cerca verde opaca, arame farpado e câmeras de segurança acima. Podia ser confundida com uma prisão, se não fosse a placa vermelha e branca que dizia PORTO LIVRE. Bittel virou na entrada e esperou o segurança abrir o portão. Continuou por alguns metros e estacionou o carro.

— Prédio Três, Corredor Oito, Cofre Dezenove.

— Muito bom — comentou Gabriel.

— Não vamos encontrar drogas lá, vamos?

— Não.

— Como você pode ter certeza?

— Porque traficantes de drogas não trancam seus produtos em depósitos isentos de impostos. Eles os vendem para idiotas que fumam, cheiram e injetam em suas veias. É assim que ganham dinheiro.

Bittel entrou no escritório de segurança. Através da persiana semiaberta, Gabriel podia vê-lo conversando de perto com uma morena bonita. Era óbvio que eles estavam falando francês e não alemão suíço. Após alguns acenos de cabeça e garantias, uma chave trocou de mãos. Bittel a carregou de volta para o carro e entrou de novo atrás do volante.

— Tem certeza de que não tem nada entre vocês dois? — perguntou Gabriel.

— Não comece de novo com isso.

— Talvez você pudesse me apresentar. Pouparia você de ter que dirigir desde Berna toda vez que preciso investigar o cofre de um criminoso.

— Prefiro o sistema atual.

Bittel estacionou em frente ao Prédio Três e levou Gabriel para dentro. A partir da entrada, estendia-se um corredor aparentemente infinito cheio de portas. Eles subiram um lance de escada até o segundo andar e caminharam até o Corredor Oito. A porta do Cofre Dezenove era de metal cinzento. Bittel inseriu a chave na fechadura e, ao entrar, acendeu a luz. O local tinha duas câmaras. Ambas cheias de caixotes retangulares de madeira, do tipo usado para transportar obras de arte valiosas. Todos eram de tamanho idêntico, cerca de 1,8 por 1,2 metro.

— De novo, não — falou Bittel.

— Não — respondeu Gabriel. — De novo, não.

Ele examinou um dos recipientes. Grudado a ele, havia uma nota de remessa com o nome Galeria Olivia Watson, de Saint--Tropez. Ele puxou a tampa, mas ela não cedeu. Estava pregada com força no lugar.

— Você por acaso não tem um martelo de unha no bolso de trás, tem?

— Não, desculpa.

— E um macaco hidráulico?

— Talvez no porta-malas.

Gabriel analisou os outros caixotes enquanto Bittel descia. Havia 48. Todos vinham da Galeria Olivia Watson. A TMX Capital era o receptor de 27 deles. O resto exibia nomes igualmente vagos — o tipo de nome, pensou Gabriel, inventado por advogados espertos e banqueiros particulares.

Bittel retornou com o macaco. Gabriel o usou para abrir o primeiro caixote e tentou deixar o mínimo de marcas possível na madeira. Dentro, encontrou uma tela embrulhada em papel glassine, apoiada numa moldura protetora de poliuretano. Parecia tudo muito profissional, com exceção da tela em si.

— Bem contemporâneo — comentou Bittel.

— Gosto é uma coisa muito pessoal — respondeu Gabriel.

O conteúdo do segundo caixote era idêntico ao do primeiro. O mesmo com o terceiro. E o quarto. Uma tela embrulhada em papel glassine, uma moldura protetora de poliuretano. Tudo muito profissional, exceto pelas telas em si.

Estavam em branco.

— Quer me dizer o que isso significa? — perguntou Bittel.

— Significa que o negócio verdadeiro de Jean-Luc Martel são as drogas, e que ele está usando a galeria de arte da namorada para lavar uma parte do lucro.

— Tudo o que o Porto Livre precisa é outro escândalo.

— Não se preocupe, Christoph. Vai ser nosso segredinho.

26
TEL AVIV – SAINT-TROPEZ

Agora só faltava o dinheiro para levar a operação de Gabriel do planejamento ao palco. Os duzentos ou trezentos milhões para adquirir uma coleção de arte chamativa. Os doze milhões para uma luxuosa vila na Côte d'Azur francesa e os cinco milhões, mais ou menos, para deixá-la apresentável. Havia ainda o dinheiro para todos os pequenos extras da vida. Os carros, as roupas, as joias, os restaurantes, as viagens de avião particular, as festas elegantes. Gabriel tinha um número em mente, ao qual adicionou mais vinte milhões, só por segurança. Operações, como a vida, eram incertas.

— É muito dinheiro — disse o primeiro-ministro.

— Meio bilhão não é mais tanto dinheiro quanto antigamente.

— Onde é o banco?

— Temos várias opções, mas o Banco Nacional do Panamá é a melhor delas. Um lugar nebuloso — explicou Gabriel — e pouca ameaça de retaliação, pelo menos depois do escândalo dos Panama Papers. Mesmo assim, vamos plantar algumas pistas falsas para encobrir nossos rastros.

— Quem vocês vão culpar?

— Os norte-coreanos.

— Por que não os iranianos?

— Da próxima vez — prometeu Gabriel.

Os fundos foram espalhados por oito contas diferentes, todas com o nome da mesma empresa de investimentos de fachada. Eram parte de uma vasta fortuna de dinheiro saqueado do governante da Síria e seus amigos e parentes mais próximos. Pouco antes de se tornar chefe, Gabriel tinha rastreado e capturado a maior parte da fortuna, numa tentativa de moderar o comportamento assassino do chefe de estado na guerra civil síria. Contudo, ele fora obrigado a devolver o dinheiro, mais de oito bilhões de dólares, em troca de uma única vida humana. Pagara o resgate sem arrependimentos — dizia sempre que era o melhor negócio que ele já fez. Mesmo assim, estava buscando uma desculpa, qualquer desculpa, para ficar com a última palavra. Encontrar Saladin era um motivo tão bom quanto qualquer outro.

Gabriel não tinha devolvido os oito bilhões diretamente ao sírio. Tinha depositado, como instruído, no Gazprombank, em Moscou, colocando-o, assim, nas mãos do czar, amigo mais próximo e benfeitor do governante sírio. O czar tinha ficado com metade do dinheiro — taxas de serviço, custos de estocagem, transporte e movimentação. Os fundos remanescentes, pouco mais de quatro bilhões de dólares, foram depositados numa série de contas secretas na Suíça, em Luxemburgo, em Liechtenstein, em Dubai, em Hong Kong e, claro, no Banco Nacional do Panamá.

Gabriel sabia disso porque, com a ajuda de uma unidade altamente discreta de hackers do Escritório, ele estivera monitorando cada movimentação do dinheiro. Esta unidade se referia a si mesma apenas como Minyan, pois tinha dez pessoas, todas do gênero masculino. Apertando apenas alguns botões, eles eram capazes de escurecer uma cidade, cegar uma rede de controle de tráfego aéreo ou fazer as centrífugas de uma instalação de enriquecimento nuclear iraniana girarem loucamente. Em resumo, tinham a habilidade de virar as máquinas contra seus mestres. Uzi Navot, internamente, se referia aos Minyan como dez boas razões pelas quais ninguém em sã consciência deveria usar um computador ou telefone celular.

Os Minyan trabalhavam numa sala no fim do mesmo corredor onde a equipe de Gabriel dava os últimos retoques no planejamento pré-operacional. Seu líder nominal era um garoto chamado Ilan. Ele era o equivalente cibernético de Mozart. Primeiro código aos cinco anos, primeiro *hack* aos oito, primeira operação secreta contra os iranianos aos 21. Ele era magro como um palito e tinha a palidez branca de alguém que não sai muito.

— Só preciso apertar um botão — disse ele com um sorriso travesso — e *puf*, o dinheiro some.

— Sem digitais?

— Só as dos norte-coreanos.

— Não tem jeito de eles conseguirem rastrear o dinheiro do Banco do Panamá até o HSBC em Paris?

— Sem chance.

— Me lembre — disse Gabriel — de guardar meu dinheiro embaixo do colchão.

— Guarde seu dinheiro embaixo do colchão.

— Era um comentário retórico, Ilan. Eu não queria que você realmente fizesse isso.

— Ah.

— Você precisa sair para o mundo real de vez em quando.

— Este *é* o mundo real.

Gabriel observou a tela do computador. Ilan também.

— E aí? — perguntou Gabriel.

— E aí o quê?

— O que você está esperando?

— Autorização para roubar meio bilhão de dólares.

— Não é roubo.
— Duvido que os sírios acharão isso. Ou os panamenhos.
— Aperte o botão, Ilan.
— Eu me sentiria melhor se você apertasse.
— Qual?

Ilan indicou a tecla Enter. Gabriel bateu nela uma vez. Depois, caminhou pelo corredor e deu a notícia para a equipe. Os fundos necessários tinham sido transferidos. Eles haviam entrado oficialmente no jogo.

Ele foi visto pela primeira vez na semana seguinte, na quarta-feira, saindo da Bonhams, na New Bond Street, com Julian Isherwood em seu encalço. Por um golpe de sorte — ou, talvez, em retrospecto, não tenha sido sorte —, Amelia March, do *ARTNews*, estava parada na calçada bem naquele instante, matando alguns minutos antes de seu compromisso às duas da tarde com o presidente do departamento de pós-guerra e contemporaneidade da Bonhams. Apesar do faro e do olhar detalhista, ela não era jornalista, apenas escrevia sobre arte. "Alto, elegante, muito loiro, pálido, sem cor alguma nos olhos. Terno e sobretudo eram perfeitos e o perfume lembrava dinheiro." Ela achou estranho que ele estivesse acompanhado por um dinossauro como Julian. Ele parecia ter gostos modernos, não pendendo a anjos e santos e mártires. Isherwood fez uma apresentação rápida antes de entrar com seu cúmplice no banco de trás de uma limusine Jaguar que os esperava. Dmitri Alguma Coisa. É claro.

Dentro da Bonhams, Amelia descobriu que Isherwood e seu amigo passaram várias horas com Jeremy Crabbe, o maestro de Velhos Mestres da casa de leilão. Mais tarde naquela noite, ela foi atrás de Jeremy no Wilton's. Eles conversaram como se fossem espiões num café de Viena após a guerra.

— O nome é Antonov. Dmitri Antonov. Russo, suponho, mas não foi dito durante nossa conversa. Ele é *cheio* de dinheiro. Atua com recursos naturais. Aliás, como *todos* — falou Jeremy lentamente. — Julian grudou nele igual chiclete. Está atuando tanto quanto comerciante quanto como consultor. É uma relação bem íntima, financeiramente falando. Parece que Dmitri livrou Julian de vários quadros, e agora eles estão atrás de prêmios grandes. Mas não coloque isso na minha boca. Na verdade, não coloque nada na minha boca. É tudo em *off*. Estritamente entre nós, querida.

Amelia concordou em manter a informação confidencial, mas Jeremy não era tão discreto. Ele contou aquilo para todo mundo no bar, incluindo Oliver Dimbleby. No fim da noite, todo mundo só falava sobre aquilo.

Em meados de março, eles foram vistos na Christie's e na Sotheby's. Também fizeram uma visita à galeria de Oliver na Bury Street, onde após uma hora de negociações, comprometeram-se a adquirir uma paisagem montanhosa do pintor holandês Jacob van Ruisdael, duas cenas de canais venezianos de Francesco Guardi e uma de sepultamento de Zelotti. Roddy Hutchinson vendeu a ele cinco quadros no total, incluindo uma natureza-morta com frutas e um lagarto de Ambrosius Bosschaert II. No dia seguinte, Amelia March publicou uma pequena reportagem sobre o jovem russo que estava chamando atenção no mercado de arte londrino. Julian Isherwood, agindo como porta-voz do jovem russo, não teve nada a declarar.

— Todas as compras feitas pelo meu cliente foram particulares — disse — e vão permanecer assim.

No início de abril, Isherwood e seu amigo russo cruzaram o Atlântico até Nova York, onde a chegada deles era aguardada ansiosamente. Eles fizeram um tour pelas casas de leilão e galerias, jantaram em todos os restaurantes indicados e foram até a um musical na

Broadway. Uma colunista de fofocas do *Post* relatou que eles tinham adquirido vários quadros de Velhos Mestres de Otto Naumann Ltd., na East Eightieth Street, mas, de novo, Isherwood murmurou algo sobre o desejo de privacidade de seu cliente. Segundo todos os relatos, esse desejo existia até certo ponto. Quem o encontrava ficava com a impressão de que ele era um homem que desejava ser visto. O mesmo valia para a bela jovem — aparentemente, esposa dele, embora isso nunca tenha se provado de forma irrefutável — que o acompanhou aos Estados Unidos. Ela era elegante, morena, francesa e profundamente antipática.

— Nunca perde uma oportunidade de se olhar no espelho — disse o gerente de uma joalheria exclusiva da Quinta Avenida. — Uma peça e tanto.

Mas quem era esse homem chamado Dmitri Antonov? E, talvez mais importante, de onde ele tirava seu dinheiro? Logo, ele virou foco de vários boatos no estilo Gatsby, alguns maliciosos e outros bem colocados. Dizia-se que ele matara um homem, que matara muitos homens e adquirira sua fortuna de forma ilícita — por acaso, tudo isso era verdade. Não que o tornasse menos palatável àqueles que vendiam obras de arte para sobreviver. Eles não se importavam muito com o modo como alguém ganhava dinheiro, desde que o depósito fosse feito e não houvesse problemas na outra ponta. Não havia. Ele era um cliente de boa reputação do HSBC Paris, mas, curiosamente, todas as suas compras eram encaminhadas para um cofre no Porto Livre de Genebra.

— Ele é um daqueles — disse uma mulher que trabalhava no escritório da Sotheby's. Um superior a lembrou calmamente que "aqueles" eram os responsáveis por manter lugares como a Sotheby's abertos.

O cofre no Porto Livre era a coisa mais próxima que ele tinha de um endereço fixo. Em Londres, morava no Dorchester; em Paris, no Hôtel de Crillon. Quando os negócios o levavam a Zurique, apenas a Terrazza Suite, no Dolder Grand, era aceitável. Até Julian Isherwood, em contato com ele por celular e mensagens, alegava não saber onde ele estaria de um dia para o outro. Havia boatos, porém — aqui, novamente, eram apenas boatos —, de que ele tinha comprado um castelo em algum lugar da França.

— Ele está usando o Porto Livre como depósito temporário — sussurrou Isherwood no ouvido de Dimbleby. — Virá algo grande.

Julian fez Dimbleby jurar segredo absoluto, garantindo, assim, que as notícias correriam o globo pela manhã.

Mas onde na França? Mais uma vez, a fábrica de fofocas começou a funcionar. No dia em que o homem chamado Dmitri Antonov foi embora de Nova York, publicou-se uma pequena nota no *Nice-Matin* sobre certo imóvel notório perto de Saint-Tropez. Conhecido como Villa Soleil, o extenso complexo na Baía de Cavalaire tinha sido de propriedade de Ivan Kharkov, oligarca e traficante russo morto a tiros em frente a um restaurante chique em Saint-Tropez. Há quase uma década, a propriedade estava nas mãos do governo francês. Agora, por motivos nebulosos, o governo estava ansioso para tirar a Villa Soleil de seus livros. Aparentemente, um comprador apareceu. O *Nice-Matin*, apesar de seus esforços exaustivos, ainda não tinha conseguido identificá-lo.

A reforma da propriedade começou imediatamente. Inclusive, no dia em que o artigo foi publicado, um exército de pintores, encanadores, eletricistas, pedreiros e paisagistas desembarcou na Villa Soleil, onde permaneceu sem interrupção até o grande palácio à beira-mar novamente estar apto a ser habitado por humanos. A natureza empreendedora da mão de obra provocou bastante ressentimento entre os vizinhos, todos veteranos marcados pela guerra que eram os projetos de construção na Provença. Até Jean-Luc Martel, morador de uma enorme vila do lado oposto da baía, ficou impressionado com a velocidade com que o projeto fora concluído. Gabriel e a equipe sabiam disso porque, com a ajuda da poderosa NSA norte-americana, acessavam todas as comunicações particulares de Martel, incluindo o e-mail irritado que ele mandou a seu construtor, perguntando por que a reforma de sua casa da piscina estava dois meses atrasada. "Termine no fim de abril", escreveu ele, "ou vou demitir você e contratar a empresa que fez a antiga casa do Ivan".

A decoração do interior da Villa Soleil foi conduzida no mesmo ritmo nada provençal, supervisionada por uma das firmas mais proeminentes da Côte d'Azur. Houve apenas um atraso, um par de sofás encomendados na loja de design de Olivia Watson em Saint-Tropez. Devido a um pequeno erro administrativo — na verdade, bastante intencional —, o nome do proprietário da vila tinha aparecido no formulário de pedido. Olivia Watson contou a Martel, que, por sua vez, entregou-o para um colunista do *Nice-Matin* que no passado tinha escrito coisas positivas sobre ele. Gabriel e sua equipe sabiam disso porque foi o que disse a poderosa NSA.

Só faltavam os quadros, aqueles adquiridos sob o olhar impecável de Julian Isherwood e armazenados num cofre no Porto Livre de Genebra. Em meados de maio, eles foram transportados para a Provença num comboio de furgões protegidos por agentes de uma empresa particular de segurança e vários oficiais de uma unidade secreta do DGSI conhecida como Grupo Alfa. Isherwood supervisionou a colocação com a ajuda da esposa francesa do proprietário. Depois, voaram para Paris, onde o próprio dono estava hospedado em sua suíte de sempre no Crillon. Naquela noite, jantaram no novo restaurante de sucesso de Martel no Boulevard Saint-Germain, acompanhados por um homem de aparência firme que falava francês com um sotaque corso pronunciado. Martel também estava lá, com sua glamorosa namorada inglesa. A equipe israelense não ficou surpresa com a presença de sua presa; ela sabia dos planos de Martel com vários dias de antecedência e tinha reservado uma mesa para quatro sob o nome de Dmitri Antonov. Minutos depois da chegada do grupo, apareceu uma garrafa de champanhe, junto com um bilhete escrito à mão. O champanhe era um Dom Pérignon 1998 e o bilhete era de Jean-Luc Martel. *Bem-vindo à vizinhança. Nos vemos em Saint-Tropez...* Era, definitivamente, um começo promissor.

27

CÔTE D'AZUR, FRANÇA

— Acho que vou para a cidade um pouco mais tarde.
— Para quê?
— É dia de mercado ao ar livre. Você sabe o quanto eu amo o mercado.
— Ah, sim, ótimo.
— Não quer vir?
— Infelizmente, tenho que fazer algumas ligações.
— Está bem.

Dez dias tinham se passado desde que Mikhail e Natalie — também conhecidos como Dmitri e Sophie Antonov — tinham se instalado em sua nova casa na Baía de Cavaleire e já pareciam entediados. Não era um tédio operacional, mas de natureza matrimonial. Gabriel tinha decidido que a união dos Antonov não seria inteiramente feliz. Poucos casamentos eram perfeitos, argumentou, e um entre um criminoso russo e uma francesa de procedência duvidosa não passaria sem suas fases difíceis. Ele também estabeleceu que eles manteriam os disfarces a todo momento, mesmo quando estivessem seguros atrás das paredes de 3,5 metros da Villa Soleil. Daí, o diálogo frio durante o café da manhã. As conversas ocorriam sempre em inglês, já que o francês de Dmitri Antonov era rudimentar e o russo de sua esposa, inexistente. A equipe da casa, toda composta por oficiais do Grupo Alfa de Paul Rousseau, só se dirigia a Madame Sophie. Monsieur Antonov, em geral, eles evitavam. Achavam-no rude e grosseiro, e ele os considerava, com alguma razão, os piores trabalhadores domésticos de toda a Provença. Gabriel concordava com essa opinião. Aliás, tinha recomendado que Rousseau os colocasse rapidamente na linha. Senão, eles arriscavam afundar a operação inteira.

Mikhail e Natalie estavam sentados como personagens de um filme, numa mesa no amplo terraço de colunas com vista para a piscina. Era o local onde tomavam café da manhã todos os dias, pois era o preferido de Monsieur Antonov em toda a propriedade. Ele nadara por trinta minutos logo após acordar e já vestia um roupão branco-neve contra sua pele pálida. O olhar de Natalie foi atraído para o filete de água que escorria pelas margens esculpidas de seus músculos abdominais até a cintura do calção de banho. Rapidamente, ela desviou os olhos. Madame Sophie, lembrou a si mesma, estava irritada com Monsieur Antonov e não podia dar o braço a torcer apenas devido a uma demonstração superficial de beleza física.

Ela serviu uma xícara de café preto forte do bule de prata e adicionou uma quantidade generosa de leite fervido. Pareceu, sem dúvida, uma francesa. Depois, puxou um Gitanes do maço e o acendeu. Os cigarros, como sua personalidade rude, eram parte do disfarce. Como médica que tinha convivido de perto com os efeitos terríveis do tabaco, fumar não era uma opção em sua vida particular. A primeira tragada doeu no fundo da garganta, mas, com um gole de café, ela conseguiu suprimir a vontade de tossir. Estava quase perfeito, o café; só no sul da França, pensou ela, poderia encontrar um sabor assim. A manhã estava clara e bonita, com um vento suave correndo pela fileira de ciprestes que marcava a fronteira entre a Villa Soleil e sua vizinha. Pequenas ondas cobriam a Baía de Cavalaire e, do outro lado, Natalie conseguia distinguir os vagos traços da residência de Jean-Luc Martel, hoteleiro, dono de restaurante, comerciante de roupas e de joias e traficante internacional de narcóticos ilícitos.

— Croissant? — perguntou ela.

— Pardon? — Mikhail estava lendo algo num tablet e não se deu ao trabalho de levantar o olhar para encontrar o dela.

— Perguntei se você queria outro croissant.

—- Não.

— Que tal almoçarmos?

— Agora?

— Em Saint-Tropez. Você pode me encontrar lá.

— Vou tentar. A que horas?

— Na hora do almoço, querido. A hora em que as pessoas costumam almoçar.

Ele deslizou o indicador pela superfície do tablet, mas não respondeu. Natalie apagou o cigarro e se levantou abruptamente, à maneira de Sophie Antonov. Então, se abaixou e colocou a boca perto da orelha de Mikhail.

— Você parece estar gostando demais disso — sussurrou ela, em hebraico. — Eu não me acostumaria, se fosse você.

Entrou em casa e atravessou descalça seus muitos cômodos cavernosos até chegar aos pés da grande escadaria principal. As acomodações, pensou, eram muito melhores do que as que ela havia suportado em sua primeira operação — o apartamento insípido no subúrbio parisiense de Aubervilliers, o quartinho esquálido num dormitório do Estado Islâmico em Raqqa, o campo de treinamento no deserto nos arredores de Palmira, a câmara da casa em Mosul onde ela tinha curado Saladin.

Você é minha Maimônides...

No quarto, os lençóis de cetim ainda estavam desarrumados. Evidentemente, as empregadas do Grupo Alfa não tinham encontrado tempo na agenda atribulada para colocar ordem ali. Natalie sorriu, culpada. Este era o único cômodo da casa onde ela e Mikhail não tentavam esconder seus verdadeiros sentimentos. As ações deles na noite anterior tinham sido uma violação do regulamento do Escritório, que proibia relações íntimas entre agentes em campo. Aliás, uma das regras menos cumpridas em todo o serviço. Sabia-se, inclusive, que o atual chefe e a esposa tinham quebrado a regra em várias ocasiões. Além disso, pensou Natalie enquanto esticava os lençóis, eles faziam amor pelo bem do disfarce. Nem cônjuges em crise eram imunes à sombria tentação do desejo.

O closet estava lotado de roupas, sapatos e acessórios de marca, tudo pago pelo governante assassino da Síria. Só o melhor para Madame Sophie. De uma gaveta, ela tirou um par de leggings e um top esportivo. Os tênis da Nike estavam na prateleira de sapatos, ao lado de um par de escarpins Bruno Magli. Já vestida, ela caminhou por um corredor de mármore frio até a academia e subiu na esteira. Odiava correr em ambientes fechados, mas não tinha outra opção. Madame Sophie não tinha permissão para se exercitar fora da propriedade. Madame Sophie tinha problemas de segurança. Natalie Mizrahi também.

Ela colocou os fones de ouvido e começou num ritmo fácil, aumentando a velocidade da esteira a cada quilômetro, até estar em um ritmo veloz. A respiração permaneceu controlada e estável; as muitas semanas que ela tinha passado na fazenda em Nahalal a tinham deixado em ótima forma. Natalie terminou com um sprint final e passou trinta minutos levantando peso antes de voltar ao quarto para tomar banho e se trocar. Calças cápri brancas, pulôver justo de tecido elástico que destacava seus seios e sua cintura fina, sandálias rasteiras douradas. Na frente do espelho, ela relembrou a última operação, o hijab e as roupas devotas da dra. Leila Hadawi. Leila, pensou ela, não teria aprovado Sophie Antonov. Nisso, ela e Natalie concordavam completamente.

Ela saiu na varanda e olhou para baixo na direção do terraço onde Mikhail estava esticado numa chaise longue, e expunha a pele sem cor aos raios de sol da manhã. Em dez dias, a palidez dele não tinha mudado. Ele parecia incapaz de se bronzear.

— Tem certeza de que não quer ir comigo? — chamou ela.

— Estou ocupado.

Natalie colocou o celular do Escritório na bolsa e desceu para o átrio, onde a limusine Maybach preta dos Antonov esperava ao lado da fonte de água, com um motorista do Grupo Alfa atrás do volante. No banco de trás, outro oficial. O nome dele era Roland Girard. Durante a primeira operação, ele tinha servido como diretor da pequena clínica em Aubervilliers onde a dra. Leila Hadawi atendia. Agora, era o guarda-costas favorito de Madame Sophie. Havia boatos de que estavam tendo um caso tórrido, boatos que chegaram aos ouvidos de Monsieur Antonov. Várias vezes, ele tinha tentado demitir o guarda-costas, mas Madame não queria nem saber. Enquanto a Maybach saía pelo imponente portão de segurança, ela acendeu outro Gitanes e olhou, de mau humor, pela janela. Dessa vez, ela não conseguiu suprimir a vontade de tossir.

— Sabe — falou Girard —, você não precisa fumar essas porcarias quando estivermos só nós dois.

— É o único jeito de eu me acostumar com eles.

— Quais são os planos? — perguntou ele.

— O mercado.

— E depois?

— Queria almoçar com meu marido, mas parece que ele não quer ser incomodado.

Girard sorriu, mas não disse nada. No mesmo instante um apito anunciou a chegada de uma mensagem no celular de Natalie. Depois de lê-la, ela guardou o aparelho de volta na bolsa e, tossindo, fumou o último cigarro. Estava quase na hora de Madame Sophie conhecer Madame Olivia. Ela precisava praticar.

28

SAINT-TROPEZ, FRANÇA

Quando passaram pela saída para a Praia de Pampelonne, Natalie foi invadida por lembranças. Dessa vez, as memórias não eram de Leila, mas dela mesma. É uma manhã perfeita no fim de agosto. Natalie e seus pais fazem de carro o difícil caminho de Marselha a Saint-Tropez porque nenhuma outra praia na França — ou no mundo — podia substituí-la. O ano é 2011. Natalie completou sua formação como médica e embarcou no que promete ser uma carreira de sucesso no sistema de saúde estatal da França. Ela é uma cidadã francesa exemplar; não consegue imaginar viver em outro lugar. Porém, a França está mudando sob seus pés e já não é um lugar seguro para ser judeu. Cada dia parece trazer notícias de mais um horror. Mais uma criança em quem bateram ou cuspiram, mais uma vitrine quebrada, mais uma sinagoga pichada, mais uma sepultura derrubada. E, naquele dia no fim de agosto em Pampelonne, Natalie e os pais fazem seu melhor para esconder que são judeus. Impossível. Assim, o dia não passa sem olhares de desprezo e um insulto murmurado pelo garçom que serve o almoço deles de má vontade. Durante o caminho de volta para Marselha, os pais de Natalie tomam uma decisão fatídica. Abandonarão a França e irão para Israel. Pedem para Natalie, a única filha, ir com eles. Ela concorda sem hesitar. Agora, pensou, olhando pela janela escura da limusine Maybach, ela estava de volta.

Além das praias, havia vinhas recém-plantadas e pequenas vilas sombreadas por ciprestes e pinheiros-guarda-chuvas-japoneses. Quando chegavam à fronteira de Saint-Tropez, porém, as propriedades se escondiam atrás de paredes altas cobertas de vinhedos floridos. Eram as casas dos *simplesmente* ricos, não dos super-ricos como Dmitri Antonov ou Ivan Kharkov antes dele. Quando criança, Natalie sonhava em morar numa casa grande cercada por paredes. Gabriel tinha concedido isso. *Gabriel, não*, pensou ela, de repente. *Saladin*.

O motorista entrou na Avenue Foch e a seguiu até o centro da cidade. Como ainda era junho e a alta temporada estava longe, a multidão não atrapalhava a passagem dos carros, mesmo na Place des Lices, onde acontecia o animado mercado ao ar livre. Enquanto caminhava lentamente pelas barracas, Natalie teve uma aterradora sensação de perda. Este era o país *dela*, pensou, mas sua família tinha sido forçada a deixá-lo por causa do ódio mais antigo. A presença de Roland Girard a fez focar na tarefa que tinha em mãos. Ele caminhava não a seu lado, mas às suas costas. Não havia como o confundirem com um marido. Ele estava ali por um único motivo: proteger Madame Sophie Antonov, a nova residente do palácio suntuoso na Baía de Cavalaire.

De repente, ela ouviu seu nome sendo chamado por alguém em um café no Boulevard Vasserot.

— Madame Sophie, Madame Sophie! Sou eu, Nicolas. Aqui, Madame Sophie!

Ao virar-se, percebeu Christopher Keller acenando de uma mesa no Le Clemenceau. Atravessou a rua sorrindo, com Roland Girard um passo atrás. Keller se levantou e ofereceu uma cadeira.

Quando Natalie se sentou, o pseudo-segurança retornou à Place des Lices e se postou na sombra de um plátano.

— Que boa surpresa — disse Keller quando estavam sozinhos.

— É, sim. — O tom de Natalie era frio. Era a voz que Madame Sophie usava quando se dirigia a homens que trabalhavam para seu marido. — O que o traz à vila?

— Uma tarefa. E você?

— Compras. — Ela deu uma olhada no mercado. — Alguém está nos observando?

— É claro, Madame Sophie. Você chamou a atenção.

— Era o objetivo, não?

Keller bebia Campari.

— Conseguiu visitar alguma das galerias de arte? — perguntou ele.

— Ainda não.

— Há uma muito boa perto do Porto Antigo. Eu adoraria mostrar a você. É uma caminhada de no máximo cinco minutos.

— A proprietária vai estar lá?

— Eu diria que sim.

— Como nosso amigo quer que eu aja?

— Ele parece achar que vale dar uma boa esnobada.

Natalie sorriu.

— Acho que a Madame Sophie consegue fazer isso muito bem.

Eles caminharam na direção do Porto Antigo passando pela fileira de lojas da Rue Gambetta. Keller usava calças brancas, mocassins pretos e um pulôver preto justo. Com um bronzeado escuro e cabelo cheio de gel, parecia um homem de má reputação. Natalie, no papel de Madame Sophie, fingiu um tédio profundo e infinito. Parou em várias das vitrines, incluindo a de uma butique que levava o nome de Olivia Watson. Roland Girard, seu guarda-costas falso, estava vigilante ao seu lado.

— O que acha daquele? — perguntou ela, apontando na direção de um vestido transparente pendurado numa manequim sem cabeça, parecido com uma camisola. — Acha que Dmitri repararia em mim se eu usasse aquilo? Ou que tal *aquele*? Poderia chamar a atenção dele.

Respondida com um silêncio profissional, ela seguiu em frente, balançando sua bolsa como uma estudante mimada. Yossi Gavish e Rimona Stern caminhavam na direção deles pela rua estreita, de mãos dadas, rindo de uma piada interna. Dina Sarid avaliava um par de sandálias na vitrine da Minelli e, um pouco mais no fim da rua, Natalie viu Eli Lavon correr para uma farmácia com a urgência de um homem cujos intestinos estão a ponto de explodir.

Por fim, chegaram à Place de l'Ormeau. Não era uma praça de verdade, mas um minúsculo triângulo no cruzamento de três ruas. De um lado, ficava uma loja de vestidos, do outro, um café. No centro, um poço antigo protegido pela sombra de uma única árvore. Ao lado do café, havia o bonito prédio de quatro andares — grande para os padrões de Saint-Tropez —, ocupado pela Galeria Olivia Watson.

A pesada porta de madeira estava trancada. Ao lado dela, uma placa de cobre dizia tanto em francês quanto em inglês que a visita ao arquivo da galeria acontecia apenas com agendamento. Na vitrine, havia três pinturas — um Lichtenstein, um Basquiat e uma obra do pintor e escultor francês Jean Dubuffet. Natalie olhou mais de perto o Basquiat enquanto Keller checava o celular. Após um momento, Natalie percebeu uma presença atrás dela. O cheiro intoxicante de flor de lis deixou óbvio que não era Roland Girard.

— Lindo, né? — perguntou uma voz feminina em francês.

— O Basquiat?

— Sim.

— Na verdade — disse Natalie para o vidro —, prefiro o Dubuffet.

— Você tem bom gosto.

Natalie se virou lentamente e avaliou a quarta obra de arte parada a alguns centímetros dela na Place de l'Ormeau. Ela era tão alta, aliás, que Natalie teve de levantar os olhos para encontrar os dela. Não era bonita, era profissionalmente bonita. Até aquele momento, Natalie não tinha percebido que havia uma diferença.

— Gostaria de olhar mais de perto? — perguntou a mulher.

— Perdão?

— O Dubuffet. Tenho alguns minutos antes do meu próximo agendamento.

Ela sorriu e estendeu a mão.

— Desculpe, eu devia ter me apresentado. Sou Olivia. Olivia Watson — completou ela. — Esta galeria é minha.

Natalie aceitou a mão oferecida. Era incomumente longa, bem como o braço nu, macio e dourado à qual estava ligada. Olhos azuis luminosos se destacavam num rosto tão impecável que quase não parecia real. Tinham uma expressão de leve curiosidade.

— Você é Sophie Antonov, não é?

— Já nos conhecemos?

— Não. Mas Saint-Tropez é uma cidade pequena.

— Até demais... — retrucou Natalie friamente.

— Moramos do outro lado da baía, em frente a você e seu marido — explicou Olivia Watson. — Da nossa vila vemos a de vocês. Talvez possam nos fazer uma visita um dia desses.

— Infelizmente, meu marido é extremamente ocupado.

— Parece o Jean-Luc.

— Jean-Luc é seu marido?

— Parceiro — respondeu Olivia Watson. — Jean-Luc Martel. Talvez você tenha ouvido falar nele. Há algumas semanas, vocês dois jantaram na nova *brasserie* dele em Paris. Jean-Luc, inclusive, ofereceu uma garrafa de champanhe. — Ela desviou o olhar para Keller, que parecia entretido com algo que estava lendo no celular. — Ele também estava lá.

— Ele trabalha para o meu marido.

— E aquele? — Olivia Watson fez um gesto de cabeça na direção de Roland Girard.

— Ele trabalha para mim.

Os olhos azuis luminosos mais uma vez pararam em Natalie. Ela tinha estudado centenas de fotografias de Olivia Watson para se preparar para o primeiro encontro, mas o impacto da beleza da outra ainda era como um choque no sistema. Olivia sorria levemente. Era um sorriso maroto, sedutor, superior. Ela sabia muito bem o efeito de sua aparência em outras mulheres.

— Seu marido é colecionador de arte? — perguntou ela.

— Meu marido é um empresário que gosta de arte — respondeu Natalie com cuidado.

— Talvez ele queira visitar a galeria.

— Ele prefere quadros dos Velhos Mestres a obras contemporâneas.

— Sim, sei. Ele chamou muita atenção em Londres e Nova York na primavera. — Ela colocou a mão na bolsa e tirou um cartão de visitas, que ofereceu a Natalie. — Meu telefone particular está no verso. Tenho algumas obras especiais que acho que podem interessar seu marido. E, por favor, venham almoçar em nossa vila no fim de semana. Jean-Luc está ansioso para conhecê-los.

— Temos outros planos para o fim de semana — disse Natalie rapidamente. — Bom dia, Madame Wilson. Foi um prazer conhecê-la.

— Watson — gritou ela enquanto Natalie se afastava. — Meu nome é Olivia Watson.

Ela ainda segurava o cartão entre os dedos quando Keller o tirou de sua mão.

— Madame Sophie pode ser um pouquinho mal-humorada. Não se preocupe, vou dar uma palavra com o chefe por você. — Ele estendeu a mão. — Meu nome é Nicolas, aliás. Nicolas Carnot.

Keller caminhou com Natalie e Roland Girard de volta à Place des Lices e os viu entrar na limusine. Ele saiu do centro da cidade alguns segundos depois, observado com inveja tanto por turistas quanto por nativos. Sozinho, Keller cortou pelas barracas do mercado até o lado oposto da praça e montou na motocicleta Peugeot Satelis que deixara estacionada. Foi na direção oeste pela borda do golfo de Saint-Tropez, depois para o sul pelos morros de Var, até chegar ao vilarejo de Ramatuelle. Não era muito diferente do vilarejo dos Orsati no centro da Córsega, um punhado de casinhas pardas com tetos de telhas vermelhas, encarapitadas, defensivamente, no topo de um morro. Havia, também, casarões maiores escondidos nos vales arborizados. Uma era chamada La Pastorale. Keller se certificou de não estar sendo seguido antes de se apresentar no portão de segurança de ferro. Era pintado de verde e enorme. Ele apertou o botão do interfone e depois se virou para observar um caminhão de entregas passando na estrada.

— *Oui?* — falou uma voz metálica fina um momento depois.

— *C'est moi* — disse Keller. — Abre a porra do portão.

A entrada para carros era comprida, sinuosa e sombreada por pinheiros e choupos. Terminava no átrio de cascalho de uma grande casa de pedra com persianas amarelas. Keller caminhou até a sala de estar, convertida em um centro de operações improvisado. Gabriel e Paul Rousseau estavam curvados trabalhando num laptop. O francês reconheceu a chegada de Keller com um aceno discreto de cabeça — ele ainda desconfiava profundamente desse talentoso oficial do MI6 que falava francês como um corso e ficava confortável na presença de criminosos —, mas o israelense sorria amplamente.

— Bem jogado, Monsieur Carnot. Pegar o cartão de visitas foi um belo toque.

— A primeira impressão é a que fica.

— É mesmo. Ouça isto.

Gabriel apertou uma tecla do laptop e alguns segundos depois surgiu a voz de uma mulher gritando, irada, em francês. Era uma linguagem fluente e profana, mas marcada por um sotaque inglês inconfundível.

— Com quem ela está falando?

— Com Jean-Luc Martel, claro.

— E o que ele achou?

— Você já vai ouvir.

Keller estremeceu quando a voz de Martel explodiu nas caixas de som.

— Claramente — disse Gabriel —, ele não está acostumado com as pessoas dizerem não a ele.

— Qual é a próxima jogada?

— Outra esnobada. Várias, aliás.

As caixas de som ficaram em silêncio depois que Olivia Watson, com uma última fuzilada de obscenidades gritadas, desligou. Keller caminhou até um conjunto de monitores de vídeo e assistiu à limusine Maybach entrar numa vila palaciana à beira-mar. Uma mulher saiu e atravessou vários cômodos cavernosos decorados com quadros de Velhos Mestres até chegar a um terraço com vista para uma piscina do tamanho de uma lagoa. Um homem tirava um cochilo, a pele pálida se tornando vermelha diante do ataque implacável do sol. Ela falou no ouvido dele algo que os microfones não conseguiram capturar e o levou até um quarto no andar de cima onde não havia câmeras. Keller sorriu quando a porta se fechou. Talvez houvesse esperança para Madame Sophie e Monsieur Antonov, afinal.

29
CÔTE D'AZUR, FRANÇA

Não era verdade que Madame Sophie e Monsieur Antonov tinham planos naquele fim de semana. Mas, de alguma forma, com a ajuda de uma mão escondida, ou talvez por mágica, os planos se materializaram. De fato, assim que o sol se pôs numa tarde de sexta-feira perfeita, uma corrente de faróis de carro, parecendo um colar de diamantes, estendeu-se pela orla da Baía de Cavalaire. Os veículos iam na direção dos portões da Villa Soleil, que brilhava e pulsava com a batida da música tão alta que podia ser ouvida do outro lado da água, o que era o objetivo. Os convidados tinham vindo de todos os cantos. Havia atores, escritores, aristocratas decadentes, ladrões. Havia o filho de um fabricante de carros italianos que chegou em meio a um grupo de mulheres seminuas, e uma estrela pop que não conseguia um hit de sucesso desde que as músicas viraram digitais. Metade do mundo da arte de Londres estava lá, bem como um contingente de Nova York que, dizia-se, tinha cruzado o Atlântico em aviões particulares às custas do anfitrião. E muitos outros que mais tarde admitiriam nem ter recebido convite. Essas almas inferiores tinham ficado sabendo do evento por meio dos canais de sempre — a fábrica de fofocas da

Riviera, mídias sociais — e aberto caminho até a porta chapeada de dourado de Monsieur Antonov.

Se ele estava de fato presente naquela noite, não houve sinal. Na verdade, nem ao menos um convidado conseguiria fornecer evidências de tê-lo visto. Até Julian Isherwood, o consultor de arte, ficou sem palavras para explicar o paradeiro dele. Isherwood realizou um tour particular à coleção impressionante de quadros de Velhos Mestres para um punhado de convidados que demonstrou interesse em vê-la. E depois, como todos, ficou loucamente bêbado. À meia-noite, o bufê tinha sido devorado e mulheres estavam nadando nuas na piscina e nas fontes. Houve uma briga de socos, uma consumação bem pública de um ato sexual, uma ameaça de processo. Antigas rivalidades apareceram, casamentos terminaram e muitos automóveis extravagantes sofreram danos. A opinião geral era de que todos se divertiram.

Porém, a festa não acabara naquela noite, apenas entrado em remissão. No fim da manhã, os carros voltaram a lotar as estradas, e uma flotilha de iates motorizados brancos ancorou nas águas da doca da Villa Soleil, capitaneada pela embarcação de Monsieur Antonov. As festividades da segunda noite foram piores do que a primeira, devido ao fato de que a maioria dos convidados chegou bêbada ou ainda estava bêbada da noite anterior. A equipe de segurança de Monsieur Antonov cuidou de perto das pinturas, e vários dos convidados mais rebeldes foram expulsos da propriedade sem causar alvoroço. Ainda assim, não houve um que de fato tenha cumprimentado o anfitrião ou, ao menos, colocado os olhos nele. Sim, havia aquela divorciada de meia-idade norte-americana, com a pele queimada de sol, que alegava tê-lo visto observando a festa, ao estilo Gatsby, de um terraço particular nos domínios superiores de seu palácio. Como estava bêbada na hora, seu relato foi prontamente descartado. Envergonhada, ela flertou de maneira patética com um belo e jovem piloto de Fórmula 1 e teve de se consolar com a companhia de Oliver Dimbleby. Eles foram vistos pela última vez perambulando pela noite, a mão de Oliver nas costas dela.

Após um brunch com champanhe no domingo, os últimos convidados dispersaram. Os feridos de guerra saíram sozinhos, os comatosos e não responsivos foram embora de outras formas. Um exército de trabalhadores chegou e apagou todas as evidências da destruição do fim de semana. Já na manhã de segunda-feira, Monsieur Antonov e Madame Sophie estavam em seu lugar de sempre com vista para a piscina, ele perdido em seu *tablet*; ela, em seus pensamentos. Ao meio-dia, Madame foi para a cidade, acompanhada por Roland Girard, e almoçou com Monsieur Carnot em um restaurante de Jean-Luc Martel no Porto Antigo. Olivia Watson comia com uma amiga, uma mulher de beleza quase igual, a algumas mesas de distância. Ao sair, ela passou pela mesa de Madame Sophie sem uma palavra ou um olhar, embora Carnot tivesse certeza de ter ouvido uma vulgaridade que nem ele, um homem de má reputação, ousaria repetir.

Houve outro evento no fim de semana seguinte, menor, mas não menos delituoso, e um festão na semana seguinte que quebrou o recorde de reclamações da Côte d'Azur junto às autoridades. Nesse ponto, os Antonov declararam um cessar-fogo e a vida na Baía de Cavalaire voltou a algo parecido com o normal. Na maior parte do tempo, eles ficavam prisioneiros da Villa Soleil, embora várias vezes por semana Madame Sophie, após a corrida matinal na esteira, ia até Saint-Tropez em sua limusine Maybach para fazer compras ou almoçar. Em geral, comia com Roland Girard ou Monsieur Carnot, embora em duas ocasiões tenha sido vista com um inglês alto que alugara uma vila para o verão perto da cidade montanhosa de Ramatuelle. Ele possuía uma esposa curvilínea e sarcástica que Madame Sophie adorava.

O casal não era o único hospedado na vila. Havia uma mulher baixinha com cabelo preto que mancava levemente e tinha um ar de viuvez precoce. Um homem obscuro no fim da meia-idade que nunca parecia repetir uma roupa. Um homem de aparência dura, com o rosto marcado de varíola que parecia sempre contemplar um ato de violência. Um francês de comportamento professoral que empesteava os cômodos da vila com seu cachimbo onipresente. Um homem com têmporas grisalhas e olhos verdes que implorava para o francês encontrar outro hábito, algo que não colocasse em perigo a saúde daqueles ao redor.

Os ocupantes da vila não pareciam ter recreação nem lazer; eles tinham ido à Provença para negócios mortalmente sérios. O francês professoral e o homem de olhos verdes, supostamente, eram parceiros de igual importância, mas, na prática, o francês cedia ao associado em quase todos os assuntos. Ambos passavam bastante tempo fora da vila. O francês ficava entre Provença e Paris, enquanto o homem de olhos verdes realizava várias viagens clandestinas a Tel Aviv. Ele também foi a Londres, onde negociou os termos da fase seguinte de sua empreitada, e a Washington, onde foi repreendido pela lentidão. Ele perdoou o péssimo humor de seu parceiro dos Estados Unidos. Os norte-americanos tinham se acostumado a resolver problemas apertando um botão. A paciência não era uma virtude daquele povo.

Este homem de olhos verdes era a paciência em pessoa, especialmente quando estava em Ramatuelle. A farsa de Monsieur Antonov e Madame Sophie lhe importava pouco. Sua obsessão era a bela inglesa proprietária da galeria de arte da Place de l'Ormeau. Com a ajuda dos outros ocupantes da vila, ele a observava dia e noite. E, com a ajuda de seu amigo nos Estados Unidos, ouvia todas as ligações e lia todas as mensagens de texto e os e-mails.

Ela detestava o novo casal barulhento que morava do outro lado da Baía de Cavalaire — isso era evidente —, mas mesmo assim os dois a intrigavam. Mais do que tudo, ela se perguntava por que todas as subcelebridades do sul da França foram convidadas para a vila dos Antonov, mas ela fora excluída. Seu não-exatamente-marido pensava igual. Ele próprio era uma celebridade, afinal. Uma real, não um daqueles impostores que tinha entrado de repente na órbita dos Antonov. Assim, ele logo começou a investigar o novo vizinho e sua fonte de renda. Quanto mais descobria, mais se convencia de que Monsieur Dmitri Antonov e ele tinham muito em comum. Instruiu sua não-exatamente-esposa a fazer outro convite. Ela respondeu que preferiria cortar os pulsos do que passar mais um minuto na companhia daquela criatura mimada do outro lado da baía, ou algo do tipo.

O homem de olhos verdes apenas esperava. Ele observava todos os movimentos dela, ouvia todas as palavras, lia todas as mensagens eletrônicas. E se perguntava se ela era digna dessa obsessão. Seria a garota de seus sonhos ou quebraria seu coração de agente? Será que ela se renderia a ele de bom grado ou seria necessário usar a força? Se sim, ele tinha força em abundância. Em outras palavras, 48 telas em branco que havia encontrado no Porto Livre de Genebra. Ele esperava não chegar a isso. Pensava nela como um quadro precisando urgentemente de reparo. Ele ofereceria seus serviços. Se ela fosse tola o suficiente para recusar, era possível que as coisas ficassem desagradáveis.

Na segunda semana de julho, ele já tinha visto e ouvido o bastante. O Dia da Bastilha se aproximava com rapidez e, depois dele, começaria a reta final da temporada de verão. Como fechar o abismo que ele mesmo tinha criado? Seria necessário, pensou, um convite formal. Ele mesmo o escreveu, numa caligrafia tão precisa que parecia ter sido impressa por uma impressora a laser, e deu para Monsieur Carnot entregar na galeria da Place de l'Ormeau. Ele o fez às 11h15 de uma manhã provençal perfeita e, ao meio-dia, recebeu a resposta esperada. Jean-Luc Martel, hoteleiro, dono de restaurante, comerciante de roupas, joalheiro e traficante internacional de narcóticos ilícitos, iria almoçar na Villa Soleil. E Olivia Watson, a garota dos sonhos de Gabriel, iria com ele.

30

CÔTE D'AZUR, FRANÇA

— O que você acha, querida? Com arma ou sem arma? Mikhail se admirava no espelho de corpo inteiro do closet. Ele vestia um terno de linho escuro — escuro demais para a ocasião e para o clima, quente até para os padrões da Côte d'Azur — e uma camisa social branca bem passada, desabotoada até o meio do peito. Apenas os sapatos, um par de mocassins de 1.500 euros que ele usava sem meias, eram inteiramente apropriados. As abotoaduras de ouro combinavam com o relógio, também de ouro, que descansava no pulso dele como um barômetro mal posicionado. Tinha sido feito à mão por um homem que ele conhecia em Genebra, uma barganha de um milhão e meio de euros.

— Sem arma — respondeu Natalie. — Pode passar a mensagem errada.

Ela estava parada ao lado dele, com a imagem refletida no mesmo espelho. Usava um vestido branco de alcinhas e mais joias do que o necessário para um almoço à tarde no jardim. A pele estava escura demais por ter passado muito tempo ao sol. Ela pensou que não combinava bem com a cor de seu cabelo, que tinha sido clareado vários tons antes de ela sair de Tel Aviv.

— Você acha que um dia vai ficar chato?
— O quê?
— Viver assim.
— Suponho que depende da alternativa.

Nesse momento, o telefone de Natalie vibrou.
— O que foi?
— Martel e Olivia acabaram de sair da vila deles.

Mikhail olhou para seu relógio de pulso e franziu o cenho.
— Eles deviam estar aqui há vinte minutos.
— Horário JLM — comentou Natalie.

O celular vibrou pela segunda vez.
— O que foi agora?
— Diz que somos um lindo casal.

Natalie beijou a bochecha de Mikhail e saiu. No andar de baixo, no terraço sombreado, um trio de empregados domésticos do Grupo Alfa arrumava a mesa de almoço com cuidado incomum. Na ponta oposta do terraço, Christopher Keller bebia um rosé. Natalie tirou um Marlboro do maço e se dirigiu a ele em francês.

— Você não pode pelo menos fingir estar um pouco nervoso?
— Na verdade, estou ansioso para conhecê-lo. Lá vem ele.

Natalie olhou para o horizonte e viu dois Range Rovers pretos contornando a orla da baía, um para Martel e Olivia, outro para o destacamento de segurança.

— Guarda-costas no almoço — disse ela com o desdém de Madame Sophie. — Que mal-educado. — Então, ela acendeu o cigarro e fumou um pouco sem tossir.

— Você está ficando bem boa nisso.
— É um hábito nojento.
— Melhor do que alguns outros. Na verdade, consigo pensar em vários muito piores. — Keller observou os Range Rovers se

aproximando. — Você precisa relaxar, Madame Sophie. Afinal de contas, é uma festa.

— Jean-Luc Martel e eu somos de partes diferentes da França. Tenho medo de ele olhar para mim e perceber uma garota judia de Marselha.

— Ele vai ver o que você quiser que ele veja. Além do mais — disse Keller —, se consegue convencer Saladin que é palestina, consegue fazer qualquer coisa.

Natalie suprimiu uma tosse e observou os serventes do Grupo Alfa colocando os últimos toques na mesa.

— Para que *velas*? — murmurou. — Estamos perdidos.

Durante as horas finais de preparação para o encontro há muito esperado entre Jean-Luc Martel e Monsieur Dmitri Antonov, houvera um debate mais acalorado que o normal entre Gabriel e Paul Rousseau sobre algo que parecia um detalhe trivial. Especificamente, se o portão imponente da Villa Soleil deveria estar aberto para a chegada de Martel ou fechado, colocando, assim, um último obstáculo metafórico para ele atravessar. Rousseau era a favor de uma abordagem de boas-vindas. Martel, argumentou ele, já tinha sofrido o suficiente. Mas Gabriel estava em um clima menos complacente e, após uma rixa de vários minutos, convenceu Rousseau a deixar o portão fechado.

— E façam com que ele toque a campainha como todo mundo — recomendou Gabriel. — Para Dmitri Antonov, Martel é pior do que lixo. É importante que ele seja tratado dessa forma.

Foi assim que, vinte minutos após uma da tarde, o motorista de Martel apertou o botão do interfone não uma vez, mas duas antes de o portão da Villa Soleil se abrir com um gemido inóspito. Roland Girard, de terno escuro e gravata, assava no átrio banhado de sol, com um rádio no ouvido. Portanto, foi o rosto de um agente do Grupo Alfa, não de seu anfitrião, que Martel viu ao emergir do banco de trás de seu veículo. Vestia um terno branco de popelina, como um bolo de noiva, com sua juba característica esvoaçando com o vento quente que morria perto da água das fontes. Seis câmeras registraram a chegada, e o transmissor usado por Roland Girard capturou um diálogo tenso relacionado ao destino de seus guarda-costas. Aparentemente, Martel queria que eles o acompanhassem à vila, um pedido que Girard negou educada, mas firmemente. Indignado, Martel se virou e atravessou o átrio com agilidade predatória, um comportamento de empreendedor gângster, de estrela do rock criminosa. Olivia, nesse ponto, era um pensamento secundário. Ela o seguia alguns passos atrás, como se estivesse se preparando para se desculpar pela conduta dele.

Os Antonov estavam parados na sombra do pórtico, como se posando para uma fotografia, o que de fato estavam. Os cumprimentos foram divididos por gênero. Madame Sophie recebeu Olivia Watson como se o encontro gélido em frente à galeria nunca tivesse ocorrido, enquanto Martel e Dmitri Antonov apertaram as mãos como oponentes se preparando para espancar um ao outro no ringue. Com um sorriso fechado, Martel disse ter ouvido muito sobre Monsieur Antonov e estar contente de, enfim, conhecê-lo pessoalmente. Ele o fez em inglês, o que sugeria que estava ciente do fato de que Monsieur Antonov não falava francês.

— Sua vila é magnífica. Tenho certeza de que você conhece a história dela.

— Me disseram que já foi de um membro da família real britânica.

— Eu estava me referindo a Ivan Kharkov.

— Inclusive, esse foi um dos motivos pelos quais concordei em tirá-la das mãos do governo francês.

— Você conhecia Monsieur Kharkov?

— Infelizmente, Ivan e eu andávamos em círculos muito diferentes.

— Eu o conhecia bastante bem — vangloriou-se Martel enquanto caminhava ao lado de seu anfitrião pelo corredor principal da vila, seguido por Madame Sophie e Olivia, e observado pelos olhos resolutos das câmeras de segurança. — Recebi os Kharkov muitas vezes em meus restaurantes em Saint-Tropez e Paris. Foi terrível a forma como ele morreu.

— Os israelenses estavam por trás. Pelo menos, era o boato.

— Era mais que só um boato.

— Você parece ter muita certeza.

— Não acontece muita coisa em Côte d'Azur sem que eu saiba.

Eles saíram para o terraço, onde o último membro do grupo do almoço esperava entre as colunas.

— Jean-Luc Martel, gostaria de lhe apresentar Nicolas Carnot. Nicolas é meu amigo e conselheiro mais próximo. Ele é originalmente de Córsega, mas não use isso contra ele.

Numa propriedade nos arredores de Ramatuelle, Gabriel observou atentamente Jean-Luc Martel aceitar a mão esticada. Seguiram-se alguns segundos tensos enquanto os dois homens avaliavam um ao outro, como fazem as criaturas de nascimento, criação e aspirações profissionais similares. Claramente, Martel viu algo que reconheceu no homem durão da ilha de Córsega. Ele apresentou Monsieur Carnot a Olivia, que explicou que já o tinha visto em duas ocasiões anteriores na galeria. Mas Martel nem pareceu ouvi-la; admirava a garrafa de Bandol rosé suando no balde de gelo. O fato de ele aprovar o vinho não era acidente. Estava em destaque na carta de todos os seus bares e restaurantes. Gabriel encomendara o suficiente para flutuar um navio de carga cheio de haxixe.

Sob sugestão de Madame Sophie, eles se sentaram nos sofás e nas cadeiras dispostos na ponta do terraço. Ela estava fria e distante, uma observadora, como Gabriel. Ele estava parado em frente aos monitores de vídeo, com a cabeça inclinada ligeiramente para o lado e uma mão apoiada no queixo. Com a outra, pressionava a lombar, que dava pontadas. Eli Lavon estava ao lado dele e, ao lado de Lavon, Paul Rousseau. Eles observaram ansiosamente um oficial do Grupo Alfa, vestido com uma túnica branca impecável, remover uma garrafa de rosé vazia do balde de gelo e substituí-la, com sucesso, por uma nova. Em voz baixa, Madame Sophie o instruiu a trazer os salgados. Ele também o fez sem vítimas ou danos colaterais. Aliviado, Paul Rousseau encheu um cachimbo e assoprou uma nuvem de fumaça nas telas de vídeo. Madame Sophie também pareceu aliviada. Ela acendeu um Gitane e, com o dedão e o anelar, discretamente desgrudou um pedacinho de tabaco da ponta da língua.

Como pretendido por Gabriel, a conversa era educada, mas comedida. Foi conduzida em inglês para o benefício de Dmitri Antonov, embora, ocasionalmente, ele fosse deixado de lado por uma explosão de francês. Ele não se ofendia. Na verdade, parecia apreciar o silêncio, pois lhe dava um alívio do inquérito tenaz de Martel em relação aos seus negócios. Ele explicou que tinha ganhado muito dinheiro negociando *commodities* russas e tinha conseguido sair do jogo antes da Grande Recessão e da queda dos preços do petróleo. Recentemente, embarcara numa série de empreitadas no Ocidente e na Ásia. Várias, disse ele, tinham se provado bastante lucrativas.

— Claramente — disse Martel olhado ao redor. Monsieur Antonov apenas sorriu. — Em que tipo de coisa você está investindo?

— No de sempre — respondeu Antonov, evasivo. — Estive, principalmente, cedendo à minha paixão pela arte.

— Olivia e eu adoraríamos ver sua coleção.

— Talvez depois do almoço.

— Você devia olhar o acervo dela. Olivia tem muitas peças extraordinárias.

— Eu gostaria muito.

— Quando? — perguntou Martel.

— Amanhã — respondeu Gabriel para os monitores de vídeo.

Alguns segundos depois, Dmitri Antonov disse:

— Passo lá amanhã, se for conveniente.

Com isso, eles se reuniram na mesa para almoçar. Novamente, Gabriel não poupou despesas e não deixou nada ao acaso. Ele tinha até contratado o chef executivo de um restaurante importante de Paris e o levado de avião particular para a Provença. Madame Sophie escolhera o cardápio. Batatas glaceadas quentes com caviar, tapioca e ervas; lascas de atum-amarelo com abacate, rábano apimentado e gengibre marinado; vieiras com couve-flor caramelizada e uma emulsão de alcaparras; robalo com crosta de nozes e sementes, com molho agridoce. Impressionado, Martel pediu para conhecer o chef. Madame Sophie, acendendo outro Gitane, negou. O chef e sua equipe, disse ela, não tinham permissão para sair da cozinha.

Durante a sobremesa, eles conversaram sobre política. A eleição nos Estados Unidos, a guerra na Síria, os ataques terroristas do Estado Islâmico na Europa. À menção do Islamismo, Martel se animou. A França como eles a conheciam tinha acabado, resmungou. Logo, seria apenas mais um país do Magrebe islâmico. Gabriel considerou a atuação convincente, embora Olivia parecesse achar o oposto. Entediada, ela perguntou se podia pegar um dos Gitanes de Madame Sophie.

— Jean-Luc tem opiniões muito fortes sobre a questão das minorias na França — confidenciou ela. — Gostaria de lembrar a ele que, se não fossem os árabes e os africanos, ele não teria funcionário para lavar os pratos dos restaurantes ou trocar as camas dos hotéis.

Madame Sophie, com sua expressão, deixou claro que achava o assunto de mau gosto. Ela pediu para os empregados do Grupo Alfa trazerem o café. Já eram quase cinco da tarde. Todos concordaram que uma visita aos quadros teria que esperar outra ocasião, embora tenham visto vários enquanto atravessavam lentamente as vastas salas de estar e corredores rosados, observados sempre pelas câmeras de segurança.

— Você realmente está interessado em ir à galeria amanhã? — perguntou Olivia enquanto pausava para admirar o par de cenas de canais venezianos de Guardi.

— Com certeza — respondeu Dmitri Antonov.

— Estou livre às onze.

— À tarde é melhor — disse Gabriel às telas de vídeo, e Dmitri Antonov então explicou que tinha várias ligações importantes para fazer pela manhã e preferiria visitar a galeria após o almoço.

— Se for conveniente.

— É, claro.

— Monsieur Carnot fará os arranjos necessários. Acredito que ele tenha seu telefone.

Os Antonov se despediram dos convidados no pórtico, que, então, não estava mais na sombra, mas queimando sob uma luz laranja bem fina. Momentos depois, eles estavam parados mais uma vez no terraço, vendo os Range Rovers se dirigirem à vila do outro lado da Baía de Cavalaire. Logo em seguida, o celular de Madame Sophie vibrou.

— E aí? — perguntou o marido dela.

— Diz que fomos perfeitos.

— Eles se divertiram?

— Martel está convencido de que você é um traficante de armas se passando por empresário legítimo.

— E Olivia?

— Está ansiosa por amanhã.

Sorrindo, Dmitri Antonov tirou o terno e foi para a piscina nadar um pouco. Madame Sophie e Monsieur Carnot observaram do terraço enquanto terminavam o que tinha sobrado do rosé. O celular de Madame Sophie tremeu com mais uma mensagem.

— E agora, o que é? — perguntou Monsieur Carnot.

— Parece que Martel acha que eu pareço judia. — Ela acendeu outro Gitane e sorriu. — Saladin disse a mesma coisa.

SAINT-TROPEZ, FRANÇA

Às dez horas da manhã seguinte, a Place de l'Ormeau estava deserta, exceto por um homem de meia-idade lavando as mãos num filete de água que vinha de uma fonte. Olivia pensou tê-lo visto na cidade uma ou duas vezes antes, mas, observando melhor, percebeu ter se enganado. Os paralelepípedos esquentavam seus pés em sandálias enquanto ela cruzava a praça até a galeria. Tirou as chaves da bolsa, destrancou a porta externa de madeira e entrou no vestíbulo sufocante. Abriu a porta de vidro de alta segurança e, ao adentrar, desativou o alarme. Ela fechou o acesso atrás de si, que trancou automaticamente. O interior da galeria se encontrava na penumbra e no frio, um alívio em relação ao exterior.

Já no seu escritório particular, Olivia apertou um interruptor que abriu as persianas e as grades de segurança. Como fazia todos os dias, subiu para as salas de exibição para garantir que nada estivesse faltando. Os Lichtenstein, Basquiat e Dubuffet exibidos na vitrine eram apenas um pedacinho do acervo da galeria. A coleção profissional valiosa de Olivia incluía obras de Warhol, Twombly, de Kooning, Gerhard Richter e Pollock, junto com outros numerosos artistas contemporâneos franceses e espanhóis. Ela tinha comprado com sabedoria e desenvolvido uma clientela confiável entre os megarricos da Côte d'Azur — *homens como Dmitri Antonov*, pensou ela. Era uma conquista extraordinária para uma mulher sem diploma universitário ou educação artística formal. E pensar que apenas alguns anos antes ela administrava uma pequena galeria que oferecia os rabiscos de artistas locais a turistas suados que saíam cambaleando dos cruzeiros e dos ônibus de passageiros. Às vezes, ela se permitia pensar que tinha chegado a esse lugar como resultado de sua determinação e seu tino para os negócios, mas, no fundo, sabia que não era verdade. Era tudo mérito de Jean-Luc. Olivia era apenas o rosto público do local, que levava seu nome, mas tinha sido comprada e paga por Martel. Como, aliás, ela própria.

Depois de concluir que a coleção sobrevivera intacta à noite, ela desceu e encontrou a recepcionista Monique preparando um café com leite na máquina automática. Ela era uma garota magrela de 24 anos, de peitos pequenos, uma bailarina de Degas encarnada. À noite, trabalhava como *hostess* em um dos restaurantes de Jean-Luc. Parecia ter chegado tarde em casa, o que, no caso de Monique, era o habitual.

— Quer? — perguntou ela enquanto o resto de leite fervido borbulhava em sua caneca.

— Por favor.

Monique entregou a Olivia e preparou outro para ela.

— Algum agendamento hoje de manhã? — perguntou Monique.

— Não é você que devia me dizer isso?

Monique fez uma careta.

— Quem foi dessa vez? — quis saber Olivia.

— Um americano. *Tão* fofo. De um lugar chamado Virginia. — Na boca de Monique, parecia o lugar mais exótico e sensual do mundo. — Ele cria cavalos.

— Achei que você odiasse americanos.

— Claro. Mas esse é muito rico.

— Vai vê-lo de novo?

— Talvez hoje à noite.

Ou talvez não, pensou Olivia. Ela já tinha sido uma garota como Monique. Talvez ainda fosse.

— Se você consultar seu calendário — disse ela —, descobrirá que Herr Müller vem às onze.

Monique franziu a sobrancelha.

— Herr Müller gosta de olhar para os meus peitos.

— Para os meus também.

Aliás, Herr Müller gostava mais de olhar para Olivia do que para os quadros dela. Não era o único. A beleza dela era uma vantagem profissional, mas, de vez em quando, tornava-se uma distração e uma perda de tempo. Homens ricos — e outros não tão ricos — marcavam horários só para passar alguns minutos na presença dela. Uns tinham até a cara de pau de fazer propostas indecorosas. Outros fugiam sem nunca deixar claras suas intenções verdadeiras. Ela já tinha aprendido há muito tempo como projetar um ar de indisponibilidade. Embora tecnicamente solteira, ela era a garota de JLM. Todo mundo na França sabia disso. Era como se estivesse estampado na testa dela.

Monique se sentou à sua mesa de vidro. Tinha apenas o telefone e o calendário de agendamentos. Olivia não confiava muito mais a ela. Todos os negócios e assuntos administrativos da galeria eram resolvidos pela proprietária, com ajuda de Jean-Luc. Monique era apenas mais uma obra de arte, uma que, quando estava no clima, era capaz de atender ao telefone. Tinha sido Jean-Luc, não Olivia, que lhe dera o emprego na galeria. Olivia tinha quase certeza de que eles eram amantes, mas não guardava rancor. Na verdade, tinha um pouco de pena dela. Não ia acabar bem. Nunca acabava.

Herr Müller atrasou dez minutos, o que não era de seu feitio. Ele era gordo e avermelhado e cheirava a vinho da noite passada. Um encontro recente com um cirurgião plástico em Zurique o tinha deixado com uma expressão de assombro perpétuo. Ele estava interessado numa pintura do artista norte-americano Philip Guston, de quem uma obra similar tinha recentemente sido arrematada por 25 milhões nos Estados Unidos. Herr Müller gostaria de adquirir a de Olivia por quinze. Ela recusou.

— Mas eu preciso tê-la! — exclamou ele, enquanto olhava fixo para a frente da blusa de Olivia.

— Então, vai ter de encontrar mais cinco milhões.

— Deixe-me pensar mais um dia. Enquanto isso, não deixe mais ninguém vê-la.

— Na verdade, estou planejando mostrá-la hoje à tarde.

— Demônia! Para quem?

— Por favor, Herr Müller, isso seria indiscreto.

— É para aquele tal de Antonov?

Ela ficou em silêncio.

— Fui a uma festa na vila dele recentemente. Quase não sobrevivi. Outros tiveram mais azar. — Ele mordeu a parte de dentro do lábio. — Dezesseis. É minha oferta final.

— Vou arriscar com Monsieur Antonov.

— Sabia!

Às 12h30, Olivia o despachou para o sol do meio-dia. Quando voltou à escrivaninha, viu que tinha recebido uma mensagem de Jean-Luc. Ele estava entrando em seu helicóptero para voar até Nice, onde tinha reuniões a tarde toda. Ela tentou mandar mensagem de volta, mas não recebeu resposta. Imaginou que ele já estivesse no ar.

Colocou o telefone de volta na mesa. Alguns segundos depois, ele tocou. Olivia não reconheceu o número. Mesmo assim, aceitou a ligação e levou o telefone ao ouvido.

— *Bonjour.*
— Madame Watson?
— Sim.
— É Nicolas Carnot. Almoçamos ontem na...
— Sim, claro. Como vai?
— Eu queria saber se você ainda tem tempo de mostrar sua coleção ao Monsieur Antonov.
— Minha agenda está livre — mentiu ela. — A que horas ele gostaria de vir?
— Pode ser às duas horas?
— Perfeito.
— Vou precisar passar aí antes para dar uma olhada.
— Perdão?
— Monsieur Antonov toma muito cuidado com a própria segurança.
— Garanto que minha galeria é bastante segura.
Houve um silêncio.
— A que horas você gostaria de vir? — perguntou Olivia, exasperada.
— Estou livre agora, se você estiver.
— Agora está bem.
— Ótimo. Ah, mais uma coisa, Madame Watson.
— Sim?
— A recepcionista?
— Monique? O que tem ela?
— Dê uma tarefa a ela, algo que a mantenha fora da galeria por uns minutos. Pode fazer isso por mim, Madame Watson?

Cinco minutos se passaram até a recepcionista sair da galeria. Ela parou na praça, sentindo o forte calor que fazia, os olhos foram da esquerda para a direita. Ela passou apática pela mesa de Keller no café ao lado, com os braços frouxos ao lado do corpo como flores de cabo longo. Logo depois, ele digitou uma breve mensagem no celular e a disparou para a casa em Ramatuelle. A resposta veio instantaneamente. O helicóptero de Martel estava a leste de Cannes. Prosseguir como planejado.

Como um bom agente de campo, Keller tinha pago a conta adiantado. Levantou-se, rumou para a galeria e apertou a campainha com força. Não houve resposta. *Mudar de planos*, pensou ele, *faz parte do jogo*. Ele tocou a campainha uma segunda vez. Os ferrolhos se abriram com um clique e ele entrou.

Havia algo diferente nele, Olivia tinha certeza. Por fora, era a mesma criatura polida e indiferente com quem ela tinha almoçado na vila dos Antonov — o homem de poucas palavras e deveres não especificados —, mas a postura havia mudado. Ele de repente parecia muito seguro de si e de seus motivos. O sorriso era cordial, mas os olhos azuis refletiam negócios. Ele se dirigiu a ela sem antes oferecer a mão como cumprimento.

— Infelizmente, houve uma pequena mudança nos planos. Monsieur Antonov não poderá comparecer.

— Por que não?

— Uma questão exigiu a atenção imediata dele. Nada urgente, fique tranquila. Nada para causar alarme. — Ele disse tudo isso em seu francês com sotaque corso, através do mesmo sorriso não ameaçador.

— Então, por que você me ligou? E por que — perguntou Olivia — está aqui?

— Porque alguns amigos de Monsieur Antonov expressaram interesse na sua galeria e gostariam de conversar com você em particular.

— Que tipo de interesse?

— Relativo a várias transações recentes que foram bem lucrativas, mas um pouco incomuns.

— As transações dessa galeria são particulares — retrucou ela, friamente.

— Não tanto quanto você imagina.

Olivia sentiu o rosto queimar. Ela caminhou lentamente até a mesa de Monique e tirou o telefone do gancho. A mão tremia enquanto ela discava.

— Nem tente ligar para seu marido, Olivia. Ele não vai atender.

Ela olhou para cima com severidade. Ele tinha dito aquelas palavras não em francês, mas em inglês com sotaque britânico.

— Ele não é meu marido — Ela se ouviu dizer.

— Ah, sim, esqueci. Ele ainda está no ar — continuou ele. — Em algum lugar entre Cannes e Nice. Mas nós tomamos o cuidado adicional de bloquear todas as chamadas para o celular dele.

— Nós?

— A inteligência britânica — respondeu ele com calma. — Não se preocupe, Olivia, você está em ótimas mãos.

Ela apertou o telefone contra orelha e ouviu a gravação da caixa postal de Jean-Luc.

— Desligue o telefone, Olivia, e respire bem fundo. Não vou machucar você, estou aqui para ajudar. Pense em mim como sua última chance. Eu, no seu lugar, aceitaria.

Ela colocou o telefone de volta no gancho.

— Boa garota — disse ele.

— Quem é você?

— Meu nome é Nicolas Carnot, e eu trabalho para Monsieur Antonov. É importante você se lembrar disso. Agora, pegue a bolsa, o telefone e as chaves daquele Range Rover lindo. Por favor, apresse-se, Olivia. Não temos muito tempo.

32

RAMATUELLE, PROVENÇA

O Range Rover estava, como sempre, estacionado ilegalmente em frente ao restaurante de Jean-Luc no Porto Antigo. Olivia se sentou atrás do volante e, como ordenada, rumou na direção oeste pelo golfo de Saint-Tropez. Em duas oportunidades ela pediu para ele explicar por que a galeria dela interessava à inteligência britânica a ponto de merecer um plano tão elaborado. Em duas oportunidades ele comentou sobre o cenário e o clima, *à la* Nicolas Carnot, amigo de Monsieur Dmitri Antonov.

— Como você aprendeu a falar assim?

— Assim como?

— Como um corso.

— Minha tia Beatrice era da Córsega. Você vai perder a entrada.

— Para que lado?

Ele apontou a saída principal para Gassin e Ramatuelle. Ela virou o volante com força para a esquerda e foram para o sul, entrando no interior escarpado que separava o golfo da Baía de Cavalaire.

— Para onde você está me levando?

— Para ver uns amigos de Monsieur Antonov, é claro.

Ela se rendeu e ficou em silêncio. Nenhum dos dois falou de novo até passarem por Ramatuelle. Ele a conduziu por uma estrada vicinal e, por fim, até a entrada de uma vila. O portão estava aberto para recebê-los. Ela estacionou no átrio e desligou o motor.

— Não é tão bonita quando a Villa Soleil — comentou ele —, mas você vai ver que é bem confortável.

De repente, um homem surgiu ao lado da porta de Olivia. Ela o reconheceu: o tinha visto naquela manhã na Place de l'Ormeau. Ele a ajudou a sair do Range Rover e com apenas um movimento da mão a guiou na direção da entrada. O homem que ela só conhecia como Nicolas Carnot — o homem que falava francês como um corso e inglês como um cidadão chique do West End — caminhou ao lado dela.

— Ele também é da inteligência britânica?

— Quem?

— O que abriu a minha porta.

— Não vi ninguém.

Olivia se virou, mas o homem tinha ido embora. Talvez tivesse sido uma alucinação. Era o calor, pensou. Estava tão quente que ela estava quase desmaiando.

Enquanto ela se aproximava da propriedade, a porta se abriu e Dmitri Antonov apareceu.

— Olivia! — exclamou ele como se fosse o amigo mais antigo do mundo. — Sinto muito por importuná-la, mas, infelizmente, era necessário. Entre e se sinta em casa. Todos estão aqui ansiosos para conhecê-la.

Ele disse tudo isso em seu inglês com sotaque russo. Olivia não sabia ao certo se era real ou atuação. Na verdade, naquele momento, ela não sabia nem se o chão estava sob seus pés.

Ela o seguiu pelo hall de entrada, passando por baixo de um arco que levava à sala de estar, confortavelmente mobiliada e cheia de telas penduradas.

Todas estavam em branco.

As pernas de Olivia pareceram se liquefazer. Monsieur Antonov a apoiou e a empurrou de leve para a frente.

Havia outros três homens presentes. Um era alto, bonito, distinto, inegavelmente inglês. Dizia algo em voz baixa em francês para uma figura desleixada em um casaco de *tweed* que parecia ter sido tirado de um sebo. A conversa deles silenciou assim que Olivia entrou, e seus rostos se viraram para ela como girassóis ao alvorecer. O terceiro homem, porém, parecia alheio à chegada dela. Ele estava olhando para uma das telas em branco, uma mão apoiada no queixo e a cabeça ligeiramente inclinada para o lado. A tela era idêntica a todas as outras, mas estava apoiada num cavalete. O homem parecia confortável diante dela, observou Olivia. Ele tinha altura e compleição médias. O cabelo era curto e grisalho nas têmporas. Os olhos, fixados na tela, tinham um tom de verde anormal.

— Acho — disse ele, enfim — que esta é minha favorita. O desenho é extraordinário, e o uso de cor e luz é inigualável. Invejo a paleta.

Ele falou tudo aquilo num arroubo, sem pausa, em francês, com um sotaque que Olivia não conseguia identificar. Era uma mescla peculiar, um pouco de alemão, uma pitada de italiano. Ele ainda admirava a pintura. A pose não tinha mudado.

— Da primeira vez que a vi — continuou ele —, achei verdadeiramente única. Mas estava enganado. Pinturas como esta parecem ser a especialidade de sua galeria. Aliás, até onde consegui ver, você dominou o mercado de telas em branco. — Os olhos verdes finalmente se voltaram para ela. — Parabéns, Olivia, é uma conquista e tanto.

— Quem é você?

— Um amigo de Monsieur Antonov.

— Você também é da inteligência britânica?

— Imagina! Mas ele é — disse ele apontando na direção do inglês de aparência distinta. — Inclusive, ele é o chefe do Serviço Secreto de Inteligência, às vezes chamado de MI6. O nome dele era segredo de Estado antigamente, mas os tempos mudaram. Ocasionalmente, ele dá entrevista e permite que tirem foto. Em outras eras, isso teria sido uma heresia.

— E ele? — perguntou ela com um gesto de cabeça em direção à figura amarrotada de *tweed*.

— Francês — explicou o homem de olhos verdes. — É chefe de uma coisa chamada Grupo Alfa. Talvez você já tenha ouvido o nome. A sede do grupo, em Paris, foi bombardeada há pouco tempo, e vários oficiais faleceram. Como pode imaginar, ele está interessado em encontrar o homem responsável. E gostaria que você ajudasse.

— Eu? — perguntou ela, incrédula. — Como?

— Vamos falar sobre isso já, já. Quanto à minha afiliação — disse ele —, sou o diferente. Sou daquele lugar do qual não gostamos de falar.

Nesse instante, ela conseguiu identificar o sotaque peculiar dele.

— Você é de Israel.

— Isso. Mas de volta à questão — completou ele rapidamente —, que é você e a galeria. Não é uma galeria de verdade, né, Olivia? Você até vende uns quadros de vez em quando, como aquele Guston que tentou empurrar para o pobre Herr Müller hoje de manhã pelo preço obsceno de vinte milhões de euros. Contudo, na verdade, o local serve para lavar o dinheiro dos lucros do negócio verdadeiro de Jean-Luc Martel, que são as drogas.

Um silêncio pesado caiu sobre a sala.

— É este o momento — voltou a falar o homem de olhos verdes — em que você me diz que seu... — Ele parou. — Perdoe, mas sou muito chato com detalhes. *Como* você se refere a Jean-Luc?

— Ele é meu parceiro.

— Parceiro? Que infelicidade.
— Por quê?
— Porque a palavra *parceiro* implica uma relação de negócios.
— Acho que quero ligar para meu advogado.
— Se ligar, vai perder a única chance de se salvar — interrompeu ele, como se para avaliar o impacto de suas palavras. — A galeria é uma parte pequena, mas importante de uma empreitada criminosa extensa. O negócio são as drogas. Drogas que vêm principalmente do norte da África. Drogas que fluem pelas mãos do grupo terrorista que se autointitula Estado Islâmico. Jean-Luc é o distribuidor dessas drogas aqui na Europa Ocidental. Ele realiza negócios com o EI. Intencionalmente ou não, está ajudando a financiar as operações do grupo. O que significa que você também está.
— Boa sorte para provar isso num tribunal francês.
Ele sorriu pela primeira vez, de modo frio e rápido.
— Uma exibição de coragem — falou ele, com admiração fingida —, mas negação alguma em relação aos negócios de seu marido.
— Ele não é meu marido.
— Ah, sim — retrucou ele, com desprezo. — Esqueci.
Eram as mesmas palavras ditas pelo homem chamado Nicolas Carnot na galeria de arte.
— Quanto a chamar um advogado — continuou o israelense —, não será necessário. Pelo menos, não por enquanto. Olivia, não há policiais nessa sala. Somos oficiais de inteligência. Não temos nada contra a polícia, veja bem. Ela tem o trabalho dela e nós temos o nosso. Ela resolve crimes e faz prisões, a gente se preocupa com as informações. Você tem, nós precisamos. Esta é sua deixa, Olivia. A única chance. Se eu fosse seu advogado, aconselharia você a aceitar. É o melhor acordo que vai conseguir.
Houve outro silêncio, mais longo que o último.
— Desculpe — disse ela, enfim —, mas não posso ajudar vocês.

— Não pode ajudar, Olivia, ou não quer?

— Eu não sei nada sobre os negócios de Jean-Luc.

— As 48 telas em branco que encontrei no Porto Livre de Genebra mostram que você sabe, sim. Foram enviadas para lá pela Galeria Olivia Watson. O que significa que é você que vai ser acusada, não ele. O que será que seu parceiro vai fazer? Vai correr ao seu socorro? Vai tomar um tiro por você? — Ele balançou a cabeça devagar. — Não, Olivia, não vai. Por tudo que aprendi sobre Jean-Luc Martel, ele não é esse tipo de homem.

Ela não reagiu.

— O que vai ser, Olivia? Vai nos ajudar?

Ela fez que não com a cabeça.

— Por que não?

— Porque, se eu ajudar — disse ela, sem emoção —, Jean-Luc vai me matar.

Novamente, ele sorriu. Dessa vez, pareceu sincero.

— Eu disse alguma coisa engraçada? — perguntou ela.

— Não, Olivia, você me disse a verdade. — Os olhos verdes saíram do rosto dela e pararam novamente na tela em branco. — O que você vê quando olha para ela?

— Vejo algo que Jean-Luc me obrigou a fazer para manter minha galeria.

— Que interpretação interessante. Sabe o que eu vejo?

— O quê?

— Vejo você sem Jean-Luc.

— E como estou?

— Vem cá, Olivia. — Ele se afastou da tela. — Veja você mesma.

33

RAMATUELLE, PROVENÇA

As telas em branco foram removidas das paredes e o do cavalete, e uma mulher de cabelo escuro, e talvez 35 anos, serviu silenciosamente bebidas frias. Olivia foi convidada a se sentar. O elegante inglês e seu desleixado companheiro francês foram devidamente apresentados. Os nomes eram suficientemente familiares. O rosto anguloso do israelense de olhos verdes também era. Olivia tinha certeza de já tê-lo visto antes, mas não conseguia se lembrar de onde. Ele se apresentou apenas como Gideon e caminhou pelo perímetro da sala lentamente, enquanto todos os outros se sentavam, suando no calor infernal. No canto, um ventilador girava de forma monótona, sem efeito algum; moscas enormes se moviam como aves de rapina entrando e saindo pelas portas francesas abertas. De repente, o israelense parou de andar de um lado para o outro e, com um movimento relâmpago da mão esquerda, matou uma no ar.

— Você gostava? — perguntou ele.

— De quê?

— De ver seu rosto em revistas e *outdoors*.

— Não é tão fácil quanto parece.

— Não é glamoroso?

— Nem sempre.

— E as festas e os desfiles?

— Para mim, os desfiles eram trabalho. E as festas — disse ela — ficaram bem chatas depois de um tempo.

Ele jogou o cadáver da mosca no jardim iluminado e, virando-se, avaliou Olivia longamente.

— Então, por que escolheu essa vida?

— Não escolhi. Ela me escolheu.

— Você foi descoberta.

— Por assim dizer.

— Aconteceu quando você tinha dezesseis anos, não?

— Suponho que tenha lido as notícias sobre mim.

— Com muitíssimo interesse — admitiu ele. — Você fez teste para ser figurante num filme de época que estava sendo gravado na costa de Norfolk. Não conseguiu o papel, mas alguém da produção sugeriu que você pensasse em ser modelo. Então, você decidiu abandonar os estudos e ir para Nova York tentar carreira. Com dezoito anos, já era uma das modelos mais famosas da Europa. — Ele parou e, então, perguntou: — Deixei algo de fora?

— Muita coisa, na verdade.

— Por exemplo?

— Nova York.

— Então, por que não continua a história? — pediu ele. — De Nova York.

Tinha sido um inferno, contou ela. Depois de assinar com uma agência conhecida, ela foi colocada num apartamento no West Side, em Manhattan, com mais oito garotas que dormiam em turnos em beliches. Durante o dia, ela ia a testes com possíveis clientes e jovens fotógrafos que tentavam entrar no negócio. Quando tinha sorte, ele concordava em tirar umas fotos para ela colocar no portfólio. Se não, ela saía de mãos vazias e voltava ao apartamento minúsculo para espantar baratas e formigas. À noite, ela e as outras garotas eram contratadas por boates para ganhar um dinheiro extra. Duas vezes, Olivia sofreu assédio sexual. O segundo episódio a deixou com um olho roxo que a impediu de trabalhar por quase um mês.

— Mas você perseverou — disse o israelense.

— Acho que sim.

— O que aconteceu depois de Nova York?

— Freddie aconteceu.

Freddie, explicou ela, era Freddie Mansur, agente mais procurado do mercado e um de seus predadores mais famosos. Ele levou Olivia a Paris e à sua cama. Também deu a ela drogas — maconha, cocaína, barbitúricos para ajudá-la a dormir. Como o consumo de calorias de Olivia caíra a níveis de quase inanição, o peso também havia diminuído. Logo, ela era pele e ossos. Quando estava com fome, fumava um cigarro ou cheirava uma fileira. Cocaína e tabaco: Freddie chamava de "a dieta das modelos".

— E o engraçado é que funcionou. Quanto mais magra eu ficava, mais bonita. Por dentro, eu estava morrendo aos poucos, mas a câmera me amava. E os anunciantes também.

— Você era uma *top model*?

— Nem de perto, mas fiz bastante sucesso. Freddie também. Ele ficava com um terço dos ganhos de todas as garotas que agenciava, incluindo eu.

— E transava com elas?

— Digamos que nossa relação não era monogâmica.

Quando ela fez 26 anos, o visual de drogada cadavérica com o qual era associada saiu de moda, e sua estrela começou a se apagar. Boa parte do trabalho era de passarela, onde sua altura e seus membros longos ainda estavam muito em alta. Mas o aniversário de 30 anos foi um divisor de águas. Havia antes e depois dos 30, explicou ela, e, depois dessa idade, os trabalhos praticamente secaram. Ela continuou por mais três anos até que o próprio Freddie a aconselhou a sair do negócio. No início, ele o fez de modo gentil e, quando ela resistiu, cortou os laços comerciais e românticos e a jogou na rua. Ela tinha 33 anos, não era formada, não tinha emprego e estava velha.

— Você era rica — pontuou o israelense.
— De jeito nenhum.
— E o dinheiro que você ganhou?
— Ele vem e vai.
— Drogas?
— E outras coisas.
— Você gostava das drogas?
— Eu precisava delas, é diferente. Infelizmente, Freddie me deixou com alguns hábitos caros.
— Então, o que você fez?
— Fiz o que qualquer mulher na minha posição teria feito. Arrumei as malas e fui para Saint-Tropez.

Com o que sobrou do dinheiro, ela alugou uma vila nas montanhas — "Era um cabana, na verdade, não muito longe daqui" — e comprou uma *scooter* usada. Passava os dias na praia de Pampelonne e as noites nos bares e nas discotecas da cidade. Naturalmente, encontrava muitos homens — árabes, russos, cafajestes europeus grisalhos. Permitia que alguns a levassem para a cama em troca de presentes e dinheiro, o que a fazia se sentir quase como uma prostituta. Na maior parte do tempo, buscava um companheiro adequado, alguém para sustentá-la no estilo de vida com o qual ela tinha se acostumado. Alguém que não fosse repulsivo demais. Logo, concluiu que tinha ido ao lugar errado e, com o dinheiro acabando, aceitou um trabalho numa pequena galeria de arte de propriedade de um expatriado britânico. Então, muito por acaso, conheceu o homem que mudaria sua vida.

— Jean-Luc Martel?

Ela sorriu involuntariamente.

— Onde o conheceu?

— Em uma festa... Onde mais? Jean-Luc sempre estava em uma festa. Jean-Luc *era* a festa.

Na verdade, continuou ela, não era a primeira vez que eles se encontravam. A primeira tinha sido em uma Semana de Moda de Milão, mas Jean-Luc estava com a esposa na época e mal olhou nos olhos de Olivia ao apertar sua mão. Mas, quando se encontraram pela segunda vez, ele era um viúvo em recuperação e já estava no jogo. Olivia se apaixonou perdida e instantaneamente por ele.

— Eu era Rosemary e ele era Dick. Eu estava completamente apaixonada.

— Rosemary e Dick?

— Rosemary Hoyt e Dick Diver. São os personagens de...

— Eu sei quem são, Olivia. E a comparação está longe da realidade.

As palavras dele foram como um tapa na cara. As bochechas dela queimaram de vergonha.

— Ele deu a você presentes e dinheiro como os outros?

— Jean-Luc não precisava pagar por mulheres. Era incrivelmente lindo e bem-sucedido. Ele era... Jean-Luc.

— O que acha que ele viu em você?

— Eu perguntava a mesma coisa para ele.

— O que ele respondia?

— Que éramos uma boa equipe.

— Foi uma parceria desde o começo?

— Mais ou menos.

— Vocês chegaram a discutir casamento?

— Eu queria, mas Jean-Luc não estava interessado. Tínhamos brigas horríveis por causa disso. Eu falava que não ia desperdiçar os melhores anos da minha vida sendo concubina dele, que queria casar e ter filhos. No fim, chegamos a um meio-termo.

— Que tipo de meio-termo?

— Ele me deu algo em vez de casamento e filhos.

— O quê?

— A Galeria Olivia Watson.

34

RAMATUELLE, PROVENÇA

Olivia estava acostumada com homens olhando para ela. Homens sem ar. Homens ofegantes. Homens com olhos úmidos, desejosos. Homens que fariam qualquer coisa, pagariam qualquer preço, para tê-la em suas camas. Já os três parados em frente a ela agora — o espião inglês, o policial secreto francês e o israelense sem afiliação declarada, mas com um rosto vagamente familiar — também a admiravam, mas decididamente por outro motivo. Pareciam impermeáveis ao feitiço da beleza dela. Para eles, ela não era um objeto a ser venerado; era um meio para um fim. Um fim que eles ainda não tinham achado apropriado revelar. Ela não tinha certeza se eles gostavam dela. Mesmo assim, estava aliviada por homens assim ainda existirem. Uma carreira na indústria de modelos e dez anos no mundo de faz-de-conta de Saint-Tropez a tinham deixado com uma opinião bastante negativa da espécie.

Galeria Olivia Watson...

O nome, contou ela, fora ideia de Jean-Luc. Ela queria colocar o já famoso apelido JLM em cima da porta da galeria, mas ele insistira que o lugar levasse o nome dela. Deu a Olivia o dinheiro para comprar o belo prédio antigo na Place de l'Ormeau e financiou a aquisição de uma coleção de arte contemporânea de primeira linha. Ela queria adquirir o acervo de forma lenta e modesta, com ênfase especial em artistas mediterrâneos. Jean-Luc pensava diferente. Ele não aceitava lento e modesto, explicou ela. Apenas grande e exibido. A galeria abriu com um nível de brilho e glamour que apenas JLM podia fornecer. Depois disso, ele se afastou e passou o completo controle artístico e financeiro a Olivia.

— Até certo ponto — disse ela.

— O que isso quer dizer? — perguntou o israelense. — Ou você tem controle completo ou não tem. Não existe meio-termo.

— Existe no que envolve Jean-Luc.

Ele pediu que ela elaborasse.

— Jean-Luc cuidava das contas da galeria.

— Você não achou isso estranho?

— Na verdade, fiquei aliviada. Eu era ex-modelo e ele, um empresário bem-sucedido.

— Quanto tempo levou para você descobrir que tinha algo de errado?

— Dois anos. Talvez um pouco mais.

— O que aconteceu?

— Comecei a olhar os registros da galeria sem Jean-Luc vigiando por cima do meu ombro.

— O que descobriu?

— Que eu estava adquirindo e vendendo mais obras do que jamais imaginei ser possível.

— A galeria estava fazendo negócios rápidos?

— Para dizer o mínimo. Na verdade, no segundo ano de operação, foram mais de trezentos milhões de euros de lucro. A maioria das vendas eram particulares e envolviam quadros que eu nunca tinha visto.

— O que você fez?

— Eu o confrontei.
— Como ele reagiu?
— Ele me disse para cuidar das minhas coisas. Sem ironia.
— E você fez isso?
Ela hesitou antes de assentir lentamente.
— Por quê?
Quando ela não ofereceu explicação, ele sugeriu uma hipótese:
— Porque sua vida era perfeita e você não queria que nada estragasse.
— Todo mundo faz concessões na vida.
— Mas nem todo mundo encontra refúgio nos braços de um traficante de drogas. — Ele pausou por um momento para permitir que as palavras a machucassem o suficiente. — Você sabia que o negócio verdadeiro de Jean-Luc eram os narcóticos, não sabia?
— Continuo não sabendo.
O israelense recebeu a resposta dela com um desprezo justificado.
— Não temos muito tempo, Olivia. Seria melhor não gastá-lo com negações inúteis.
Houve um silêncio. Nele, entrou o inglês que se denominava Nicolas Carnot. Ele foi até a estante de livros e, dobrando o pescoço para o lado, tirou um volume com uma capa esfarrapada. Era *O céu que nos protege*, do romancista norte-americano Paul Bowles. Ele o colocou embaixo do braço e, com um olhar para Olivia, saiu de novo da sala. Ela se virou para o israelense, que a admirou sem julgamento.
— Você estava prestes a me contar — disse ele, por fim — sobre quando se conscientizou de que seu parceiro doméstico e comercial era um traficante de drogas.
— Eu ouvia boatos, como todo mundo.
— Porém, ao contrário de todo mundo, você estava numa posição única para saber se eles eram ou não verdadeiros. Afinal, era a

proprietária nominal de uma galeria de arte que servia como uma das frentes de lavagem de dinheiro mais eficazes dele.

Ela sorriu.

— Como você é ingênuo.

— Por quê?

— Porque Jean-Luc é muito bom em guardar segredos. — Então, completou: — Quase tão bom quanto você e seus amigos.

— Somos profissionais.

— Jean-Luc também — respondeu ela, sombria.

— Você chegou a perguntar a ele?

— Se ele é traficante de drogas?

— Sim.

— Só uma vez. Ele riu e me disse para nunca mais perguntar sobre os negócios dele.

— Você perguntou?

— Nunca.

— Por quê?

— Porque ouvi outros boatos — explicou ela. — Histórias sobre o que acontecia com quem o contrariava.

— Mas mesmo assim você ficou com ele — apontou o israelense.

— *Fiquei* — retorquiu ela — porque tinha medo de ir embora.

— Medo de ir embora ou medo de perder sua galeria?

— As duas coisas — admitiu ela.

Um esboço de sorriso apareceu nos lábios dele antes de desaparecer.

— Admiro sua honestidade, Olivia.

— Mas não o resto?

— Como Nicolas Carnot, tendo a não fazer julgamentos por enquanto. Especialmente quando há informações valiosas em jogo.

— Que tipo de informações?

— A organização do negócio de Jean-Luc, por exemplo. Você deve ter reunido uma quantidade razoável de dados sobre a estrutura da empresa. É bem obscura, para dizer o mínimo. De fora, conseguimos identificar alguns atores. Há um chefe para cada divisão... os restaurantes, os hotéis, a parte de varejo, mas, por mais que a gente tente, não conseguimos identificar o chefe da unidade de narcóticos ilícita de JLM.

— Você está brincando.

— Só um pouco. É um homem ou são dois? É o próprio Jean-Luc?

Ela não disse nada.

— Seu tempo está se esgotando, Olivia. Precisamos saber como Jean-Luc administra o tráfico de drogas. Como ele dá as ordens. Como ele se protege da polícia. Não é por osmose nem telepatia. Em algum lugar, há uma figura de confiança que cuida dos interesses dele. Alguém capaz de entrar e sair da órbita dele sem atrair suspeitas. Alguém com quem ele só se comunica pessoalmente, em voz baixa, numa sala onde não haja telefones. Com certeza, você sabe quem é esse homem, Olivia. Talvez o conheça. Talvez seja até amiga dele.

— Amiga, não — disse ela após um momento. — Mas sim, sei quem ele é. Também sei o que aconteceria comigo se eu dissesse o nome dele. Ele me mataria. E nem Jean-Luc conseguiria impedir.

— Ninguém vai machucar você, Olivia.

Ela o olhou com desconfiança. Ele fingiu uma ofensa moderada.

— Pense sobre o esforço extraordinário que fizemos para trazer você aqui hoje. Não demonstramos nosso profissionalismo? Não provamos que somos de confiança?

— E quando vocês forem embora? Quem vai me proteger?

— Você não vai precisar de proteção — respondeu ele —, porque vai embora também.

— Para onde?

— Isso depende de você e de seu compatriota aqui — falou ele com uma inclinação de cabeça na direção do chefe da inteligência britânica. — Bem, suponho que eu poderia oferecer um bom apartamento com vista para o mar em Tel Aviv, mas suspeito que você ficaria mais confortável na Inglaterra.

— Como vou me sustentar?

— Com uma galeria de arte, é claro.

— Qual?

— A Galeria Olivia Watson. — Ele sorriu. — Apesar de seu acervo profissional ter sido comprado com dinheiro de drogas, estamos dispostos a permitir que você o mantenha. Com duas exceções.

— Quais?

— O Guston e o Basquiat. Monsieur Antonov gostaria de dar um cheque de cinquenta milhões pelos dois, o que deve apaziguar qualquer preocupação de Jean-Luc sobre como você passou a tarde de hoje. E não se preocupe — completou ele. — Ao contrário de Monsieur Antonov, o dinheiro é bastante real.

— Quanta generosidade — comentou ela. — Mas você ainda não me disse por que estamos aqui.

— Por causa de Paris — respondeu ele. — E de Londres. E da Antuérpia. E de Amsterdã. E de Stuttgart. E de Washington. E por causa de uma centena de outros atentados sobre os quais você nem ouviu falar.

— Jean-Luc não é nenhum anjo, mas também não é terrorista.

— Verdade. Acreditamos, porém, que ele esteja negociando com um, o que significa que é cúmplice desses ataques. É só o que vou dizer sobre o assunto. Quanto menos souber, melhor. É assim que funciona no nosso ramo. Você só precisa saber que está recebendo uma oportunidade única. Uma chance de recomeçar. Pense nela como uma tela em branco na qual você pode pintar a imagem que quiser. E só vai custar um nome. -— Ele sorriu e perguntou: — Temos um acordo, srta. Wilson?

— Watson. Meu nome é Olivia Watson. E sim — concordou ela após um momento —, acredito que temos um acordo.

Eles conversaram a tarde toda, até o calor arrefecer e as sombras ficarem longas e esguias no jardim e no pomar de oliveiras prateadas que subia pelo morro ao lado. As circunstâncias da repatriação dela ao Reino Unido. A maneira como ela devia se comportar na presença de Jean-Luc durante os próximos dias. Os procedimentos que devia seguir no caso de alguma emergência imprevista. O israelense de olhos verdes se referiu a isso como seu plano "quebre o vidro", e avisou a Olivia que só deveria ativá-lo no caso de perigo extremo, pois seria necessário dispender muito tempo e esforços, além de desperdiçar incontáveis milhões em custos operacionais.

Só depois é que ele pediu o nome do braço direito de JLM. Aquele a quem Jean-Luc confiava seu império de bilhões de euros em narcóticos. O lado sujo da JLM Enterprises, como chamou o israelense. O lado que tornava todo o resto — os restaurantes, os hotéis, as butiques e lojas, a galeria de arte na Place de l'Ormeau — possível. Na primeira vez em que Olivia o pronunciou em voz alta, ela o fez muito suavemente, como se uma mão estrangulasse sua garganta. O israelense pediu que ela repetisse o nome e, ao ouvi-lo com clareza, trocou um olhar longo e especulativo com Paul Rousseau. Rousseau, então, assentiu lentamente e voltou a contemplar o cachimbo apagado. Do outro lado da sala, Nicolas Carnot devolvia o volume de Bowles a seu lugar original na estante.

Resolvidas estas etapas, não se falou mais de drogas, nem de terror, nem da verdadeira razão por que Olivia tinha sido levada à modesta vila nos arredores de Ramatuelle. Monsieur Antonov se materializou, cheio de sorrisos e cordialidade com sotaque russo, e, juntos, eles arranjaram a transferência de cinquenta milhões de euros da conta dele para a da galeria. Uma garrafa de champanhe foi aberta para comemorar a venda. Olivia não bebeu da taça que foi colocada em sua mão. O israelense também não tocou na dele. Era, pensou Olivia, um homem de disciplina admirável.

Pouco depois das seis, Nicolas Carnot devolveu o celular dela. Surpresa, ela não sabia em que momento ele o havia pego. Imaginava que tinha surrupiado da bolsa dela durante o caminho desde Saint-Tropez. Ao conferir a tela, ela viu várias mensagens que haviam chegado durante o interrogatório. A última era de Jean-Luc, de apenas alguns minutos antes. Avisava que ele estava prestes a entrar em seu helicóptero e estaria em casa dentro de uma hora.

Olivia olhou para cima, alarmada.

— O que digo a ele?

— O que diria normalmente? — perguntou o israelense.

— Desejaria boa viagem.

— Então, por favor, faça isso. Talvez você possa mencionar que tem uma surpresa de cinquenta milhões de euros. Isso deve alegrar o humor dele. Mas não deixe escapar muita coisa. Não queremos deixá-lo desconfiado.

Olivia digitou uma resposta e mostrou o celular para o israelense.

— Muito bem.

Ela a enviou.

— Hora de ir embora — disse o israelense. — Não queremos que sua carruagem vire abóbora, certo?

Do lado de fora, algumas nuvens carregadas pelo vento se moviam rapidamente pelo céu noturno. Nicolas Carnot conversou em francês durante o caminho até a Baía de Cavalaire, e só sobre Monsieur Antonov e os quadros. Eles deveriam ser entregues na

Villa Soleil assim que o dinheiro fosse recebido. Madame Sophie, disse ele, já tinha escolhido onde seriam pendurados.

— Ela me detesta — observou Olivia.

— Ela não é tão ruim quando você a conhece.

— Ela é francesa?

— E o que mais seria?

Os Antonov moravam no lado oeste da baía, Jean-Luc e Olivia, no leste. Quando estavam chegando perto do pequeno mercado Spar na esquina do Boulevard Saint-Michel, Carnot a mandou parar. Ele apertou a mão dela com força e, em inglês, garantiu que ela não tinha nada a temer, que estava fazendo a coisa certa. Desejou boa noite e, sorrindo como se nada de incomum tivesse acontecido naquela tarde, saiu do carro. Quando o viu pela última vez pelo retrovisor, ele acelerava sua motocicleta na direção oposta. Fugindo da cena de um crime, pensou ela.

Olivia continuou na direção leste pelo entorno da baía e, alguns minutos depois, entrou na luxuosa vila que dividia com o homem que tinha acabado de trair. Na cozinha, se serviu de uma grande taça de rosé, que levou para o terraço. Através do brilho intenso do pôr do sol, ela conseguia distinguir os fracos contornos da monstruosa propriedade de Monsieur Antonov. Naquele momento, o celular dela tremeu. Ela olhou para a tela. CHEGO EM CINCO MINUTOS... QUAL É A SURPRESA?

— A surpresa — disse ela, em voz alta — é que seu amigo russo e a vaca da esposa dele acabaram de me escrever um cheque de cinquenta milhões de euros.

Repetiu várias e várias vezes, até ela mesma acreditar que era verdade.

35
MARSELHA, FRANÇA

Às 11h45 da manhã seguinte, a soma de cinquenta milhões de euros apareceu na conta da Galeria Olivia Watson, Place l'Ormeau, número 9, Saint-Tropez, França. O dinheiro não viajou muito, já que tanto remetente quanto destinatário faziam suas transações no HSBC do Boulevard Haussmann, em Paris. No meio da tarde, o dinheiro descansava confortavelmente num renomado banco suíço em Genebra, numa conta controlada pela JLM Enterprises. Às cinco da tarde, dois quadros — um de Guston e outro de Basquiat — foram entregues por uma van branca sem identificação na Villa Soleil, seguida por Olivia Watson em seu Range Rover preto. No saguão de entrada, ela passou por Christopher Keller, que estava saindo. Ele a beijou espalhafatosamente nas duas bochechas, elogiou a aparência dela e subiu em sua moto Peugeot Satelis. Um minuto depois, dirigiu-se a oeste pela orla do Mediterrâneo.

Era quase noite quando ele chegou à periferia de Marselha. As violentas gangues de droga floresciam nos subúrbios ao norte da cidade, especialmente nos conjuntos habitacionais de Bassens e Paternelle. Keller entrou na cidade pelo lado mais tranquilo, a leste. O túnel Prado-Carénage o levou até o Porto Antigo e, dali, ele foi até a Rua Grignan. Afunilada e reta como uma régua, a rua era ladeada por lojas como Hugo Boss, Louis Vuitton e Giorgio Armani. Havia até uma joalheria JLM. Keller jurou ter detectado o odor de haxixe ao passar.

Conforme ele passava pelo centro da cidade e entrava no bairro de Marselha conhecido como Le Camas, as ruas ficavam sujas e duras, e as lojas e cafés atendiam uma clientela decididamente imigrante e operária. Um desses empreendimentos, localizado no térreo de um prédio pichado com vista para a Place Jean Jaurès, vendia eletrônicos e celulares com desconto para uma base de clientes, em sua maioria, marroquina e argelina. O proprietário, porém, era um francês chamado René Devereaux. Devereaux tinha uma série de outros pequenos negócios em Marselha — todos voltados a ganhar dinheiro vivo, alguns na categoria obscura definida como entretenimento adulto —, mas a loja de eletrônicos servia como uma espécie de sede operacional. Seu escritório ficava no segundo andar do prédio. A sala não continha telefones nem aparelhos eletrônicos de qualquer espécie, curioso para um homem cuja profissão supostamente era vender tais conveniências modernas. René Devereaux não gostava muito de telefone, e dizia-se jamais ter mandado pessoalmente um e-mail ou mensagem de texto. Ele se comunicava com os parceiros de negócios e subordinados apenas pessoalmente, na praça de pedregulhos ou numa mesa na calçada no Au Petit Nice, café simples e agradável localizado a alguns passos da loja.

Por René Devereaux ser figura importante no mundo que antes ele habitava, Keller já sabia de todos esses hábitos do comerciante. Todos no submundo do crime francês sabiam que o verdadeiro negócio dele era o tráfico de drogas. Não só as vendas nas ruas, mas em escala internacional. A polícia francesa, provavelmente, também sabia disso, mas Devereaux, ao contrário de muitos de seus concorrentes, não tinha passado um único dia atrás das grades.

Era um homem intocável. Até hoje, pelo jeito, pensou Keller. René Devereaux tinha sido o nome pronunciado por Olivia Watson na casa nos arredores de Ramatuelle. Era ele quem fazia os trens saírem no horário, quem transportava haxixe das docas do sul da Europa para as ruas de Paris, Amsterdã, Bruxelas. Quem, pensou Keller, sabia de todos os segredos de Jean-Luc Martel. Eles só teriam uma chance de pegá-lo de forma limpa. Por sorte, tinham à disposição alguns dos melhores agentes de campo do ramo.

Keller deixou a moto na beira da Place Jean Jaurès e caminhou até a loja. Enquanto examinava a mercadoria na vitrine bagunçada, viu dois homens, ambos de aparência francesa, observando-o de seu posto de trás do balcão. No segundo andar, havia uma luz acesa por trás da porta fechada que dava para a varanda caindo aos pedaços.

Keller se afastou e caminhou por cerca de cinquenta metros, até parar ao lado de uma van estacionada. Giancomo, faz-tudo de *don* Orsati, estava atrás do volante. Dois outros agentes de Orsati estavam agachados no compartimento de carga, fumando, nervosos. Giancomo, porém, parecia calmo por fora. Keller suspeitava que era para tranquilizá-lo.

— Quando foi a última vez que o viu?

— Há uns vinte minutos. Ele saiu na varanda para fumar um cigarro.

— Tem certeza que ele ainda está lá dentro?

— Temos um homem vigiando os fundos do prédio.

— Onde estão os outros?

O jovem corso acenou com a cabeça em direção à Place Jean Jaurès, que estava lotada de residentes do bairro, muitos usando roupas tradicionais africanas e árabes. Nem Keller conseguia distinguir os homens do *don*.

Ele olhou para Giancomo.

— Sem erros, ouviu? Senão, você vai começar uma guerra. E sabe o que o *don* acha das guerras.

— As guerras são boas para os negócios dele.

— Não quando ele é um combatente.

— Não se preocupe, não sou mais um garotinho. Além do mais, tenho isto. — Giancomo puxou o talismã ao redor de seu pescoço. Era idêntico ao de Keller. — Ela manda abraços, aliás.

— Ela disse mais alguma coisa?

— Algo sobre uma mulher.

— O que tem ela?

Giancomo deu de ombros.

— Você sabe como é a *signadora*. Ela fala por enigmas.

Keller fumou um cigarro enquanto caminhava para o Au Petit Nice. O interior estava um caos — o Olympique de Marseille estava jogando contra o Lyon —, mas havia algumas mesas disponíveis na rua. Numa delas, sentava-se um homem de constituição mediana com cabelo grisalho e óculos pretos grossos. Na mesa ao lado, dois homens de olhos escuros e vinte e poucos anos observavam os pedestres pelas calçadas com uma intensidade incomum. Keller caminhou até o homem grisalho e, sem ser convidado, sentou-se. Havia uma garrafa de *pastis* e uma só taça. Keller chamou o garçom e pediu mais uma.

— Sabe — disse ele em francês —, você devia mesmo tomar um pouco.

— Tem gosto de gasolina com alcaçuz — respondeu Gabriel. Ele observou dois homens de robe caminhando de braços dados pela rua. — Não acredito que estamos aqui de novo.

— No Au Petit Nice?

— Em Marselha — disse Gabriel.

— Era inevitável. Quando necessita se infiltrar numa rede europeia de tráfico de narcóticos, todos os caminhos levam a Marselha. — Keller também observava os pedestres. — Você acha que Rousseau cumpriu o que prometeu?

— Por que não cumpriria?

— Porque é um espião. O que significa que mentir é natural para ele.

— Você também é espião.

— Mas, há pouco tempo, era funcionário do *don* Anton Orsati. O mesmo Anton Orsati — completou Keller — que está prestes a ajudar com a empreitada suja de hoje. Se Rousseau e os amigos dele do Grupo Alfa por acaso estiverem assistindo, o *don*, que a paz esteja com ele, vai ficar numa posição bastante desconfortável.

— Rousseau não quer se envolver com o que vai acontecer aqui. Quanto ao *don* — continuou Gabriel —, ajudar-nos com essa empreitada suja, como você tão duramente colocou, é a melhor decisão que ele já tomou desde que contratou você.

— Por quê?

— Porque, depois de hoje, ninguém vai poder colocar um dedo nele. Ele vai receber imunidade.

— Você pensa como um criminoso.

— No nosso ramo, sou obrigado.

O garçom entregou a segunda taça. Keller a encheu de *pastis*, enquanto Gabriel consultava o celular.

— Algum problema?

— Madame Sophie e Monsieur Antonov estão discutindo sobre onde colocar os novos quadros.

— Estavam indo tão bem...

— Sim — concordou Gabriel vagamente, enquanto guardava o telefone de volta no bolso da jaqueta.

— Acha que eles vão dar certo?

— Tenho minhas dúvidas.

Keller tomou um gole do *pastis*.

— Então, o que pretende fazer com todos aqueles quadros quando a operação acabar?

— Tenho a intuição que Monsieur Antonov vai descobrir suas raízes judaicas e fazer uma doação bastante importante para o Museu de Israel.

— E os cinquenta milhões de euros que deu a Olivia?

— Eu não *dei* nada. Comprei dois quadros da galeria dela.

— Isso — disse Keller — é uma distinção sem diferença.

— É um preço bem pequeno se nos levar até Saladin.

— Se... — comentou Keller.

— Estou enganado — comentou Gabriel — ou tem alguma coisa entre você e...

— Está enganado.

— Ela é muito bonita. Quando tudo isto acabar, vai se dar muito bem.

— Tento ficar longe de garotas que se ligam a traficantes franceses ricos.

— Você esqueceu o que fazia para ganhar a vida?

Franzindo a sobrancelha, Keller bebeu mais um pouco.

— Monsieur Antonov é judeu?

— Aparentemente.

— Eu nunca teria imaginado.

Gabriel deu de ombros, indiferente.

— Eu sou um pouco judeu. Já mencionei isso?

— Talvez.

Fez-se um silêncio entre eles. Gabriel olhou morosamente para a rua.

— Não acredito que estamos aqui de novo.

— Não vai demorar muito.

Keller observou dois homens saírem da traseira da van e entrarem na loja de eletrônicos de René Devereaux. Então, olhou para seu relógio.

— Cinco minutos. Talvez menos.

De sua mesa no Au Petit Nice, Keller e Gabriel só tiveram visão parcial do que aconteceu. Alguns segundos após os dois homens entrarem na loja, vários clarões de luz vazaram da vitrine para a rua. Eram fracos — na verdade, podiam ser confundidos com uma televisão ligada — e não houve som algum. Pelo menos, nada que alcançasse o café barulhento. Depois disso, a loja ficou inteiramente escura, com exceção de um pequeno *outdoor* de neon na porta que dizia *fermé*. Pedestres passavam pela calçada como se nada estivesse fora do lugar.

Os olhos de Keller voltaram à van, de onde Giancomo retirava uma grande caixa de papelão retangular. Possuía um formato esquisito, produzida segundo os padrões exatos de *don* Orsati por uma fábrica de produtos de papel em Córsega. Estava vazia, pois Giancomo não teve dificuldade em carregá-la para o outro lado da rua e passá-la pela porta da loja. Alguns minutos depois, quando a caixa reapareceu, estava sendo carregada pelos dois homens que entraram primeiro na loja, com Giancomo segurando um dos lados como um carregador de caixão. Os dois a colocaram na parte de trás da van e entraram, enquanto Giancomo retomou seu lugar atrás do volante e ligou o motor. A van se afastou, virou a esquina e sumiu. Do interior do Au Petit Nice, veio uma comemoração efusiva. O Olympique tinha marcado um gol no rival.

— Nada mal — comentou Gabriel.

Keller checou o horário.

— Quatro minutos e doze segundos.

— Inaceitável pelos padrões do Escritório, mas mais do que adequado para hoje.

— Tem certeza de que não quer se juntar à festa?

— Já fui a festas suficientes por uma vida toda. De qualquer forma, mande meus cumprimentos ao *don* — falou Gabriel. — E diga para ele esperar sentado pelo pagamento.

Com isso, Keller partiu. Minutos depois, já em sua Peugeot Satelis, ele passou pelo Au Petit Nice, onde um homem com cabelo grisalho e óculos pretos grossos estava sentado sozinho, pensando em quanto tempo levaria para Jean-Luc Martel descobrir que o chefe de sua divisão de narcóticos ilícitos estava desaparecido.

36

O MAR MEDITERRÂNEO

Celine era um Baia Atlantica 78 com três cabines, um motor a diesel capaz de alcançar velocidade de até 54 nós e uma proa longa e estreita que acomodava um pequeno helicóptero. Keller, porém, chegou ao iate por meios menos usuais — a saber, um bote Zodiac havia sido deixado para ele numa marina isolada no estuário do Rhône, perto da cidade de Saint-Maries-de-la-Mer. Ele amarrou a embarcação à plataforma da popa e subiu até o salão principal, encontrando *don* Orsati assistindo à partida do Olympique contra o Lyon na televisão por satélite. Vestido como estava, com roupas corsas simples e sandálias empoeiradas, ele parecia deslocado entre os móveis luxuosos de couro e madeira. Giancomo estava na ponte com o piloto.

— O Olympique marcou de novo — disse o *don*, desconsolado. Ele apontou o controle remoto para a tela, silenciando-a.

Keller olhou pelo interior do salão.

— Eu esperava algo um pouco mais modesto.

— Estou velho demais para andar pelo mediterrâneo na barriga de uma traineira de pescador. Além disso, você vai ficar feliz de ter 24 metros de barco embaixo de si hoje à noite. Parece que vai ventar.

— De quem é?

— Do amigo de um amigo.

— E o piloto?

— É meu.

Keller olhou para baixo e, pela primeira vez, notou várias gotas de sangue quase seco.

— Ele tinha uma arma na mesa quando entraram — explicou o *don*. — Levou um tiro no ombro.

— Vai sobreviver?

— Infelizmente, sim.

— Viu seu rosto?

— Ainda não.

— Você trouxe um martelo?

— Um ótimo — disse o *don*.

— Cadê o Devereaux?

— No quarto de solteiro. Não queria que ele fizesse bagunça em um dos de casal.

Keller olhou de novo para o chão.

— Alguém devia limpar isso logo.

— Eu, não — falou o *don*. — Não suporto ver sangue.

Um dos homens do *don* estava de guarda em frente à porta do quarto de solteiro. Não havia som lá dentro.

— Ele está consciente? — perguntou Keller.

— Veja você mesmo.

Keller entrou e fechou a porta atrás de si. O quarto estava escuro; cheirava a suor e medo. Um pouco a sangue também. Ele ligou a luminária embutida e focou na direção da figura esticada imóvel na cama estreita. Fita adesiva prateada tampava os olhos e a boca dele. As mãos estavam amarradas e presas ao torso; as pernas e os tornozelos, atados. Keller examinou a ferida no ombro direito. Tinha havido uma perda considerável de sangue, mas, por enquanto, o fluxo havia parado. Ainda assim, os lençóis estavam encharcados. O amigo de um amigo, pensou Keller, precisaria de um novo colchão quando tudo terminasse.

Ele arrancou a fita dos olhos. René Devereaux piscou rápido várias vezes. Então, quando Keller se inclinou na luz, mostrando o rosto, o traficante se encolheu de medo. Aparentemente, os dois se conheciam.

— *Bonsoir*, René. Obrigado por vir. Como está o ombro?

Os olhos se apertaram, o medo evaporou. Devereaux tentava mandar uma mensagem ao inglês da Córsega, de que ele não era um homem para ser atingido, sequestrado e amarrado como uma ave de caça. Keller removeu a fita da boca e permitiu, assim, que ele vocalizasse esses sentimentos.

— Você está morto. Você e aquele corso gordo para quem trabalha?

— Você se refere a *don* Orsati?

— Foda-se *don* Orsati.

— São palavras nada sábias. Fico pensando se você teria coragem de falar isso na cara dele.

— Eu cagaria nele. E no resto da família dele.

— É mesmo?

Keller saiu. Para o segurança do lado de fora da porta, ele disse:

— Peça para sua santidade vir até aqui por um minutinho.

— Ele está vendo o jogo.

— Tenho certeza que o motivo valerá a pena — respondeu Keller. — E me traga o martelo.

O corso subiu pela escada da escotilha e, um momento depois, com alguma dificuldade, *don* Orsati desceu. Keller o guiou para dentro da cabine e o exibiu a René Devereaux. O *don* sorriu com o óbvio desconforto do prisioneiro.

— Monsieur Devereaux tem algo para dizer a você — anunciou Keller. — Vá em frente, René. Por favor, diga a *don* Orsati o que me disse há pouco.

Recebido pelo silêncio, Keller levou o *don* para fora. Então, ficou parado de forma ameaçadora sobre o traficante preso.

— Você tem uma janela de oportunidade bem estreita. Pode me dizer o que quero saber ou posso explicar a ele todas as coisas horríveis que você disse sobre ele e sua amada família. E aí... — Keller levantou as mãos para indicar a incerteza do destino de Devereaux em um cenário tão carregado emocionalmente.

— Desde quando você está no ramo da informação? — perguntou Devereaux.

— Desde que fiz uma mudança de carreira. Trabalho para a inteligência britânica agora. Não sabia, René?

— Você? Espião inglês? Não acredito.

— Às vezes, nem eu acredito. Mas acontece que é verdade. E você vai me ajudar. Vai ser uma fonte confidencial, e vou ser o oficial de controle.

— Você não pode estar falando sério.

— Considere sua situação atual. É a mais séria possível. Nossa missão também. Você vai me ajudar a encontrar o homem que está orquestrando todos os ataques terroristas na Europa e nos Estados Unidos.

— Como vou fazer isso? Sou um traficante de drogas, pelo amor de Deus.

— Que bom que esclarecemos isso. Mas não um traficante comum, não é? *Traficante* é uma palavra pequena demais para o que você faz. Você cuida de uma rede global inteira daquela pocilga na Place Jean Jaurès. E faz isso — disse Keller — para Jean-Luc Martel.

— Quem? — perguntou Devereaux.

— Jean-Luc Martel. Aquele que tem todos os restaurantes, os hotéis e o cabelo.

— E a namorada inglesa bonita — completou Devereaux.

— Então, você o *conhece*.

— Claro. Eu frequentava o primeiro restaurante dele em Marselha. Antes dele ser a grande estrela que é hoje.

— Por causa das drogas — declarou Keller. — Do haxixe, para ser mais específico. Haxixe que vem do Marrocos e que você distribui por toda a Europa. O império de Martel cairia se não fosse pelo haxixe. Mas você nunca sonharia em tirar Martel do jogo, porque isso significaria ter de encontrar um novo método para a lavagem de cinco ou dez bilhões anuais de lucro com as drogas. Seus chamados negócios legítimos podem ser suficientes para você parecer razoavelmente respeitável para as autoridades fiscais, mas de jeito algum conseguiriam esconder todos os lucros de uma rede global de narcóticos. Para isso, você precisa de um conglomerado de negócios de verdade. Um que movimenta centenas de milhões de dólares por ano com recibos em dinheiro. Um conglomerado que adquire e desenvolve grandes áreas imobiliárias.

— Além de negociar obras de arte. — Após um silêncio, Devereaux completou: — Eu sabia que ela seria um problema na primeira vez em que a vi.

— Quem?

— Aquela vaca inglesa.

Keller fechou a mão direita e a enfiou com toda a força no ombro ensanguentado de Devereaux.

— Voltando à questão — disse ele enquanto o francês se contorcia e agonizava na cama. — Você vai me contar tudo o que sabe sobre Jean-Luc Martel. Os nomes dos seus fornecedores no Marrocos. As rotas pelas quais você traz as drogas para a Europa.

Os métodos que usa para inserir o dinheiro na corrente sanguínea da JLM Enterprises. Tudo, René.

— E se eu fizer isso?

— Vamos gravar um vídeo — falou Keller.

— E se eu não fizer?

— Vai receber o tratamento JLM. Não me refiro a um bom jantar nem a uma noite numa suíte de um hotel de luxo.

Devereaux conseguiu dar um sorriso. Então, do fundo da garganta, produziu uma bola grossa e gelatinosa de catarro, que cuspiu na cara de Keller. Com o canto do lençol, Keller limpou a sujeira com calma e saiu para pegar o martelo. Bateu com ele em Devereaux várias vezes, concentrando os esforços no ombro direito e evitando a cabeça e o rosto. Então, subiu pela escada da escotilha até o salão principal, onde encontrou Don Orsati assistindo à partida de futebol.

— Foi algo que ele disse ou não disse?

— Foi algo que ele fez — respondeu Keller.

— Teve sangue?

— Um pouco.

— Que bom que você esperou eu sair. Não suporto ver sangue.

Uma torcida barulhenta veio da televisão.

— É uma derrota total — disse o *don*, sombrio.

— Sim — respondeu Keller. — Esperamos que sim.

37
O MAR MEDITERRÂNEO

Christopher Keller fez mais três visitas à menor das cabines do *Celine*: uma às onze da noite, uma segunda pouco após a meia-noite e uma, longa, começando à uma e meia da manhã, o que fez René Devereaux, criminoso durão de Marselha com muito sangue nas mãos, chorar copiosamente e implorar piedade. Keller atendeu ao pedido, mas sob uma condição: o preso contar tudo para ele, na frente de uma câmera. Caso contrário, Keller iria quebrar todos os ossos do corpo de Devereaux lentamente, com cuidado, premeditação e pausas para tomar água e refletir.

Ele já tinha progredido muito na direção do objetivo. O ombro direito de Devereaux, no qual havia uma bala alojada, tinha sofrido diversas fraturas. Ambos os cotovelos estavam fraturados. As duas mãos estavam em condições deploráveis, e a contusão no joelho direito, se fosse tratada direito, deixaria Devereaux mancando como Saladin.

Levá-lo para o salão, onde a câmera tinha sido montada em cima de um tripé, mostrou-se um desafio. Giancomo o puxou pela escada da escotilha, enquanto Keller empurrava de baixo, dando apoio fundamental à perna arruinada. Foi providenciado conhaque, junto com um analgésico poderoso de venda livre capaz de fazer uma pessoa esquecer que tinha um membro faltando. Keller ajudou Devereaux a vestir uma jaqueta impermeável amarela e, com um pente, arrumou o cabelo escorrido e ralo dele. Ligou a câmera e, depois de examinar o enquadramento, fez a primeira pergunta.

— Qual é seu nome?
— René Devereaux.
— O que você faz?
— Sou dono de uma loja de eletrônicos na Place Jean Jaurès.
— Qual a verdadeira natureza do seu trabalho?
— Drogas.
— Onde você conheceu Jean-Luc Martel?
— Num restaurante em Marselha.
— Quem era o dono do restaurante?
— Philippe Renard.
— Qual era o negócio verdadeiro de Rennard?
— Drogas.
— Onde está Philippe Renard?
— Morto.
— Quem o matou?
— Jean-Luc Martel.
— Como ele o matou?
— Com um martelo.
— Com o que Jean-Luc Martel trabalha?
— É dono de vários restaurantes, hotéis e negócios de varejo.
— Qual é o negócio verdadeiro dele?
— Drogas.

Eles desembarcaram em Ajaccio às 9h30. De lá, caminharam na orla agradável e curvada do golfo até o aeroporto. O próximo voo para

Marselha saía ao meio-dia. Keller chegou às 11h15, parou para um café da manhã tardio e comprou uma roupa nova e limpa. Vestiu-se num banheiro do aeroporto e depois passou pela segurança sem nada a não ser a carteira, um passaporte britânico e o celular do MI6. Nele, havia um vídeo comprimido e criptografado do interrogatório de René Devereaux. Naquele momento, era talvez a informação mais importante de todas na guerra global contra o terrorismo.

Keller desligou o telefone antes de decolar e só o ligou de novo quando estava caminhando pelo terminal em Marselha. Mikhail o esperava do lado de fora, no banco de trás do Maybach de Dmitri Antonov. Yaakov Rossman estava ao volante. Eles ouviram ao interrogatório pelo magnífico sistema de som do carro, enquanto iam na direção leste pela autoestrada.

— Você não investiu no seu verdadeiro dom — disse Mikhail. — Devia ter sido entrevistador de televisão. Ou grão-inquisidor.

— Arrependa-se, meu filho.

— Acha que ele vai?

— Martel? Não sem lutar.

— Será impossível ele se esconder desse vídeo. Ele é nosso, agora.

— Vamos ver — comentou Keller.

Perto das quatro da tarde, o Maybach virou no portão da casa em Ramatuelle. Ao entrar, Keller transferiu o arquivo de vídeo para a principal rede operacional de computadores. Pouco depois, o rosto de René Devereaux apareceu nos monitores.

— *Onde está Philippe Renard?*

— *Morto.*

— *Quem o matou?*

— *Jean-Luc Martel.*

— *Como ele o matou?*

— *Com um martelo.*

Assim se seguiu por quase duas horas. Nomes, datas, lugares, rotas, métodos, *dinheiro*... Tudo estava ligado ao dinheiro. Sob o incessante questionamento de Keller — e a ameaça, não vista no vídeo, do martelo —, René Deveraux entregou os segredos mais preciosos da rede. Como o dinheiro era coletado dos traficantes de rua. Como o dinheiro era lavado na JLM Enterprises. E, uma vez limpo, como ele se espalhava. Os detalhes eram granulares, de alta resolução. Não havia como se esconder. Jean-Luc Martel estava nas vistas deles. Quem ofereceria uma tábua de salvação? Paul Rousseau declarou que seria ele. Martel, disse, era um problema francês.

Com a ajuda de Gabriel, Rousseau preparou um clipe editado do interrogatório, com duração de 33 segundos. Era um *teaser*, um aperitivo. Um "tapinha amoroso", como chamou Gabriel. Martel recebia pessoas no bar de seu restaurante no Porto Antigo quando o vídeo apareceu no telefone dele via mensagem de texto anônima. O telefone em si estava comprometido, permitindo que Gabriel, Rousseau e o resto da equipe assistissem às muitas nuances do alarme crescente de Martel enquanto o via. Um segundo vídeo apareceu segundos depois, só para garantir. Mostrava um encontro sexual breve entre Martel e Monique, a recepcionista de Olivia na galeria. Fora gravado com o mesmo telefone que o empresário agora segurava em suas mãos, que, da perspectiva da equipe, pareciam tremer de forma incontrolável.

Nesse momento, Rousseau ligou para Martel. Não foi surpresa que ele não tenha atendido, deixando a Rousseau a única opção de oferecer os termos de um acordo numa mensagem de voz. Eram o equivalente a uma rendição incondicional. Jean-Luc Martel deveria se apresentar imediatamente na Villa Soleil, sozinho, sem guarda-costas. Qualquer tentativa de escapar, avisou Rousseau, seria impedida. Os aviões e helicópteros dele seriam presos no solo, o iate com motor de 142 pés ficaria isolado no porto.

— Obviamente, todos os movimentos e todas as comunicações estão sendo monitorados. Você pode evitar a prisão e a ruína. Aconselho aceitá-la — concluiu Rousseau.

Com isso, Rousseau desligou. Demoraram cinco minutos até que Martel ouvisse a mensagem. Nesse ponto, a espera começou. Gabriel parou diante dos monitores, uma mão no queixo, a cabeça inclinada levemente para um lado, enquanto, no jardim, Christopher Keller destruía em pedacinhos seu telefone do MI6 com um martelo. Rousseau observava das portas francesas. Ele daria a Martel uma chance para se salvar. Só esperava que ele fosse sábio o suficiente para aceitá-la.

38

CÔTE D'AZUR, FRANÇA

Ao contrário da primeira visita de Martel, dessa vez deixaram o portão aberto para ele. De qualquer forma, por sugestão de Gabriel, bloquearam a estrada além da Villa Soleil, caso ele mudasse de ideia e tentasse fugir para o oeste por Côte d'Azur. O empresário chegou, sozinho, às 9h15 daquela mesma noite, após uma série de telefonemas tensos com Paul Rousseau. A ida à propriedade não era admissão de culpa alguma. Ele não conhecia o homem no vídeo, as alegações dele eram ridículas. Seu negócio era hospitalidade e varejo de luxo, não drogas, e quem afirmasse outra coisa enfrentaria consequências legais graves. Em resposta, Rousseau deixou claro que aquilo não se tratava de uma questão legal, mas de assunto relativo à segurança nacional francesa. Martel, num diálogo final tenso, pareceu até intrigado. Exigiu, inclusive, levar um advogado.

— Sem advogados — mandou Rousseau. — Eles só atrapalham.

Mais uma vez, foi Roland Girard, do Grupo Alfa, que o esperou no átrio. O cumprimento foi decididamente menos cordial.

— Você está carregando uma arma?

— Não seja ridículo.

— Levante os braços.

Relutante, Martel obedeceu. Girard o revistou por completo, da nuca aos tornozelos. Ao se levantar, o agente foi fuzilado por um par de olhos escuros furiosos.

— Algum problema, Jean-Luc?

Martel ficou em silêncio, algo inédito.

— Por aqui — disse Girard.

Ele pegou Martel pelo cotovelo e o levou até a vila. Christopher Keller o esperava no hall de entrada.

— Jean-Luc! Sinto muito pelas circunstâncias do convite, mas precisávamos chamar sua atenção. — Foram as últimas palavras em francês ditas por Keller. O resto fluiu num inglês com sotaque britânico. — Há vidas em jogo, entende, e não temos muito tempo. Por aqui, por favor.

Martel ficou paralisado no lugar.

— Algo errado, Jean-Luc?

— Você não é...

— Francês — interrompeu Keller. — Também não sou da ilha de Córsega. Tudo foi para você, Jean-Luc. Parece que você foi alvo de uma encenação bastante elaborada.

Tonto, Martel seguiu Keller e entrou na maior das salas de estar da Villa Soleil, onde longas cortinas brancas crepitavam como velas no vento da noite. Natalie se sentava na ponta de um sofá, vestida num conjunto de moletom e com tênis esportivos verde-neon. Mikhail estava sentado em frente, usava uma calça jeans e um pulôver de algodão e gola V. Paul Rousseau examinava uma das pinturas. No canto extremo da sala, sozinho em sua ilha particular, Gabriel examinava Jean-Luc Martel.

Foi Rousseau, virando-se, quem falou primeiro:

— Gostaria de dizer que é um prazer encontrá-lo, mas não é. Quando olhamos para você, nos perguntamos por que fazemos o que fazemos. Por que tantos sacrifícios. Por que nos arriscamos.

Sinceramente, não vale a pena proteger vidas como a sua. Mas isso não vem ao caso. Precisamos da sua ajuda, então, nossa única escolha é recebê-lo, ainda que de má vontade.

Martel analisou o rosto de cada um na sala — o homem que ele conhecia como Monsieur Carnot, os Antonov, a figura silenciosa o observando de seu posto solitário no canto da sala — antes de encarar mais uma vez em Rousseau.

— Quem é você? — perguntou.

— Meu nome — respondeu Rousseau — não é importante. Na verdade, no meu ramo, nomes não dizem muita coisa, como você já percebeu.

— Para quem você trabalha?

— Para um departamento do Ministério do Interior.

— O DGSI?

— Não é relevante. Aliás — completou Rousseau —, o único aspecto importante do meu emprego é que *não sou* policial.

— E o resto? — perguntou Martel, olhando pela sala.

— São associados meus.

Ele olhou para Gabriel.

— E ele?

— Pense nele como um observador.

Martel franziu o cenho.

— Por que estou aqui? O que é isso?

— Drogas — respondeu Rousseau.

— Eu já disse que não estou envolvido com drogas.

Rousseau expirou lentamente.

— Vamos pular essa parte, pode ser? Você sabe exatamente o que faz para ganhar a vida e a gente também. Num mundo perfeito, você estaria algemado. Mas não preciso dizer que este nosso mundo está longe de ser perfeito. É uma bagunça caótica e perigosa. O seu trabalho — disse Rousseau, com desdém — o colocou numa posição única para fazer algo em relação a isso. Estamos dispostos a ser generosos se nos ajudar. E impiedosos caso você se recuse.

Martel endireitou os ombros e ficou um pouco mais alto.

— Aquele vídeo — declarou — não prova nada.

— Você só assistiu a uma parte pequena dele. O vídeo inteiro tem quase duas horas de duração, com detalhes extraordinários. Em resumo, expõe todos os segredos sórdidos de Jean-Luc Martel. Se algo assim caísse nas mãos da polícia, você passaria o resto dos anos atrás das grades. Que é, aliás, o seu lugar. Se a fita fosse entregue a um repórter dedicado que nunca comprou o conto de fadas de JLM, o impacto no seu império seria catastrófico. Todos os amigos poderosos, aqueles que você suborna com comida, bebida, acomodações luxuosas, o abandonariam como ratos fugindo de um navio naufragando. Ninguém protegeria você.

Martel abriu a boca para responder, mas Rousseau continuou:

— Ainda tem o caso da Galeria Olivia Watson. Revisamos várias das transações realizadas. São questionáveis, para dizer o mínimo. Especialmente aquelas 48 telas brancas enviadas ao Porto Livre de Genebra. Você colocou a Madame Watson numa situação indefensável. A galeria de arte dela, como o resto do seu império, é uma empreitada criminosa. Suponho que seja possível você escapar da forca, mas sua esposa...

— Ela não é minha esposa.

— Ah, sim, perdão — disse Rousseau. — Como devo me referir a ela?

Martel ignorou a pergunta.

— Vocês a envolveram nisso?

— Madame Watson não sabe de nada, e preferiríamos que continuasse assim. Não há necessidade de arrastá-la para a confusão. Pelos menos, não por enquanto. Como você explicou o fato de que vinha aqui hoje à noite?

— Disse que tinha uma reunião de negócios.

— E ela acreditou?

— Por que não acreditaria?

— Porque você tem um histórico. — Rousseau deu um sorriso confiante. — O que você faz no tempo livre não é da minha conta. Somos franceses, eu e você. Homens do mundo. O que quero dizer é que não seria perturbador para nós se Madame Watson ficasse com a impressão de que você estava com outra mulher hoje.

— Não seria perturbador para vocês — disse Martel —, mas para mim...

— Com certeza, você vai pensar em algo para dizer a ela. Sempre pensa. Mas, voltando à questão — retomou Rousseau. — Deveria estar óbvio, a este ponto, que você foi alvo de uma operação cuidadosamente planejada. Agora, é hora de ir para a próxima fase.

— A próxima fase?

— O prêmio — explicou Rousseau. — Você vai nos ajudar a encontrá-lo. Se não o fizer, vou dedicar minha vida a destruir você. *E a Madame Watson.* — Após um silêncio, completou: — Talvez imaginar Madame Watson sofrendo pelos seus crimes não o incomode. Talvez ache esses sentimentos antiquados. Talvez não seja esse tipo de homem.

Martel devolveu com calma o olhar de Rousseau. Mas, quando seus olhos pararam mais uma vez em Gabriel, sua confiança pareceu se abalar.

— Em todo caso — Rousseau estava dizendo —, agora pode ser um bom momento para ouvir o resto do interrogatório de René Devereaux. Não a coisa toda, demoraria demais. Só a parte relevante.

Ele olhou para Mikhail, que apertou uma tecla do laptop. Instantaneamente, a sala se encheu com o som de dois homens falando em francês, um com um distinto sotaque corso e o outro como se estivesse com dor.

— De onde vêm as drogas?

— Recebemos de todo canto. Turquia, Líbano, Afeganistão, todos os lugares.

— E o haxixe?

— O haxixe vem do Marrocos.

— Quem é o fornecedor?

— A gente tinha vários. Agora, só trabalhamos com um homem. É o maior produtor do país.

— O nome dele?

— Mohammad.

— Mohammad do quê?

— Bakkar.

Mikhail pausou a gravação. Rousseau olhou para Jean-Luc Martel e sorriu.

— Por que não começamos por aí? — sugeriu ele. — Com Mohammad Bakkar.

39
CÔTE D'AZUR, FRANÇA

Há muitos motivos para um indivíduo aceitar trabalhar para um serviço de inteligência, poucos deles admiráveis. Alguns o fazem por avareza, outros por amor ou convicção política. Outros o fazem porque estão entediados, insatisfeitos ou querem se vingar por não terem sido promovidos enquanto colegas que consideravam inferiores subiram a escada do sucesso. Com um pouco de bajulação e um balde de dinheiro, essas almas vis podem ser convencidas a trair os segredos que passam por entre seus dedos ou pela rede de computadores que são contratadas para manter. Oficiais de inteligência profissionais estão mais do que dispostos a tirar vantagem de indivíduos assim, mas secretamente os desprezam. Quase tanto quanto o homem que trai seu país por razões de consciência. São os idiotas úteis do ramo. Para o profissional, não há forma mais baixa de vida.

O profissional também não confia naqueles que oferecem seus serviços voluntariamente, pois, muitas vezes, é difícil avaliar os verdadeiros motivos. Em vez disso, ele prefere identificar um recruta em potencial e tomar a iniciativa. Em geral, chega com presentes, mas, ocasionalmente, avalia ser necessário empregar métodos menos agradáveis. Consequentemente, o profissional está sempre em busca de falhas e fraquezas — um caso extraconjugal, uma predileção por pornografia, uma indiscrição financeira. Essas são as chaves-mestras do negócio. Abrem qualquer porta. Além disso, a coerção é uma grande descobridora de intenções. Ela ilumina os cantos escuros do coração humano. O homem que espiona porque não tem escolha é um homem menos misterioso do que aquele que entra numa embaixada com uma pasta cheia de documentos roubados. Ainda assim, não se pode confiar completamente no ativo coagido. Em algum momento, ele tentará encontrar uma forma de se vingar da injustiça cometida com ele, e só será controlado enquanto seu pecado original for uma ameaça real. Portanto, informante e agente inevitavelmente se encontram envolvidos num caso de amor condenado.

 Era nessa categoria de informante que Jean-Luc Martel, hoteleiro, dono de restaurante, comerciante de roupas, joalheiro e traficante internacional de narcóticos ilícitos, entrava. Ele não tinha oferecido seus serviços voluntariamente. Nem tinha sido atraído pelo poder de persuasão. Fora identificado, avaliado e feito alvo de uma operação elaborada e custosa. O relacionamento com Olivia Watson tinha sido despedaçado, o sócio, surrado cruelmente com um martelo, ele, ameaçado com prisão e ruína. Mesmo assim, era preciso fazer um recrutamento. A coerção podia abrir uma porta, mas fechar um negócio exigia habilidade e sedução. Era inevitável que alcançassem um meio termo. Eles precisavam muito mais de Jean-Luc Martel do que ele precisava deles. Traficantes eram mercadoria comum. Mas Saladin era único.

 Ele não aceitou tudo facilmente, mas isso era de se esperar; um homem que mata tanto o pai quanto o mentor não é alguém que se assuste com facilidade. Ele se esquivou, contra-atacou, fez as próprias ameaças. Rousseau, porém, não caiu na armadilha de Martel. Ele era o contraste perfeito: aparência nada ameaçadora, difícil de se irritar, paciente até demais. Martel testou a tolerância de Rousseau, como quando exigiu garantias por escrito, sob um cabeçalho oficial do Ministério do Interior, concedendo-lhe imunidade de ser processado, hoje e sempre, amém. Tal clemência não estava nas mãos de Rousseau, já que ele operava sem permissão do ministério e até sem o conhecimento de seus mestres no DGSI. Ele sorriu frente a intransigência de Martel e, com um aceno na direção de Mikhail, tocou um ou dois momentos do interrogatório marítimo de René Devereaux.

— Ele está mentindo — surtou Martel quando o áudio ficou em silêncio. — É uma fantasia completa.

Foi nesse ponto, Gabriel lembraria depois — e as câmeras escondidas confirmaram que foi mesmo —, que Martel perdeu o fôlego. Ele se sentou ao lado de Mikhail, uma escolha curiosa, e olhou para o rosto de Natalie, que fitava o chão. Seguiu-se um silêncio demorado, tempo suficiente para Rousseau decidir tocar de novo a parte mais relevante da gravação, aquela sobre certo Mohammad Bakkar, um dos maiores produtores de haxixe do Marrocos, segundo alguns o maior. Um homem que gostava de chamar a si mesmo de rei das montanhas do Rife, a região do país onde se planta e processa haxixe para exportar para a Europa e diversos outros destinos. O homem que, de acordo com René Devereaux, era o único fornecedor de Martel.

— Imagino — disse Rousseau, tranquilamente — que você tenha ouvido o nome.

Martel, com o menor dos acenos, confirmou que sim. Então, os olhos se moveram de Natalie para Keller, parado de forma protetora atrás dela. Keller o tinha enganado e traído. Mas, naquele momento, parecia que Jean-Luc Martel considerava Keller o único amigo na sala.

— Por que você não nos dá um histórico? — sugeriu Rousseau. — Somos amadores, afinal. Pelo menos, no que diz respeito ao negócio de narcóticos. Ajude-nos a entender como tudo funciona. Explique para nós os maus caminhos do seu mundo.

O pedido de Rousseau não era tão inocente quanto soava. René Devereaux já fornecera a Keller todos os detalhes sobre as ligações de Mohammad Bakkar à rede. Rousseau, porém, queria fazer Martel falar, o que lhe permitiria testar a veracidade das palavras dele. Alguma farsa era de se esperar. Rousseau exigiria a verdade absoluta só quando ela fosse importante.

— Conte um pouco sobre esse homem, Mohammad Bakkar. Ele é alto ou baixo? É magro ou gordo como eu? Tem cabelo ou é careca? Tem uma esposa ou duas? Fuma? Bebe? É religioso?

— Ele é baixo — respondeu Martel após um momento. — E, não, não bebe. Mohammad é religioso. Muito religioso, aliás.

— Você acha isso surpreendente? — perguntou Rousseau, com rapidez, aproveitando o fato de Martel ter respondido pelo menos uma pergunta. — Um produtor de haxixe pode ser religioso?

— Eu não disse que Mohammad Bakkar é produtor de haxixe. O negócio dele são as laranjas.

— Laranjas?

— Sim, laranjas. Então, não, não estou surpreso de ele ser um homem religioso. Laranjas são uma forma de vida no Rife. O rei está tentando há anos encorajar os agricultores a tentar outros cultivos, mas laranjas são mais lucrativas que soja e nabos. Muito mais — completou Martel, sorrindo.

— Talvez o rei devesse se esforçar mais.

— Se quer saber, acho que o rei prefere as coisas como estão.

— Como assim?

— As laranjas trazem bilhões de dólares por ano para o país. Ajudam a manter a paz. — Abaixando a voz, Martel completou: — Mohammad Bakkar não é o único homem religioso no Marrocos.

— Há muitos extremistas no Marrocos?

— Você deve saber melhor do que eu — retrucou Martel.

— O Estado Islâmico tem muitas células no país?

— É o que dizem. Mas o rei não gosta de falar sobre isso — completou. — O EI é ruim para o turismo.

— Você tem negócios no Marrocos, não tem? Um hotel em Marrakesh, se não estou enganado.

— Dois — vangloriou-se Martel.

— Como está o movimento?

— Baixo.

— Sinto muito por isso.

— Vamos nos recuperar.

— Tenho certeza que sim. A que você atribui essa queda no movimento? — perguntou Rousseau. — É o EI?

— Os ataques a hotéis na Tunísia impactaram muito nossas reservas. As pessoas estão com medo do Marrocos ser o próximo.

— É seguro para turistas lá?

— É seguro — disse Martel — até não ser mais.

Rousseau se permitiu um sorriso com a astúcia da observação. Então, apontou que os interesses comerciais de Martel lhe permitiam entrar e sair do Marrocos, um país notório pela produção de drogas, sem levantar suspeitas. Martel, dando de ombros, não contestou a conclusão de Rousseau.

— Você costuma receber Mohammad Bakkar em um dos hotéis em Marrakesh?

— Nunca.

— Por que não?

— Ele não gosta de Marrakesh. Ou do que Marrakesh virou, melhor dizendo.

— Estrangeiros demais?

— E gays — declarou Martel.

— Ele não gosta de homossexuais por causa das crenças religiosas dele?

— Imagino que sim.

— Onde você costuma se encontrar com ele?

— Em Casa — contou Martel, usando a abreviação local para Casablanca — ou em Fez. Ele tem um *riad* no coração da Almedina — explicou ele, mencionando as casas ou os palacetes tradicionais. — Também tem várias mansões no Rife e no Médio Atlas.

— Ele se muda muito?

— Laranjas são um negócio perigoso.

Novamente, Rousseau sorriu. Nem ele era imune ao imenso charme de Martel.

— Quando você se encontra com Monsieur Bakkar, o que discutem?

— O Brexit. O novo presidente dos Estados Unidos. As perspectivas de paz no Oriente Médio. O de sempre.

— Obviamente, você está brincando.

— Nem um pouco. Mohammad é bem inteligente e interessado no mundo além do Rife.

— Como descreveria as visões políticas dele?

— Ele não é um admirador do Ocidente. Guarda rancor especial pela França e pelos Estados Unidos. Como regra, tento não pronunciar a palavra *Israel* na presença dele.

— Isso o irrita?

— Pode-se dizer que sim.

— Mesmo assim, você faz negócios com esse homem.

— As laranjas dele são ótimas — declarou Martel.

— E depois de conversarem sobre a situação do mundo?

— Preços, calendário de produção, datas de entrega... Esse tipo de coisa.

— Os preços flutuam?

— Oferta e demanda — explicou Martel.

— Há alguns anos — continuou Rousseau —, notamos uma mudança na forma como as laranjas estavam sendo transportadas para fora do norte da África. Em vez de atravessar o Mediterrâneo em uma ou duas embarcações pequenas de cada vez, passaram a vir toneladas de laranjas em grandes navios de carga, todos saídos de portos da Líbia. Houve um excesso de oferta repentino no mercado? Ou há algum outro motivo para explicar a mudança de estratégia?

— A segunda opção.

— E qual foi?

— Mohammad decidiu aceitar um sócio.

— Um indivíduo?

— Sim.

— Suponho que seja um homem, já que alguém com Mohammad Bakkar nunca faria negócios com uma mulher.

Martel assentiu.

— Ele quer assumir uma postura de mercado mais agressiva?

— Muito mais agressiva.

— Por quê?

— Porque quer maximizar os lucros rapidamente.

— Você encontrou com ele?

— Duas vezes.

— Ele possui um nome?

— Khalil.

— Khalil do quê?

— Só Khalil.

— Ele é marroquino?

— Não, definitivamente, não é marroquino.

— De onde ele é?

— Ele nunca me contou.

— E se tivesse que arriscar um palpite?

Jean-Luc Martel deu de ombros.

— Diria que ele é iraquiano.

40

CÔTE D'AZUR, FRANÇA

Ficou claro para todos na sala — e, mais uma vez, as câmeras escondidas confirmaram — que Jean-Luc Martel não compreendia a importância das palavras que tinha acabado de proferir. *Diria que ele é iraquiano...* Um iraquiano que se chamava Khalil. Sem nome de família, sem patronímico nem nome de uma aldeia ancestral. Só Khalil. Khalil tinha achado um sócio em Mohammad Bakkar, um produtor de haxixe de fé islâmica profunda que odiava os Estados Unidos e o Ocidente e ficava irado com a mera menção a Israel. Khalil que queria maximizar os lucros, forçando maior quantidade no mercado europeu. Gabriel, o observador silencioso do drama que tinha concebido e produzido, cuidou para não chegar a uma conclusão prematura. Era possível que o homem que se intitulava Khalil não fosse o homem por quem estavam procurando, que ele fosse meramente um criminoso comum com interesse apenas em ganhar dinheiro, que ele fosse uma perseguição em vão que desperdiçaria tempo e recursos preciosos. Mas até Gabriel achava difícil controlar as batidas de seu coração. Ele tinha puxado o fio solto e ligado os pontos, e o caminho o tinha levado até ali, à antiga casa de um inimigo derrotado. Os outros membros da equipe, porém, pareciam inteiramente indiferentes à revelação de Martel. Natalie, Mikhail e Christopher Keller estavam cada um em algum espaço particular, e Paul Rousseau tinha usado aquele momento para preparar o primeiro cachimbo. O isqueiro dele acendeu e uma nuvem de fumaça passou em frente das duas cenas de canais venezianos de Guardi. Gabriel, o restaurador, se encolheu involuntariamente.

Se Rousseau ficou mesmo que remotamente intrigado pelo iraquiano chamado Khalil, não deu sinais disso. Khalil era um acréscimo secundário, era desimportante. Rousseau estava mais interessado, era o que parecia, nos detalhes práticos da relação de Martel com Mohammad Bakkar. Quem era responsável pelo show? Era isso que ele queria saber. Quem tinha a vantagem? Era Martel, o distribuidor, ou Bakkar, o cultivador marroquino?

— Você não entende muito sobre negócios, né?

— Sou acadêmico — desculpou-se Rousseau.

— É uma negociação — explicou Martel. — Mas, no fim, o produtor tem a vantagem.

— Porque ele pode cortar o distribuidor a qualquer momento?

— Correto.

— Você não conseguiria achar outra fonte de drogas?

— Laranjas — corrigiu Martel.

— Ah, sim, laranjas — corrigiu Rousseau.

— Não é tão simples.

— Por causa da qualidade das laranjas de Mohammad Bakkar?

— Porque Mohammad Bakkar é um homem de poder e influência consideráveis.

— Ele desencorajaria outros produtores de vender a você?

— Fortemente.

— E quando Mohammad Bakkar disse a você que desejava aumentar a quantidade de laranjas que enviaria à Europa?

— Aconselhei a não fazer.
— Por quê?
— Uma série de razões.
— Por exemplo?
— Grandes cargas são perigosas por natureza.
— Porque são mais fáceis para as autoridades encontrarem?
— Obviamente.
— O que mais?
— Eu estava preocupado de saturarmos o mercado.
— E, assim, abaixar o preço das laranjas na Europa Ocidental.
— Oferta e demanda — repetiu Martel, dando de ombros.
— E o que ele fez quando você mostrou essas preocupações?
— Ele me deu uma escolha bem simples.
— Pegar ou largar?
— Com essas palavras.
— E você pegou — disse Rousseau.

Martel ficou em silêncio. Rousseau atacou abruptamente.

— Transporte — disse ele. — Quem é responsável pelo transporte?

— Mohammad. Ele coloca o pacote no correio e nós pegamos na outra ponta.

— Suponho que ele diga a você quando esperar o pacote.
— É claro.
— Quais são os métodos preferidos dele?

— Antigamente, ele usava pequenos barcos para trazer mercadoria direto pelo Mediterrâneo, do Marrocos até a Espanha. No momento em que os espanhóis fecharam o cerco na costa, ele começou a transportar pelo norte de África até os Balcãs. Era uma jornada longa e cara. Muitas laranjas se perdiam no caminho. Especialmente quando chegavam ao Líbano e aos Balcãs.

— Eram roubadas por gangues criminosas locais?

— As máfias sérvia e búlgara gostam muito de produtos cítricos — contou Martel. — Por anos, Mohammad tentou criar uma forma de levar as laranjas para a Europa sem ter de passar pelo território deles. Foi quando uma solução caiu no colo dele.

— A solução era a Líbia — concluiu Rousseau.

Martel assentiu lentamente.

— Era um sonho realizado, possibilitado pelo presidente da França e os amigos dele em Washington e em Londres que declararam que Muammar Kadhafi precisava deixar o poder. Quando o regime ruiu, a Líbia ficou aberta para negócios. Era o Velho Oeste. Sem governo central, sem polícia, sem autoridade de qualquer tipo, exceto pelas milícias e os psicopatas islâmicos. Só havia um problema.

— Qual?

— As milícias e os psicopatas islâmicos — disse Martel.

— Eles não aprovavam as laranjas?

— Quem dera... Queriam era uma parte dos lucros. Senão, não deixariam as laranjas chegarem aos portos líbios. Mohammad precisava de um parceiro local, alguém capaz de manter milicianos e guerreiros santos na linha. Alguém que pudesse garantir que as laranjas acabassem nos porões dos navios de carga.

— Alguém como Khalil? — perguntou Rousseau.

Martel não respondeu.

— Você se lembra de um navio chamado *Apollo*? — perguntou Rousseau. — Os italianos o capturaram na costa da Sicília com dezessete toneladas de laranjas dentro.

— O nome — falou Martel, com malícia — não me é estranho.

— Imagino que a carga fosse sua.

Com um olhar sem expressão, Martel confirmou.

— Houve outros navios antes do *Apollo* que não foram interceptados?

— Vários.

— Ajude-me com uma dúvida — falou Rousseau, fingindo perplexidade. — Quem fica com os prejuízos de uma captura? O produtor ou o distribuidor?

— Não posso vender as laranjas se não as receber.

— Então, você está dizendo, e por favor me perdoe, Monsieur Martel, não quero me alongar nesse ponto, que Mohammad Bakkar perdeu milhões de euros quando o *Apollo* foi capturado?

— Correto.

— Ele deve ter ficado furioso.

— Mais do que furioso — disse Martel. — Me convocou para o Marrocos e me acusou de vazar as informações aos italianos.

— Por que você faria uma coisa dessas?

— Por ter sido contra os grandes envios desde o começo. A melhor forma de fazê-los parar seria perder um ou dois navios.

— Você foi responsável pela pista que levou os italianos até o *Apollo*?

— É claro que não. Eu disse a Mohammad com todas as palavras que o problema estava na ponta dele.

— Com isso — disse Rousseau —, você se refere ao norte da África.

— A Líbia — falou Martel.

— E quando as capturas continuaram?

— Khalil fechou os vazamentos. As laranjas começaram a chegar de novo com segurança.

Novamente apareceu o nome do sócio agressivo de Mohammad Bakkar. O homem que Paul Rousseau estivera evitando. Após uma pausa prolongada para preparar e acender outro cachimbo, ele perguntou quando Jean-Luc Martel conhecera o iraquiano que se intitulava Khalil. Sem nome de família. Sem patronímico nem aldeia ancestral. Apenas Khalil. Em 2012, respondera Martel. Na primavera, lembrou. Fim de março, talvez, mas não conseguia ter certeza. Rousseau, porém, não quis nem saber. Martel era chefe de um império vasto e criminoso, cujos detalhes carregava em sua cabeça. Com certeza, insistiu Rousseau, ele podia lembrar a data de um encontro tão memorável.

— Foi no dia 29 de março.

— E as circunstâncias? Você foi convocado ou estava previamente agendado?

Martel indicou que sua presença tinha sido exigida.

— Como isso é feito, em geral? É algo pequeno, eu sei, mas estou curioso.

— Uma mensagem é deixada para mim no meu hotel em Marrakesh.

— Uma mensagem de voz?

— Sim.

— E o primeiro encontro em que Khalil esteve presente?

— Foi em Casa. Voei para lá no meu avião e fiz check-in num hotel. Horas depois, eles me disseram para onde ir.

— Mohammad ligou para você?

— Um dos homens dele. Mohammad não gosta de usar o telefone para negócios.

— Qual foi o hotel, por favor?

— O Sofitel.

— Você estava sozinho?

— Olivia foi comigo.

Rousseau franziu o cenho, pensativo.

— Você sempre a leva?

— Sempre que possível.

— Por quê?

— As aparências são importantes.

— Ela foi à reunião?
— Não. Ficou no hotel enquanto eu fui para Anfa.
— Anfa?

Anfa era um enclave rico num morro a oeste do centro, explicou Martel, um lugar de avenidas ladeadas por palmeiras e mansões muradas onde o preço por metro quadrado rivalizava com os de Londres e Paris. Mohammad Bakkar tinha uma propriedade ali. Como sempre, Martel passou por uma revista antes de receber permissão para entrar. Foi, lembrava ele agora, mais invasiva do que o normal. Lá dentro, ele esperava encontrar Bakkar sozinho, como era costume em suas reuniões. Em vez disso, havia outro homem presente.

— Descreva-o, por favor.
— Alto, ombros largos, rosto e mãos grandes.
— A pele?
— Escura, mas não muito.
— Como ele estava vestido?
— À moda ocidental. Terno escuro, camisa branca, sem gravata.
— Cicatrizes ou características marcantes?
— Não.
— Tatuagens?
— Só pude ver as mãos dele.
— E?

Martel balançou a cabeça negativamente.

— Você foi apresentado?
— Mal.
— Ele se dirigiu a você?
— Só a Mohammad.
— Em árabe, suponho.
— Sim.
— Mohammad Bakkar fala árabe do Magrebe.

— *Darija* — disse Martel.
— E o outro homem? Também era falante de *darija*?
Martel fez que não com a cabeça.
— Você consegue distinguir?
— Aprendi um pouco de árabe quando era criança. Com minha mãe — completou. — Então, sim, consigo distinguir. Ele falava como alguém do Iraque.
— Você não se perguntou sobre a afiliação desse homem, dado o fato de que o Estado Islâmico dominou boa parte do Iraque e da Síria e estabeleceu uma base de operações na Líbia? Ou talvez você só não quisesse saber — adicionou Rousseau, com desprezo. — Talvez fosse melhor não perguntar demais numa situação como aquela.
— Como regra geral — disse Martel —, perguntar pode ser ruim para os negócios.
— Especialmente quando tem gente do EI envolvida. — Rousseau controlou sua raiva. — E o segundo encontro? Quando foi?
— Em dezembro do ano passado.
— *Depois* dos atentados em Washington.
— Definitivamente.
— A data exata, por favor.
— Acredito que tenha sido dia 19.
— E as circunstâncias?
— Era nossa reunião anual de inverno.
— Onde aconteceu?
— Mohammad mudava o local a todo momento. Finalmente, nos encontramos numa pequena aldeia na parte alta do Rife.
— O que estava na pauta?
— Preços e datas de transporte aproximadas para o novo ano. Mohammad e o iraquiano queriam mandar ainda mais produtos para o mercado. Muitos deles. E rápido.
— Como ele estava vestido dessa vez?

— Como um marroquino.
— O que quer dizer?
— Estava usando um *djellaba*.
— Um robe com capuz, tradicional do Marrocos.

Martel assentiu.

— E o rosto dele estava mais magro e mais delicado.
— Ele tinha perdido peso?
— Cirurgia plástica.
— Tinha mais alguma coisa de diferente nele?
— Sim — relatou Martel. — Ele estava mancando.

41
CÔTE D'AZUR, FRANÇA

Parte de Paul Rousseau não tinha estômago para o que ele precisava fazer. Jean-Luc Martel, diria ele depois, era prova viva de que a França tinha errado em se livrar da guilhotina. Mas Khalil, o iraquiano — Khalil cujo rosto tinha sido alterado, Khalil que andava mancando —, valia o preço. Só coerção não seria suficiente para fazer Martel cruzar a linha de chegada. Ele teria que ser transformado num informante completo do Grupo Alfa. *Um agente da inteligência francesa, que Deus me ajude*, lamentara Rousseau. Só uma promessa de imunidade total contra processos seria suficiente para garantir a cooperação total dele. Tratava-se de um homem que, notoriamente, não gostava de surpresas. Talvez, nesse caso, ele pudesse abrir uma exceção.

Por enquanto, Rousseau tapava o nariz e fazia o passo a passo com Martel. Eles repassavam tudo, lenta e meticulosamente, de trás para a frente, por cada lado e de todos os outros jeitos que Rousseau, que buscava qualquer inconsistência, qualquer motivo para questionar a autenticidade da fonte dele, pudesse imaginar. Dedicavam-se, em especial, à pauta da reunião de inverno em que Khalil, o iraquiano, estivera presente, e ao cronograma para as próximas entregas.

Três grandes carregamentos eram esperados nos próximos dez dias. Todos seriam escondidos dentro de navios de carga vindos da Líbia. Dois chegariam a portos franceses — Marselha e Toulon —, e o terceiro aportaria na cidade italiana de Gênova.

— Se essas drogas sumirem — disse Martel —, vai haver consequências sérias.

— Laranjas — corrigiu Rousseau. — Laranjas.

Foi nesse ponto que Gabriel se intrometeu nos procedimentos pela primeira vez. Ele o fez com apenas uma mínima apresentação, segurando várias folhas de papel em branco, um lápis e um apontador. Por quase uma hora, sentou-se ao lado do homem cuja vida tinha virado de ponta-cabeça e, com a ajuda dele, produziu esboços múltiplos das duas versões de Khalil — a de 2012, que usava roupas ocidentais, e a versão do Marrocos, com um *djellaba* tradicional e mancando visivelmente, após os atentados a Washington. Martel tinha uma notável atenção para detalhes — ele mesmo tinha dito isso muitas vezes em entrevistas — e alegava nunca esquecer um rosto. Era exigente, um traço que revelou quando Gabriel não foi capaz de produzir um queixo adequado para a versão cirurgicamente retocada de Khalil. Eles passaram por três esboços antes de Martel dar sua aprovação, com um entusiasmo inesperado.

— É ele. Esse é o homem que vi em dezembro passado.

— Tem certeza? — pressionou Gabriel. — Não tenha pressa. Podemos refazer o esboço, se quiser.

— Não é necessário. É exatamente assim que ele é.

— E a perna manca? — perguntou Gabriel. — Você nunca disse qual delas estava machucada.

— Era a direita.

— Tem certeza disso?

— Sem dúvida.

— Ele deu alguma explicação?

— Disse que tinha sofrido um acidente de carro, mas não o local que ocorrera.

Gabriel estudou os desenhos finalizados por um longo tempo antes de segurá-los para Natalie ver. Os olhos dela se arregalaram de forma involuntária. Recompondo-se, ela desviou o olhar e assentiu lentamente. Gabriel descartou o primeiro esboço e contemplou o último. Era o novo rosto do terror. Era o rosto de Saladin.

Eles o arrastaram para o quarto de Madame Sophie no andar de cima, mancharam a lateral do pescoço dele com o batom vermelho-sangue dela e o encharcaram com quantidade suficiente do perfume para que ele deixasse um rastro enquanto dirigia na luz do início da manhã, acabado e abatido, em direção a sua vila do outro lado da Baía de Cavalaire. Ele não foi sozinho. Nicolas Carnot, também conhecido como Christopher Keller, sentou-se no banco do carona, com o celular de Martel em uma mão e uma arma na outra. Atrás deles, num segundo veículo, estavam quatro oficiais do Grupo Alfa. Trabalharam como funcionários de Dmitri Antonov da Villa Soleil. Agora, como Nicolas Carnot, ofereciam seus serviços para Martel. As circunstâncias relacionadas à decisão de abandonar um mestre por outro eram nebulosas, mas essas coisas estavam sujeitas a acontecer em Saint-Tropez durante o verão.

Eram 5h12 quando os dois veículos entraram na propriedade de Martel. Olivia Watson sabia disso porque ficara acordada a noite toda e corrido para a janela do quarto ao ouvir o som de portas de carro no átrio. Agora, ela fingia dormir enquanto a cama mexia com o peso de seu amante nômade. Ela rolou para o lado, os olhares se encontraram à meia-luz.

— Onde você estava, Jean-Luc?

— Negócios — murmurou ele. — Volte a dormir.

— Algum problema?

— Não mais.

— Tentei ligar, mas meu telefone não está funcionando. Também não tem internet e o aparelho fixo está mudo.

— Deve ser um apagão.

Os olhos dele se fecharam.

— Por que Nicolas está lá embaixo? Quem são aqueles outros homens?

— Vou explicar tudo de manhã.

— Já *é* de manhã, Jean-Luc.

Ele ficou em silêncio. Olivia foi mais para perto.

— Você está com cheiro de mulher.

— Olivia, por favor.

— Quem era ela, Jean-Luc? Onde você estava?

42

PARIS

O ajuste de contas temido por Paul Rousseau ocorreu no início daquela tarde no Ministério do Interior, em Paris. Como Jean-Luc Martel, ele não tinha ido sozinho ao encontro de seu destino; Gabriel estava lá. Eles cruzaram o pátio ombro a ombro e subiram a grande escadaria até o imponente escritório do ministro. Rousseau, longe de ser fã de conversa fiada por educação, imediatamente confessou os pecados operacionais. A inteligência britânica, explicou ele, tinha identificado a fonte dos fuzis usados no atentado de Londres com um franco-marroquino chamado Nouredine Zakaria, criminoso de carreira ligado a uma das maiores redes de tráfico de drogas da França. Sem a autorização de seu chefe ou do Ministério do Interior, Rousseau e o Grupo Alfa tinham trabalhado com dois serviços aliados — o britânico e, obviamente, o israelense — para penetrar na rede já mencionada e transformar o líder em informante. A operação, continuou ele, tinha se provado um sucesso. Com base na inteligência fornecida pela fonte, o Grupo Alfa e seus parceiros podiam dizer, com confiança moderada, que o EI tinha assumido o controle de porção significativa do comércio ilícito de haxixe do norte da África, e que Saladin, o misterioso chefão iraquiano da divisão de operações externas do grupo, poderia estar escondido no Marrocos, antigo protetorado francês.

O ministro reagiu como se esperava, ou seja, com raiva. Seguiram-se vários impropérios, boa parte cheia de profanidades. Rousseau ofereceu sua demissão — ele tinha escrito uma carta de próprio punho durante a viagem desde a Provença — e, por um longo momento, pareceu que o ministro estava disposto a aceitá-la. Por fim, ele colocou a carta em sua picotadora de papéis. A responsabilidade final de proteger o solo francês de atentados terroristas, islâmicos ou não, estava nos ombros estreitos do ministro. Ele não ia perder um homem como Paul Rousseau.

— Onde está Zouredine Zakaria agora?

— Desaparecido — disse Rousseau.

— Foi para o califado?

Rousseau hesitou antes de responder. Estava preparado para omitir, mas de jeito nenhum contaria uma mentira deslavada. Nouredine Zakaria, disse ele em voz baixa, estava morto.

— Morto como? — quis saber o ministro.

— Acredito que tenha ocorrido durante uma transação comercial.

O ministro olhou para Gabriel.

— Imagino que você tenha alguma coisa a ver com isso.

— O falecimento de Zakaria foi anterior ao nosso envolvimento no caso — respondeu Gabriel, com precisão de advogado.

O ministro não se tranquilizou.

— E o líder da rede? O novo informante?

— O nome dele — afirmou Rousseau — é Jean-Luc Martel.

O ministro olhou para baixo e reorganizou os papéis em sua mesa.

— Isso explica o interesse no arquivo de Martel no dia em que sua sede foi bombardeada.

— Explica — concordou Rousseau, se mantendo firme.

— Jean-Luc foi alvo de diversas investigações. Todas chegaram à mesma conclusão de que ele não está envolvido com drogas.

— Essa conclusão — falou Rousseau com cuidado — é incorreta.

— Você descobriu algo diferente?

— Segundo a maior autoridade.

— Quem?

— O próprio.

O ministro zombou.

— Por que ele diria uma coisa dessas a você?

— Ele não teve muita escolha.

— Por quê?

— René Devereaux.

— O nome é familiar.

— Deveria ser — declarou Rousseau.

— Onde está Devereaux agora?

— No mesmo lugar que Nouredine Zakaria.

— *Merde* — xingou o ministro em voz baixa.

Houve um silêncio. A poeira flutuou na luz do sol que entrava pela janela como peixes em um aquário. Rousseau pigarreou, sinal de que estava prestes a se aventurar em territórios traiçoeiros.

— Sei que você e Martel são amigos — falou, por fim.

— Somos conhecidos — contrariou o ministro com rapidez —, mas não somos amigos.

— Martel ficaria surpreso em ouvir isso. Aliás, ele invocou seu nome várias vezes antes de, finalmente, concordar em cooperar.

O ministro não conseguia esconder a raiva de Rousseau por lavar roupa suja francesa na frente de um forasteiro e, além do mais, israelense.

— Aonde você quer chegar?

— Quero chegar no fato que vou precisar da cooperação contínua de Martel, o que vai exigir uma concessão de imunidade — respondeu Rousseau. — Ela pode ser delicada, dado o relacionamento de vocês, mas é necessária para a operação seguir em frente.

— Qual é seu objetivo?

— Eliminar Saladin, é claro.

— Você pretende usar Martel em algum papel operacional?

— É nossa única opção.

O ministro demonstrou estar considerando.

— Você tem razão, uma concessão de imunidade seria difícil. Mas se você a solicitasse...

— Entrego a papelada no fim do dia — interrompeu Rousseau. — É melhor assim. Você não é o único no atual governo que é conhecido de Martel.

O ministro estava novamente mexendo nos papéis.

— Nós lhe demos liberdade de atuação ampla quando criamos o Grupo Alfa, mas nem é preciso dizer que você ultrapassou os limites da sua autoridade.

Rousseau aceitou a repreensão com um silêncio penitencial.

— Não vou ficar mais no escuro. Está claro?

— Está, ministro.

— Como pretende prosseguir?

— Nos próximos dez dias, o fornecedor marroquino de Martel, um homem chamado Mohammad Bakkar, vai enviar vários suprimentos grandes de haxixe a partir de portos na Líbia. É essencial que sejam interceptados.

— Você sabe o nome dos navios?

Rousseau assentiu.

— Bakkar e Saladin vão suspeitar que há um informante.

— Correto.

— Vão ficar irritados.

Rousseau sorriu.

— É o que esperamos, ministro.

O primeiro navio, um caixão flutuante registrado em Malta e chamado *Mediterranean Dream*, estava marcado para sair da Líbia em quatro dias. O ponto de partida era Khoms, um pequeno porto marítimo comercial a leste de Trípoli; e, depois de uma breve parada em Tunis, onde pegaria uma carga de vegetais, iria para Gênova. As outras duas embarcações, uma com bandeira das Bahamas e a outra com a do Panamá, estavam marcadas para sair de Sirte dentro de uma semana, criando, portanto, para Gabriel e Rousseau um pequeno dilema. Eles concordavam que capturar o *Mediterranean Dream* enquanto os outros dois navios ainda estavam aportados na Líbia seria um erro de cálculo, já que daria a Mohammad Bakkar e Saladin uma oportunidade de refazer as rotas da mercadoria. Em vez disso, esperariam até todas as três estarem em águas internacionais antes de dar o primeiro passo.

A demora pesou sobre os dois, especialmente sobre Gabriel, que tinha visto o rosto retocado de Saladin emergir do trabalho de suas próprias mãos. Ele levava o desenho sempre consigo, até para a cama em Jerusalém, onde passou quatro noites sem dormir ao lado de sua esposa. No Boulevard Rei Saul, suportou infindáveis *briefings* sobre situações que tinha deixado nas mãos hábeis de Uzi Navot. Todos, porém, percebiam que seus pensamentos estavam longe. Durante uma reunião do Gabinete, a mente dele vagou enquanto os ministros estavam num bate-boca sem fim. Em seu caderno, ele desenhou um rosto. Um rosto parcialmente coberto pelo capuz de um *djellaba*.

Rousseau acordou Gabriel no começo da manhã seguinte com notícias de que o *Mediterranean Dream* tinha saído de Tunis durante a noite e estava agora em águas internacionais. Será que continua uma carga de haxixe do Marrocos disfarçada? Apenas uma fonte tinha dito que sim, o homem que morava na Baía de Cavalaire em frente a Dmitri e Sophie Antonov. O homem cujos muitos pecados foram oficialmente perdoados e que agora estava sob controle total e completo de um consórcio de três serviços de inteligência.

Para um olhar não treinado, porém, não parecia haver uma mudança externa no comportamento dele, exceto pela presença constante de Christopher Keller ao seu lado. Realmente, onde quer que Martel fosse, Keller o seguia. Para reuniões previamente agendadas em Mônaco e Madri. Para uma sessão com um banqueiro suíço de ética duvidosa em Genebra. E, finalmente, para Marselha, de onde o chefe da divisão de narcóticos ilícita de Martel tinha desaparecido sem deixar rastros, largando dois guarda-costas mortos em sua loja de eletrônicos com vista para a Place Jean Jaurès. A polícia de Marselha desconfiava que René Devereaux havia sido morto por um rival do submundo. Os associados de Devereaux, incluindo um Henri Villard, tinham a mesma opinião. Durante uma reunião com Martel e Keller num esconderijo perto da Gare Saint-Charles, Villard ficou nervoso sobre os próximos carregamentos. Ele tinha medo, e com razão, de haver um vazamento. Martel acalmou os medos dele e o instruiu a coletar a carga da forma de sempre. Um exame minucioso da gravação produzida pelo telefone no bolso de Keller — e dos movimentos e das comunicações de Villard após a reunião — sugeria que Martel não tinha tentado mandar um aviso clandestino à antiga rede. O haxixe estava a caminho, o pagamento fora feito. Tanto para traficantes quanto para espiões, todos os sistemas pareciam estar prontos.

A mensagem que colocaria o próximo ato em movimento foi entregue pelo canal de sempre, de ministro do Interior para ministro do Interior, sem qualquer urgência indevida. Um informante infiltrado em uma das gangues de drogas mais proeminentes da França alegava que um suprimento grande de haxixe do norte da África chegaria a Gênova no dia seguinte, a bordo do *Mediterranean Dream*, registrado em Malta. Se os italianos não tivessem nada melhor para fazer, talvez quisessem dar uma olhada. Eles o fizeram. Unidades da Guardia di Finanza, agência de segurança italiana responsável por combater o tráfico de drogas, entraram na embarcação minutos depois da chegada e começaram a abrir os contêineres à força. A busca revelou quatro toneladas de haxixe marroquino, nem de longe um recorde, mas uma apreensão respeitável. Depois, o ministro italiano ligou para seu colega francês e agradeceu pela informação. O francês disse que se sentia feliz em poder ajudar.

Embora tenha sido uma grande notícia na Itália, a captura chamou pouca atenção na França, ainda mais na antiga aldeia de pescadores de Saint-Tropez. Mas, quando a polícia alfandegária francesa fez uma batida em dois navios no dia seguinte — o *Africa Star*, com destino a Toulon, e o *Caribbean Endeavor*, com destino a Marselha —, até a sonolenta Saint-Tropez se impressionou. O *Africa Star* revelaria três toneladas de haxixe e o *Caribbean Endeavor*, apenas duas. Por outro lado, entregariam algo que Gabriel e Paul Rousseau não anteciparam: um cilindro de chumbo, com quarenta centímetros de altura, vinte de diâmetro, escondido dentro de um carretel de arame isolado fabricado por uma usina de um bairro industrial de Trípoli.

O cilindro não tinha marcas. Apesar disso, a polícia alfandegária francesa, treinada para lidar com materiais potencialmente perigosos, sabia que não devia abri-lo. Ligações foram feitas, alarmes soaram e, no início da noite, o contêiner foi transportado com segurança para um laboratório do governo francês nos arredores de Paris, onde técnicos analisaram o pó parecido com talco que encontraram dentro. Rapidamente, determinaram que era a substância altamente radioativa césio-137, ou cloreto de césio. Paul Rousseau e o ministro do Interior ficaram sabendo da descoberta às 8 horas daquela noite. Vinte minutos depois, com Gabriel um passo atrás, entraram pelas portas do Palácio do Eliseu para dar a notícia ao presidente da República. Saladin estava indo mais uma vez atrás deles. Dessa vez, com uma bomba radioativa.

Parte Três

◇◇◇◇◇◇◇◇◇◇◇◇◇◇◇

O CANTO MAIS ESCURO

43

SURREY, INGLATERRA

Como os norte-americanos souberam do carregamento disfarçado de césio era algo que nunca seria determinado para ninguém, principalmente, para os franceses. Era um daqueles mistérios que continuaria no ar mesmo depois da poeira operacional abaixar. O que importa é que eles *ficaram* sabendo — naquela mesma noite, aliás — e, antes do sol nascer, exigiram que todos os participantes ativos da operação fossem a Washington para uma reunião de cúpula de emergência. Graham Seymour e Amanda Wallace, os primos, educadamente, declinaram. Frente à perspectiva de um aparelho de dispersão radiológica nas mãos da rede de Saladin, eles não podiam ser vistos correndo para as antigas colônias para ajudar. Eram a favor da cooperação transatlântica — aliás, eram dependentes dela —, mas, para eles, era uma simples questão de orgulho nacional. Quando Gabriel e Paul Rousseau adicionaram suas objeções, os norte-americanos desistiram. Gabriel estava confiante que isso aconteceria; ele tinha uma boa ideia do que eles queriam: a cabeça de Saladin numa lança. E a única forma de conseguirem isso era controlando a operação de Gabriel. Melhor negar a eles a vantagem de jogar em casa. O fuso horário de cinco horas de diferença já seria suficiente para desequilibrá-los.

Esperar que os norte-americanos viessem com uma delegação discreta era querer demais. Eles chegaram num Boeing decorado com o símbolo oficial dos Estados Unidos e viajaram para o local da conferência — uma instalação de treinamento desativada do MI6 localizada numa mansão vitoriana em Surrey — em um comboio barulhento que cortou o interior do país como se estivesse desviando de explosivos escondidos no Iraque ocupado. De um dos veículos, emergiu Morris Payne, novo diretor da CIA. Payne era de West Point, formado em direito numa das universidades Ivy League, tinha trabalhado no ramo privado e era ex-congressista ultraconservador de uma das Dakotas. Era grande e rude, com um rosto de estátua da ilha de Páscoa e uma voz de barítono que fez tremer as vigas do corredor de entrada abobadado da casa antiga. Ele cumprimentou primeiro Graham Seymour e Amanda Wallace — eram, afinal, os anfitriões, para não mencionar familiares distantes —, antes de virar a força total de sua personalidade de canhão para Gabriel.

— Gabriel Allon! Que bom finalmente conhecê-lo. Um dos grandes. Uma lenda, na verdade. Devíamos ter feito isso há muito tempo. Adrian me disse que você foi para a minha cidade e não me procurou. Não vou julgá-lo por isso. Sei que vocês dois têm muita história. Já fizeram bons trabalhos juntos. Espero continuar essa tradição.

Gabriel puxou a mão de volta e olhou para os homens que cercavam o novo diretor do serviço de inteligência mais poderoso do mundo. Eram jovens, magros, rígidos, como seu chefe, todos típicos trabalhadores do ambiente burocrático de Washington. A mudança em relação à administração anterior era impressionante. Se havia um raio de esperança, era que eles gostavam, um pouco, de Israel. Talvez gostassem até demais, pensou Gabriel. Eram prova de que devíamos tomar cuidado com nossos desejos.

Era curioso que Adrian Carter não estivesse entre aqueles do círculo mais próximo do diretor. Estava, no momento, saindo de um SUV junto com o resto dos operadores sêniores. Gabriel não conhecia a maioria. Um, porém, ele reconheceu: Kyle Taylor, chefe do Centro de Contraterrorismo da Agência. A presença de Taylor era um indicador preocupante das intenções de Langley; dizia-se que ele bombardearia a própria mãe se achasse que isso lhe garantiria o emprego de Carter e o escritório do sétimo andar. Exibia sua ambição incansável como uma gravata cuidadosamente amarrada. Carter, porém, parecia ter acabado de ser acordado de uma soneca. Passou por Gabriel com apenas um pequeno aceno de cabeça.

— Não chegue perto demais — sussurrou Carter. — Sou contagioso.

— O que você tem?

— Lepra.

Morris Payne apertava a mão de Paul Rousseau como se tentasse conquistar o voto dele. Chamado por Graham Seymour, ele entrou na sala de jantar, há muito convertida em instalação para conversas seguras. Havia uma cesta para celulares na entrada e, no aparador vitoriano, uma variedade de bebidas e comidas leves que não agradaram ninguém. Morris Payne se sentou à mesa longa e retangular, um dos ajudantes jovens e durões de um lado e, do outro, Kyle Taylor, mestre dos drones. Adrian Carter foi relegado à ponta — lugar, pensou Gabriel, onde podia rabiscar o quanto quisesse e sonhar com um emprego no setor privado.

Gabriel se sentou em seu assento designado e, prontamente, virou a placa de nome que algum funcionário esforçado do MI6 tinha colocado ali. À sua esquerda, e imediatamente em frente a Morris Payne, estava Graham Seymour. À esquerda de Seymour, Amanda Wallace parecia estar com medo de respingos de sangue. A reputação de Morris Payne era famosa. Durante seu breve mandato, ele tinha completado a tarefa de transformar o serviço de inteligência em organização paramilitar. O idioma da espionagem o entediava. Era um homem de ação.

— Sei que vocês todos estão em estado de crise — começou Payne —, então, não vou desperdiçar o tempo aqui. Todos devem ser elogiados. Evitaram uma calamidade. Ou, pelo menos, atrasaram uma. Contudo, a Casa Branca insiste e, francamente, nós concordamos, que Langley deve assumir a liderança e levar a operação para casa. Com todo o respeito, é o que faz mais sentido. Temos alcance e capacidade, além da tecnologia.

— Nós temos a fonte — respondeu Gabriel. — E todo o alcance e a tecnologia do mundo não podem substituí-la. Nós encontramos ele, queimamos ele e recrutamos ele. Ele é nosso.

— E agora — disse Payne —, vocês vão entregá-lo para nós.

— Sinto muito, Morris, mas isso não vai acontecer.

Gabriel olhou de relance para a ponta da mesa e viu Adrian Carter suprimindo um sorriso. Não era um começo auspicioso. Infelizmente, tudo degringolou depois disso.

Vozes se levantaram, punhos bateram na mesa, ameaças foram feitas. Ameaças de retaliação. Ameaças de cooperações suspensas e ajuda crítica negada. Há pouco tempo, Gabriel teria tido o luxo de enfrentar o blefe do diretor. Agora, tinha que proceder com cautela. Os britânicos não eram os únicos dependentes do poderio tecnológico de Langley. Israel precisava ainda mais dos norte-americanos e sob nenhuma circunstância Gabriel poderia alienar seu parceiro estratégico e operacional mais valioso. Além disso, apesar da arrogância e bravata, Morris Payne era alguém que via o mundo mais ou menos da mesma forma que Gabriel. Seu predecessor, fluente em árabe, fazia questão de se referir a Jerusalém como al-Quds. As coisas definitivamente podiam ser piores.

Por sugestão de Graham Seymour, eles fizeram uma pausa para comer e beber. Serviu, ao menos, para amenizar o clima. Morris Payne admitiu que, durante o voo através do Atlântico, tinha aproveitado o tempo para revisar o arquivo da Agência sobre Gabriel.

— Tenho que admitir, foi uma leitura impressionante.

— Estou surpreso que tenha conseguido fazer caber dentro do seu avião.

O sorriso de Payne foi sincero.

— Nós dois crescemos em fazendas — disse ele. — A nossa ficava em um canto remoto de Dakota do Sul e a sua, no Vale de Jezreel.

— Ao lado de uma aldeia árabe.

— Nós não tínhamos árabes. Só ursos e lobos.

Dessa vez, foi Gabriel quem sorriu. Payne beliscou o canto de um mini sanduíche.

— Você já operou no norte da África. Pessoalmente, quero dizer. Esteve envolvido na operação Abu Jihad em Tunis no ano de 1988. Você e sua equipe desembarcaram na praia e invadiram a vila dele. Você o matou no escritório na frente dos filhos dele. Ele assistia a vídeos da intifada na hora.

— Não é verdade — respondeu Gabriel após um momento.

— Qual parte?

— Eu não matei Abu Jihad na frente da família dele. A filha entrou no escritório depois que ele já estava morto.

— O que você fez?

— Mandei que ela fosse cuidar da mãe. E, então, fui embora.

Um silêncio caiu sobre o cômodo. Foi Morris Payne quem o quebrou.

— Acha que consegue fazer de novo? No Marrocos?

— Está me perguntando se temos a capacidade?

— Me esclareça — disse Payne.

O Marrocos, respondeu Gabriel, estava dentro do alcance operacional do Escritório.

— Você tem relações relevantes com o rei — apontou Payne. — Relações que seriam colocadas em perigo se algo desse errado.

— Você também tem — respondeu Gabriel.

— Pretende trabalhar com os serviços marroquinos?

— Vocês trabalharam com os paquistaneses quando foram atrás de Bin Laden?

— Vou entender isso como um não.

— O mais provável — disse Gabriel — é que Saladin esteja escondido em circunstâncias parecidas com a forma como Bin Laden estava vivendo em Abbottabad. Além disso, ele é protegido por um traficante poderoso, um homem que, sem dúvida, tem amigos importantes. Contar para os marroquinos sobre a operação seria como contar para o próprio Saladin.

— Você tem certeza de que ele está lá?

Gabriel colocou os dois desenhos combinados na mesa. Bateu no primeiro, Saladin na primavera de 2012, pouco depois do EI se instalar na Líbia.

— Ele parece muito com o homem que vi no lobby do Four Seasons em Georgetown antes do ataque. Veja a gravação de segurança do hotel. Tenho certeza que chegará à mesma conclusão. — Gabriel bateu no segundo esboço. — Este é como ele está agora.

— Segundo um traficante de drogas chamado Jean-Luc Martel.

— Nem sempre escolhemos nossos ativos, Morris. Às vezes, eles nos escolhem.

— Você confia nele?

— Nem um pouco.

— Está disposto a ir para a guerra com ele?

— Você tem uma ideia melhor?

Era óbvio que ele não tinha.

— E se Saladin não morder a isca?

— Ele acabou de perder centenas de milhões de euros em haxixe. E o césio.

Morris olhou para Paul Rousseau.

— Sua equipe conseguiu identificar a fonte?

— A explicação mais plausível — disse Rousseau — é que tenha vindo da Rússia ou de outra das antigas repúblicas soviéticas. Os soviéticos usavam o césio indiscriminadamente e deixaram tubos desse negócio espalhados por todo o interior. Também é possível que tenha vindo da Líbia. Os rebeldes e as milícias tomaram as instalações nucleares do país quando o regime caiu. A Agência Internacional de Energia Atômica estava preocupada com a instalação de pesquisas em Tajoura. Talvez você tenha ouvido falar.

Payne indicou que sim.

— Quando seu governo planeja fazer um comunicado?

— Sobre o quê?

— O césio! — Payne se irritou.

— Não está.

Payne parecia incrédulo. Quem explicou foi Gabriel.

— Um anúncio alarmaria o público sem necessidade. Pior: alertaria Saladin e sua rede que o material radiológico deles foi descoberto.

— E se outro carregamento de césio conseguir passar? O que acontece se uma bomba explodir no meio de Paris? Ou de Londres? Ou de Manhattan, aliás.

— Ir a público não vai tornar isso mais nem menos provável. Ficar em silêncio, porém, tem suas vantagens. — Gabriel colocou uma mão no ombro de Graham Seymour. — Você já teve oportunidade de ler o arquivo *dele*, diretor Payne? O pai de Graham trabalhou para a inteligência britânica durante a Segunda Guerra Mundial. No Double Cross Committee. Eles não contavam para os alemães quando prendiam seus espiões na Inglaterra. Mantinham-nos vivos nas mentes dos controladores alemães, e os usavam para mandar informações enganosas para Hitler e seus generais. Os alemães nunca tentaram substituir esses espiões capturados, porque acreditavam que eles ainda trabalhavam.

— Então, se Saladin achar que o material chegou, não vai tentar mandar mais... É isso que você está dizendo? — Gabriel ficou em silêncio. — Nada mau — continuou Payne, sorrindo.

— Não é nossa primeira vez no rodeio.

— Vocês tinham rodeios no Vale de Jezreel?

— Não — disse Gabriel. — Não tínhamos.

Depois disso, havia uma última questão a resolver. Não era algo que pudesse ser feito numa sala cheia de espiões. Era uma questão bilateral, que precisava ser resolvida no nível mais alto, de chefe para chefe. Uma sala lateral silenciosa não seria suficiente. Só o jardim murado, com sua fonte em ruínas e caminhos cheios de erva, dava a privacidade necessária.

Apesar de ser meados do verão, o clima estava frio e cinza e as cercas-vivas crescidas demais pingavam as gotas da chuva recente. Gabriel e Morris caminharam lado a lado, lenta e pensativamente, separados no máximo por um centímetro. Vistos das janelas chumbadas da velha mansão, eram um par incomum — o americano grande e musculoso de Dakota, o israelense diminuto do antigo Vale de Jezreel. Morris Payne, sem casaco, gesticulava bastante enquanto argumentava. Gabriel, ouvindo, massageava a própria lombar e, quando apropriado, balançava a cabeça em concordância.

Com cinco minutos de conversa, eles pararam e se fitaram, como se num confronto. Morris Payne colocou o indicador grosso no peito de Gabriel, sinal nada encorajador, mas Gabriel só sorriu e devolveu o favor. Levantou a mão esquerda acima da cabeça e a moveu em círculos, enquanto a direita planava com a palma para baixo ao lado de seu quadril. Então, Morris Payne assentiu. Quem assistia do lado de dentro compreendeu a importância do momento. Um acordo operacional tinha sido fechado. Os norte-americanos cuidariam dos céus e do espaço cibernético, os israelenses comandariam o show em campo e, se tivessem a oportunidade, apagariam Saladin silenciosamente.

Assim, eles se viraram e caminharam de volta para a casa. Estava claro para os que assistiam do lado de dentro que Gabriel dizia algo que desagradava muito Morris Payne. Houve outra pausa e mais dedos apontados para peitos. Então, Payne virou o rosto grande de Ilha de Páscoa para o céu cinza e soltou o ar, concordando. Ao passar pela sala de reunião, ele pegou o casaco do espaldar da cadeira e foi para o lado de fora, seguido pela equipe executiva de cara fechada e, alguns passos atrás, por Adrian Carter e Kyle Taylor. Gabriel e Graham Seymour acenaram para eles do portão, como se dessem adeus a companhias indesejadas.

— Você conseguiu tudo o que queria? — perguntou Seymour por entre um sorriso congelado.

— Veremos em um minuto.

Os norte-americanos em linha começavam a se dividir em células menores, cada uma indo para sua SUV. Morris Payne parou de repente e pediu para Adrian Carter se juntar a ele. Carter se destacou do resto dos operadores e, sob o olhar de inveja de Kyle Taylor, entrou no carro do diretor.

— Como conseguiu isso? — perguntou Seymour enquanto o comboio começava a rugir.

— Pedi com jeitinho.

— Quanto tempo você acha que ele vai sobreviver?

— Isso — disse Gabriel — depende totalmente de Saladin.

44

BOULEVARD REI SAUL, TEL AVIV

Na manhã seguinte, todo o Boulevard Rei Saul se preparava para a batalha. Até Uzi Navot, que apagava outros incêndios operacionais durante as muitas ausências prolongadas de Gabriel, fora convocado para o intenso planejamento. Estavam, como os norte-americanos diziam, todos a bordo. O Escritório tinha lutado e conquistado o direito de reter o controle da operação. Com essa vitória, vinha a enorme responsabilidade de acertar. Desde o ataque dos Estados Unidos ao complexo de Osama bin Laden em Abbottabad, não havia uma operação de alvo de assassinato dessa magnitude. Saladin controlava as alavancas de uma rede de terror global que tinha se provado capaz de atacar praticamente à vontade — uma rede que conseguira obter o material radiológico para uma bomba suja e contrabandeá-lo até as portas da Europa Ocidental. Os riscos, eles se lembravam a todo momento, não podiam ser maiores. A segurança do mundo civilizado estava na corda bamba. A carreira de Gabriel também. O sucesso só poliria sua reputação, mas um fracasso eliminaria tudo o que viera antes e adicionaria o nome dele à lista de chefes execrados que tentaram ir longe demais e tropeçado.

Se Gabriel estava preocupado com o potencial dano ao legado pessoal, não demonstrava. Nem para Uzi Navot, que já tinha feito um buraco no pedaço de carpete que ia da sua porta ao escritório que fora dele. Havia um boato de que ele tentara convencer Gabriel a desistir, que tinha aconselhado o antigo rival a presentear os norte-americanos com Jean-Luc Martel e Saladin e voltar suas atenções a questões próximas à terra natal, como os iranianos. Os riscos da operação eram grandes demais, preocupava-se Navot, e as recompensas, muito pequenas. Pelo menos, essa era a versão da conversa que corria pelos corredores e salas criptografadas do Boulevard Rei Saul. Gabriel, segundo a mesma versão, tinha segurado firme a operação.

— E por que não seguraria? — perguntou um sábio do Departamento de Viagens.

Saladin levara a melhor sobre Gabriel naquela noite terrível em Washington. Tinha também, claro, Hannah Weinberg, amiga e por vezes cúmplice de Gabriel, que Saladin assassinara em Paris. Não, disse o sábio, Gabriel não ia deixá-lo para os amigos em Washington. Ia derrubá-lo. Inclusive, se tivesse a chance, provavelmente, faria isso com as próprias mãos. Já não era mais uma questão profissional. Era estritamente pessoal.

Interesse pessoal numa operação, muitas vezes, era perigoso. Ninguém reconhecia isso mais do que Gabriel; a carreira dele falava por si. Ele, portanto, confiava fortemente em Uzi Navot e nos outros membros de sua equipe para analisarem cada detalhe. Em termos de organização, era Yaakov Rossman, chefe de Operações Especiais, o responsável por planejar e executar a missão. Com Gabriel olhando por cima de seu ombro, ele colocou as peças no lugar. O Marrocos não era o Líbano nem a Síria, mas ainda era território hostil. Vinte vezes maior do que Israel, era um país vasto, com um terreno variado de planícies agrícolas, montanhas escarpadas, desertos de areia saarianos e grandes cidades, como Casablanca, Rabat, Tânger, Fez e Marrakesh. Encontrar Saladin, mesmo com a ajuda de Jean-Luc Martel, seria uma empreitada difícil. Matá-lo sem vítimas colaterais — e depois sair do país com segurança — seria um dos testes mais duros enfrentados pelo Escritório.

O litoral os ajudaria, como em Tunis em abril de 1988. Naquela noite, Gabriel e uma equipe de 26 soldados de elite do Sayeret Matkal chegaram à costa em botes de borracha, não muito longe da vila de Abu Jihad, e, depois de completar a missão, partido da mesma forma. Durante as semanas anteriores ao ataque, ensaiaram o desembarque inúmeras vezes numa praia israelense. Chegaram até a construir uma maquete da vila de Abu Jihad à beira-mar no meio do Negev. Assim, Gabriel poderia ensaiar o caminho da porta da frente até o escritório no andar de cima, onde o vice-comandante da OLP costumava passar as noites. Uma preparação tão meticulosa, porém, não seria possível na operação contra Saladin, pois eles não tinham ideia de onde ele se escondia dentro do Marrocos. Verdade seja dita, não tinham nem certeza de que ele estava de fato lá. O que sabiam era que um homem parecido com ele tinha estado no Marrocos após o ataque a Washington. Em resumo, tinham muito menos que os norte-americanos antes da invasão a Abbottabad. E muito mais a perder.

Eles precisavam se preparar para qualquer eventualidade, ou pelo menos tantas quanto fosse razoavelmente possível. Seria necessária uma equipe grande, maior que em operações passadas, e cada membro necessitaria de um passaporte. A divisão de Identidade do Escritório, que mantinha as informações dos agentes, acabou com o estoque existente, exigindo que Gabriel pedisse a seus parceiros — os franceses, os britânicos e os norte-americanos — que colaborassem também. Todos se negaram. Mas, com a pressão incansável de Gabriel, acabaram cedendo. Os norte-americanos até concordaram em reativar um velho passaporte dos Estados Unidos com o nome Jonathan Albright e uma fotografia que parecia vagamente com a de Gabriel.

— Você está pensando em ir? — perguntou Adrian Carter em uma ligação segura de vídeo.

— No verão? Ah, não — respondeu Gabriel. — Eu nem sonharia. É quente demais no Marrocos nessa época do ano.

Carros e motos seriam alugados. Passagens aéreas com datas em aberto, compradas. Acomodações, reservadas. A maioria da equipe se hospedaria em hotéis, debaixo do nariz do serviço de segurança interna marroquino: a Direction de la Surveillance du Territoire, ou DST. Para o posto de comando de campo, Gabriel precisava de um esconderijo de verdade. Foi Ari Shamron, de sua casa-fortaleza em Tiberíades, que ofereceu a solução. Um amigo — empresário judeu marroquino bem de vida que tinha fugido do país em 1967, após o cataclismo da Guerra dos Seis Dias — era dono de uma grande vila na antiga seção colonial de Casablanca. No momento, a propriedade estava desocupada, exceto por um par de guardiões que viviam numa casa de hóspedes. Shamron recomendou uma venda direta em vez de um aluguel de curto prazo, e Gabriel concordou. Por sorte, dinheiro não era problema; apesar da gastança de ultimamente, Dmitri Antonov ainda estava cheio dele. Ele preencheu um cheque com o valor total da compra e mandou um advogado francês — na verdade, oficial do Grupo Alfa — até Casablanca para coletar a escritura. No fim do dia, o Escritório tinha tomado posse de uma base operacional no coração da cidade. Só precisava, agora, de Saladin.

A rede dele estava silenciosa durante aqueles dias longos de planejamento — não houve ataques, nem diretos, nem de lobos solitários —, mas os muitos canais das mídias sociais do Estado Islâmico pegavam fogo com conversas em relação a algo grande a caminho.

Algo que eclipsaria os atentados a Washington e a Londres. Isso só aumentava a pressão dentro do Boulevard Rei Saul, em Langley e em Vauxhall Cross. Saladin precisava ser tirado de circulação o mais rápido possível.

Será que a morte dele daria fim ao derramamento de sangue? Será que a rede morreria com ele?

— Improvável — disse Dina Sarid.

Na verdade, o maior medo dela era que Saladin tivesse uma saída para a própria morte — um gatilho que automaticamente dispararia uma série de ataques. Além disso, o EI já tinha demonstrado uma capacidade de adaptação impressionante. Se o califado físico no Iraque e na Síria fosse perdido, explicou Dina, um califado virtual o substituiria. Um "cibercalifado", como ela chamava. Um local onde as velhas regras não se aplicariam. Mártires à espera seriam radicalizados em cantos escuros da *dark web* e depois guiados por mentes criminosas que nunca conheceram. Era esse o admirável mundo novo que a internet, as mídias sociais e as mensagens criptografadas haviam criado.

Uma preocupação mais imediata, porém, eram os trezentos gramas de cloreto de césio guardados num laboratório governamental nos arredores de Paris. Até onde Saladin sabia, a substância ainda estava a bordo de um navio de carga confiscado no porto de Toulon. Teria ele confiado todo o seu estoque a um único carregamento clandestino? Estaria uma porção já nas mãos de uma célula de ataque? Qual seria a possibilidade de uma bomba explodir numa cidade europeia contendo um núcleo radioativo? Com os dias passando sem contato do fornecedor marroquino de Jean-Luc Martel, Paul Rousseau e seu ministro se perguntaram se era hora de avisar os colegas europeus sobre a ameaça. Gabriel, com a ajuda de Graham Seymour e dos norte-americanos, convenceu-os a ficar em silêncio. Um alerta, mesmo que camuflado em linguagem rotineira, arriscava a operação. Inevitavelmente, haveria um vazamento. E, se ocorresse, Saladin concluiria haver uma ligação entre a captura das drogas e a do pó radioativo escondido dentro de um carretel de fio isolado.

— Talvez ele já tenha chegado a essa conclusão — comentou Rousseau, desanimado. — Talvez ele tenha nos derrotado de novo.

Em segredo, Gabriel temia a mesma coisa. Os norte-americanos também. Durante uma videoconferência segura e acirrada na segunda sexta-feira de agosto, eles renovaram a exigência de que Gabriel entregasse Jean-Luc Martel e, portanto, a operação, ao controle de Langley. O israelense se recusou e, quando pressionado, tomou o único caminho possível. Desejou um bom fim de semana a eles. Ligou para Chiara e informou que iam a Tiberíades para o jantar de Shabbat.

45

TIBERÍADES, ISRAEL

Tiberíades, uma das quatro cidades sagradas do Judaísmo, fica na costa oeste do corpo d'água que a maior parte do mundo chama de mar da Galileia e os israelenses, de lago Kinneret. Logo depois dele está o pequeno *moshav* de Kfar Hittim, localizado onde o verdadeiro Saladin, numa tarde de verão ardente em 1187, derrotara os sedentos exércitos de guerreiros da Cruzada numa batalha que colocaria Jerusalém de volta nas mãos muçulmanas. Ele não teve qualquer piedade com os inimigos derrotados. Na própria tenda, cortara o braço de Raynald de Châtillon após o francês se recusar a se converter ao Islã. O resto dos cruzados sobreviventes seriam condenados à execução por decapitação, punição prescrita para infiéis.

Cerca de um quilômetro ao norte de Kfar Hittim ficava uma escarpa rochosa com vista tanto para o lago quanto para a planície escaldante onde a antiga batalha ocorrera. Era ali, dentre todos os lugares, que Ari Shamron escolhera construir seu lar. Ele alegava que, quando o vento batia do jeito certo, conseguia ouvir as espadas se chocando e os moribundos gritando. Isso o lembrava, ou assim ele dizia, da natureza transitória do poder político e militar nesse canto turbulento do Mediterrâneo Oriental. Cananeus, hititas, amalequitas, moabitas, gregos, romanos, persas, árabes, turcos, britânicos: todos tinham ido e vindo. Contra probabilidades assoladoras, os judeus conseguiram um dos mais incríveis segundos atos da história. Dois milênios após a queda do Segundo Templo, tinham voltado para ficar. Se a história fosse um jogo de futebol, eles já estavam nos acréscimos do juiz.

Poucas pessoas podem alegar ter auxiliado na construção de um país e, menos ainda, de um serviço de inteligência. Ari Shamron, porém, tinha conseguido fazer as duas coisas. Nascido no leste da Polônia, imigrara para a Palestina, então sob governo britânico, em 1937, com o desastre pairando sobre os judeus da Europa. Lutara na guerra que levara à criação do Estado de Israel em 1948. Na esteira do conflito, com o mundo árabe jurando estrangular o novo Estado judeu ainda na infância, ele se unira a uma pequena organização à qual fontes internas se referiam apenas como "o Escritório". Nas primeiras missões, identificara e assassinara vários cientistas nazistas que ajudavam Gamal Abdel Nasser, do Egito, a construir uma bomba atômica. Contudo, a conquista que coroara a carreira dele como agente de campo viera não do Oriente Médio, mas de uma esquina de San Fernando, subúrbio industrial de Buenos Aires. Lá, numa noite chuvosa de maio de 1960, ele arrastara Adolf Eichmann, encarregado da Solução Final, para o banco de trás de um carro estacionado, primeira parada de uma jornada que, para Eichmann, acabaria numa forca israelense.

Para Shamron, porém, era só o começo. Em poucos anos, o serviço de inteligência ao qual ele se juntara na criação seria administrado por ele, e a proteção do país estaria em suas mãos. De sua cova dentro do Boulevard Rei Saul, com seus armários de arquivo cinza-metal e o fedor permanente de tabaco turco, ele penetrava as cortes de reis, roubava os segredos de tiranos e matava incontáveis inimigos. O mandato como chefe durou mais do que o de qualquer de seus predecessores. No fim dos anos 1990, após uma série de operações fracassadas, ele foi alegremente retirado da aposentadoria para corrigir o rumo do navio e devolver a antiga glória do Escritório. Ele encontrou um cúmplice num agente de campo de luto que se trancara em um pequeno chalé à beira da Helford Passage, em Cornwall. Agora, finalmente, este agente de campo era chefe. O peso de proteger as duas criações de Shamron, um país e um serviço de inteligência, estava sobre as costas desse homem.

Shamron fora escolhido para a missão Eichmann por causa de suas mãos, incomumente grandes e poderosas para um homem tão pequeno. Elas estavam juntas em cima de sua bengala de madeira de oliveira quando Gabriel entrou na casa com uma criança em cada braço. Ele as confiou a Shamron e voltou para sua SUV blindada para coletar três bandejas de comida que Chiara tinha passado a tarde preparando. Gilah, esposa resignada de Shamron, acendeu as velas do Shabbat no pôr do sol enquanto Shamron, na inflexão iídiche de sua juventude polonesa, recitou as bênçãos do pão e do vinho. Por um breve momento, Gabriel fingiu que não havia operação e Saladin, só sua família e sua fé.

Não durou muito. Ainda durante a refeição, enquanto os outros fofocavam sobre política e lamentavam a *matsav*, a situação, a atenção de Gabriel se desviava de vez em quando para o celular. Shamron, do seu lugar à cabeceira da mesa, olhava e sorria. Ele não ofereceu palavras de simpatia para o óbvio desconforto de Gabriel. Para Shamron, operações eram como oxigênio. Até uma operação ruim era melhor que operação alguma.

Quando a refeição acabou, Gabriel seguiu Shamron para o cômodo no andar de baixo que servia tanto como escritório quanto como oficina. As entranhas de um rádio antigo estavam espalhadas pela mesa de trabalho como os escombros de um bombardeio. Shamron se sentou e, com um estalo de seu velho isqueiro Zippo, acendeu um dos horrendos cigarros turcos. Gabriel abanou a fumaça e examinou as lembranças dispostas organizadamente nas prateleiras. O olhar parou numa fotografia emoldurada de Shamron e Golda Meir, tirada no dia em que ela o ordenou "mandar os garotos" para vingar os onze técnicos e atletas israelenses assassinados nos Jogos Olímpicos de Munique. Ao lado da fotografia, havia um estojo de vidro, do tamanho de um caixa de charutos. Dentro, apoiadas sobre um fundo de tecido preto, havia onze cartuchos vazios calibre .22.

— Estava guardando para você — disse Shamron.

— Eu não quero.

— Por que não?

— São macabras.

— Foi você que descobriu como enfiar onze balas dentro de um pente de dez, não eu.

— Talvez eu tenha medo de, um dia, alguém ter uma caixa como essa na prateleira com o meu nome.

— Alguém já tem, meu filho. — Shamron ligou a lupa de mesa com luz que usava para trabalhar.

— Você está demonstrando um controle admirável.

— Como assim?

— Ainda não me perguntou nenhuma vez sobre a operação.

— Por que eu faria isso?

— Porque é patologicamente incapaz de cuidar da própria vida.

— É por isso que sou espião. — Ele ajustou a lupa e examinou um pedaço de circuito desgastado.

— Que tipo de rádio é?

— Um modelo RCA Art Deco com uma cobertura de polímero Catalin marmorizado. Padrão, de ondas curtas. Foi fabricado em 1946. Imagine — disse Shamron, apontando para o selo de papel original na base — que, em algum lugar dos Estados Unidos nesse ano, alguém montava este rádio enquanto gente como sua mãe e seu pai tentavam montar as próprias vidas.

— É um rádio, Ari. Não tem nada a ver com a Shoá.

— Eu só estava fazendo um comentário. — Shamron sorriu. — Você parece tenso. Tem alguma coisa incomodando você?

— Não, de jeito nenhum.

Eles ficaram em silêncio enquanto Shamron mexia nas peças. Consertar rádios antigos era o único hobby dele, fora se meter na vida de Gabriel.

— Uzi me disse que você está pensando em ir para o Marrocos — falou ele, enfim.

— E por que ele diria uma coisa dessas?

— Porque não conseguia convencer você a desistir, e achou que eu conseguiria.

— Ainda não tomei uma decisão final.

— Mas pediu para os americanos renovarem seu passaporte.

— Reativarem — corrigiu Gabriel.

— Renovar, reativar, que diferença faz? Você nunca devia ter aceitado isso para começo de conversa. O documento devia estar num pequeno caixão de vidro igual àqueles cartuchos.

— Já se mostrou útil em várias ocasiões.

— Azul e branco — falou Shamron. — Fazemos nossas coisas sozinhos e não ajudamos os outros com problemas que eles próprios criaram.

— Talvez antigamente — respondeu Gabriel —, mas não podemos mais operar assim. Precisamos de parceiros.

— Parceiros nos decepcionam. Aquele passaporte não vai proteger você se algo der errado no Marrocos.

Gabriel pegou o pequeno estojo com os cartuchos .22 utilizados.

— Se minha memória não falha, e tenho certeza que não é o caso, você estava no banco de trás de um carro na Piazza Annibaliano enquanto eu estava dentro daquele apartamento lidando com Zwaiter.

— Eu era chefe de Operações Especiais na época. Eu devia estar no campo. Uma analogia mais apropriada — continuou Shamron — seria Abu Jihad. Na época, eu era chefe, e fiquei dentro do navio da Marinha enquanto você e o resto da equipe desembarcavam.

— Com o ministro da Defesa, se me lembro bem.

— Era uma operação importante. Quase tão importante — continuou Shamron em voz baixa — quanto a que você está prestes a executar. É hora de Saladin sair do palco, sem bis nem aplausos. Só tenha certeza de não dar a ele o que ele quer de verdade.

— O que seria isso?

— Você.

Gabriel devolveu o estojo ao lugar na prateleira.

— Você me permite uma ou duas perguntas? — perguntou Shamron.

— Se vai deixá-lo feliz.

— Saídas de emergência?

Gabriel explicou que haveria duas. Uma era uma corveta israelense. A outra era o *Neptune*, embarcação de carga registrada na Libéria que, na verdade, era um radar flutuante e estação de escuta operado pelo Aman, o serviço de inteligência militar de Israel. O *Neptune* estaria em Agadir, na costa atlântica do Marrocos.

— E a corveta? — perguntou Shamron.

— Em um pequeno porto mediterrâneo chamado El Jebha.

— Suponho que seja ali que a equipe do Sayeret vai desembarcar.

— Se eu pedir. Afinal, tenho um ex-oficial do Sayeret e um veterano do Serviço Aéreo Especial Britânico à minha disposição.

— Os dois vão estar bem ocupados com esse tal Jean-Luc Martel. — Shamron balançou a cabeça lentamente. — Às vezes, a pior coisa em um recrutamento de sucesso é que você fica preso com o ativo. Independentemente de qualquer coisa, não confie nele.

— Eu nem sonharia com isso.

O cigarro de Shamron tinha se apagado. Ele acendeu outro e voltou a trabalhar no rádio enquanto Gabriel fitava a fotografia na estante, tentando aproximar a imagem em preto e branco de um espião no auge com a figura idosa diante dele. Tinha acontecido tão rápido... Logo, pensou, aconteceria com ele. Nem Raphael e Irene podiam protelar o inevitável.

— Você não vai atender? — perguntou Shamron, de repente.

— Atender o quê?

— O telefone. Está me distraindo.

Gabriel olhou para baixo. Estava tão perdido em pensamentos que não tinha notado a mensagem vinda do esconderijo em Ramatuelle.

— E então? — quis saber Shamron.

— Parece que Mohammad Bakkar quer dar uma palavrinha com Jean-Luc Martel sobre as drogas que sumiram. Gostaria de saber se ele poderia ir ao Marrocos no início da semana que vem.

— Ele vai estar livre?

— Martel? Acho que conseguimos achar um espaço na agenda dele.

Sorrindo, Shamron plugou o rádio na extensão em sua mesa de trabalho e o ligou. Um momento depois, após ajustar o dial, ele encontrou uma música.

— Não reconheço — comentou Gabriel.

— Você não reconheceria mesmo, é jovem demais. É Artie Shaw. A primeira vez que eu ouvi isso... — Ele deixou o pensamento incompleto.

— Como se chama? — perguntou Gabriel.

— "You're a Lucky Guy".

Naquele momento, o rádio desligou e a música silenciou. Shamron franziu o cenho.

— Ou talvez não seja tão sortudo.

46

CASABLANCA, MARROCOS

A via que ligava o aeroporto internacional de Casablanca Mohammed V ao centro da maior cidade e *hub* financeiro do Marrocos tinha quatro pistas de asfalto liso preto-carvão, pelas quais Dina Sarid, motorista inconsequente por natureza e nacionalidade, dirigia com extremo cuidado.

— Com o que você está tão preocupada? — perguntou Gabriel.

— Com você — respondeu ela.

— O que eu fiz agora?

— Nada. É que nunca levei um chefe no carro antes.

— Bom — disse ele, olhando pela janela —, há uma primeira vez para tudo.

A mala de mão de Gabriel estava no banco de trás, a pasta de couro, equilibrada nos joelhos. Nela, havia o passaporte norte-americano que lhe permitira passar sem ser incomodado pelo controle de fronteira e alfândega marroquino. As coisas podiam ter mudado em Washington, mas, em boa parte do mundo, ainda era bom ser norte-americano. De repente, o trânsito parou.

— Um ponto de verificação — explicou Dina. — Estão por todos os lados.

— O que acha que procuram?

— Talvez o chefe da inteligência israelense.

Uma fila de cones laranjas guiava o trânsito para o acostamento, onde um par de guardas inspecionava veículos e seus ocupantes, observados por um valentão da Direction de la Surveillance du Territoire, a DST, à paisana e de óculos escuros. Ao abaixar a janela, Dina falou em alemão com Gabriel — era o idioma do disfarce e do passaporte falso dela. Os guardas entediados acenaram para que ela seguisse em frente, como se espantassem moscas. Os pensamentos do homem da DST estavam claramente longe.

Dina levantou a janela para se proteger do calor pesado e inclemente, ligando o ar-condicionado no máximo em seguida. Eles passaram por uma grande instalação militar. Depois, voltaram a passar por terrenos agrícolas, pequenos lotes de terra escura e fértil, cuidada, principalmente, pelos habitantes das aldeias ao redor. As fileiras de eucaliptos lembravam Gabriel de casa.

Enfim, chegaram à periferia irregular de Casablanca, segunda maior cidade do norte da África, superada apenas pela megalópole do Cairo. As terras agrícolas não recuaram totalmente — às vezes, elas apareciam entre os elegantes prédios novos residenciais, os barracos de metal encrespado e blocos de concreto das favelas que eram lar de centenas de milhares dos habitantes mais pobres de Casablanca.

— Eles chamam de bidonvilles — contou Dina, apontando para uma das comunidades. — Acho que soa melhor do que favela. As pessoas lá não têm nada. Nem água encanada, quase nada para comer. De vez em quando, o governo tenta destruí-los com escavadeiras, mas as pessoas voltam e reconstroem tudo. Que escolha elas têm?

Eles passaram por um lote de grama fina marrom onde dois garotos descalços cuidavam de um rebanho de bodes magros.

— O que eles *têm* aqui nos bidonvilles é o Islã — continuava Dina. — Graças aos pregadores wahhabistas e salafistas, ele está ficando cada vez mais radical. Você se lembra dos atentados de 2003? Todos aqueles meninos que se explodiram vieram dos didonvilles de Sidi Moumen.

Gabriel se lembrava dos atentados, é claro, mas, na maior parte do Ocidente, eles foram praticamente esquecidos: 14 bombardeios contra alvos majoritariamente ocidentais e judeus, 45 mortos, mais de cem feridos. Eram trabalho de uma afiliada da al-Qaeda conhecida como Salafia Jihadia, que, por sua vez, tinha ligações com o Grupo Combatente Islâmico Marroquino. Apesar de toda a beleza natural e do turismo ocidental, o Marrocos ainda era um foco de islamismo radical, um lugar no qual o EI estabelecera raízes profundas e várias células. Mais de 1.300 marroquinos viajaram ao califado para lutar pelo Estado Islâmico — junto com várias centenas de marroquinos étnicos da França, Bélgica e Holanda —, e cidadãos do país tiveram papel importante na campanha de terror recente na Europa Ocidental. Havia ainda Mohammed Bouyeri, o holandês marroquino responsável por alvejar e esfaquear o cineasta e escritor Theo van Gogh numa rua em Amsterdã. O assassinato não fora um ato espontâneo de um homem perturbado. Bouyeri era membro de uma célula de muçulmanos radicais do norte da África baseada em Haia e conhecida como Hofstad Network. Em boa parte, os serviços de segurança do Marrocos conseguiram desviar o extremismo do país para o exterior. Mas ainda havia muitos focos no país. O Ministério do Interior do Marrocos se vangloriava de ter desmontado mais de trezentas tramas terroristas, incluindo uma que envolvia gás de mostarda. Algumas coisas, pensou Gabriel, era melhor não dizer.

Após contornarem uma montanha, o azul pálido do Atlântico se abriu diante deles. O Morocco Mall, com cinema IMAX futurista e lojas ocidentais, ocupava um pedaço de terra recém-construído ao longo da costa. Dina seguiu a estrada na direção do centro, passando por bares de praia, restaurantes e mansões reluzentes e brancas de frente para o mar. Uma tinha o tamanho de um prédio comercial.

— É de um príncipe saudita. Ali — falou Dina — fica o Four Seasons.

Ela diminuiu a velocidade para Gabriel poder dar uma olhada. No portão de entrada, dois seguranças de ternos escuros vasculhavam o chassi de um carro que chegava, em busca de explosivos. Só passando pela inspeção que o veículo teria permissão de continuar pelo caminho de carros até o pátio de carros coberto do hotel.

— Tem um detector de metais logo atrás da porta — explicou Dina. — Para todas as malas e todos os hóspedes, sem exceção. Vamos ter que trazer as armas pela praia. Não vai ser problema.

— Será que os meninos da Salafia Jihadia também sabem disso?

— Espero que não — respondeu Dina, com um raro sorriso.

Eles continuaram pela mesma estrada, passando pela mesquita enorme Hassan II, pela muralha externa da antiga medina e pelo porto extenso. Finalmente, entraram no antigo centro colonial francês de Casablanca, com boulevares amplos e sinuosos e sua mescla única de arquitetura moura, art nouveau e art déco. Fora um lugar onde moradores cosmopolitas de Casablanca passeavam por elegantes colunatas vestidos com as últimas tendências de Paris e jantavam em alguns dos melhores restaurantes do mundo. Agora, era um monumento à decadência e ao perigo. A fuligem cobria as fachadas de flores de estuque; a ferrugem corroía as balaustradas de ferro forjado. O público chique se limitava aos bairros da moda, Gauthier e Maarif, deixando a antiga Casablanca para os que usavam robes e véus, e para os ambulantes que vendiam frutas estragadas e fitas cassete baratas de sermões e versos do Alcorão.

O único sinal de progresso era o bonde novo resplandecente que serpenteava pelo boulevard Mohammed V e passava por lojas fechadas com tábuas e pelas arcadas onde os sem-teto dormiam em camas de papelão. Dina seguiu um bonde por vários blocos, depois virou numa rua estreita e estacionou. De um lado, um prédio residencial de oito andares parecia prestes a ruir com o peso de antenas de satélite brotando feito cogumelos das varandas. Do outro, havia um muro decrépito coberto por trepadeiras com uma porta de cedro que outrora fora adornada. Um cão feroz a guardava, bufando.

— Por que paramos? — perguntou Gabriel.
— Chegamos.
— Onde?
— No posto de comando.
— Você está brincando.
— Não.

Gabriel olhou desconfiado para o cachorro.

— E ele?
— É inofensivo. Você devia se preocupar é com os ratos.

Naquele momento, um deles passou correndo pela calçada. Era do tamanho de um gambá. O cachorro se encolheu de medo. Gabriel também.

— Talvez a gente devesse voltar para o Four Seasons.
— Não é seguro.
— Esse lugar também não.
— Não é tão ruim depois que você se acostuma.
— Como é por dentro?

Dina desligou o motor.

— Assombrado. Mas, fora isso, bem legal.

Eles desviaram do cachorro ofegante e, ao atravessar o portão de cedro, entraram em um paraíso escondido. Havia uma piscina azul-turquesa, uma quadra de tênis de saibro e um jardim aparentemente infinito de buganvílias, hibiscos, bananeiras e tamareiras. A mansão era construída segundo a tradição marroquina, com pátios interiores azulejados onde o murmúrio incessante de Casablanca caía em silêncio. Os cômodos labirínticos pareciam congelados no tempo. Podia ser 1967, ano em que o proprietário jogou alguns pertences numa mala e fugiu para Israel. Ou talvez, pensou Gabriel, fosse de uma era mais requintada. Uma era em que todos no bairro falavam francês e se preocupavam com quanto tempo levaria para os alemães estarem desfilando pela Champs-Élysées.

Os caseiros se chamavam Tarek e Hamid. Tinham assumido o cargo dos funcionários anteriores, velhos demais para dar conta do lugar. Evitavam o interior da mansão, mantendo-se nos jardins e no pequeno chalé de hóspedes. As esposas, os filhos e os netos deles moravam num bidonville próximo.

— Somos os novos proprietários — avisou Gabriel. — Por que não podemos demiti-los?

— Má ideia — aconselhou Yaakov Rossman. Antes de se transferir para o Escritório, Yaakov tinha trabalhado para o Shabak, serviço de segurança interna de Israel, responsável por agentes na Cisjordânia e na Faixa de Gaza. Ele falava árabe fluentemente e era especialista nas culturas árabe e islâmica. — Dispensar os dois pode causar uma revolta. Seria ruim para nossos disfarces.

— Podemos dar a eles uma rescisão generosa.

— Pior ainda. Todos os parentes que eles têm no país vão fazer fila na porta atrás de dinheiro. — Yaakov balançou a cabeça em reprovação. — Você não entende muito essas pessoas, né?

— Então, manteremos os caseiros — disse Gabriel. — Mas que bobagem é essa da casa ser assombrada?

Eles estavam parados no silêncio frio do pátio interno principal. Yaakov olhou nervoso para Dina, que, por sua vez, olhou para Eli Lavon. Foi Lavon, amigo mais antigo de Gabriel, que respondeu:

— O nome dela é Aisha.

— A esposa de Maomé?

— Não essa Aisha. Outra Aisha.

— Que outra?

— A Aisha é um *jinn*.

— Um o quê?

— Um demônio.

Gabriel buscou em Yaakov uma explicação melhor.

— Os muçulmanos acreditam que Alá fez o homem da argila. Os *jinns*, ele fez do fogo.

— Isso é ruim?

— Muito. De dia, os *jinns* vivem entre nós, em objetos inanimados, levando vidas muito parecidas com as nossas, mas saem de noite na forma que desejarem.

— São metamorfos — concluiu Gabriel, duvidoso.

— E maléficos — respondeu Yaakov, assentindo com seriedade. — Nada dá mais prazer a eles do que machucar humanos. A crença nos *jinns* é muito forte aqui no Marrocos. Deve ser algo que veio das crenças pré-islâmicas da religião tradicional berbere.

— Só porque os marroquinos acreditam nisso não quer dizer que seja verdade.

— Está no Alcorão — declarou Yaakov, defensivamente.

— Isso também não quer dizer que seja verdade.

Houve outra troca de olhares nervosos entre os três agentes veteranos do Escritório.

Gabriel franziu a sobrancelha.

— Vocês não acreditam nessa baboseira, né?

— Ouvimos um monte de barulhos estranhos ontem à noite — contou Dina.

— Ela deve estar infestada de ratos.

— Ou de *jinns* — disse Yaakov. — Os *jinns* às vezes vêm em forma de ratos.

— Achei que só tínhamos um *jinn*.
— Aisha é a líder. Aparentemente, há vários outros.
— Quem disse?
— Hamid. Ele é especialista.
— Ah, é? E o que Hamid sugere que a gente faça?
— Um exorcismo. A cerimônia leva alguns dias e envolve o sacrifício de um bode.
— Talvez interfira na operação — comentou Gabriel depois de considerar a ideia.
— Talvez — concordou Yaakov.
— Não existem contramedidas que a gente possa adotar sem ser um exorcismo completo?
— A única coisa que dá para fazer é tentar não irritá-la.
— A Aisha?
— Quem mais?
— O que a deixa irritada?
— Não podemos abrir as janelas, cantar ou rir. Também não temos permissão de levantar a voz.
— Só isso?
— Hamid espalhou sal, sangue e leite nas quinas de todos os cômodos.
— Ah, que alívio.
— Ele também disse para a gente não tomar banho de noite nem usar o banheiro.
— Por que não?
— Os *jinns* vivem logo abaixo da superfície da água. Se a gente perturbar...
— O quê?
— Hamid diz que vamos sofrer uma grande tragédia.
— Não parece bom. — Gabriel olhou ao redor do lindo pátio. — Esse lugar tem nome?

— Não que alguém se lembre — respondeu Dina.
— Então, do que vamos chamar?
— De Dar al-Jinns — sugeriu Lavon, sombrio.
— Pode chatear Aisha — disse Gabriel. — Outra coisa.
— Que tal de Dar al-Jawasis? — perguntou Yaakov.

Sim, era melhor, pensou Gabriel. Dar al-Jawasis. Casa de Espiões.

Eles combinaram que as esposas e filhas mais velhas de Tarek e Hamid iriam à casa para preparar uma refeição marroquina tradicional. Elas chegaram logo, duas mulheres gorduchas e quatro jovens, todas de véu, carregadas de cestas de vime lotadas de carne e vegetais dos mercados da antiga medina. Passaram a tarde preparando a comida na cozinha enorme, conversando em voz baixa em *darija* para evitar perturbar os *jinns*. Logo, a casa toda cheirava a cominho, gengibre, coentro e pimenta-caiena.

Gabriel colocou a cabeça na porta da cozinha por volta das 19 horas e viu infindáveis bandejas de saladas e entradas marroquinas, além de potes de barro imensos de cuscuz e *tagine*. Era o suficiente para alimentar uma aldeia. Assim, por insistência de Gabriel, as mulheres convidaram o resto de seus parentes do bidonville para participar do banquete. Todos comeram juntos no maior dos pátios — os marroquinos pobres e os quatro estranhos que eles supunham ser europeus —, embaixo da cobertura de estrelas branco-diamante. Para disfarçar a facilidade com o árabe, Gabriel e os outros só falaram em francês. Conversaram sobre os *jinns*, sobre as promessas quebradas da Primavera Árabe e sobre o bando de assassinos que se intitulava Estado Islâmico. Tarek disse que vários jovens de seu bidonville, incluindo o filho de um primo distante, tinham ido ao califado. A DST fazia batidas na área de vez em quando e arrastava os salafistas para o centro de interrogatórios de Temara para serem torturados.

— Eles impediram muitos atentados — contou ele —, mas um dia, em breve, vai haver outro grande igual ao de 2003. É só questão de tempo.

Com esse comentário, a refeição foi concluída. As mulheres e os parentes voltaram ao bidonville e levaram consigo todas as sobras, enquanto Tarek e Hamid foram para o jardim vigiar os *jinns*. Gabriel, Yaakov, Dina e Eli Lavon se despediram com um boa noite e foram para seus quartos. O de Gabriel tinha vista para o mar. Um dos guardiães tinha desenhado um círculo ao redor da cama com carvão, para protegê-la dos demônios. Nas quatro quinas havia gotículas de sangue e leite com sal. Exausto, Gabriel caiu instantaneamente num sono profundo, mas, antes do nascer do sol, acordou com uma vontade desesperadora de ir ao banheiro. Ficou deitado muito tempo debatendo o que fazer antes de olhar o horário no telefone. Passavam alguns minutos das 5 horas. O sol nasceria às 6h49. Ele fechou os olhos. Era melhor não abusar da sorte. Melhor deixar Aisha e os amigos dela em paz.

47

CASABLANCA, MARROCOS

Mais tarde naquela mesma manhã, Jean-Luc Martel, hoteleiro, dono de restaurante, comerciante de roupas, joalheiro, traficante internacional de narcóticos ilícitos e ativo das inteligências francesa e israelense, embarcou em seu jato particular Gulfstream, JLM Deux, no aeroporto Côte d'Azur de Nice, e voou para Casablanca. Estava acompanhado da não-exatamente-esposa, dos não-exatamente-amigos que moravam na vila suntuosa do outro lado da baía e de um espião britânico que até recentemente tinha trabalhado como assassino profissional. Nos anais da guerra global contra o terrorismo islâmico, nenhuma operação jamais tivera tal início. Era inédito, todos concordavam. Contrariando toda lógica, e sem justificativa, eles esperavam que fosse a última vez.

Martel tinha contratado duas limusines Mercedes para transportar o grupo do aeroporto até o Four Seasons. Elas passaram acelerando pelos prédios residenciais novos e exuberantes e pela miséria dos bidonvilles antes de entrar na estrada de frente para o mar e continuar em velocidade de comboio até a entrada fortemente guardada do hotel. JLM e seu grupo eram esperados. Por isso, os carros só passaram por uma inspeção superficial antes de receberam permissão para seguir ao pátio de carros, onde um pequeno batalhão de mensageiros esperava para recebê-los. Portas foram abertas às pressas e uma montanha de malas combinando foi colocada nos carrinhos que estavam à espera. As bagagens e os respectivos donos se apertaram para passar pelo ponto de estrangulamento que era o detector de metais. Todos foram admitidos sem demora, exceto por Christopher Keller, que duas vezes fez disparar o alarme. O chefe de segurança do hotel, não achando objeto algum proibido, brincou que ele devia ser feito de metal. O sorriso fechado e nada amigável de Keller não ajudou a tranquilizar as suspeitas dele.

Um silêncio de igreja pairava sobre o ar frio do lobby refrigerado, sendo alto verão no Marrocos e, portanto, baixa temporada para os hotéis à beira-mar. Seguidos pela caravana de pertences, o grupo passou pela recepção, Martel e Olivia Watson deslumbrantes de branco, Mikhail e Natalie fingindo tédio, Keller ainda se roendo pelo tratamento recebido na porta. O gerente geral do hotel entregou as chaves dos quartos — como sempre, Monsieur Martel tinha recebido o luxo de um check-in adiantado — e deu algumas palavras melosas de boas-vindas.

— Jantarão no hotel esta noite? — perguntou ele.

— Sim — respondeu Keller, rapidamente. — Mesa para cinco, por favor.

Era um hotel ao contrário: lobby no andar mais alto, andares de hóspedes abaixo. O grupo de JLM estava no quarto andar. Martel e Olivia tinham uma suíte, com Mikhail e Natalie de um lado e Keller do outro. Quando as malas foram entregues, e o mensageiro recebido a gorjeta e sido dispensado, Mikhail e Keller abriram as portas comunicantes interiores, transformando os quartos em um só.

— Assim está bem melhor — disse Keller. — Quem quer almoçar?

★ ★ ★

A mensagem chegou à Casa de Espiões pouco depois do meio-dia, enquanto Hamid e Tarek estavam parados em torno da privada do banheiro de Gabriel recitando versos do Alcorão para expulsar os *jinns*. JLM havia chegado com segurança ao Four Seasons, e não houve comunicação de Mohammad Bakkar nem de seus representantes. Todos agora almoçavam juntos no restaurante do terraço do hotel. Gabriel mandou a mensagem por canais seguros para o Centro de Operações no Boulevard Rei Saul, que, por sua vez, a encaminhou para as sedes de Langley, de Vauxhall Cross e do DGSI em Levallois-Perret, onde foi recebida com um nível de interesse muito superior a sua importância operacional.

As orações sobre o vaso sanitário terminaram pouco depois da uma da tarde, e o almoço, na meia hora seguinte. Dina e Yaakov Rossman saíram da Casa de Espiões alguns minutos depois em um dos carros alugados. Ela vestia calça de algodão soltinha e blusa branca, e levava uma bolsa pendurada no ombro, com o nome de um estilista francês exclusivo. Já ele parecia estar prestes a fazer uma batida noturna em Gaza. Às duas horas da tarde, ambos estavam deitados numa cabana particular no Tahiti Beach Club, na Corniche. Gabriel os instruiu a permanecer ali até segunda ordem, depois de aumentar o volume da transmissão do áudio dos três quartos interligados no Four Seasons.

— Alguém precisa levar a mala para o hotel — disse Eli Lavon.

— Obrigado, Eli — respondeu Gabriel. — Eu nunca teria pensado nisso sozinho.

— Eu estava tentando ajudar.

— Desculpa, eram os *jinns* falando.

Lavon sorriu.

— Em quem você pensou?

— Mikhail é o candidato mais óbvio.

— Até eu suspeitaria de Mikhail.

— Então, talvez seja trabalho para uma mulher.

— Ou duas — sugeriu Lavon. — Além disso, é hora delas declararem uma trégua, não?

— Começaram com o pé esquerdo, foi só isso.

Lavon deu de ombros.

— Podia ter acontecido com qualquer um.

Havia um segurança no portão que levava dos fundos da área isolada do hotel até a Plage Lalla Meriem, a principal praia pública de Casablanca. Vestido com um terno escuro apesar do calor do meio da tarde, ele observou as mulheres — a inglesa alta que tinha visto várias vezes antes e uma francesa de humor amargo — caminhando pela areia escura e dura em direção à água. A inglesa usava uma canga floral e brilhante amarrada em sua cintura fina e um top de material translúcido, enquanto a francesa se vestia de forma mais modesta, com um vestidinho de algodão. Instantaneamente, os atendentes da praia foram até elas. Colocaram duas espreguiçadeiras na linha do mar e montaram dois guarda-sóis para protegê-las do sol escaldante. A britânica pediu drinques e, quando eles chegaram, deu uma gorjeta boa demais para os meninos. Apesar de muitas visitas ao Marrocos, ela não tinha familiaridade com o dinheiro marroquino. Por esse motivo, e por outros, os meninos disputavam o privilégio de atendê-la.

O segurança voltou ao jogo no celular e os atendentes da praia, à sombra de sua cabana. Natalie tirou seu vestido e colocou dentro de sua bolsa de praia Louis Vuitton. Olivia desamarrou a canga e removeu o top. Então, esticou seu longo corpo na espreguiçadeira e voltou o rosto perfeito para o sol.

— Você não gosta muito de mim, né?
— Eu só estava representando um papel.
— Representou muito bem.

Natalie adotou a pose reclinada de Olivia e fechou os olhos contra o sol.

— A verdade — disse ela após um momento — é que não vale a pena não gostar de você. Você é só um meio para um fim.

— Jean-Luc?

— Ele também é um meio para um fim. Caso esteja se perguntando, eu gosto dele menos ainda do que gosto de você.

— Então, você *gosta* de mim? — comentou Olivia, brincando.

— Um pouco — admitiu Natalie.

Dois marroquinos musculosos de vinte e poucos anos caminhavam com as ondas no tornozelo, conversando em *darija*. Ouvindo, Natalie sorriu.

— Eles estão falando sobre você — contou ela.

— Como você sabe?

Natalie abriu os olhos e fitou Olivia com desinteresse.

— Você fala marroquino? — perguntou Olivia.

— Marroquino não é um idioma, Olivia. Na verdade, eles falam três línguas diferentes aqui. Francês, berbere e...

— Talvez isto seja um erro — falou Olivia, cortando-a. Natalie sorriu. — Como você fala árabe?

— Meus pais eram argelinos.

— Então, você é árabe?

— Não — respondeu Natalie. — Não sou.

— Então, Jean-Luc tinha razão, afinal. Quando fomos embora da sua vila naquela tarde, ele disse...

— Que eu pareço uma judia de Marselha.

— Como você sabe disso?

— O que acha?

— Vocês estavam ouvindo?
— Sempre.
Olivia passava bronzeador nos ombros.
— O que aqueles marroquinos diziam sobre mim?
— Seria difícil traduzir.
— Posso imaginar.
— Você já deve estar acostumada.
— Você também. Você é muito bonita.
— Para uma judia de Marselha.
— É isso que você é?
— Já fui. Não sou mais.
— Era tão ruim assim?
— Ser judia na França? Sim — disse Natalie —, era tão ruim assim.
— É por isso que virou espiã?
— Eu não sou espiã. Sou Sophie Antonov, a amiga do outro lado da baía. Meu marido tem negócios com seu namorado. Eles estão fazendo alguma coisa juntos em Casablanca sobre a qual não gostam de nos falar.
— *Parceiro* — corrigiu Olivia. — Jean-Luc não gosta de ser conhecido como meu namorado.
— Algum problema?
— Entre Jean-Luc e eu?
Natalie assentiu.
— Achei que você tinha dito que estavam ouvindo.
— Estamos. Mas você o conhece melhor do que ninguém.
— Não tenho tanta certeza disso. Mas não — afirmou Olivia —, ele não parece suspeitar que fui eu quem o traiu.
— Você não o *traiu*.
— Como você descreveria?
— Você fez a coisa certa.

— Para variar — retrucou Olivia.

Os dois marroquinos musculosos voltaram. Um deles olhou para Olivia sem discrição.

— Você vai me contar por que estamos aqui? — perguntou ela.

— Quanto menos você souber — respondeu Natalie —, melhor.

— É assim que funciona nesse meio?

— Sim.

— Eu corro perigo?

— Depende de se vai tirar mais alguma peça de roupa...

— Tenho direito de saber.

Natalie não respondeu.

— Suponho que tenha algo a ver com aqueles carregamentos de haxixe que foram apreendidos.

— Que haxixe? — quis saber Natalie.

— Deixa para lá.

— Exatamente — disse Natalie. — Qualquer coisa que eu disser só vai fazer com que seja mais difícil você interpretar seu papel.

— Que é?

— Parceira amorosa de Jean-Luc Martel que não tem ideia de como ele ganha dinheiro.

— O dinheiro vem dos hotéis e dos restaurantes.

— E da galeria de arte dele — completou Natalie.

— A galeria é minha. — Sonolenta, Olivia apontou: — Olha lá uma das suas amigas.

Natalie levantou os olhos e viu Dina caminhando lentamente na direção delas pela beira da água.

— Ela parece muito triste — comentou Olivia.

— Tem motivo para isso.

— O que aconteceu com a perna dela?

— Não é importante.

— Não é da minha conta, é isso que está dizendo?

— Só quis ser educada.

— Que animador. — Olivia levou uma mão às sobrancelhas para proteger seus olhos da luz do sol. — Engraçado, parece que ela tem a mesma bolsa que você.

— É mesmo? — Natalie sorriu. — Que coincidência.

O trabalho do segurança era monitorar todos os frequentadores da praia e evitar uma reprise do infeliz incidente de 2015 em Tunis. No episódio, um terrorista salafista puxara um fuzil AK-47 debaixo de seu guarda-sol e massacrara 38 hóspedes num hotel cinco estrelas, a maioria, cidadãos britânicos. Não que o segurança pudesse fazer muita coisa se enfrentasse um cenário similar. Ele próprio não tinha arma, só um rádio. No caso de um incidente terrorista, deveria emitir um alerta e depois tomar "todas e quaisquer" medidas disponíveis para neutralizar o agressor ou os agressores. O que significava que, muito provavelmente, ele morreria tentando proteger um monte de ocidentais seminus e bem de vida. Não era a morte que desejava. Mas não havia muitos empregos em Casablanca, especialmente para garotos dos bidonvilles. Melhor montar guarda na Plage Lalla Meriem do que vender frutas em um carrinho na antiga medina. O que ele também já tinha feito.

A tarde passava lentamente, mesmo para agosto. Portanto, a mulher que se aproximava na direção do Tahiti e na de outros clubes de praia recebeu a atenção total do segurança. Ela era pequena, tinha cabelo escuro e, ao contrário da maioria das ocidentais que iam à praia, vestia-se de forma modesta. Havia nela uma tristeza, como se tivesse ficado viúva recentemente. No ombro direito, estava pendurada uma bolsa de praia. Louis Vuitton, um modelo muito popular naquele verão. O segurança se perguntou se a mulher sabia que custava mais do que muitos marroquinos jamais ganhariam.

Naquele momento, uma das mulheres deitadas perto da beira da água, a francesa antipática, levantou o braço para cumprimentá-la. A mulher de aparência triste foi até lá e se sentou na ponta da espreguiçadeira da francesa. Os atendentes se ofereceram para trazer uma terceira, mas a mulher de aparência triste recusou; evidentemente, não ficaria muito tempo. A inglesa alta e bonita pareceu incomodada com a intrusão. Entediada, olhou apática para o mar enquanto as outras duas falavam intimamente e dividiam o cigarro que a francesa tirara de sua bolsa. Uma Louis Vuitton, na verdade, o mesmo modelo.

A mulher de aparência triste se levantou e partiu. A francesa, agora de vestido, a acompanhou por uns cem metros pela beira do mar. Por fim, as duas se abraçaram e se separaram, a mulher de aparência triste indo na direção dos clubes de praia e a francesa, na de sua espreguiçadeira. Algumas palavras foram trocadas entre ela e a inglesa alta e bonita. Após mais um tempo, a inglesa se levantou e amarrou a canga na cintura. Para o deleite do segurança, ela não se deu ao trabalho de colocar o top transparente. Ele, por sua vez, ficou tão distraído com a visão daquele corpo perfeito que não se deu ao trabalho de olhar com mais atenção dentro das bolsas um momento depois, quando elas passaram pelo portão e entraram de novo no terreno do hotel.

Juntas, as duas mulheres entraram num elevador e foram até o quarto andar, sendo convidadas a entrar nos três quartos transformados em um. A inglesa entrou na suíte que compartilhava com Monsieur Martel. Imediatamente, ele a puxou para perto e sussurrou no ouvido dela algo que a francesa não conseguiu ouvir direito. Não tinha importância; dentro da Casa de Espiões, eles escutavam. Sempre.

48
CASABLANCA, MARROCOS

Não houve contato de Mohammad Bakkar nem de seus representantes naquela noite, e na manhã seguinte também não. Do Boulevard Rei Saul a Langley, passando por França e Inglaterra, o clima ficou sombrio. Até Paul Rousseau, de sua toca nas profundezas da sede do DGSI em Levallois-Perret, começou a ter dúvidas. Ele temia que em algum lugar, de alguma forma, a operação tivesse um furo e estivesse entrando água. O culpado mais provável era o informante improvável. Aquele que ele tinha queimado e recrutado sem consentimento de seu chefe ou de seu ministro. Aquele a quem ele tinha dado imunidade total. Os jovens durões ao redor do diretor da CIA, Morris Payne, compartilhavam o pessimismo de Rousseau. Ao contrário do francês, porém, não esperariam indefinidamente pelo toque do telefone. Eram soldados de profissão, não espiões, e acreditavam em levar a batalha direto para o inimigo. Payne tinha a mesma inclinação. Ele convocou Adrian Carter a seu escritório e deixou clara sua posição. Carter, por sua vez, as transmitiu a Gabriel em uma videoconferência segura. Ele estava no Centro de Contraterrorismo da Agência. Gabriel estava no centro de operações improvisado na Casa de Espiões.

— Sem grandes gestos — disse ele.

— Tradução?

— Mohammad Bakkar é a estrela do show. E a estrela do show decide o horário e lugar da reunião.

— Até uma estrela precisa de bons conselhos às vezes.

— Não combina com a relação que eles estabeleceram. Se eu instruir Martel a iniciar o contato, Bakkar vai sentir que algo cheira mal.

— Talvez já esteja.

— Ligar para ele não vai mudar isso.

— O sétimo andar tem a opinião de que pode acabar com as coisas de um jeito ou de outro.

— É mesmo?

— E a Casa Branca...

— Desde quando a Casa Branca está envolvida?

— Desde o começo. Dizem que o presidente monitora a situação atentamente.

— Que reconfortante. Exatamente quantas pessoas em Washington sabem sobre isso, Adrian?

— É difícil dizer. — Carter franziu a sobrancelha. — O que é esse barulho?

— Não é nada.

— Parece alguém rezando.

— E é.

— Quem?

— Tarek e Hamid. Estão tentando afastar os *jinns*.

— Os o quê?

— *Jinns* — respondeu Gabriel.

— Prefiro o meu com um pouco de tônica e limão.

Gabriel perguntou a Carter sobre a situação dos dois drones que Morris Payne prometera para a operação. Um era um drone de vigilância Sentinel invisível a radares. O outro, um Predator.

Carter explicou que o primeiro foi levado para a área e podia ser posto no ar assim que Gabriel tivesse um alvo. O segundo, com seus dois mísseis Hellfire fatais, estava à espera, como reserva. A CIA não tinha autoridade para lançar um ataque no Marrocos; só o presidente podia fazer isso. Mesmo assim, afirmou Carter, teria que ser como último recurso.

— Os marroquinos — explicou ele — vão surtar.

— Quanto tempo leva para colocar o Predator em posição de ataque?

— Depende da localização do alvo. Duas horas, no mínimo.

— Duas horas é tempo demais.

— Ele não é o felino mais ágil da selva. Mas tudo isso é irrelevante — disse Carter — se Mohammad Bakkar não convocar seu garoto para uma reunião.

— Ele vai ligar — afirmou Gabriel, e desligou.

Em particular, porém, ele não tinha tanta certeza. Quando o relógio marcou meio-dia e contato algum fora feito, ele sucumbiu temporariamente ao mesmo desespero que tinha contaminado os parceiros em Paris e Washington. Ele se distraía cuidando de seus personagens — os Antonov e os amigos Jean-Luc Martel e Olivia Watson. Mandou Martel e Mikhail para as ruas de Casablanca procurar terrenos em potencial para um novo hotel que a JLM Enterprises não tinha intenção de construir. Natalie e Olivia foram despachadas para o enorme Morocco Mall, onde, armadas com cartões de crédito de Martel, saquearam várias lojas chiques. Depois, almoçaram com Christopher Keller no bairro Gauthier. Keller não detectou evidências de vigilância, nem da DST marroquina, nem de ninguém. Eli Lavon, que seguiu Martel e Mikhail durante a busca falsa por uma propriedade, voltou com um relatório idêntico.

No meio da tarde, com o humor de Gabriel piorando, houve outra crise com os *jinns*. Hamid encontrou uma janela aberta em um dos quartos — no caso, o de Dina — e temeu que vários novos demônios tivessem entrado na casa. Com Yaakov, ele levantou novamente a ideia de um exorcismo. Conhecia um homem de seu bidonville que cuidaria disso por um preço razoável, incluindo o bode para ser sacrificado. Gabriel decidiu contra os dois; confiariam no sal, sangue e leite, e esperariam pelo melhor. Hamid tinha suas dúvidas.

— Como queira — disse, sério. — Mas temo que termine mal. Para todos nós.

Às cinco da tarde, até Gabriel estava convencido que a Casa de Espiões estava assombrada e que Aisha e seus amigos de fogo tramavam contra ele. Enviou Natalie e Olivia para tomar o último sol da tarde na praia e foi caminhar sozinho — sem guarda-costas nem armas — pelas velhas arcadas da antiga Casablanca. Andava sem rumo, atravessando praças lotadas e boulevares com o trânsito de fim de tarde até encontrar um café onde a maioria dos clientes usava roupas ocidentais. Em uma mesa no canto mais escuro, estavam três norte-americanos: dois jovens e uma garota.

Em francês, ele pediu um *café noir*. Tarde demais, percebeu que não portava dinheiro marroquino. Contudo, o garçom ficou mais do que satisfeito em aceitar euros. Lá fora, o barulho da rua era opressivo. Sufocava o som da televisão acima do bar, a conversa em voz baixa dos três norte-americanos, a vibração, doze minutos depois das seis horas da tarde, do celular de Gabriel. Ele leu a mensagem um minuto depois e sorriu. Parecia que Mohammad Bakkar queria dar uma palavrinha com Jean-Luc Martel em Fez na noite seguinte.

Gabriel despachou uma breve mensagem para Adrian Carter em Langley antes de colocar o telefone de volta no bolso. Então, pediu outro café e bebeu como um homem que tinha todo o tempo do mundo para tudo.

49

FEZ, MARROCOS

Alguns minutos antes do meio-dia, Christopher Keller estava em frente ao hotel e observava os mensageiros colocarem a bagagem nos carros. Martel apareceu um momento depois, seguido por Mikhail, Natalie e Olivia. Segurava uma cópia da conta, que entregou a Keller.

— Entregue para a sua equipe. Diga que eu espero ser reembolsado.

— Pode deixar.

Keller jogou a conta na primeira lata de lixo que encontrou e entrou no banco de trás da Mercedes da frente. Martel se juntou a ele, enquanto os outros subiram no segundo carro. Eles seguiram a costa até Rabat; depois, pelo interior, por entre bosques de carvalho-corticeiro até os pés das montanhas do Médio Atlas. Na primavera, os morros estariam verdes com a chuva e a neve derretida, mas naquele momento estavam marrons e secos. Oliveiras floresciam nas cadeias montanhosas e, nas planícies, havia campos de culturas agrícolas irrigadas. Martel olhou mal-humorado pela janela enquanto Keller monitorava o fluxo de e-mails, mensagens e ligações recebidas no telefone do francês. Com a ajuda de Martel, ele mandou respostas apressadas aos itens que exigiam atenção imediata. O resto, ele ignorou. Até Jean-Luc Martel, argumentou, precisava de umas férias de vez em quando.

Seguindo instruções de Gabriel, eles pararam para almoçar em Meknès, a menor das quatro cidades antigas imperiais do Marrocos. Foi ali que Eli Lavon determinou, de forma conclusiva, que eles eram observados por um homem de aparência marroquina, talvez com quase quarenta anos, de óculos escuros e boné de time de beisebol americano. Após o almoço, o mesmo homem os seguiu até as ruínas romanas de Volubilis, que visitaram sob o calor vespertino fortíssimo. Lavon tirou uma foto dele, que fingia admirar o arco triunfal, e enviou a Gabriel no esconderijo de Casablanca. O israelense, a encaminhou para Christopher Keller, que mostrou a Martel quando voltaram ao carro.

— Reconhece?

— Talvez.

— O que isso quer dizer?

— Quer dizer que posso ter visto esse homem antes.

— Onde?

— Na reunião no Rife em dezembro passado. Depois do atentado a Washington.

— Com quem ele estava? Bakkar?

— Não — disse Martel. — Com Khalil.

Era perto das seis horas da tarde quando chegaram à Ville Nouvelle de Fez, a parte moderna da cidade, local onde a maioria dos residentes preferia morar. O hotel deles, Palais Faraj, ficava às margens da antiga medina. Era um labirinto de pisos de azulejo colorido e passagens escuras e frescas. O proprietário tinha, automaticamente, feito um *upgrade* de Martel e Olivia para a suíte real. Keller estava em um quarto menor ao lado e Mikhail e Natalie, no fim do corredor. Eles levaram Olivia para passear pelos mercados tradicionais da medina, enquanto Martel e Keller se sentavam na varanda privativa da suíte real e esperavam o telefone tocar. O ar estava quente e parado. Cheirava a fumaça de lenha e a urina por causa dos curtumes próximos.

— Quanto tempo ele vai fazer a gente esperar? — perguntou Keller.

— Depende.

— Do quê?

— Do humor dele, suponho. Às vezes, ele liga na hora. Às vezes...

— O quê?

— Ele muda de ideia.

— Ele sabe que estamos aqui?

— Mohammad Bakkar sabe de tudo.

Quando mais vinte minutos se passaram sem ligação nem mensagem, Martel se levantou abruptamente.

— Preciso de uma bebida.

— Peça algo do serviço de quarto.

— Tem um bar no andar de cima — declarou Martel e, antes de Keller se opor, começou a caminhar para a porta. No saguão, ele apertou o botão para chamar o elevador e, quando este não apareceu, subiu de escada. O bar ficava no andar mais alto, era pequeno e escuro, com vista para os telhados da medina. Martel pediu a garrafa de Chablis mais cara da carta de vinhos. Keller pediu um *café noir*.

— Tem certeza que não quer um pouco? — perguntou Martel, segurando um copo de vinho, em aprovação, contra a luz. Keller indicou que estava bem com o café. — Não bebe em trabalho?

— Algo do tipo.

— Não sei como consegue. Você não dorme há dias. Imagino que as pessoas se acostumem com isso, no seu ramo — completou Martel, reflexivo. — Na espionagem, quero dizer.

Keller olhou para o *barman*. Fora ele, o lugar estava vazio.

— Você sempre foi espião? — perguntou Martel.

— Você sempre foi traficante?

— Eu *nunca* fui traficante.

— Ah, sim — declarou Keller. — Laranjas.

Martel o estudou com cuidado por cima da borda de sua taça de vinho.

— Me parece que você passou um tempo no exército.

— Não sou um bom soldado. Nunca fui de obedecer ordens. Não me dou bem com outras pessoas.

— Então, talvez fosse um tipo especial de soldado. Do Serviço Aéreo Especial, por exemplo. Ou será que devo chamar de Regimento? Não é assim que você e seus companheiros falam?

— Não tenho como saber.

— Mentiroso do caralho — disse Martel, calmamente.

Sorrindo para disfarçar para o *barman* marroquino, Keller olhou pela janela. A escuridão estava caindo sobre a antiga medina, mas ainda havia um pouco de luz do sol cor-de-rosa nos picos mais altos das montanhas.

— Você devia tomar cuidado com o que fala, Jean-Luc. O rapaz atrás do bar pode se ofender.

— Conheço os marroquinos melhor do que você. Conheço um ex-homem do Serviço Aéreo quando o vejo. Toda noite nos meus hotéis e restaurantes, algum britânico rico chega com um destacamento de segurança particular. E eles sempre eram de lá. Deve ser melhor ser espião que faz-tudo de algum operador da bolsa que deseja parecer importante.

Naquele momento, Yossi Gavish e Rimona Stern entraram no bar e se sentaram a uma mesa do outro lado do salão.

— Seus amigos de Saint-Tropez — comentou Martel. — Vamos convidá-los a sentar com a gente?

— Vamos levar a garrafa lá para baixo.

— Ainda não — contrariou Martel. — Sempre gostei da vista daqui ao pôr do sol. É um Patrimônio da Humanidade, sabia? Mesmo assim, a maioria das pessoas que mora lá embaixo entregaria alegremente para algum ocidental seu *riad* ou *dar* caindo aos pedaços para conseguir um apartamento belo e limpo na Ville Nouvelle. É uma pena, de verdade. Eles não sabem como o que têm é bom. Às vezes, os costumes antigos são melhores que os novos.

— Me poupe da filosofia — disse Keller, farto. Rimona estava rindo de algo dito por Yossi. Keller checou as mensagens e os e-mails que tinham chegado para Martel, enquanto ele contemplava a medina escurecendo.

— Você fala francês muito bem — disse ele após um momento.

— Você não sabe o quanto isso significa para mim, Jean-Luc.

— Onde aprendeu?

— Minha mãe era francesa. Passei muito tempo lá quando era jovem.

— Onde?

— Principalmente na Normandia, mas também em Paris e no sul.

— Em todo canto, menos em Córsega.

Houve um silêncio. Foi Martel quem o quebrou.

— Há muitos anos, enquanto eu ainda estava em Marselha, havia um boato sobre um inglês que trabalhava como assassino de aluguel para o clã dos Orsati. Era ex-Serviço Aéreo Especial, ou era o que diziam. Aparentemente, tinha desertado. Um covarde.

— Parece coisa de romance de espião.

— A verdade às vezes é mais estranha que a ficção. — Martel segurou o olhar de Keller. — Como você sabia sobre René Devereaux?

— Todo mundo sabe sobre Devereaux.

— Era sua voz na fita.

— Era?

— Só imagino as coisas que você deve ter feito para ele falar. Mas deve ter tido outra fonte. Alguém que sabia das minhas ligações com René. Alguém próximo a mim.

— Não precisamos de uma fonte. Estávamos ouvindo as ligações e lendo os e-mails.

— Não houve ligações nem e-mails. — Martel sorriu friamente. — Só deve ter precisado de um pouco de dinheiro. Foi assim que eu consegui ficar com ela também. Olivia ama dinheiro.

— Ela não teve nada a ver com isso.

Martel claramente tinha suas dúvidas.

— Vão poder ficar para ela?

— O quê?

— Os cinquenta milhões que deram por aqueles quadros. Os cinquenta milhões que pagaram para ela me trair.

— Beba seu vinho, Jean-Luc. Curta a vista.

— Cinquenta milhões é muito dinheiro — falou Martel. — Ele deve ser muito importante, esse iraquiano que se intitula Khalil.

— Ele é.

— E se ele mostrar a cara? O que vai acontecer?

— A mesma coisa — explicou Keller, em voz baixa — que vai acontecer com você se encostar um dedo na Olivia.

Martel não se abalou com a ameaça.

— Talvez devesse atender — disse ele.

Keller olhou para o telefone, que tremia na mesa baixa entre eles. Checou o número que ligava e entregou o aparelho a Martel. A conversa foi breve, uma mescla de francês e árabe marroquino. Então, Martel desligou e entregou o telefone.

— E aí? — perguntou Keller.

— Mohammad mudou os planos.

— Quando vai encontrar com ele?
— Amanhã à noite. E não só eu — disse Martel. — Estamos todos convidados.

50
CASABLANCA, MARROCOS

Christopher Keller não era o único monitorando o telefone de Jean-Luc Martel. No esconderijo de Casablanca, Gabriel também fazia o mesmo. Tinha ouvido o fluxo contínuo de ligações durante a longa tarde e lido as muitas mensagens e e-mails. Às 19h15, escutou clandestinamente o breve diálogo entre Martel e um homem que não se deu ao trabalho de se apresentar. Ouviu a gravação da conversa três vezes, do começo ao fim. Depois, ajustou a marcação de tempo para 19:16:13 e clicou no botão de PLAY.

— *Mohammad e o sócio dele gostariam de conhecer seus amigos. Um amigo em especial.*

— *Qual?*

— *O alto. O que tem a esposa francesa bonita e muito dinheiro. Ele é russo, certo? Traficante de armas?*

— *Onde ouviram uma coisa dessas?*

— *Não tem importância.*

— *Por que querem encontrar com ele?*

— *Para fazer uma proposta de negócios. Você acha que seu amigo estaria interessado? Diga a ele que vai valer muito a pena.*

Gabriel clicou PAUSE e olhou para Yaakov Rossman.

— Como acha que Mohammad Bakkar e o sócio dele descobriram como Dmitri Antonov ganha dinheiro?

— Talvez ele tenha ouvido os mesmos boatos que Jean-Luc Martel. Aqueles que espalhamos feito pólvora de Londres a Nova York, passando pelo sul da França.

— E a proposta de negócios?

— Duvido que envolva haxixe.

— Ou laranjas — completou Gabriel. Então, disse: — Parece que quem quer realmente encontrar com Dmitri Antonov é o sócio de Mohammad. Mas por quê?

— Podemos estipular que este chamado sócio é Saladin?

— Acho que sim.

— Talvez ele queira comprar armas. Ou talvez esteja tentando colocar as mãos em algum material radiológico russo dando sopa para substituir o carregamento que ele perdeu com o navio capturado.

— Ou talvez queira matá-lo. E a esposa francesa bonita dele.

Gabriel clicou no PLAY.

— *Onde?*

— *Dirija para o sul até Erfoud e...*

— *Erfoud? Isso fica...*

— *A sete horas, nessa época do ano, talvez menos. Mohammad contratou alguns carros 4x4. Aquelas Mercedes sedãs de vocês vão ser inúteis aonde estão indo.*

— *Que é?*

— *Um acampamento no Saara. Bastante luxuoso. Vocês vão chegar mais ou menos na hora do pôr do sol. A equipe vai preparar uma refeição para vocês. Bem marroquina. Muito boa. Mohammad vai chegar depois que escurecer.*

Gabriel pausou a gravação.

— Um acampamento na beira do Saara. Muito tradicional, muito bom.

— E muito isolado — disse Yaakov.

— Talvez Saladin esteja pensando a mesma coisa.
— Acha que fomos expostos?
— Sou pago para me preocupar, Yaakov.
— Algum suspeito?
— Só um.

Gabriel abriu um arquivo novo de áudio no computador e, depois de ajustar a marcação de tempo, apertou PLAY.

— *Você fala francês muito bem* — disse ele após um momento.
— *Você não sabe o quanto isso significa para mim, Jean-Luc.*
— *Onde aprendeu?*
— *Minha mãe era francesa. Passei muito tempo lá quando era jovem.*
— *Onde?*
— *Principalmente na Normandia, mas também em Paris e no sul.*
— *Em todo canto, menos em Córsega.*

Gabriel apertou PAUSE.

— Ele ia acabar fazendo essa conexão em algum ponto — disse Yaakov. — Eles vêm do mesmo mundo. São dois lados da mesma moeda.
— Keller nunca se envolveu no negócio de drogas.
— Não — disse Yaakov, com malícia. — Só matava pessoas para ganhar a vida.
— Eu acredito na redenção.
— Tem que acreditar mesmo.

Gabriel franziu a sobrancelha e apertou PLAY.

— *Mas você deve ter tido outra fonte* — completou Martel. — *Alguém que sabia das minhas ligações com René. Alguém próximo a mim.*
— *Não precisamos de uma fonte. Estávamos ouvindo as ligações e lendo os e-mails.*
— *Não houve ligações nem e-mails.* — Martel sorriu friamente. — *Só deve ter precisado de um pouco de dinheiro. Foi assim que eu consegui ficar com ela também. Olivia ama dinheiro.*

Gabriel pausou a gravação.

— Ele também ia acabar fazendo essa conexão — falou Yaakov.

Na Casa de Espiões, houve silêncio, mas, na suíte real do Palais Faraj, os participantes da operação de Gabriel discutiam sobre jantar no hotel ou num restaurante da medina. Faziam isso à maneira dos muito entediados e muito ricos. A performance deles foi tão convincente que até Gabriel, que os tinha criado, não conseguia saber se a discussão era genuína ou encenada para a DST marroquina, que também estaria escutando.

— Talvez tenhamos perdido Martel — disse Gabriel, enfim. — Quem sabe? Talvez ele nunca tenha sido nosso.

— São os *jinns* falando de novo?

Gabriel não disse nada.

— Ele está no nosso controle desde que a gente o expôs. Cobertura total. Física, eletrônica, cibernética. Keller está praticamente dormindo no mesmo quarto que ele. O corpo e a alma dele são nossos.

— Talvez a gente tenha deixado passar alguma coisa.

— Tipo o quê?

— Um sussurro numa conversa telefônica ou algum tipo de comunicação impessoal.

— Com jornal, sem jornal? Com guarda-chuva, sem guarda-chuva?

— Exatamente.

— Ninguém mais lê jornais, e não chove no Marrocos nessa época do ano. Além disso — falou Yaakov —, se Mohammad Bakkar achasse que Martel mudara de lado, nunca o teria chamado, para começo de conversa.

Em Fez, a discussão sobre o jantar tinha ficado genuinamente esquentada. Exasperado, Gabriel resolveu a questão para eles, com uma mensagem dura para Mikhail. JLM e todo o grupo jantariam no hotel naquela noite.

— Sábia decisão — comentou Yaakov. — Melhor a noite terminar cedo. Amanhã deve ser um dia longo.

Gabriel ficou em silêncio.

— Você não está pensando em abortar, está?

— Claro que estou.

— Chegamos longe demais — contrariou Yaakov. — Mande todos para o acampamento, faça a reunião. Identifique Saladin e faça com que ele fique animado. Quando ele for embora, deixe os norte-americanos jogarem bombas para transformá-lo numa nuvem de fumaça.

— Parece tão fácil...

— E é. Os americanos fazem isso todos os dias.

Gabriel não disse nada.

— O que você vai fazer? — perguntou Yaakov.

Gabriel esticou a mão e apertou PLAY.

— *Vocês vão chegar mais ou menos na hora do pôr do sol. A equipe vai preparar uma refeição para vocês. Bem marroquina. Muito boa. Mohammad vai chegar depois que escurecer.*

51

FEZ, MARROCOS

Natalie acordou em lençóis encharcados de suor, cega pela luz do sol. Tentando enxergar algo, ela fitou o pedaço de céu emoldurado pela janela, momentaneamente confusa quanto a onde estava. Seria em Fez, Casablanca ou Saint-Tropez? Estaria ela de volta na grande casa de muitos cômodos e pátios perto de Mosul? *Você é minha Maimônides...* Ela virou para o lado e esticou uma mão para a corda da persiana, mas estava fora de seu alcance. A metade da cama de Mikhail ainda estava na sombra. Ele dormia tranquilo, sem camisa.

Ela apertou os olhos com força contra o sol e tentou juntar os fragmentos do último sonho da manhã. Caminhava por um jardim de ruínas — romanas, disso ela tinha certeza. Não eram as ruínas de Volubilis, que eles visitaram no dia anterior, mas de Palmira, na Síria. Disso, Natalie também tinha certeza. Ela era uma das poucas ocidentais a ter visitado Palmira após a captura pelo Estado Islâmico, e a ver com os próprios olhos a devastação infligida ali pelos guerreiros santos do califado. Tinha passeado pelas ruínas à luz do luar, acompanhada por um jihadista egípcio chamado Ismail, que treinava no mesmo campo. No sonho dela, havia outro homem a seu lado. Ele era alto e robusto, e mancava ligeiramente. Alguma espécie de objeto, pingando e mutilado, pendia da mão direita dele. Só agora, no torpor do calor da manhã, Natalie compreendia que o objeto era a cabeça dela.

Ela se sentou na cama, lentamente, para não acordar Mikhail, e colocou os pés descalços no chão. Os azulejos do piso pareciam ter acabado de sair de uma fornalha. De repente, ela se sentiu nauseada. Supôs que tivesse ficado enjoada por causa do sonho. Ou talvez fosse algo que tinha comido no jantar, alguma especialidade marroquina que não lhe caíra bem.

Qualquer que fosse o motivo, ela correu para o banheiro para vomitar. A cabeça dela pulsava com os primeiros disparos de uma enxaqueca que chegava. *Logo hoje*, pensou. Engoliu dois analgésicos com um punhado de água da torneira e permaneceu vários minutos embaixo de um chuveiro com água fria. Já embrulhada num roupão fino, entrou na pequena sala de estar e preparou um café preto forte na máquina Nespresso. Os cigarros de Madame Sophie a chamavam da mesa lateral. Ela fumou um pelo bem do disfarce, ou foi o que disse a si mesma. Não ajudou em nada a dor de cabeça.

Você é muito corajosa, Maimônides... Corajosa demais para seu próprio bem...

Quem dera fosse verdade, pensou Natalie. Quantos ainda estariam vivos se ela tivesse encontrado a coragem de deixá-lo morrer? Washington, Londres, Paris, Amsterdã, Antuérpia e todos os outros. Sim, os norte-americanos o queriam. Mas Natalie também.

Ela entrou no *closet*. As roupas do dia estavam dobradas numa prateleira. Fora isso, as malas já estavam prontas. As de Mikhail também. Os rótulos denotavam uma manufatura exclusiva, mas as bagagens, como o próprio Dmitri Antonov, eram falsificadas. A menor continha um fundo falso. No compartimento escondido, estavam uma Beretta 92FS, dois pentes carregados com balas 9mm e um supressor de som.

Quando Natalie concordou em trabalhar para o Escritório, Mikhail a tinha ensinado a disparar uma arma de fogo. Agora, agachada no chão do *closet*, ela rosqueou o supressor de alumínio no fim do cano, encaixou um dos pentes no cabo e colocou a primeira bala na câmara. Levantou a arma, segurou com as duas mãos, como Mikhail a havia ensinado, e apontou para o homem que segurava a cabeça dela na mão.

Vá em frente, Maimônides, me faça ser um mentiroso...

— O que você está fazendo? — Veio uma voz de trás dela.

Assustada, Natalie virou e apontou a arma para o peito de Mikhail. Ela ofegava; o cano da Beretta estava úmido em suas mãos trêmulas. Mikhail deu um passo a frente e, lenta e gentilmente, apontou o cano para o chão. Natalie relaxou a mão que segurava a arma e observou enquanto ele, com destreza, fazia a Beretta voltar a seu estado original e a colocava no compartimento escondido na mala falsificada.

Levantando-se, colocou um dedo indicador nos lábios de Natalie e apontou para o teto, indicando a presença de transmissores da DST marroquina. Levou-a para o lado de fora, na varanda, e a segurou perto de si.

— Quem é você? — sussurrou no ouvido dela, num inglês com sotaque russo.

— Sou Sophie Antonov — respondeu ela, diligente.

— O que está fazendo no Marrocos?

— Meu marido está fechando um negócio com Jean-Luc Martel.

— Em que setor seu marido trabalha?

— Antigamente, em minerais. Hoje, ele é investidor.

— E Jean-Luc Martel?

Ela não respondeu. De repente, ficou com frio.

— Quer me explicar o que foi tudo aquilo?

— Pesadelos.

— Que tipo de pesadelos?

Ela contou a ele.

— Foi só um sonho.

— Quase aconteceu, uma vez.

— Não vai acontecer de novo.

— Você não sabe disso — respondeu ela. — Você não sabe o quanto ele é bom.

— Nós somos melhores.

— Somos mesmo?

Houve um silêncio.

— Mande uma mensagem para o posto de comando — sussurrou Natalie, por fim. — Diga a eles que não consigo. Diga que não posso ficar perto dele. Tenho medo de acabar com a operação toda.

— Não — falou Mikhail. — Não vou mandar mensagem alguma.

— Por que não?

— Porque você é a única capaz de identificá-lo.

— Você também o viu. No restaurante em Georgetown.

— Na verdade — contestou Mikhail —, eu estava me esforçando muito em não olhar para ele. Mal lembro da cara dele.

— E o vídeo de segurança do Four Seasons?

— Não é bom o suficiente.

— Não posso encontrá-lo pessoalmente — confessou ela, depois de um momento. — Ele vai se lembrar de mim. Por que não se lembraria? Eu salvei a vida miserável dele.

— Sim — disse Mikhail. — Agora, vai nos ajudar a matá-lo.

Ele a levou de volta para a cama e se esforçou ao máximo para fazê-la se esquecer do sonho. Depois, tomaram banho juntos e se vestiram. Natalie passou muito tempo penteando e despenteando o cabelo no espelho.

— Como estou? — perguntou ela.

— Parecendo uma judia de Marselha — respondeu Mikhail, com um sorriso.

No andar de cima, a equipe do hotel retirava os restos do bufê de café da manhã. Tomando café e comendo pão, Mikhail leu os jornais da manhã em seu *tablet* enquanto Natalie, fingindo tédio, contemplava o caos da medina. Pouco antes das onze horas, eles desceram para o lobby, onde Martel e Christopher Keller fechavam a conta. Do lado de fora, Olivia observava os mensageiros jogarem as bagagens nos carros que estavam à espera.

— Dormiu bem? — perguntou Olivia.

— Melhor do que nunca — mentiu Natalie.

Ela entrou no banco de trás do segundo carro e assumiu seu lugar ao lado da janela. Um rosto que ela não reconhecia olhou para ela no vidro.

Maimônides... É tão bom vê-la de novo...

52
LANGLEY, VIRGINIA

Há algumas décadas, o Centro de Contraterrorismo se localizava numa única sala no Corredor F do sexto andar da sede da CIA. Com televisões e telefones tocando e pilhas de arquivos, parecia a redação de um jornal fracassado. Os oficiais trabalhavam em pequenas equipes dedicadas a alvos específicos: Facção do Exército Vermelho, Exército Republicano Irlandês, Organização pela Libertação Palestina, Abu Nidal, Hezbollah. Havia também uma unidade, formada em 1996, focada em um extremista saudita pouco conhecido chamado Osama bin Laden e sua rede nascente de terrorismo islâmico.

Não era surpreendente que o Centro tivesse expandido de tamanho desde os ataques de 11 de Setembro. Agora, ocupava dois mil metros quadrados de propriedades valorizadas da Agência no térreo do Prédio da Nova Sede, e era acessado por um lobby e catracas de segurança próprios. Devido a preocupações com ataques, o nome real do chefe do Centro não era mais público. Ele era conhecido no mundo externo e no resto de Langley apenas como "Roger". Kyle Taylor gostava do nome. Ninguém, considerava, tinha medo de um homem chamado Kyle. Mas Roger era alguém a temer, especialmente se comandasse uma frota de drones armados e tivesse o poder de eliminar um homem por estar no lugar errado na hora errada.

Uzi Navot conhecera Kyle Taylor dez anos antes, quando o norte-americano trabalhava na estação de Londres da CIA. O desdém de um pelo outro era mútuo e instantâneo. Navot via Taylor — que não era fluente em nenhum outro idioma fora o inglês e, portanto, incapacitado para trabalhar em campo — como pouco mais que um espião de escritório e guerreiro de sala de reuniões. Já Taylor, que guardava um rancor tradicional da CIA em relação ao Escritório e a Israel, talvez até um pouco mais, achava Navot um conspirador nada confiável. Fora isso, eles se davam muitíssimo bem.

— Primeira vez no Centro? — perguntou Taylor depois de facilitar o caminho de Navot pela segurança.

— Não. Mas já faz um tempo.

— Provavelmente, crescemos desde a última vez que você esteve aqui. Foi necessário. A cada dia, temos operações no Afeganistão, no Paquistão, no Iêmen, na Síria, na Somália e na Líbia.

Ele soava como um vendedor corporativo falando sobre o crescimento sem precedentes de sua firma no terceiro trimestre.

— E agora no Marrocos — provocou Navot.

— Na verdade, dada a sensibilidade política da missão, poucas pessoas no prédio sabem sobre essa operação. Mesmo aqui no Centro — completou Taylor. — É só para quem tem acesso especial. Estamos usando uma de nossas menores salas. Estaremos seguros.

Taylor levou Navot por um corredor ladeado por portas numeradas, atrás das quais analistas e operadores sem nome e sem rosto rastreavam terroristas e tramas no mundo todo. No fim do corredor, havia um lance curto de degraus de metal e outra checagem de segurança pela qual Taylor e Navot passaram sem checagens. Na sequência, ficava um saguão mal iluminado e uma porta protegida por criptografia. Taylor colocou o código rapidamente no teclado e olhou direto para as lentes do leitor biométrico. Alguns segundos depois, a porta se abriu num estalo.

— Bem-vindo ao Buraco Negro — disse ele, guiando Navot para dentro. — Os outros já estão aqui. — Taylor apresentou Navot a Graham Seymour, talvez esquecendo que eles já se conheciam bem e depois a Paul Rousseau. — Adrian suponho que você conheça.

— Muito bem — falou Navot, aceitando a mão esticada de Carter. — Adrian e eu já passamos juntos por guerras, e temos as cicatrizes para provar.

Levou um momento para os olhos de Navot se ajustarem à penumbra. Do lado de fora, era o começo de uma manhã que prometia se transformar num dia de verão opressivo. Nas salas de operação na profundeza de Langley era noite permanente. Em torno das mesas estavam sentados vários técnicos, com os rostos jovens iluminados pelo brilho das telas de computador. Dois usavam macacão de pilotos, os dois que guiavam o par de drones pairando acima da parte leste do Marrocos sem o conhecimento do governo do país. Imagens das câmeras de alta resolução das aeronaves brilhavam nas telas na frente da sala. O Predator, com seus dois mísseis Hellfire, já estava em Erfoud. O drone de vigilância Sentinel estava a sudeste de Fez, com sua câmera oferecendo, portanto, uma visão desobstruída do Palais Faraj. Navot observou Christopher Keller e Jean-Luc Martel saírem para o pátio da frente do hotel. Alguns segundos depois, duas Mercedes sedã passaram por baixo de um arco e viraram para o sul na direção das montanhas.

Navot se sentou ao lado de Graham Seymour. Kyle Taylor tinha puxado Adrian Carter para um canto da sala para uma consulta em particular. A tensão entre eles era óbvia.

— Alguma ideia de quem está comandando o show? — perguntou Navot.

— Por enquanto — respondeu Graham Seymour —, eu diria que a bola está com Gabriel.

— Por quanto tempo?

— Até o minuto em que Saladin mostrar o rosto. Se isso acontecer, começará o vale tudo.

O trânsito na Ville Nouvelle estava um pesadelo. Nem na antiga Fez parecia haver como escapar. Por fim, os prédios comerciais saíram de vista e pequenos terrenos agrícolas apareceram, junto com novos edifícios residenciais. Eram blocos de três andares, velhos há muito tempo, com garagens no térreo. A maioria delas fora convertida em pequenos restaurantes e lojas ou estava sendo usada como cercado de animais. Ovelhas e bodes pastavam entre oliveiras recém-plantadas. Famílias faziam piquenique nas sombras que conseguiam encontrar.

Gradualmente, a terra se inclinou para baixo na direção dos picos distantes do Médio Atlas, e as oliveiras deram lugar a densos pomares de alfarrobeira, bonetes e pinheiros-de-alepo. Águias circulavam buscando chacais. Acima das águias, pensou Christopher Keller, os drones procuravam Saladin.

A primeira cidade de alguma importância foi Imouzzer. Construída pelos franceses, era habitada por cerca de 1.300 membros da Aït Seghrouchen, uma proeminente tribo berbere que falava um dialeto distinto da antiga língua berbere. O ar era bem mais fresco — eles agora estavam a quatro mil pés de altitude — e os mercados e cafés apenas para homens na rua principal estavam lotados. Keller observou os rostos tanto de jovens quanto de velhos. Eram notavelmente diferentes dos rostos que ele vira em Casablanca e Fez. Feições europeias, cabelo e olhos mais claros. Era como se eles tivessem cruzado alguma fronteira invisível.

Naquele momento, o celular de Keller tremeu com a chegada de uma mensagem. Ele a leu e, então, olhou para Martel.

— Nossos amigos têm a impressão que estamos sendo seguidos de novo. Acham que pode ser o mesmo homem que estava com a gente ontem em Meknès e Volubilis. Gostariam que tirássemos uma foto melhor dele.

— O que têm em mente?

Keller instruiu o motorista a encostar num quiosque no extremo da cidade. O carro que levava Mikhail, Natalie e Olivia parou atrás deles, bem como um Renault empoeirado. No retrovisor lateral, Keller conseguia ver o passageiro — cabelo escuro curto, maçãs do rosto proeminentes, óculos escuros, boné de beisebol —, mas o motorista estava fora de sua vista.

— Pegue umas garrafas de água para nós — disse ele a Martel.

— Não é uma cidade das mais amigáveis.

— Com certeza, você sabe se cuidar.

Martel saiu e foi até o quiosque. Keller olhou pelo retrovisor e viu o passageiro saindo do Renault. O vidro fumê da Mercedes possibilitou que Keller tirasse uma foto da figura que passava. O resultado foi um perfil borrado, inútil. Pouco depois, quando o homem voltou ao Renault, Keller capturou uma imagem clara de três quartos do rosto dele. Mostrou a Martel quando o francês entrou de volta no banco de trás com duas garrafas suadas de água mineral Sidi Ali.

— Definitivamente, é ele — confirmou Martel. — Foi ele quem eu vi no Rife no inverno passado com Khalil.

Enquanto o carro se afastava da calçada, Keller enviou a foto ao posto de comando em Casablanca. Depois, checou novamente o retrovisor. A segunda Mercedes estava imediatamente atrás deles. Atrás da Mercedes, estava um Renault empoeirado com dois homens dentro.

★ ★ ★

Muitos anos de cooperação intensa, próxima e, por vezes, controversa entre CIA e DST havia dado a Langley acesso à longa lista de jihadistas conhecidos do Marrocos e dos seus colegas viajantes. Como consequência, os analistas no Centro de Contraterrorismo precisaram de apenas alguns minutos para identificar o homem na fotografia de Keller. Era Nazir Bensaïd, antigo membro da Salafia Jihadia marroquina, preso após os atentados suicidas de 2003 em Casablanca. Solto em 2012, Bensaïd foi para a Turquia e, de lá, para o califado do Estado Islâmico. O governo do Marrocos tinha a impressão de que ele ainda estava lá. Obviamente, não era a verdade.

Uma foto de Bensaïd tirada na época de sua prisão logo apareceu nas telas do Buraco Negro no Centro de Contraterrorismo, junto com outra foto de 2012, durante a chegada do marroquino ao aeroporto de Istambul Atatürk. As duas imagens foram encaminhadas a Gabriel, que as encaminhou para Keller. Ele confirmou que Nazir Bensaïd era o homem que ele acabara de ver.

O que Nazir Bensaïd estava fazendo numa cidade de 1.300 berberes nas montanhas do Médio Atlas? Por que ele seguia Keller e os outros em direção a Erfoud? Era possível que o terrorista tivesse voltado escondido ao Marrocos para trabalhar no negócio de haxixe de Mohammad Bakkar. De qualquer forma, a explicação mais provável era que ele estivesse cuidando dos interesses do sócio de Bakkar, o iraquiano alto que se intitulava Khalil e caminhava mancando.

No Buraco Negro, os técnicos marcaram digitalmente o Renault sedã e seus dois ocupantes, enquanto em Fort Meade, em Maryland, a NSA interceptava os sinais emitidos pelos celulares deles. Adrian Carter ligou para o sétimo andar para dar a notícia ao diretor da CIA, Morris Payne, que, rapidamente, repassou-a à Casa Branca.

Às 19h30 no horário de Washington, o presidente e sua equipe de segurança nacional estavam reunidos no complexo da Sala de Comando, assistindo aos vídeos transmitidos pelos dois drones.

Na Casa de Espiões, em Casablanca, Gabriel e Yaakov Rossman também assistiam ao vídeo, enquanto, no fim do corredor, dois caseiros rezavam pela salvação dos demônios feitos de fogo. Pelo alto-falante de seu laptop, Gabriel conseguia ouvir a conversa animada em Langley. Ele desejou poder compartilhar daquele otimismo, mas não podia. Toda a operação estava agora nas mãos de um homem que ele tinha traído e chantageado para fazer o que ele queria. Nem sempre escolhemos nossos informantes, ele se lembrou. Às vezes, eles nos escolhem.

53
ERFOUD, MARROCOS

Os carros 4x4 estavam esperando numa praça quente e poeirenta em frente ao Café Dakar, em Erfoud. Eram Toyota Land Cruisers, recém-lavados, brancos como ossos. Os motoristas vestiam calças de algodão e coletes cáqui e se comportavam com a eficiência sorridente de guias de turismo profissionais, o que não eram. Eram homens de Mohammad Bakkar.

A sul de Erfoud, ficava o enorme oásis Tafilalt, com suas infinitas alamedas de palmeirais — oito mil no total, segundo o guia em francês que Natalie segurava com força. Ao olhar pela janela, ela voltou a pensar sobre aquela noite em Palmira. *Saladin caminhando ao lado dela à luz de uma lua violenta, a cabeça dela na mão dele...* Ela desviou o olhar e viu Olivia a observar atentamente do lado oposto do banco traseiro do Toyota.

— Você está bem? — perguntou ela.

Em silêncio, Natalie olhou direto para a frente. Mikhail estava no banco de passageiro ao lado do motorista. O segundo Toyota, que levava Keller e Jean-Luc Martel, estava cem metros atrás. Depois deles, a estrada estava vazia. Não se via nem o Renault que os seguia desde Fez.

As alamedas de palmeirais se foram, a paisagem ficou dura e pedregosa. Em Rissani, a estrada asfaltada acabou e logo o grande mar de areia das Dunas de Merzouga apareceu. A vila de Khamlia, um grupo de casas baixas cor de lama, ficava na ponta sul das dunas. Nesse ponto, eles saíram da estrada principal e viraram em um caminho esburacado do deserto. Natalie monitorava o progresso de todos no celular dela; eles eram um pontinho azul indo para o leste através de uma terra desabitada na direção da fronteira argelina. De repente, o pontinho azul congelou, eles se aventuravam fora do alcance do serviço de celular. Mikhail tinha levado um telefone via satélite justamente para essa eventualidade. Estava atrás de Natalie, na mesma mala que a Beretta.

Por meia hora, eles dirigiram, enquanto, ao redor deles, as grandes dunas esculpidas pelo vento ficavam vermelho-tijolo com o anoitecer iminente. Eles passaram por um pequeno acampamento de berberes nômades que ferviam água para chá na entrada de uma barraca preta de pelo de camelo. Fora isso, não havia mais vivalma. Só as dunas montanhosas e o céu vasto como abrigo. O vazio era insuportável. Natalie, apesar da proximidade de Olivia e Mikhail, sentia-se dolorosamente solitária. Olhou as fotos do celular, mas eram lembranças de Madame Sophie, não dela. Ela mal conseguia se lembrar da fazenda em Nahalal. O Centro Médico Hadassah, seu antigo local de trabalho, tinha quase se perdido.

Por fim, apareceu o acampamento, composto por algumas barracas coloridas montadas na fenda de uma duna. Outro Land Cruiser branco tinha chegado antes deles; Natalie supunha que fosse dos funcionários. Ela deixou um dos mensageiros de robe levar as malas, mas Mikhail, adotando o comportamento arrogante de Dmitri Antonov, deu um jeito de carregar a dele para o acampamento sem assistência. Havia três barracas montadas em torno de um pátio central e uma quarta, a uma curta distância, com chuveiros e banheiros.

O pátio era acarpetado e decorado com grandes almofadas e um par de sofás em volta de uma mesa baixa. As barracas também eram acarpetadas e mobiliadas com camas de verdade e escrivaninhas. Não havia evidência de eletricidade, apenas velas e uma grande fogueira no pátio fazendo sombras na duna. Natalie contou seis funcionários no total. Dois estavam visivelmente armados com fuzis automáticos. Ela suspeitava que os outros também estivessem armados.

Com o pôr do sol, o ar ficou mais fresco. Em sua barraca, Natalie colocou um pulôver de lã e foi se lavar para o jantar. Olivia se juntou a ela um momento depois. Em voz baixa, perguntou:

— Por que a gente está aqui?

— Vamos ter um delicioso jantar no deserto — respondeu Natalie.

Os olhos de Olivia se encontraram no espelho com os de Natalie.

— Por favor, diga que tem alguém nos observando.

— Claro que tem. E nos ouvindo, também.

Natalie saiu sem mais palavras e encontrou a mesa posta com um banquete marroquino. Os funcionários mantiveram distância, aparecendo de vez em quando para colocar mais chá de hortelã enjoativo de tão doce nos copos. Mesmo assim, Natalie, Mikhail e Christopher Keller se mantiveram firmes em seus disfarces. Eram Sophie e Dmitri Antonov e o amigo e parceiro deles, Nicolas Carnot. Tinham se mudado para Saint-Tropez no início daquele verão e, depois de uma corte intermitente, conhecido Jean-Luc Martel e sua glamourosa não-exatamente-esposa, Olivia Watson. Agora, pensou Natalie, estavam os cinco no fim do mundo, esperando um monstro surgir da noite.

Maimônides... É tão bom vê-la de novo...

Pouco depois das 21 horas, os funcionários retiraram as bandejas de comida. Natalie mal tinha comido. Sozinha, caminhou até a beira do acampamento para fumar um dos Gitanes de Madame Sophie. Parou onde a luz do fogo terminava e a escuridão começava. Parou, pensou ela, na quina do mundo. A 35 ou 45 metros para dentro do deserto, um dos funcionários armados montava guarda. Ele vestia os robes brancos e o turbante de um nativo berbere do sul. Fingindo que não o via, Natalie largou o cigarro e começou a caminhar pela areia. O guarda, assustado, bloqueou o caminho dela e gesticulou para que voltasse ao acampamento.

— Eu quero ver as dunas — disse ela, em francês.
— Não é permitido. Pode vê-las pela manhã.
— Prefiro agora. À noite.
— Não é seguro.
— Então, você vem comigo. Aí, será seguro.

Com isso, ela começou a caminhar novamente pelo deserto, seguida pelo guarda berbere. As vestimentas dele eram luminosas; a pele, preta como piche, misturava-se com a noite. Ela perguntou o nome dele. Ele disse que era Azûlay. Significava "o homem com olhos gentis".

— É verdade — disse ela.

Envergonhado, ele desviou o olhar.

— Perdoe-me — desculpou-se Natalie.

Eles seguiram caminhando. Acima, a Via Láctea reluzia como pó fosforescente; uma lua que parecia um minarete brilhava quente e clara. Diante deles, erguiam-se três dunas, ascendendo em escala de norte a sul. Natalie tirou os sapatos e, seguida por Azûlay, o berbere, subiu na mais alta. Levou vários minutos para chegar ao topo. Exausta, caiu de joelhos na areia quente e macia para recuperar o fôlego.

Os olhos dela vasculharam o local. A oeste, uma fileira de luzes se espalhava de modo intermitente desde Erfoud, passando pelos palmeirais do oásis Tafilalt até Rissani e Khamlia. A leste e sul, só deserto vazio. Ao norte, Natalie vislumbrou dois faróis balançando na direção dela através das dunas. Após um momento, as luzes desapareceram. Talvez, pensou ela, tivesse sido uma miragem, outro sonho. Então, as luzes reapareceram.

Natalie se virou e desceu apressada a encosta da duna até o local onde tinha deixado os sapatos. *Você é a única capaz de identificá-lo...* Mas ele também se lembraria dela. E por que não? *Afinal*, pensou ela, *fui eu que salvei a vida miserável dele.*

54

LANGLEY, VIRGINIA

Os drones perceberam o veículo bem antes de Natalie, às 21h05, horário do Marrocos, quando ele emergiu do canto sudeste do mar de areia nas Dunas de Merzouga. Toyota Land Cruiser, branco, sete ocupantes. Parou na beira do acampamento e seis homens saíram, deixando o motorista para trás. Vendo de cima, com tecnologia termográfica, parecia que nenhum dos homens caminhava mancando. Cinco, visivelmente armados, ficaram no perímetro do acampamento, enquanto o sexto foi na direção do pátio central entre as barracas. Lá, cumprimentou Jean-Luc Martel e então, alguns segundos depois, Mikhail. Como esperado, não havia cobertura de áudio; o vazio celular do deserto tinha deixado os telefones mudos. Kyle Taylor, no fundo da sala, ofereceu uma possível trilha sonora para o diálogo.

— Mohammad Bakkar, gostaria que você conhecesse um amigo meu, Dmitri Antonov. Dmitri, este é Mohammad Bakkar.

— Talvez — disse Adrian Carter. — Ou talvez Saladin tenha feito alguma cirurgia na perna, junto com o rosto.

— Ele não conseguiu esconder que mancava em Washington — comentou Uzi Navot. — Também não escondeu de Jean-Luc Martel no começo desse ano. Além disso, Mikhail parece conversar com o pior terrorista desde Bin Laden?

— Ele sempre me pareceu meio frio — disse Carter.

— Não tão frio assim.

Observavam a cena pela câmera do Sentinel. Mikhail, esverdeado e iluminado com o calor corporal, estava a alguns metros da fogueira com as mãos na cintura, falando com evidente calma com o homem que acabara de chegar. Keller e Olivia já haviam se afastado do pátio central e entrado em uma das barracas. Após voltar do passeio às dunas, Natalie se juntou a eles. O Predator vasculhava o deserto ao redor. Não havia outras assinaturas de calor.

Navot se virou e olhou para Kyle Taylor.

— A NSA identificou algum novo telefone no acampamento?

— Estão tentando.

— Estranho, não acha?

— Como assim?

— Não são tão difíceis de achar. Somos bem bons nisso, mas vocês são melhores ainda.

— A não ser que o telefone esteja desligado e o chip, removido.

— Telefones via satélite?

— Simples.

— Então, por que Mohammad Bakkar não está carregando um desses? É bem perigoso ficar andando pelo deserto sem um telefone, não acha?

— Saladin sabe que telefones são sentenças de morte.

— Verdade — concordou Navot. — Como Bakkar está planejando dizer para ele vir ao acampamento? Pombo-correio? Sinal de fumaça?

— Vá direto ao ponto, Uzi.

— O ponto — explicou Navot — é que Mohammad Bakkar não está carregando um telefone via satélite porque não precisa de um para sinalizar para Saladin.

— Por que não?

— Porque Saladin já está lá. — Navot apontou para a tela. — É ele no volante do Toyota.

55
SAARA, MARROCOS

A descrição física de Mohammad Bakkar feita por Jean-Luc Martel se mostrou precisa ao menos em um ponto: o marroquino das montanhas do Rife era baixinho, talvez 1,62 metro de altura, e de constituição robusta. O fanatismo religioso dele não era evidente em sua aparência. Ele não usava *kufi* nem tinha barba longa, e fumava um cigarro, violando a proibição do Estado Islâmico ao tabaco. As roupas eram europeias e caras. Um cardigã de cashmere com zíper, calças de sarja bem passadas, mocassins de camurça inadequados para o deserto. O relógio de pulso era grande, dourado e suíço; os cristais brilhavam, refletindo as chamas da fogueira. O francês dele era excelente, bem como o inglês, que ele usou para se dirigir a Mikhail.

— Monsieur Antonov. É muito bom conhecê-lo finalmente. Ouvi falar muito de você.

— Por causa de Jean-Luc?

— Jean-Luc não é meu único amigo na França — respondeu ele, em tom de confidência. — Você foi uma sensação na Provença durante o verão.

— Não era minha intenção.

— Não? — Ele sorriu, sociável. — Aquelas festas causaram um furor. As histórias chegaram até Marrakesh. Bem escandalosas.

— É preciso viver a vida.

— Sim, claro. Mas há limites, não?

— Nunca achei isso.

Mohammad Bakkar sorriu.

— Suponho que tenha gostado da comida?

— Magnífica.

— Você gosta da culinária marroquina?

— Muito.

— Já esteve aqui antes? No Marrocos?

— Não, nunca.

— Mas como? Meu país é muito popular com europeus sofisticados.

— Não com os russos.

— Isso é verdade. Os russos preferem a Turquia, por algum motivo. Mas você não é russo de verdade, não é, Monsieur Antonov? Não mais.

O coração de Mikhail bateu forte contra sua caixa torácica.

— Meu passaporte ainda é russo — disse ele.

— Mas a França é seu lar.

— Por enquanto.

Mohammad Bakkar pareceu considerar bastante esse ponto.

— E o acampamento? — perguntou ele, olhando em torno. — Está bom para você?

— Bastante.

— Tentei fazê-lo o mais tradicional possível. Espero que não se importe em não haver eletricidade. Os turistas vêm aqui para o Saara e esperam todos os confortos de suas vidas no Ocidente. Eletricidade, telefones, internet...

— Nada de internet aqui. — Mikhail mostrou o telefone. — Inútil.

— Sim, eu sei. É por isso que escolhi esse lugar.

Mikhail se levantou e tentou sair.

— Aonde você vai? — perguntou Mohammad Bakkar.

— Você e Jean-Luc têm negócios a discutir.

— Eles têm relação com você. Pelo menos, parte deles. — Bakkar gesticulou na direção dos sofás. — Por favor, sente-se, Monsieur Antonov. — Ele sorriu de novo. — Insisto.

No posto de comando de Casablanca, Gabriel observou Mikhail se sentar em um dos sofás. Um membro da equipe apareceu, chá foi servido. Do lado direito da imagem, três assinaturas de calor humanas estavam visíveis dentro de uma das barracas. Duas das assinaturas eram obviamente femininas. A outra era Christopher Keller. Um momento antes, Gabriel tinha despachado uma mensagem criptografada para o telefone via satélite de Keller sobre a possível identidade do homem ao volante do Toyota Land Cruiser recém-chegado. As mãos de Keller estavam ativas, segurando algo que Gabriel não conseguia ver. Metal frio não era visível por meio de infravermelho.

Keller colocou o objeto nas costas, na cintura da calça, e foi rapidamente para a entrada da barraca. Parou por vários segundos, enquanto avaliava o cenário operacional. Alguns segundos depois, chegou uma mensagem no computador de Gabriel.

QUANDO VOCÊ QUISER...

Com a ajuda dos drones, Gabriel também analisou o cenário operacional. Quatro homens montavam guarda ao redor do campo no deserto — norte, sul, leste, oeste, como pontos em uma bússola. Todos armados, assim como os homens que chegaram com

Mohammad Bakkar. Talvez até o próprio Bakkar. Mikhail, temendo uma revista dos seguranças, não estava armado. Isso significava que seriam pelo menos dez contra um. Havia probabilidade mais do que razoável de Keller e o resto da equipe não sobreviverem a uma luta armada à queima-roupa, mesmo que conduzida pelo homem que alcançara a pontuação mais alta da infame Killing House do SAS. Além do mais, era possível que Uzi Navot e Langley estivessem equivocados sobre a identidade do homem no Toyota. Melhor deixar rolar. Melhor que ele mostrasse o rosto e depois atirassem sem chance de danos colaterais. No momento, o ponto isolado no canto mais escuro do sudeste do Marrocos era o inimigo. Mas não por muito tempo. Logo, pensou, o deserto se tornaria um aliado.

Gabriel ordenou que Keller recuasse e pediu para Langley focar uma das câmeras dos drones no Land Cruiser no fim do acampamento. A imagem apareceu um momento depois em sua tela, cortesia do Predator. Um homem vestindo o capuz de um *djellaba*, as duas mãos no volante, sem cigarro. Gabriel imaginou que em algum momento ele fosse se juntar aos outros. Para isso, teria de sair do veículo e caminhar vários passos. Aí, Gabriel saberia se era ele. A aparência física de um homem podia ser modificada de muitas formas, pensou. Cabelos podiam ser cortados ou tingidos, um rosto podia ser alterado com cirurgia plástica. Mas um andar manco como o de Saladin era eterno.

56

SAARA, MARROCOS

No início, Mohammad Bakkar só falou em *darija*, e só com Jean-Luc Martel. Era óbvio pelo comportamento e pelo tom que ele estava irritado. Mikhail, durante o tempo com Sayeret Matkal, tinha aprendido um pouco de árabe palestino, o suficiente para funcionar durante batidas noturnas em Gaza, na Cisjordânia e no sul do Líbano. Ele não era nem de longe fluente ou versado. Mesmo assim, conseguiu compreender o ponto central do que o marroquino das montanhas do Rife dizia. Vários carregamentos grandes de produto não especificado tinham, recentemente, se perdido em circunstâncias não explicadas. As perdas sofridas pela organização de Bakkar eram consideráveis — centenas de milhões de dólares. Em algum lugar, disse, alguém vazara informações. Não tinha sido na ponta dele. Evidentemente, ele segurava tudo com rédea bem curta. Portanto, o erro era de Martel. Bakkar deu a entender que tinha sido intencional. Afinal, desde o início, nunca aprovara a rápida expansão do negócio compartilhado deles. Seriam necessárias reparações. Senão, Bakkar encontraria outro distribuidor para seu produto e tiraria Martel de cena para sempre.

Seguiu-se uma discussão violenta. Martel, num árabe marroquino rápido e fluente, deu a entender que Mohammad Bakkar, não ele, era o culpado pelas capturas recentes. Ele lembrou a Bakkar que tinha se oposto a aumentar a quantidade de produto entrando na Europa, e exatamente por esse motivo. Segundo seus cálculos, perdiam mais de um quarto de seu produto em capturas, em vez dos dez por cento usuais, uma taxa insustentável no longo prazo. A cautela era a única solução. Carregamentos menores, nada mais de navios de contêiner. Foi, pensou Mikhail, uma apresentação bastante impressionante por parte de Martel. Um agente treinado não teria feito melhor. No fim, até Mohammad Bakkar parecia convencido de que ele e sua organização eram, de alguma forma, responsáveis pelo vazamento. Decidiu investigar a questão até o fim. Enquanto isso, tinha vinte toneladas de produto paradas em suas instalações de produção clandestinas no Rife esperando pelo envio. Estava ansioso para seguir em frente. Claramente, eram necessários novos fundos.

— Não quero ficar sozinho com os custos do desastre. Não é justo.

— Concordo — disse Martel. — No que você pensou?

— Num aumento de cinquenta por cento. Uma vez só.

— Cinquenta por cento! — Martel balançou a mão, em negativa. — Você está louco.

— É minha última oferta. Se quiser continuar como meu distribuidor, sugiro que aceite.

Não era a última oferta de Mohammad Bakkar, nem de perto. Martel sabia disso, e Bakkar, também. Era, afinal, o Marrocos. Até passar o pão durante o jantar exigia uma negociação.

Ela se seguiu por vários minutos, com cinquenta diminuindo para 45, depois para quarenta e, finalmente, com um olhar exasperado em direção aos céus, para trinta. O tempo todo, Mikhail observava o homem que o observava. O homem atrás do volante do

Toyota, com uma visão desobstruída do centro do acampamento. Ele vestia um *djellaba* com o capuz pontudo para cima, o rosto em sombras profundas. Mesmo assim, Mikhail conseguia sentir o peso de chumbo de seu olhar. Conseguia sentir, também, a ausência de uma arma escondida em suas costas.

— *Khalas* — disse Bakkar, por fim, esfregando as mãos. — Vinte e cinco a serem pagos no recebimento da mercadoria. É pouco, mas que escolha tenho? Quer também a roupa do meu corpo, Jean-Luc? Sempre posso arrumar outra.

Martel estava sorrindo. Mohammad Bakkar fechou o contrato com um aperto de mão e se virou para Mikhail.

— Perdoe-me, mas Jean-Luc e eu tínhamos assuntos sérios para discutir.

— É o que parecia.

— Você não fala árabe, Monsieur Antonov?

— Não.

— Nem um pouco?

— Até pedir café é um desafio.

Mohammad Bakkar assentiu com empatia.

— Pronúncias diferentes em países diferentes. Um egípcio diria a palavra de modo diferente de um marroquino ou de um jordaniano ou, digamos, de um palestino.

— Ou de um russo. — Mikhail deu risada.

— Que mora na França.

— Meu francês é quase tão ruim quanto meu árabe.

— Então, falaremos em inglês.

Silêncio.

— Quanto Jean-Luc contou sobre nossos negócios juntos? — perguntou Bakkar, por fim.

— Muito pouco.

— Você, certamente, deve ter alguma ideia.

— Laranjas — falou Mikhail. — Você fornece as laranjas que Jean-Luc usa em seus restaurantes e hotéis.

— E romãs — disse Bakkar, de forma agradável. — O Marrocos tem ótimas romãs. As melhores do mundo, na minha opinião. Mas as autoridades europeias não querem nossas laranjas e romãs. Perdemos vários carregamentos nos últimos tempos. Jean-Luc e eu debatíamos como isso aconteceu e o que fazer agora.

Mikhail ouviu, sem expressão.

— Infelizmente, perdemos mais do que só frutas nas capturas recentes. Algo insubstituível. — Bakkar olhou para Mikhail de forma especuladora. — Ou talvez não seja.

Bakkar pediu mais chá. Mikhail observou o homem no Toyota enquanto os copos eram enchidos.

— Que tipo de negócios o senhor faz, Monsieur Antonov?

— Perdão?

— Seu negócio — repetiu Bakkar. — O que é que você faz?

— Laranjas — disse Mikhail. — E romãs.

Bakkar sorriu.

— Pelo que entendo — declarou ele —, seu negócio são as armas.

Mikhail não disse nada.

— É um homem cuidadoso, Monsieur Antonov. Admiro isso.

— Vale a pena ser cuidadoso. Menos carregamentos se perdem.

— Então, é verdade!

— Sou um investidor, Monsieur Bakkar. Sou conhecido por fazer negócios que envolvem o movimento de bens do Leste Europeu e das antigas repúblicas soviéticas para locais atribulados ao redor do mundo.

— Que tipo de bens?

— Use sua imaginação.

— Armas?

— Armamentos — disse Mikhail. — Armas de fogo são só uma pequena parte do que fazemos.

— De que tipo de mercadoria estamos falando?

— Tudo, de Kalashnikovs a helicópteros e aviões de caça.

— Aeronaves? — perguntou Bakkar, incrédulo.

— Gostaria de uma? Que tal um tanque ou um míssil Scud? Estamos com uma oferta nesse mês. Eu faria logo o pedido, se fosse você. Não vai durar muito.

— Para mim, nada — respondeu Bakkar, levantando as mãos —, mas um sócio meu pode estar interessado.

— Em Scuds?

— As necessidades dele são bem específicas. Prefiro deixar que ele explique.

— Ainda não — disse Mikhail. — Primeiro, fale para mim um pouco sobre ele. Depois, eu decido se quero conhecê-lo.

— Ele é um revolucionário — contou Bakkar. — Garanto que a causa dele é justa.

— Todas sempre são — comentou Mikhail, com ceticismo. — De onde ele é?

— Ele não tem país, não no sentido ocidental da palavra. As fronteiras não significam nada para ele.

— Interessante. Mas para onde ele vai enviar as armas?

A expressão de Bakkar ficou séria de repente.

— Com certeza, sabe sobre a recente turbulência em nossa região, que apagou muitas das antigas fronteiras desenhadas por diplomatas de Paris e Londres. Meu sócio vem de um desses lugares. Um lugar de grande revolução.

— Revolução é o que me mantém nos negócios.

— Imagino que sim — respondeu Bakkar.

— Como se chama esse sócio?

— Pode chamá-lo de Khalil.

— E antes da revolução? — perguntou Mikhail rapidamente, como se o nome não significasse nada para ele. — De onde ele era?

— Quando criança, viveu às margens de um dos rios que fluíam desde o Jardim do Éden.

— Havia quatro — comentou Mikhail.

— Correto. O Pison, o Giom, o Eufrates e o Tigre. Meu sócio vivia às margens do Tigre.

— Então, ele é iraquiano.

— Já foi. Não é mais. Meu sócio é súdito do califado islâmico.

— Imagino que ele não esteja no califado agora.

— Não. Está logo ali. — Bakkar inclinou a cabeça na direção do Toyota. Olhou para Mikhail e perguntou: — Você está carregando uma arma, Monsieur Antonov?

— É claro que não.

— Se importaria se um de meus homens o revistasse? — Bakkar sorriu amigavelmente. — Você é um traficante de armas, afinal.

Houve uma reunião na porta do motorista do Toyota — cinco homens, pelas contas de Gabriel, todos armados. Quando a porta se abriu, com alguma dificuldade, o homem saiu. Ele permaneceu ao lado do veículo, protegido por um círculo de guardas, enquanto Mikhail era revistado com cuidado. Só quando a revista terminou, ele foi em direção do pátio central do acampamento. Os guardas armados o entregaram num amontoado. Apesar disso, Gabriel conseguia ver que ele estava apoiando mais na perna direita. O primeiro dos dois passos de autenticação estava completo. O segundo, porém, não podia ser feito do alto, usando um drone norte-americano. Só um encontro cara a cara resolveria.

Gabriel mandou uma mensagem a Christopher Keller, e dizia que o alvo tinha acabado de entrar no acampamento e mancava notavelmente. Então, viu o alvo esticar uma das mãos na direção de um oficial da inteligência israelense.

— Dmitri Antonov — sussurrou Gabriel —, gostaria de apresentá-lo a meu amigo Saladin. Saladin, este é Dmitri Antonov.

Havia dois oficiais israelenses no acampamento remoto do deserto capazes de fornecer a segunda fase da autenticação necessária. Seria a fagulha necessária para iniciar a operação de assassinato no solo de um país nem sempre aliado na guerra ao terror. O primeiro estava sentado em frente ao alvo, sem armas nem aparelhos de comunicação. O outro estava a alguns metros, numa barraca confortavelmente mobiliada. O oficial do lado de fora só tivera um encontro fugidio com o alvo num famoso restaurante de Georgetown. Mas a oficial na barraca, não. Ela passou vários dias com ele numa casa de muitos cômodos e pátios perto de Mosul, onde tiveram longas conversas. Também ouvira, num chalé à beira do Shenandoah, na Virginia, o alvo sentenciá-la à morte. Era um som que ela jamais esqueceria e não precisava ver seu rosto para saber que era ele. Sua voz lhe diria isso.

Havia um terceiro oficial que também tinha visto o alvo em pessoa — ele aguardava ansioso numa casa assombrada na antiga parte colonial de Casablanca. Quando a confirmação da identidade do alvo chegou ao computador, ele a encaminhou imediatamente para o Buraco Negro em Langley.

— Pegamos o homem! — gritou Kyle Taylor.

— Ainda não — preveniu Uzi Navot, olhando para a imagem na tela. — Nem a um quilômetro. Nem de longe.

57

SAARA, MARROCOS

Ele era mais alto do que Mikhail se lembrava, e tinha peito e ombros mais amplos. Talvez fosse por ter tido tempo suficiente para se recuperar dos ferimentos. Ou talvez, pensou Mikhail, fossem as roupas. Ele vestira um terno escuro naquela noite e estivera sentado em frente a uma bela jovem cujo cabelo moreno estava tingido de loiro. Ocasionalmente, ele olhava para a televisão acima do bar para ver os resultados de seu trabalho. Bombas haviam explodido no Centro Nacional de Contraterrorismo na Virginia e no Lincoln Memorial. Mas haveria mais. Muito mais.

A primeira impressão de Mikhail sobre o novo rosto de Saladin era que não combinava com ele. O nariz e as maçãs do rosto eram finos demais, e o queixo era daqueles de estrela de cinema, algo que um homem vaidoso escolheria numa revista no consultório do cirurgião plástico. Também foi feito um grande trabalho nos olhos, mas as íris eram como Mikhail lembrava — amplas, escuras, sem fundo, brilhando com uma inteligência profunda. Não eram os olhos de um louco, mas de um profissional. Ninguém jamais iria querer apostar a sorte contra tal olhar, nem sentar em frente a ele numa sala de interrogatório. *Ou num acampamento à beira do Saara*, pensou Mikhail, *cercado por vários jihadistas ameaçadores com armas automáticas*. Ele decidiu conduzir a reunião rapidamente e mandar Saladin embora. Mas não tão rapidamente. Saladin estava prestes a apresentar a Mikhail sua lista de desejos de armas, o que significava que havia informações valiosas a receber. Era uma oportunidade sem precedentes. Não podia ser desperdiçada.

As apresentações foram breves e formais. Mikhail aceitara a mão esticada sem hesitar. A mão que condenara tanta gente à morte. A mão do assassino. Grossa, forte e muito quente ao toque. Estava seca, observou Mikhail. Sem sinal de nervosismo. Saladin não estava ansioso nem desconfortável, estava em seu habitat. Como o homônimo, era um homem do deserto. O chá de menta marroquino, porém, não estava ao seu gosto.

— Doce demais — declarou ele, fazendo careta. — É uma surpresa os marroquinos ainda terem dentes.

— Não temos — brincou Mohammad Bakkar.

Houve risadas contidas. Saladin inclinou o rosto ao céu e buscou as estrelas.

— Ouviu isso? — perguntou, após um momento.

— O quê? — quis saber Mikhail.

— Abelhas — disse Saladin. — Parecem abelhas.

— Aqui, não. Moscas, talvez, mas não abelhas.

— Com certeza, você tem razão. — Ele falava inglês com um sotaque forte, mas com confiança. Baixou o olhar e o fixou diretamente em Mikhail. — Suponho que tenhamos acabado com qualquer confusão remanescente sobre sua profissão.

— Acabamos.

— Você de fato é russo?

— Infelizmente, sou.

— Não vou julgá-lo mal por isso — disse Saladin. — Seu governo cometeu atrocidades horrorosas na Síria enquanto tentava alavancar o regime.

— No que diz respeito à Síria — respondeu Mikhail —, a Rússia não tem o monopólio das atrocidades. O Estado Islâmico também tem bastante sangue nas mãos.

— Para fazer um omelete — explicou Saladin —, é necessário quebrar ovos.

— Ou massacrar civis inocentes?

— Ninguém é inocente nessa guerra. Enquanto os infiéis matarem nossas mulheres e crianças, vamos matar as deles. — Ele levantou os ombros pesados. — Simples assim. Além disso, um homem na sua linha de trabalho não está em posição de dar lição de moral em ninguém sobre danos colaterais.

— Tem uma diferença entre vítimas colaterais e usar civis como alvo.

— Uma diferença muito tênue. — Ele bebeu um pouco do chá. — Diga-me, Monsieur Antonov, você é espião?

— Moro numa mansão no sul da França cheia de arte. Não sou espião algum.

— Na Rússia — declarou Saladin, com ares de conhecimento —, há espiões de todo jeito.

— Não sou nem nunca fui oficial de inteligência russo.

— Mas é próximo ao Kremlin.

— Na verdade, faço meu máximo para evitá-lo.

— Perdoe-me, Monsieur Antonov. Todos sabem que o Kremlin escolhe os ganhadores e os perdedores na Rússia. Ninguém tem permissão de ficar rico sem a aprovação do czar.

— Você conhece bem meu país.

— Já lidei muito com a Rússia na minha vida passada. Sei como o sistema funciona. Também sei que um homem na sua linha de trabalho não pode atuar sem a proteção de amigos do serviço de inteligência exterior da Rússia e do Kremlin.

— Tudo verdade — confirmou Mikhail. — Eu perderia amigos se eles ficassem sabendo que estou pensando em fazer negócios com gente como você.

— Não parece um elogio.

— Não era para ser.

— Admiro sua honestidade.

— E eu, a sua — disse Mikhail.

— Você tem alguma objeção moral em fazer negócios com a gente?

— Tenho pouca. Pouca moral, quero dizer.

— Tenho pena de você.

— Não tenha.

Saladin sorriu.

— Tenho a intenção de adquirir algumas mercadorias para operações futuras.

— Armas?

— Armas, não — respondeu Saladin. — Material.

— Que tipo de material?

— O tipo — disse Saladin — que o governo da antiga União Soviética produziu em grande quantidade durante a Guerra Fria.

Mikhail permitiu que um momento se passasse antes de responder.

— É um negócio muito sujo — falou, em voz baixa.

— Muito sujo — concordou Saladin. — E lucrativo.

— O que exatamente você busca?

— Cloreto de césio.

— Imagino que pretenda usar para fins médicos.

— Agrícolas, na verdade.

— Eu tinha a impressão que sua organização estava em posse de material assim na Síria e na Líbia.

— Onde ouviu uma coisa dessas?

— No mesmo lugar em que você ouviu que sou traficante de armas.

— É verdade, mas uma parte de nosso fornecimento desapareceu. — Ele olhou para Jean-Luc Martel.

— E o resto? — perguntou Mikhail.

— Não é da sua conta.

— Perdão, eu não quis...

Saladin levantou uma mão para indicar que não tinha ficado ofendido.

— É possível para você — perguntou — obter esse tipo de material?

— Sim, é — confirmou Mikhail, com cautela —, mas extremamente arriscado.

— Nada que vale a pena vem sem risco.

— Sinto muito — declarou Mikhail após um momento —, mas não posso fazer parte disso.

— De quê?

Mikhail não respondeu.

— Pode ao menos ouvir minha oferta?

— A questão não é o dinheiro.

— A questão — disse Saladin — é sempre o dinheiro. Dê seu preço e eu pago.

Mikhail demonstrou considerar.

— Posso perguntar por aí — falou, por fim.

— Quanto tempo vai levar?

— O tempo que for necessário. Não é algo que dê para fazer rápido.

— Entendo.

— Você também precisa de assistência técnica?

Saladin balançou a cabeça em negativa.

— Só do material.

— E se eu conseguir? Como entro em contato com você?

— Não entra — explicou Saladin. — Entre em contato com o seu amigo, Monsieur Martel. Ele contatará Mohammad. — De repente, levantou-se e esticou a mão. — Espero ter notícias suas em breve.

— E terá. — Mikhail mais uma vez aceitou a mão e a segurou com firmeza. Saladin soltou o aperto e virou o rosto mais uma vez para o céu.

— Está ouvindo isso?

— As abelhas voltaram?

Saladin não respondeu.

— Você deve ter uma audição excelente — disse Mikhail —, porque eu não consigo ouvir nada.

Saladin ainda buscava as estrelas. Por fim, virou-se para Mikhail. Os olhos escuros se estreitaram, pensativos.

— Seu rosto me é familiar, Monsieur Antonov. É possível que já tenhamos nos encontrado?

— Não — respondeu Mikhail. — Acho que não.

— Em Moscou, talvez? Em outra vida?

O olhar se moveu de Mikhail para Jean-Luc Martel e, depois, para Mohammad Bakkar. Por fim, olhou novamente para Mikhail.

— Sua esposa não é russa — afirmou.

— Não. É francesa.

— Mas a pele dela é muito escura. Quase como a de uma árabe. — Saladin sorriu e explicou como sabia disso. — Dois de meus homens a viram tomando sol na praia em Casablanca. Viram-na de novo na medina de Fez ontem. Ela cobriu o cabelo. Meus homens ficaram impressionados.

— Ela respeita muito a cultura islâmica.
— Mas não é muçulmana.
— Não.
— É judia?
— Minha esposa — disse Mikhail, com frieza — não é da sua conta.
— Talvez devesse ser. Eu poderia conhecê-la, por favor?
— Nunca misturo negócios e família.
— Política sábia — falou Saladin. — Mesmo assim, gostaria de vê-la.
— Ela não está com véu no rosto.
— O Marrocos não é o califado, Monsieur Antonov. *Inshallah*, logo vai ser. Por enquanto, vejo rostos descobertos por onde olho.
— Como você reagiria se eu insistisse em ver a sua esposa sem véu?
— Muito provavelmente, o mataria.
Ele ultrapassou Mikhail sem mais palavras e caminhou para a barraca.

58

SAARA, MARROCOS

Ele afastou a abertura e entrou. Velas queimavam na escrivaninha à qual Keller lia um romance em brochura gasta, ao lado da cama onde Natalie e Olivia estavam deitadas de lados opostos de um tabuleiro de gamão. Elas conversavam em voz baixa, como pessoas que têm todo o tempo do mundo para tudo.

Por fim, Keller olhou para cima.

— Bem o homem que eu estava esperando — disse, jovialmente, em francês. — Se importa de nos trazer um pouco de chá? E doces. Aqueles cheios de mel. Ótimo, muito bem.

Keller virou a página de seu livro. As velas tremeram enquanto Saladin cruzava o cômodo com três passadas largas e parava ao pé da cama. Natalie jogou o dado no tabuleiro e, satisfeita com os resultados, pensou em seu próximo movimento. Olivia olhou para Saladin com desaprovação.

— O que está fazendo aqui?

Saladin, em silêncio, estudou Natalie cuidadosamente. O olhar dela estava virado para baixo, para o tabuleiro; o rosto estava de perfil e parcialmente coberto por uma mecha de cabelo loiro. Quando Saladin afastou o cabelo, ela se virou com severidade.

— Como ousa tocar em mim! — explodiu, em francês. — Saia daqui ou vou chamar meu marido!

Saladin se manteve firme. Natalie olhou para ele, sem piscar.

Maimônides... É tão bom vê-la de novo...

Recomposta, ela disse:

— Deseja me perguntar alguma coisa?

O olhar de Saladin foi brevemente para Keller antes de parar mais uma vez em Natalie.

— Perdão — falou ele, após um momento. — Eu estava enganado.

Ele se virou e saiu para a noite.

Natalie olhou para Keller.

— Você devia tê-lo matado enquanto tinha a chance.

No Buraco Negro em Langley, houve um suspiro de alívio audível quando Saladin saiu da barraca. Pelos drones, o viram falar algumas palavras direto no ouvido de Mohammad Bakkar. Eles foram para a beira do acampamento e, cercados de guarda-costas, conversaram por um longo tempo. Várias vezes, Saladin apontou para o céu. Em uma delas, pareceu olhar para a lente da câmera do Predator.

— Fim de jogo — declarou Kyle Taylor. — Obrigado por jogarem.

— Tem um motivo para ele ainda estar vivo depois de tantos anos — disse Uzi Navot. — Ele é muito bom no jogo.

Navot observou Mikhail entrar de fininho na barraca e aceitar um objeto de Christopher Keller. Não era visível via infravermelho. Ainda assim, Navot supôs que os dois, ambos veteranos de unidades de elite das forças especiais, agora estavam armados. Em número muitíssimo menor.

— Qual a distância entre Saladin e aquela barraca?

— Doze metros — respondeu Taylor. — Talvez um pouco menos.

— Qual é o raio de explosão de um Hellfire?

— Nem pense nisso.

Mohammad Bakkar tinha voltado ao pátio central do acampamento e estava falando com Martel. Mesmo a seis mil metros de distância, era óbvio que se tratava de um diálogo acirrado. Enquanto isso, todo o acampamento se movia. Guardas subiam nos Land Cruisers, motores eram ligados, luzes brilhavam.

— Que merda está acontecendo? — quis saber Taylor.

— Me parece — respondeu Navot — que ele está embaralhando as cartas.

— Bakkar?

— Não — disse Navot. — Saladin.

Ele estava de novo olhando para o olho imóvel do drone. Sorria, observou Navot. Ele definitivamente sorria. De repente, levantou um braço, e quatro SUVs idênticas começaram a girar em torno dele em direção anti-horária, numa nuvem de areia e poeira.

— Quatro veículos, dois Hellfires — constatou Navot. — Quais as chances de escolher o certo?

— Estatisticamente — disse Taylor —, cinquenta-cinquenta.

— Então, talvez você devesse atirar agora.

— Sua equipe não sobreviveria.

— Tem certeza?

— Já fiz isso uma ou duas vezes, Uzi.

— Sim — concordou Navot, olhando para a tela. — Saladin também.

Gabriel e Yaakov Rossman olhavam a mesma imagem no posto de comando de Casablanca — quatro SUVs circulando um homem cuja assinatura de calor morria por baixo de um véu de areia e poeira. Finalmente, os carros desaceleraram até parar, só o tempo suficiente para o homem entrar num deles — em qual, era impossível saber. Os quatro partiram pelo deserto, separados por espaço suficiente para que um único míssil de vinte quilos não pudesse eliminar dois pelo preço de um.

O Predator seguiu as SUVs na direção norte, enquanto o Sentinel continuou para trás para observar o acampamento. Os quatro guardas do perímetro tinham voltado para o pátio central, onde Mohammad Bakkar estava mais uma vez numa conversa acalorada com Jean-Luc Martel. Um objeto passava de um para o outro, das mãos de Bakkar para as do informante improvável de Gabriel. Um objeto que era invisível aos sensores de imagem termal do drone. Um objeto que Jean-Luc Martel colocou no bolso direito da jaqueta.

— Merda — disse Yaakov.

— Não poderia concordar mais.

— Acha que ele mudou de lado?

— Vamos saber em um minuto.

— Por que esperar?

— Você tem uma ideia melhor?

— Mande uma mensagem para Mikhail e Keller. Diga para eles saírem daquela barraca abrindo fogo.

— E se os homens de Bakkar devolverem as balas com aquelas Kalashnikovs?

— Nem vão ter tempo de tirá-las do ombro.

— E Martel? — questionou Gabriel. — E se ele estiver parado no lugar errado na hora errada.

— Ele é um traficante de drogas.

— Não estaríamos aqui sem ele, Yaakov.

— Você acha que ele não nos trairia para salvar a própria pele? O que acha que ele está fazendo agora? Mande a mensagem — falou

Yaakov. — Derrube todos e vamos tirar nossa gente dali antes dos norte-americanos explodirem o deserto com aqueles mísseis Hellfire.

Gabriel mandou duas mensagens: uma para Dina Sarid e outra para o telefone via satélite em posse de Keller. Dina respondeu instantaneamente. Keller não se deu ao trabalho.

— Com todo o respeito, discordo — disse Yaakov.

— Anotado.

Gabriel olhou para a imagem do Predator. Quatro Toyota SUVs idênticos correndo para o norte através do deserto.

— Em qual você acha que ele está?

— No segundo — afirmou Yaakov. — Definitivamente, no segundo.

— Com todo o respeito, discordo.

— Então, em qual?

Gabriel olhou para a tela.

— Não tenho ideia.

O Hotel Kasbah ficava a oeste do grande mar de areia nas Dunas de Merzouga. Dina e Eli Lavon tomavam chá no bar do terraço quando chegou a mensagem de Gabriel. Yossi e Rimona estavam à beira da piscina. Cinco minutos depois, tendo limpado os quartos, todos os quatro se encontravam no lobby lotado do hotel. Perguntaram ao gerente noturno o nome de uma boate próxima onde pudesse haver música e dança. Receberam o nome de um estabelecimento em Erfoud, que ficava ao norte. Em vez disso, foram para o sul, Yossi e Rimona em um Jeep Cherokee alugado, Dina e Eli Lavon em um Nissan Pathfinder. Em Khamlia, eles saíram da estrada principal, entraram no deserto e esperaram o céu queimar.

59
LANGLEY, VIRGINIA

Qual Toyota Land Cruiser estaria com o prêmio? Após meses de tramas, esquemas, recrutamento e negociações, tudo dependia disso. Quatro veículos, dois mísseis. As chances eram uma em duas. O preço do fracasso seria um relacionamento quebrado com um importante aliado árabe — e talvez muito pior. O cadáver de Saladin compensaria todos os tipos de pecados secretos. Contudo, Saladin solto no Marrocos após um ataque de drone fracassado seria uma catástrofe diplomática e de segurança. Muitas carreiras estavam por um fio. Muitas vidas também.

Não faltavam opiniões. Graham Seymour jurava que era o terceiro Toyota; Paul Rousseau, o quarto. Adrian Carter apostava no primeiro, mas disposto a aceitar a ideia de que estivesse no segundo. Dentro da Sala de Comando da Casa Branca, o presidente e seus auxiliares sêniores também estavam divididos. O diretor da CIA, Morris Payne, tinha quase certeza de ter visto Saladin entrar na terceira SUV. O presidente, como Paul Rousseau, batia o pé de que era o quarto. No Buraco Negro em Langley, havia motivo suficiente para eliminar o número quatro da lista.

A opinião dos especialistas também estava dividida. As equipes de drone analisaram os registros da fuga inicial de Saladin do acampamento, junto com o vídeo ao vivo e os dados dos sensores. Eles apontavam com alta probabilidade para o número três, embora um analista júnior estivesse convencido de que Saladin não estava em nenhuma das SUVs, que ele fugira do acampamento a pé e agora cruzava o deserto sozinho.

— Ele é manco — comentou Uzi Navot, sarcasticamente. — Vai ficar lá mais tempo que Moisés e os judeus do Egito.

No fim, ficou a cargo de Kyle Taylor — oficial de operações veteranos que tinha supervisionado mais de duzentos ataques de drones bem-sucedidos no Paquistão, no Afeganistão, no Iraque, na Síria, na Líbia, no Iêmen e na Somália — tomar a decisão final. Ele o fez ágil e decisivamente, sem se dar ao trabalho de consultar Adrian Carter. Às 17h47, horário de Washington — 22h47 no Marrocos —, foi passada às equipes de drone a ordem para preparar o lançamento. Setenta e dois segundos mais tarde, dois dos Toyota Land Cruisers, o primeiro e o terceiro, explodiram num clarão ofuscante de luz branca. Uzi Navot era o único no Buraco Negro ou na Sala de Comando da Casa Branca que não estava olhando.

O som das explosões chegou ao acampamento um ou dois segundos após o clarão de luz no horizonte. Keller e Mikhail já tinham sacado suas Berettas quando Jean-Luc Martel entrou na barraca.

— O que vão fazer? Atirar em mim? — quis saber Martel.

— Pode ser — respondeu Keller.

— Seria um erro de cálculo de sua parte. — Martel olhou para o norte e perguntou: — O que acabou de acontecer ali?

— Para mim, pareceu um trovão.

— Não acho que Mohammad vai acreditar nisso. Não depois do que o amigo iraquiano dele disse antes de ir embora.

— O que ele disse?

— Que Dmitri e Sophie Antonov são agentes israelenses enviados aqui para matá-lo.

— Espero que você tenha convencido Mohammad de que isso não é verdade.

— Tentei — falou Martel.

— Foi por isso que ele deu a arma a você?

— Que arma?

— Essa no bolso direito da sua jaqueta. — Keller conseguiu sorrir. — Os drones nunca piscam.

Martel tirou a arma lentamente.

— Uma FN Five-seven — disse Keller.

— A arma padrão do SAS.

— Na verdade, chamamos de Regimento. — Keller estava segurando a Beretta com as duas mãos. Ele soltou a esquerda e esticou para Martel. — Eu fico com isso.

O francês apenas sorriu.

— Você não está pensando em fazer alguma besteira, não é, Jean-Luc?

— Já fiz. Agora, vou cuidar de mim. — Ele olhou de relance para Olivia, sentada na beira da cama ao lado de Natalie. — E dela, é claro.

Keller abaixou a arma.

— Diga a Mohammad que quero dar uma palavrinha com ele.

— Por que eu faria isso?

— Para ele ouvir minha oferta.

— *Sua* oferta? E qual seria?

— Nossa saída segura em troca da vida de Mohammad e dos homens dele.

Martel emitiu uma risada grave e amarga.

— Você parece ter interpretado mal a sua situação. Tem vários Kalashnikovs apontados para você, não para mim.

— Eu tenho um drone — retrucou Keller. — Se alguma coisa acontecer com a gente, ele vai transformar Mohammad numa pilha de cinzas.

— Drones Predator carregam dois mísseis Hellfire. Tenho certeza que ouvi duas explosões agorinha mesmo.

— Tem mais um drone em cima da gente.

— Tem mesmo?

— Como eu sabia que havia uma arma no seu bolso?

— Palpite de sorte.

— É bom você torcer para ter sido.

Martel se aproximou lentamente de Keller e o encarou.

— Deixe que eu explique o que vai acontecer — falou ele, em voz baixa. — Vou sair daqui com Olivia. Depois, os homens de Mohammad vão trucidar você e os seus amigos com balas de AK-47.

Keller não disse nada.

— Não é tão durão sem a proteção do *don*, né?

— Você é um homem morto.

— Diga o que quiser.

Martel se afastou de Keller e esticou uma mão na direção de Olivia. Ela continuou sentada imóvel ao lado de Natalie. Os olhos de Martel se apertaram de raiva.

— Quanto eles pagaram para você me trair, meu amor? Sei que você não fez pela bondade do seu coração. Você não tem coração.

Ele agarrou o braço de Olivia, mas ela o arrancou da mão dele.

— Que nobre, você — disse Martel, ácido. Então, colocou o cano da FN na lateral da cabeça dela. — De pé.

Keller levantou sua arma e a colocou na altura do peito de Martel.

— O que você vai fazer? Atirar em mim? Se fizer isso, todos morremos.

Keller ficou em silêncio.

— Não acredita? Puxe o gatilho — provocou Martel. — Veja o que acontece.

No Buraco Negro em Langley, só Uzi Navot assistia à gravação do Sentinel da cena que se desenrolava no acampamento. Todos os outros na sala estavam atentos à tela ao lado, onde as ruínas de dois Land Cruisers queimavam brilhantes no solo do Saara. Mas não eram os únicos veículos danificados no ataque. O motorista da segunda SUV tinha perdido controle após as explosões e colidido em alta velocidade com uma pedra que brotava do deserto. Muito danificado, o veículo estava tombado do lado do passageiro, com os faróis ainda ligados. Parecia haver dois homens dentro. Nos noventa segundos desde a batida, ninguém havia se mexido.

— Três pelo preço de dois — comentou Kyle Taylor, mas ninguém na sala respondeu. Todos estavam ocupados demais percebendo que a única SUV restante tinha dado a volta e estava se aproximando do veículo encalhado de lado e quebrado. Logo depois, dois homens arrastavam freneticamente um terceiro das ferragens.

— Quais as chances — perguntou Kyle Taylor — de ser Saladin?

Adrian Carter observou os dois homens colocarem apressadamente o terceiro no banco de trás da SUV intacta.

— Eu diria que mais ou menos cem por cento. A questão é: ele ainda está vivo?

O veículo se dirigiu para o norte com os faróis desligados, seguido pelo Predator, agora sem presas. Os sensores do drone estimaram a velocidade do veículo em 148 quilômetros por hora.

— Fora da estrada — disse Carter —, sem faróis.

— Parece que erramos — comentou Taylor.
— É — concordou Carter. — E ele ainda está vivo.

Em Casablanca, Gabriel só tinha olhos para a transmissão de vídeo do drone Sentinel. Versões esverdeadas e fantasmagóricas de Keller e Mikhail miravam suas armas em Jean-Luc Martel, que apontava a sua arma para a cabeça de uma das mulheres — Natalie ou Olivia, Gabriel não conseguia saber. Mohammad Bakkar e quatro de seus homens estavam em frente à barraca, fuzis na direção da entrada. Devido às dimensões limitadas do pátio central, estavam agrupados próximos. Gabriel calculou as chances. Eram melhores, reconheceu, do que zero. Ele começou a digitar uma mensagem, mas parou e, em vez disso, telefonou. Alguns segundos depois, assistiu à versão esverdeada e fantasmagórica de Christopher Keller colocar a mão no bolso do casaco.
— Atenda — disse Gabriel, com os dentes cerrados. — Atenda o telefone.

A Beretta estava na mão direita de Keller, o telefone via satélite vibrava na esquerda. O dedão dele pairava sobre a tela.
— Não — sussurrou Martel roucamente.
— O que vai fazer, Jean-Luc?
Martel agarrou um punhado do cabelo de Olivia e apertou o cano da FN na têmpora dela. Keller tocou na tela e levou o telefone, com agilidade, à orelha. Gabriel falou com ele calmamente.
— Eles estão parados em frente à entrada da barraca, Bakkar e mais quatro. Estão agrupados perto um do outro, com as armas carregadas e engatilhadas.
— Mais boas notícias?

— Saladin ainda está vivo.

Keller abaixou o telefone sem desligar a conexão e olhou para Mikhail.

— Eles estão em frente à barraca esperando para nos matar. Cinco homens, todos armados. Diretamente em frente à entrada — adicionou Keller, incisivo.

— Todos eles? — perguntou Mikhail.

Keller assentiu, e então olhou para Martel.

— Khalil, o iraquiano, virou churrasco. Vários pedaços, na verdade. Diga para Mohammad nos deixar sair ou será o próximo.

Martel arrastou Olivia na direção da entrada da tenda, com a arma ainda na cabeça dela. Keller permitiu que o telefone caísse de sua mão esquerda enquanto agilmente levantava a direita. Disparou duas balas, o *tap-tap* de um profissional treinado. As duas encontraram o rosto de Martel. Ele girou para a direita e, com Mikhail, lançou uma saraivada na direção dos cinco homens do lado de fora.

Quando o fogo cruzado rasgou a barraca, Natalie puxou Olivia para o chão. Martel estava deitado ao lado delas, a FN ainda em sua mão sem vida. Natalie arrancou a arma dele, apontou para a entrada e puxou o gatilho. O tempo todo, na Casa de Espiões em Casablanca, Gabriel via e ouvia. Via os membros de sua equipe lutarem por suas vidas, com o som do tiroteio e os gritos de Olivia Watson ao fundo.

60
SAARA, MARROCOS

Da perspectiva de Gabriel, pareceu durar uma eternidade; da de Keller, um ou dois segundos. Quando o fogo vindo de fora da barraca silenciou, ele expeliu o pente gasto de sua Beretta e colocou o pente extra. Ao lado dele, Mikhail fazia o mesmo. Olhou para Natalie e ficou surpreso em ver a arma de Martel nas mãos esticadas dela. Olivia estava gritando histericamente.

— Ela está bem?

A lateral do rosto de Olivia estava coberta de sangue e cérebro. Natalie a examinou procurando uma ferida de bala, mas não achou nada. O sangue e cérebro eram de Martel.

— Ela está bem.

Talvez um dia, pensou Keller, mas não agora. Ele se abaixou e pegou o telefone.

— O que está rolando aí?

— Nada demais — respondeu Gabriel.

— Algum sinal de movimento?

— O do meio. Daqui de cima, os outros parecem mortos.

— Que pena — disse Keller. — E agora?

★ ★ ★

Quinze quilômetros ao norte, o último Toyota Land Cruiser avançava por um trecho desabitado de deserto, seguido pelo Predator.

— Qual é a autonomia de voo daquele drone? — perguntou Navot.

— Oito horas e contando — falou Adrian Carter. — A não ser que os marroquinos descubram que estamos executando um ataque de drone clandestino no território deles. Aí, vai ser bem menos.

— E daquele? — quis saber Navot, com um gesto de cabeça na direção da imagem do acampamento gravada pelo Sentinel.

— Catorze horas.

— O quanto ele é invisível?

— Invisível o suficiente para os marroquinos nunca conseguirem encontrá-lo.

Um dos telefones em frente a Carter acendeu com uma ligação. Ele levou o fone à orelha, ouviu e xingou em voz baixa.

— O que foi? — perguntou Navot.

— A NSA captou tráfego intenso no Marrocos.

— Que tipo de tráfego?

— Parece que a merda está no ventilador.

Outro telefone acendeu. Dessa vez, era Morris Payne ligando da Sala de Comando.

— Entendido — disse Carter, após um momento, e desligou. Então, olhou para Navot. — O embaixador marroquino acabou de ligar para a Casa Branca para perguntar se os Estados Unidos tinham atacado o país dele.

— O que você vai fazer?

— A autonomia de voo desses drones acabou de ficar bem mais curta.

— Do drone invisível também?

— Que drone invisível?

Carter deu a ordem para as equipes de drone. Instantaneamente, o Predator se inclinou a leste, na direção da fronteira argelina. A câmera de imagem termal continuou com a SUV por mais dois minutos, até, finalmente, a assinatura de calor evaporar das telas do Buraco Negro. O Sentinel foi o próximo. A última imagem que Navot viu foi dois homens saindo de fininho de uma barraca no deserto, armas em mãos.

Era verdade que todos os cinco homens no centro do acampamento foram alvejados, mas dois ainda estavam vivos. Um era Mohammad Bakkar. O outro era um dos guardas. Mikhail acabou com a vida do guarda com um único tiro na cabeça, enquanto Keller examinava Bakkar à luz das estrelas. O produtor de haxixe marroquino foi atingido duas vezes no peito. Seu pulôver estava encharcado de sangue, e havia sangue na boca dele. Era óbvio que ele não ia viver muito.

Keller se agachou ao lado dele.

— Para onde ele está indo, Mohammad?

— Quem? — perguntou Bakkar, engasgando com o sangue.

— Saladin.

— Não conheço ninguém com esse nome.

— Talvez isso refresque sua memória.

Keller colocou o cano da Beretta contra a canela de Mohammad Bakkar e puxou o gatilho. Os gritos do marroquino encheram a noite.

— Onde ele está?

— Eu não sei!

— Claro que sabe, Mohammad. Você o abrigou aqui no Marrocos depois do atentado a Washington. Deu o dinheiro que ele precisava para atacar meu país.

— Que país é esse? Você é francês? Ou é uma porra de judeu igual a ele?

Bakkar estava olhando para Mikhail, parado atrás de Keller. Keller colocou o cano da Beretta contra a panturrilha do marroquino e puxou o gatilho.

— Na verdade, eu sou britânico.

— Nesse caso — disse Bakkar, gemendo de agonia —, foda-se o seu país.

Keller atirou do lado do joelho de Bakkar.

— *Allahu Akbar!*

— Seja como for — disse Keller, calmamente —, onde ele está?

— Eu já disse que...

Outro tiro no que sobrava do joelho. Bakkar estava começando a perder a consciência. Keller bateu na cara dele com força.

— Ele mandou você matar a gente?

Bakkar assentiu.

— E o que você devia fazer depois disso?

Os olhos do marroquino estavam se fechando. Keller o estava perdendo.

— Para onde, Mohammad? Para onde ele está indo?

— Para uma das minhas... casas.

— Onde? No Rife? No Atlas?

Bakkar estava engasgando com o sangue.

— Onde, Mohammad? — perguntou Keller, chacoalhando o marroquino com violência. — Me diga para onde ele está indo para eu poder ajudar você.

— Fez — ofegou Bakkar. — Ele está indo para Fez.

A luz dos olhos do marroquino se apagava. Apesar do sangue e da dor, ele parecia um homem profundamente satisfeito.

— Você está mentindo para mim, não está, Mohammad?

— Sim.

— Para onde ele está indo?
— Quem?
— Saladin.
— Paraíso — disse Bakkar. — Estou indo para o paraíso.
— Eu duvido muito disso — respondeu Keller.

Colocou, então, a arma na testa de Bakkar e puxou o gatilho pela última vez.

Dos cinco homens mortos no pátio central do acampamento, só Mohammad Bakkar possuía um celular. O Samsung Galaxy estava no bolso da frente de sua calça, com o chip e a bateria removidos. Keller montou e ligou o aparelho enquanto Mikhail e Natalie cuidavam de Olivia. Não havia mais veículos no acampamento — Saladin, na tentativa desesperada de escapar, tinha levado os quatro —, o que significava que a única escolha deles era sair do deserto a pé. Pegaram só o que conseguiriam carregar com facilidade. Roupas quentes, telefones, passaportes, carteiras e dois Kalashnikovs com pentes carregados. Nem se deram ao trabalho de procurar uma tocha entre os suprimentos do acampamento. A lua era suficiente para iluminar o caminho deles.

Eles saíram do acampamento cinco minutos depois das 23 horas, horário local, e foram para o oeste num mar de areia. Keller liderava a fila, seguido pelas duas mulheres e, por fim, Mikhail. Na mão direita do britânico estava o celular de Mohammad Bakkar. Ele checou o status da bateria. Doze por cento.

— Merda — xingou. — Alguém tem um carregador?

Até Olivia riu.

Em Casablanca, Gabriel e Yaakov Rossman avaliaram em silêncio o que restava da operação. Os escombros estavam espalhados por todo o deserto ao sul do Marrocos, da fronteira argelina até as Dunas de Merzouga. Dois Toyota Land Cruisers queimavam e um terceiro estava capotado e danificado. Um quarto — possivelmente com um Saladin que necessitava de atendimento médico urgente — fora visto pela última vez acelerando a noroeste em direção às montanhas do Médio Atlas. Jean-Luc Martel, um proeminente, ainda que profundamente corrupto, empresário francês, estava morto em um acampamento remoto, junto com Mohammad Bakkar, o maior produtor de haxixe do Marrocos, e quatro de seus homens. O celular de Bakkar estava em posse de um oficial da inteligência britânica. O mostrador de bateria informava restar dez por cento, que diminuía com rapidez.

— Fora isso — disse Gabriel —, tudo saiu exatamente de acordo com o plano.

— Saladin estaria morto se os norte-americanos tivessem escolhido o carro certo.

Gabriel não disse nada.

— Você não está pensando em...

— Claro que estou.

Gabriel olhou para a tela do computador. Nela, havia um mapa do sul do Marrocos. Duas luzes azuis se moviam para o leste pelo deserto a partir de Khamlia; uma única luz vermelha se movia para o oeste. Estavam a cerca de três quilômetros de distância.

— Em alguns minutos — disse Yaakov —, o canto sudeste do Marrocos vai estar lotado de soldados e policiais. Não vai demorar muito para eles encontrarem alguns Toyotas queimados e um acampamento cheio de cadáveres. Será o inferno na Terra.

— Já está sendo.

— É por isso que você precisa ordenar que a equipe largue aquelas armas e corra para a saída de emergência em Agadir. Com um pouco de sorte, vão chegar antes do amanhecer para a retirada imediata. Caso contrário, vão se hospedar discretamente num hotel de praia e sair amanhã depois do anoitecer.

— É a jogada segura.

— Na verdade, não tem nada de seguro.

— E nós? — perguntou Gabriel.

— Os guardas vão bloquear as estradas do país todo em breve. Melhor ficar aqui hoje e sair de avião pela manhã. Voamos para Paris ou Londres e depois pegamos um voo de volta para o Ben Gurion.

— E Saladin?

— Ele consegue cuidar das próprias reservas de viagem.

— É esse o meu medo.

Na tela do computador, as luzes azuis tinham chegado até a luz vermelha e, após um momento, todas as três estavam indo para o oeste pelo deserto na direção da aldeia de Khamlia.

— O que vai dizer a eles? — perguntou Yaakov.

Gabriel digitou a mensagem e clicou ENVIAR. Tinha três palavras.

CARREGUE O TELEFONE

61

SAARA, MARROCOS

Eles não tinham meios para fazer um *upload* seguro — não na zona sem sinal de celular do deserto do sul —, então, conferiram o Samsung à moda antiga, chamada por chamada, mensagem por mensagem, histórico de internet. Natalie, que falava e lia árabe mais fluente que todos os outros da equipe, encarregou-se do aparelho, enquanto Keller transmitia os dados para o posto de comando de Casablanca pelo telefone via satélite. Estavam sentados no banco de trás do Nissan Pathfinder, com Dina ao volante e Eli Lavon como seu copiloto e observador. Mikhail e Olivia estavam no Jeep Cherokee.

— Como ela está? — quis saber Gabriel.

— O melhor que se poderia esperar. Precisamos tirá-la daqui. Hoje à noite, se possível.

— Estou trabalhando nisso. Agora, me dê o próximo número.

Aparentemente, Mohammad Bakkar não estava com o Samsung há muito tempo. A primeira ligação recebida listada era da noite anterior, às 19h19. O horário correspondia à ligação que Jean-Luc Martel tinha atendido enquanto estava com Keller no bar do Palais Faraj em Fez. O número, também. Pelo jeito, o homem que ligou para Martel para marcar o encontro no acampamento no deserto ligara imediatamente para Mohammad Bakkar para dizer que estava marcado. Bakkar, então, fez uma ligação às 19h21.

— Me dê esse número — pediu Gabriel.

Keller o recitou.

— Leia de novo.

Keller o fez.

— É Nazir Bensäid.

Bensäid era o jihadista marroquino e membro do EI que seguira Martel e a equipe de Casablanca a Fez, e de Fez às montanhas do Médio Atlas.

— Bakkar ligou para mais alguém, alguns minutos depois — falou Keller.

— Qual é o número?

Keller o transmitiu.

— Aparece em mais algum lugar?

Keller fez a pergunta a Natalie, que rapidamente buscou a lista de chamadas. Bakkar tinha feito outra ligação para o número às 17h17 daquela tarde. E tinha recebido uma às 17h23.

Keller transmitiu a informação a Gabriel.

— Quem você acha que é?

— O convidado de honra?

Gabriel desligou e chamou Adrian Carter pelo link seguro.

— Onde está Nazir Bensäid? — perguntou ele.

— O telefone dele está em Fez. Se Nazir ainda está com ele, não está claro.

Gabriel, então, deu a Carter o número para o qual Mohammad Bakkar tinha ligado três vezes — uma no dia anterior às 19h21 e duas naquela tarde, antes do encontro no deserto.

— Alguma ideia do dono desse número? — quis saber Carter.

— Se eu tivesse que chutar — disse Gabriel —, Saladin.

— Onde você encontrou?

— Nas chamadas recentes.

— Por que não pensamos nisso? Vou mandar para a NSA. Enquanto isso — falou Carter —, diga para sua equipe não perder o telefone.

Vinte minutos depois de passarem pelo acampamento dos nômades berberes, o telefone de Mohammad Bakkar se reconectou à rede celular do Marrocos. Não recebeu mensagens antigas de texto nem de voz, nem nenhuma nova comunicação de qualquer tipo. Keller passou a notícia para Gabriel e pediu instruções. O israelense ordenou que eles seguissem a N13 para o norte até a aldeia de Rissani, à beira do oásis Talfilalt. Uma vez lá, deviam pegar a N12 e ir para o oeste até Agadir.

— Acha que Saladin vai estar nos esperando quando chegarmos?

— Duvido — falou Gabriel.

— Então, por que vamos para lá?

— Porque Agadir é bem mais agradável do que o centro de interrogatório de Temara.

— E as armas?

— Abandone no deserto. É provável que encontrem bloqueios na estrada.

— E se encontrarmos?

— Improvisem.

A ligação caiu.

— Quais foram as instruções? — perguntou Eli Lavon.

— Ele quer que a gente improvise.

— E as armas?

— Acha que devemos ficar com elas — disse Keller. — Só para garantir.

★ ★ ★

Passava da meia-noite quando eles chegaram à aldeia de Khamlia. Quando Dina virou para o norte na N13, um par de helicópteros rugiu acima deles, num percurso a leste.

— Pode ser uma patrulha de rotina — sugeriu Keller.

— Pode ser — concordou Eli Lavon, cético.

O Kalashnikov que Keller pegara no acampamento estava escondido numa sacola de lona no compartimento de bagagem; a Beretta, nas costas dele. Ele olhou por cima do ombro e viu os faróis do Jeep Cherokee cem metros atrás. Perguntou-se como Olivia se sairia durante um interrogatório prolongado feito pelos policiais marroquinos. Não muito bem, imaginou.

Virando-se, viu luzes de emergência piscando e se aproximando deles com velocidade. Os veículos passaram como um borrão.

— Não parece muito bom — disse Lavon. — Tem certeza que Gabriel não quer que a gente abandone as armas?

Keller não respondeu. Ele olhava para o telefone de Mohammad Bakkar vibrando na mão dele. Era uma mensagem, escrita em árabe, do mesmo número para o qual Bakkar tinha ligado naquela tarde. Keller segurou o aparelho para Natalie ver. Os olhos dela se arregalaram conforme ela lia.

— O que diz? — perguntou Keller.

— Ele quer saber se estamos mortos.

— Sério? Imagino de quem pode ter vindo a mensagem.

Keller pegou o telefone satélite e começou a discar, mas parou quando viu um guarda no meio da estrada com uma lanterna de trânsito na mão.

— O que faço? — questionou Dina.

— Você deveria parar — respondeu Keller.

Dina se encaminhou com cuidado para o acostamento e freou. Atrás dela, Yossi Gavish fez o mesmo no Jeep Cherokee.

— O que digo a eles? — perguntou Dina.

— Improvise — sugeriu Keller.

— E se não acreditarem em mim?

Keller olhou para a mensagem no telefone de Mohammad Bakkar.

— Se não acreditarem em você — falou —, eles morrem.

62
RISSANI, MARROCOS

Dina falou em alemão com o policial, muito rapidamente, e com medo na voz. Disse que ela e seus amigos estavam acampando no deserto, que tinha havido explosões de algum tipo e tiros. Temendo por suas vidas, eles fugiram do acampamento só com as roupas do corpo.

— Em francês, madame. Por favor, em francês.
— Eu não falo francês — respondeu Dina em alemão.
— Inglês?
— Sim, falo inglês.

Mas o sotaque era tão forte que era como se ela ainda estivesse falando alemão. Frustrado, ele checou o passaporte dela, enquanto o parceiro circulava o veículo lentamente. O feixe de sua lanterna parou um momento no rosto de Keller, o suficiente para o inglês considerar pegar a Beretta. Finalmente, o policial foi para a traseira da SUV e bateu com o nó do dedo no vidro da janela.

— Abra — disse em árabe, mas o outro avisou que não precisava. Ele devolveu o passaporte de Dina e perguntou para onde estavam planejando ir. Quando Dina respondeu em alemão, ele acenou para a frente com a lanterna de ponta vermelha. Fez o mesmo para o Jeep Cherokee.

Keller entregou o telefone de Bakkar para Natalie.

— Responda.

— O que digo?

— Diga que estamos mortos, é claro.

— Mas...

— Rápido — interrompeu Keller. — Já o fizemos esperar demais.

Natalie mandou uma resposta de uma palavra: AIWA. Era a palavra árabe para "sim". Instantaneamente, a pessoa na outra ponta do diálogo começou a trabalhar numa resposta. Apareceu alguns segundos depois. Uma palavra, também em árabe.

— O que diz? — quis saber Keller.

— *Alhamdulillah*. Significa...

— Graças a Deus.

— Mais ou menos isso.

— O que realmente significa — disse Keller — é que o pegamos.

— Ou alguém próximo a ele.

— É o suficiente.

Keller ligou para Gabriel no telefone via satélite e contou o que acabara de acontecer.

— Você podia ter checado comigo antes de mandar essa mensagem.

— Não tive tempo.

— Faça-o continuar falando.

— Como?

— Pergunte se ele está machucado.

Keller disse para Natalie enviar a mensagem. Um minuto se passou antes do Samsung apitar.

— Sim, está machucado — comunicou ela.
— Pergunte se os outros foram mortos no ataque de drone — pediu Gabriel.
— Você está forçando a barra — opinou Keller.
— Mande a mensagem, inferno.
Natalie mandou. A resposta foi instantânea.
— Muitos irmãos morreram — leu ela.
— Pergunte quantos irmãos estão com ele.
Natalie digitou a mensagem e enviou.
— Dois — disse ela um segundo depois.
— Estão feridos?
Outra troca de mensagens.
— Não.
— Ele precisa de um médico?
— Cuidado — alertou Keller.
— Mande — irritou-se Gabriel.
A espera por uma resposta foi de quase dois minutos.
— Sim — falou Natalie. — Ele precisa.
Houve outro silêncio na linha.
— Precisamos saber para onde ele está indo — disse Gabriel, por fim.
— Rastreie o telefone — respondeu Keller.
— Se ele desligar, vamos perdê-lo.
Natalie digitou a mensagem e enviou. A resposta foi vaga.
AL RIAD. A casa.
— Precisamos de mais que isso — falou Gabriel.
— Não podemos perguntar qual casa.
— Diga a ele que está mandando Nazir para cuidar dele até o médico chegar.
— Espero que você saiba o que está fazendo — falou Keller.
— Rápido.

Natalie mandou. Então, compôs uma segunda mensagem e enviou para o número de Nazir Bensäid. Eles esperaram cinco longos minutos por uma resposta.

— Conseguimos! — disse Natalie. — Ele está a caminho.

Keller colocou o telefone via satélite na orelha.

— Ainda quer que a gente vá para Agadir?

— Não todos — respondeu Gabriel.

— É uma pena aquele lance das armas...

— Alguma chance de recuperá-las?

— Sim — confirmou Keller. — Acho que sei onde procurar.

A próxima ligação para o posto de comando de Casablanca foi de Adrian Carter.

— Tivemos o telefone dele por três ou quatro minutos, mas saiu do ar de novo.

— Sim, eu sei.

— Como?

— Ele estava falando com a gente.

— O quê?!

Gabriel explicou.

— Alguma ideia de onde é a casa?

— Não achei uma boa ideia perguntar. Além disso, temos Nazir Bensaïd para mostrar o caminho.

— Ele já está se movendo — informou Carter.

— Onde está?

— Saindo de Fez e voltando para o Médio Atlas.

— Onde vai cuidar de um Saladin ferido — disse Gabriel — até um médico chegar.

— Você está pensando em fazer uma visita domiciliar?

— Ao estilo do Escritório.

— Infelizmente, vai estar sozinho.
— Alguma chance de pegarmos emprestado um daqueles drones para vigilância?
— Menor do que zero.
— Quando é a próxima passagem de satélite?
Carter gritou a pergunta para os oficiais reunidos no Buraco Negro. A resposta veio um momento depois.
— Teremos um pássaro sobrevoando o leste do Marrocos às quatro da manhã.
— Curta o show.
— Você não está pensando em ir para lá, está?
— Não vou sair daqui sem ele, Adrian.
— É a primeira parte dessa frase que me preocupa.
Gabriel desligou sem dizer mais nada e olhou para Yaakov.
— Temos de limpar esse lugar e partir.
Yaakov ficou paralisado.
— Você discorda da minha decisão?
— Não. É que...
— Não está preocupado com os malditos *jinns*, está?
— Não devemos fazer barulho à noite.
Gabriel fechou o laptop.
— Então, vamos sair em silêncio. É melhor assim.

Cinco minutos mais tarde, as forças armadas e os serviços de segurança do Marrocos subiram o estado de alerta para nível máximo. Ainda assim, na confusão, não conseguiram notar dois movimentos pequenos, mas significativos, de pessoal e equipamento. O primeiro ocorreu na periferia da aldeia de Rissani, onde um Jeep Cherokee e um Nissan Pathfinder pararam brevemente à noite no cruzamento de duas rodovias desertas. Seguiu-se uma troca de um passageiro por outro: um homenzinho formal por um alto e esguio. Então, os veículos se separaram. O Cherokee foi para o oeste, em direção ao mar; o Nissan, para o norte, em direção à base das montanhas do Atlas. Os passageiros do Cherokee sabiam o que os esperava, mas os que estavam no Nissan iam para um destino mais incerto. Tinham em sua posse dois revólveres Beretta, dois fuzis de assalto Kalashnikov, passaportes, cartões de crédito, dinheiro, celulares e um telefone satélite. Mais importante, possuíam um telefone que fora usado pelo produtor de haxixe mais proeminente do Marrocos. Um telefone que, esperavam, levasse a Saladin.

O segundo movimento aconteceu a cerca de 650 quilômetros a noroeste, em Casablanca, onde dois homens fugiram de uma casa velha e acabada em silêncio para não acordar os demônios lá dentro e colocaram as malas em um Peugeot sedã alugado. Dirigiram pelos boulevares vazios da velha parte colonial, passando por prédios art noveau em ruínas, pelos blocos residenciais modernos dos novos ricos e pelos bidonvilles dos miseravelmente pobres, até alcançarem a rodovia. O mais novo dos dois cuidava da direção; o mais velho passava o tempo carregando e recarregando seu revólver Beretta. Ele não tinha que estar lá, era verdade. Ele era chefe agora, e um chefe devia saber seu lugar. Mas havia uma primeira vez para tudo.

Ele colocou a arma carregada na cintura da calça, na altura da lombar, e checou o celular. Então, olhou pela janela para as luzes infinitas de Casablanca.

— Em que você está pensando? — perguntou o mais jovem.

— Que você precisa dirigir mais rápido.

— Nunca levei um chefe antes.

O mais velho sorriu.

— É só nisso que você está pensando?

— Por que pergunta?

— Porque me pareceu que você estava puxando um gatilho.

— Com qual mão?

— Esquerda — disse o mais jovem. — Definitivamente, foi com a esquerda.

O mais velho olhou pela janela.

— Quantas vezes?

63

MONTANHAS DO MÉDIO ATLAS, MARROCOS

O telefone se moveu continuamente para o sul, pelas planícies ao redor de Fez, em direção aos morros do Médio Atlas. Eles não podiam ter certeza se estava realmente em posse de Nazir Bensäid. Agora que os drones tinham ido embora, não havia olhos no alvo, e nem a NSA, nem a Unidade 8200 conseguiram ativar o microfone ou a câmera do aparelho. Até onde sabiam, ele podia estar na traseira de um caminhão e Nazir Bensaïd, no meio do labirinto da antiga medina de Fez.

Era 1h30 da manhã quando o telefone chegou à cidade berbere de Imouzzer. O ritmo de viagem diminuiu conforme ele se movia pela principal rua da cidade. Gabriel, que recebia atualizações de Adrian Carter, imaginava se a oportunidade de ouro já estava ao seu alcance. Para um fugitivo, Imouzzer tinha muito a oferecer. Era pequena o bastante para ocidentais serem notados, mas agitada o suficiente para permitir que um homem de robe andasse sem ser notado. Os picos inabitados do Médio Atlas ficavam perto, caso o fugitivo precisasse desaparecer, e os deleites de Fez, a apenas uma hora de carro. Uma imagem se formou na mente de Gabriel: um homem alto e robusto em um *djellaba* encapuzado, mancando pelos becos estreitos da medina.

À 1h35, o telefone saiu de Imouzzer e, aumentando a velocidade, foi para Ifrane, cidade de férias artificial que parecia ter sido tirada dos Alpes e jogada no norte da África. Mais uma vez, Gabriel se permitiu imaginar se estariam perto. Dessa vez, ele vestiu o prêmio com roupas diferentes — calças e um suéter de lã em vez de um *djellaba* — e imaginou que ele passava o inverno após o atentado a Washington no conforto de um hotel de estilo suíço. Quando o telefone saiu de Ifrane, Gabriel apagou essa imagem de sua mente e esperou pela próxima atualização de Adrian Carter no Buraco Negro.

— Mais rápido — disse ele. — Você precisa dirigir mais rápido.

— Estou fazendo o melhor que posso — respondeu Yaakov.

— Não você — explicou Gabriel. — *Ele.*

A cidade seguinte no caminho do telefone era Azrou. Lá, ele virou na N13, a estrada principal de ligação das montanhas do Médio Atlas com o Saara, a mesma na qual Keller, Mikhail, Natalie e Dina percorriam na direção norte. Ele passou por uma série de minúsculas aldeias berberes — Timahdite, Aït Oufella, Boulaajoul — antes de acabar a alguns metros da cidade de Zaida. Em quais circunstâncias, só se podia imaginar. Uma casa, uma fortaleza, uma barraca de pele de camelo num campo aberto cheio de rochas. Dez minutos intermináveis se passaram antes de uma mensagem de texto aparecer no telefone de Mohammad Bakkar. Keller a leu em voz alta para Gabriel.

— Nazir diz que o irmão está muito ferido.

— Que pena.

— Diz que ele precisa de um médico logo. Caso contrário, pode não sobreviver.

— O melhor resultado possível.

— Você não está considerando deixar a natureza fazer seu trabalho, está?

— Nem por um minuto — garantiu Gabriel. — Diga a ele que o médico está a caminho. Diga que está vindo de Fez.

Houve um momento de silêncio enquanto Natalie compunha a mensagem em árabe e a enviava. Alguns segundos depois, Gabriel ouviu o apito da resposta.

— *Alhamdulillah* — declarou Keller.

— Concordo plenamente.

Gabriel ouviu outro apito.

— O que diz?

— Ele quer saber onde estou.

— Não sabia que vocês dois eram amigos.

— Ele acha que eu sou...

— Sim, eu sei — interrompeu Gabriel. — Diga a ele que você levou mais tempo do que esperava para conseguir transporte, que chegará em duas horas, talvez menos.

Houve outro silêncio enquanto Natalie mandava a mensagem.

— Alguma resposta?

— Não.

— Ele está digitando uma?

— Não parece.

— Diga que você está preocupado com a segurança do irmão.

Alguns segundos se passaram. Então, Keller informou:

— Enviada.

— Pergunte quantos irmãos estão com ele no *riad*.

Após outra troca de mensagens, Keller relatou:

— Quatro.

— Pergunte se eles têm armas para se proteger dos infiéis.

Um momento depois, tinham a resposta.

— Parece que estão bem armados — falou Keller. — Mais alguma coisa que queira perguntar?

— Sem mais perguntas. O pássaro vai nos dizer todo o resto que precisamos saber.

— Onde você está agora?

Gabriel contemplou a paisagem escura pela janela.

— Em Marte — disse, com melancolia. — E você?

— Numa pequena aldeia chamada Kerrandou. Fica a uns 100 ou 110 quilômetros de Zaida. Se não houver mais policiais na estrada, chegaremos em no máximo noventa minutos.

— Chegaremos logo depois.

Gabriel desligou e telefonou para o Buraco Negro em Langley.

— Nós o pegamos — disse a Adrian Carter.

— O pássaro voará às 4 horas da manhã, no seu horário.

— Tem certeza?

— Não se preocupe. É um satélite espião — respondeu Carter. — Não tem muito trânsito inesperado lá em cima.

64

ZAIDA, MARROCOS

Era uma cidade inóspita e poeirenta de prédios marrons baixos. As lojas e os cafés na rua principal ampla estavam com as persianas bem fechadas e, àquela hora, sem sinal de vida, exceto por três homens em um ponto de ônibus caindo aos pedaços. Um Jeep Cherokee com rostos ocidentais mereceu a atenção total deles. As expressões austeras deixaram claro que forasteiros não eram bem-vindos, especialmente às 3h30 da manhã.

— Parece o tipo de lugar de Saladin — comentou Keller.

— Será que sabem sobre o iraquiano alto que está morando no leste da cidade? — perguntou Mikhail.

— Duvido.

— Eu não me importaria de dar uma olhada na propriedade enquanto estamos passando.

— Arriscado demais. Melhor esperar pelo pássaro.

Dina dirigiu pela cidade sem desacelerar até emergir no interior lúgubre e sem árvores. A cerca de dois quilômetros e meio para o norte, ficava uma estrada de terra que levava a um lago pequeno, local típico para uma família marroquina estender um cobertor num dia fresco de outono e esquecer os problemas por algumas horas. Dina desligou o motor enquanto Keller ligava para Gabriel e dizia onde encontrá-los. Alguns minutos depois, Nazir Bensaïd se comunicou por mensagem de texto. Aparentemente, a condição do irmão estava piorando. Quando o médico ia chegar? Logo, Natalie o tranquilizou. *Inshallah.*

— Lá vêm eles — falou Dina.

Ela piscou os faróis, e o carro que se aproximava saiu da estrada e parou. Keller e Natalie foram até lá e entraram no banco de trás. O britânico checou o horário no telefone de Mohammad Bakkar. Eram 3h45.

— Que coincidência, vocês por aqui. Como foi a viagem?

Gabriel e Yaakov não responderam. Keller olhou pela janela.

— O que será que está atrasando Mohammad e aquele médico?

— Talvez o carro tenha tido problemas — sugeriu Gabriel.

— Ou talvez a perna esquerda dele tenha tido problemas — ironizou Keller. — Ou talvez ele esteja com dificuldade de raciocinar.

Ele checou o telefone de novo: 3h46.

— Será que os marroquinos já acharam o acampamento?

— Acredito que sim.

— Será que identificaram alguma das vítimas?

— Uma ou duas.

— É uma história bem importante, não acha? Um produtor de haxixe importante e um dono de hotéis francês encontrados mortos juntos.

— Quase tão importante quanto um ataque de drone norte-americano fracassado em solo marroquino.

— Imagino quanto tempo vai levar para se tornar público. Porque, se isso acontecer... — Keller deixou o pensamento incompleto. 3h47...

★ ★ ★

Gabriel ligou para Carter às 4 horas em ponto. Mais dez minutos se passaram enquanto as câmeras e os recursos de sensor do satélite avaliavam o alvo.

— É um complexo murado. Uma estrutura sólida com dois prédios externos menores.

— Quão murado?

— É difícil dizer a altura, especialmente na escuridão. Vocês vão precisar passar de carro pelo lugar ou usar a imaginação.

— O portão está aberto ou fechado?

— Fechado — disse Carter. —- O Renault de Nazir Bensaïd está lá.

— Quantos homens?

— Dois fora, três dentro. Todos na estrutura principal. Estão num grupo bem próximo.

— Vigiando um homem ferido.

— Parece.

— Em que lugar da casa estão?

— Segundo andar, canto sudeste.

— Virado para Meca.

— Há muitas outras fontes de calor nesse quarto — falou Carter. — Kyle acha que é equipamento de computador.

— Deus sabe que Kyle nunca está errado.

— É possível que tenham achado o complexo de onde ele controla os ataques. As joias da coroa da rede devem estar naqueles computadores.

— Está sugerindo que a gente pegue o máximo que conseguir carregar?

— Não seria má ideia.

— Há algo mais que pode me dizer?

— Parece que ele tem cachorros dentro dos muros. Grandes — completou Carter.

Gabriel xingou baixinho. Seu medo de caninos era conhecido na irmandade internacional de espiões.

— Desculpe a má notícia — completou Carter, com empatia.

— Que extremista muçulmano que se dê ao respeito teria cães dentro de casa?

— O tipo que não confia em gatos para avisar de uma invasão. Mais uma coisa — avisou Carter. — A NSA está ouvindo a polícia e o exército marroquinos.

— E?

— Eles sabem que executamos um ataque de drone no solo deles ontem à noite. Sabem também que Mohammad Bakkar e Jean-Luc Martel estão mortos.

— Quanto tempo até irem a público?

— Se eu tivesse que chutar, o povo marroquino vai ficar sabendo enquanto come os cereais matinais.

— Então, talvez nós devêssemos mudar o assunto.

— Nós?

— Me avise se houver algum movimento no complexo.

Gabriel desligou.

— Algum problema? — perguntou Keller.

— Dois cachorros e um portão trancado.

— Não dá para fazer muito sobre os cachorros, mas o portão não deve ser um problema.

Keller entregou o telefone de Mohammad Bakkar a Natalie, que compôs a mensagem e enviou a Nazir Bensaïd dentro do complexo. A resposta chegou em poucos segundos.

— Feito — disse ela.

Gabriel e Yaakov levaram mais do que computadores e equipamento de comunicação segura da Casa de Espiões em Casablanca. Havia também dois revólveres Jericho calibre .45 e duas submetralhadoras

Uzi Pro compactas. Gabriel deu um de cada a Yaakov e uma Uzi Pro a Natalie. Ficou só com o Jericho para si.

— A arma perfeita de autodefesa — opinou Keller.

— Perfeita também para eliminar quem dá conselhos não desejados.

— Não quero entrar no meio de problemas familiares, mas...

— Então, não entre — disse Gabriel.

Keller fingiu estar refletindo.

— Quantos cachorros estão no complexo? Um ou dois?

Gabriel não disse nada.

— Deixe que Mikhail e eu cuidemos disso. Ou melhor ainda — completou Keller —, vamos mandar Yaakov entrar sozinho. Ele parece já ter feito isso uma ou duas vezes.

Yaakov colocou um pente com destreza na Uzi Pro e olhou para Gabriel.

— Ele não está errado, chefe.

— Não comece você, também.

— Aquele satélite pode nos dizer quase tudo. O que *não* pode dizer é se há buracos de aranha no complexo ou se aqueles garotos estão usando coletes explosivos.

— Devemos supor que estão.

Yaakov colocou uma mão no ombro de Gabriel.

— Você não é mais criança. É o chefe, agora. Deixe que nós três cuidemos disso. Você fica aqui com...

— Com as mulheres?

— Não quis dizer isso — falou Yaakov. — Mas alguém precisa cuidar delas.

— Dina foi do IDF, igual a todos nós. Ela pode cuidar de si mesma.

— Mas...

— Anotado, Yaakov. Você vai dirigir ou quer que eu cuide disso?

Yaakov hesitou e depois entrou atrás do volante. Mikhail se sentou no banco do carona; Gabriel e Keller, no de trás. Natalie viu o carro partir em direção a Zaida. Então, caminhou até o Jeep Cherokee e se sentou no banco ao lado do motorista. Colocou a Uzi Pro no chão entre seus pés e checou o horário no telefone de Mohammad Bakkar. Eram 4h11.

— Talvez devêssemos ouvir as notícias?

Dina ligou o rádio e buscou ondas de transmissão de algo que soasse como um jornal da manhã. Ao som de uma voz masculina, parou e olhou para Natalie.

— Ele está lendo versos do Alcorão.

Dina girou de novo o botão.

— Melhorou?

— Sim.

— Sobre o que ele está falando?

— O tempo.

— Qual é a previsão?

— Calor.

— E como.

Natalie riu baixinho.

— Você se lembra daquele dia em Nahalal? — perguntou ela após um momento. — Do dia em que tentei dizer não para tudo isso?

A lembrança fez Dina sorrir.

— Agora, olhe para você. É uma de nós.

Um caminhão passou na estrada. Depois, outro. As estrelas na metade leste do céu começavam a se apagar.

— Como ele era? — quis saber Dina.

— Quem?

— Saladin.

— Não importa. — Natalie checou o horário de novo. — Em alguns minutos, estará morto.

65
ZAIDA, MARROCOS

Como pequenas aldeias no mundo todo, Zaida, por natureza, não acordava tarde. Um dos cafés na praça principal estava aberto, e um ônibus fumacento em direção a Fez pegava passageiros no ponto do outro lado da rua. O fedor de gasolina inundou o carro quando Yaakov, ao desviar de um bode à solta, passou. A velocidade dele era ideal. Não rápida demais. *Mais importante, não lenta demais*, observou Gabriel. Uma mão estava colocada de leve no volante, a outra descansava imóvel na marcha. Em contraste, Mikhail batucava os dedos no console central. Keller, porém, parecia indiferente ao que estava prestes a ocorrer. Aliás, se não fosse pela Kalashnikov deitada em suas coxas, ele podia ser um turista numa excursão em uma terra exótica.

— Você não pode pelo menos fingir um pouco de preocupação? — perguntou Gabriel.

— Com o quê?

— Com essa arma, por exemplo. Parece uma peça de museu.

— Uma arma maravilhosa, a Kalashnikov. Além disso, funcionou muito bem no acampamento no deserto. Pergunte para seu amigo Dmitri Antonov. Ele pode dizer.

Mikhail não estava ouvindo: continuava batucando no console.

— Tem algum jeito de fazer com que ele pare? — perguntou Keller.

— Já tentei.

— Tente de novo.

Yaakov removeu a mão direita da marcha e colocou em cima da de Mikhail. Os dedos ficaram parados.

— Muitíssimo obrigado — agradeceu Keller.

Alguns metros depois da praça, a cidade definhava. Eles cruzaram um riacho seco e entraram numa região de baixio separando a civilização da natureza selvagem. Alguns prédios em ruínas subiam da terra marrom de ambos os lados da estrada e, a leste, como uma ilha num mar de pedras, ficava o complexo. À distância, era impossível dizer do que se tratava — uma casa, uma fábrica, uma instalação secreta do governo, o esconderijo do terrorista mais perigoso do mundo. Os muros externos pareciam ter três ou quatro metros de altura e, em cima deles, havia espirais de arame farpado. O caminho particular que conectava o lugar à estrada não era pavimentado, garantindo que qualquer veículo que se aproximasse fizesse muito barulho e levantasse uma nuvem de poeira.

Gabriel levou um telefone à orelha. Estava conectado a Adrian Carter, em Langley.

— Você consegue nos enxergar?

— É difícil não vê-los.

— Alguma mudança?

— Dois fora, três dentro. Estão no mesmo quarto. Um deles não se mexe há um tempo.

Gabriel baixou o telefone. Yaakov estava olhando para ele no retrovisor.

— Quando fizermos a curva — disse —, perderemos todo o elemento-surpresa.

— Mas não vamos surpreendê-los, Yaakov. Estão nos esperando.

Yaakov guiou o carro para a estrada particular e foi em direção ao complexo.

— Ponha o farol alto — instruiu Gabriel.

Yaakov o fez, iluminando a paisagem dura e pedregosa com luz branca.

— Agora, eles nos veem.

Gabriel levou um segundo telefone à orelha, aquele que estava conectado a Natalie, e disse para ela tocar a campainha.

Natalie já tinha deixado a mensagem digitada previamente no telefone de Mohammad Bakkar. Agora, sob comando de Gabriel, a enviou.

— E aí? — perguntou ele.

— Ele está digitando a resposta.

A mensagem apareceu.

— Ele diz que vão abrir o portão.

— Que bonzinhos. Diga para se apressarem. O médico está muito ansioso para ver o irmão.

Natalie enviou a mensagem do Samsung de Bakkar. Depois, colocou o próprio telefone no viva-voz e esperou pelo som de tiros.

Nesse ponto, Gabriel já conversava com Adrian Carter em Langley.

— Alguma mudança?

— Dois homens se preparando para abrir um portão, um descendo para o térreo. Parece estar carregando uma arma.

— Que hospitalidade árabe, que nada — comentou Gabriel, e baixou o aparelho.

Estavam a uns cinquenta metros do complexo e se aproximando a uma velocidade moderada. Os faróis iluminavam diretamente o portão. Era um modelo de duas folhas, de aço inoxidável. Uma nuvem de poeira se assentou ao redor deles como neblina quando Yaakov freou. Por vários segundos, nada aconteceu.

Gabriel levou o telefone de Langley à orelha.

— O que está acontecendo?

— Parece que estão destrancando.

— Onde está o terceiro homem?

— Esperando em frente à entrada da casa.

— E onde está a entrada em relação a nós?

— Às duas horas.

Gabriel baixou de novo o telefone quando uma abertura apareceu entre as folhas do portão. Ele passou a informação do satélite aos outros três homens no carro e deu um conjunto de instruções severas. Keller franziu o cenho.

— Pode dizer isso num idioma que eu entenda?

Gabriel não percebera que falava hebraico.

O portão começou a se abrir, puxado por dois pares de mãos. Yaakov equilibrou a Uzi Pro em cima do volante e mirou no par à direita. Mikhail esticou uma Kalashnikov na direção do que estava à esquerda.

— Deixa para lá — disse Keller. — Não precisa traduzir.

Por fim, foi aberto o suficiente para acomodar um carro. Dois homens, cada um segurando um fuzil automático, passaram pela abertura e acenaram para Yaakov entrar na propriedade. Em vez disso, ele lançou uma torrente de fogo pelo para-brisas, na direção do homem à direita. Mikhail, no banco do carona, descarregou várias balas com a Kalashnikov no da esquerda. Nenhum dos guardas conseguiu dar um tiro de volta, mas, quando Yaakov acelerou pelo portão aberto, uma arma abriu fogo da entrada do prédio principal. Mikhail respondeu pela janela aberta enquanto Gabriel, diretamente atrás dele, atirou várias vezes com o Jericho .45. Dentro de segundos, a arma na entrada ficou em silêncio.

Yaakov freou bruscamente e colocou o carro em ponto morto enquanto Mikhail e Gabriel saíam e atravessavam o pátio externo do complexo. Mikhail se afastou de Gabriel e, após alguns passos, Keller também o ultrapassou. Os dois soldados de elite pausaram brevemente na entrada, ao lado do corpo do terceiro atirador. Gabriel olhou para o rosto sem vida. Era Nazir Bensaïd.

Depois da entrada, havia um pátio mouro enfeitado, azul devido à luz do luar, com portas de cedro nos quatro lados. Keller e Mikhail se viraram ao passar pela porta da direita e ao cruzar um saguão até um lance de degraus de pedra. Instantaneamente, foram recebidos por balas de fuzil automático vindas de cima. Os dois agentes se abaixaram para se proteger, enquanto Gabriel permaneceu imobilizado do lado de fora do pátio. Quando o tiroteio cessou, ele entrou no saguão e se protegeu ao lado de Mikhail. Keller, na frente, apoiou o Kalashnikov na escada e atirou às cegas na escuridão. Mikhail fez o mesmo.

Quando pararam para recarregar, só havia silêncio vindo do andar de cima. Gabriel espiou pela beirada da parede. O patamar da escada parecia vazio, mas, na escuridão, ele não podia garantir. Keller e Mikhail subiram o primeiro degrau. No mesmo instante, houve um grito ensurdecedor. Um grito de mulher, pensou Gabriel — duas palavras árabes de significado religioso que deixavam pouca dúvida sobre o que ocorreria depois. Ele agarrou as costas da camisa de Mikhail e puxou com toda a força que sobrava em seu corpo, enquanto Keller se atirava degraus abaixo, para uma área segura. A bomba explodiu um segundo depois. Saladin, parecia, perdera a noção de tempo.

★ ★ ★

Gabriel carregava dois celulares no bolso da jaqueta, um conectado a Adrian Carter e outro, a Natalie e Dina. Carter e o resto dos oficiais reunidos no Buraco Negro tinham a vantagem das câmeras e dos sensores do satélite, mas as duas só tinham acesso ao áudio. A qualidade não era boa. Mesmo assim, elas não tiveram dificuldade de entender o que estava acontecendo dentro do complexo. Um tiroteio breve, mas intenso, uma mulher gritando *"Allahu Akbar"*, o som inconfundível de uma bomba explodindo. Após essa sequência, só silêncio. Dina ligou o motor. Um momento depois, dirigia pela rua principal de Zaida. A cidade minúscula na sombra das montanhas do Médio Atlas estava acordadíssima.

Nos degraus, espalhavam-se os restos esfarrapados de uma mulher — baixa, de 20 ou 25 anos, que fora bela outrora. Aqui, uma perna; ali, uma parte do torso; lá, uma mão, a direita, ainda segurando o botão detonador. A cabeça rolara pelos degraus e descansava aos pés de Gabriel. Ele levantou o véu preto e viu um conjunto de características delicadas organizadas numa máscara de loucura religiosa. Os olhos eram azuis — como um lago de montanha. Seria ela esposa ou concubina? Filha, talvez? Ou seria só mais uma viúva negra, uma garota perdida a quem Saladin tinha amarrado uma bomba e uma ideologia de morte?

Antes de seguir Keller e Mikhail para o andar de cima, Gabriel fechou os olhos azuis da mulher-bomba e cobriu seu rosto. Uma Kalashnikov estava no topo da escada, tendo caído das mãos da mulher, junto com um pente inteiro de balas. À direita, um corredor se estendia na escuridão. No fim dele, havia uma porta — e, dela, pensou Gabriel, um quarto no canto sudeste da casa. Um quarto virado para Meca. Um quarto onde um homem ferido agora deitava sozinho sem alguém para protegê-lo.

Os três se moveram com cuidado pelo corredor, e evitaram tocar em alguma das cápsulas de bala espalhadas pelo chão. Quando chegaram à porta, Keller testou a maçaneta. Trancada. Ele trocou alguns sinais rápidos com Mikhail e fez um gesto para Gabriel se afastar. Este rapidamente anulou a decisão com um sinal próprio. Era um chefe operacional, e preferia lidar com seus inimigos a um metro, não a um quilômetro.

Keller não discutiu, não havia tempo. Em vez disso, chutou a porta e entrou depois de Gabriel e Mikhail. Saladin estava deitado num colchão sem lençol no canto mais escuro, o rosto iluminado pelo brilho de um celular. Assustado, ele tentou pegar o Kalashnikov a seu lado. Gabriel correu até ele, com o Jericho em suas mãos, e disparou onze tiros no coração de Saladin. Então, abaixou-se e recuperou o telefone caído. Estava vibrando com uma mensagem que chegava.

Inshallah... Assim será.

66

MARROCOS – LONDRES

O último ato de resistência de Saladin não tinha sido com uma arma, mas com um telefone Nokia. Havia mais espalhados em torno dele, além de diversos Samsungs e iPhones, oito laptops e dezenas de pendrives. Mikhail e Keller colocaram os aparelhos numa mala de lona enquanto Gabriel fotografava o rosto sem vida de Saladin. Não era um troféu. Ele queria provar definitivamente que o monstro morrera e, assim, dar um golpe físico não só no Estado Islâmico como em todo o movimento jihadista global.

Dina e Natalie entravam pelo portão aberto do complexo quando Gabriel, Mikhail e Keller saíram da casa. Yaakov tirava outro Nokia do bolso de Nazir Bensaïd. O Peugeot alugado não era adequado para a estrada, não com o para-brisas estourado e com buracos de bala por toda a lataria. Assim, todos se apertaram no Jeep Cherokee. No total, da entrada forçada à partida apressada, eles ficaram dentro do complexo por menos de cinco minutos.

Evidentemente, os sons do tiroteio e da explosão chegaram ao centro de Zaida. Enquanto dirigiam pela rua principal da cidade, eles foram recebidos por olhares curiosos e hostis, mas ninguém tentou pará-los. Só quando alcançaram o minúsculo vilarejo berbere de

Aït Oufella, a mais ou menos 15 quilômetros montanha abaixo, é que encontraram os primeiros policiais subindo o vale.

As unidades passaram em velocidade, sem desacelerar, e seguiram rumo a Zaida. Em vinte minutos, talvez menos, entrariam no complexo. Num quarto no segundo andar da casa, encontrariam um árabe alto, robusto, deitado sozinho, com onze furos de bala na frente de seu *djellaba*. Se fosse capaz de falar, seria com um sotaque distintamente iraquiano e, se fosse capaz de andar, seria mancando. Ele vivera uma vida de violência e morrera de acordo. Mas será que, em seus segundos finais, tinha ordenado mais um atentado?

Inshallah...

Era possível que a resposta — junto com outras informações críticas — residisse em algum lugar nos celulares, computadores e pendrives levados do quarto de Saladin. Era, portanto, essencial que os aparelhos não acabassem nas mãos dos marroquinos, mais interessados em resolver o mistério de uma noite longa e violenta do que em evitar o próximo atentado. Ainda assim, Gabriel decretou que eles não fugiriam lutando. Já houvera muito derramamento de sangue. Agora que Saladin estava morto, havia menos probabilidade dos marroquinos causarem uma crise diplomática ou fazerem algo idiota, como processar o chefe do serviço secreto de inteligência israelense por assassinato.

Era perto das 7 horas quando eles alcançaram Fez. Tinham ido para o norte pelas montanhas do Rife, em direção à costa mediterrânea. A saída de emergência ficava em El Jebha, mas só podia ser utilizada depois que escurecesse, quando seria seguro desembarcar os botes. Isso significava perder um dia inteiro, talvez mais, antes dos técnicos começarem a varrer os telefones e computadores em busca de informação. Gabriel decidiu que eles sairiam do Marrocos por balsa. O porto de Tânger era a escolha mais óbvia. Havia balsas regulares para Espanha, França e até para a Itália. A leste, localizava-

-se um porto menor com serviço direto para o território britânico ultramarino de Gibraltar. Eles escolheram a embarcação de 12h15, e subiram a bordo faltando alguns minutos para a partida. Enquanto os penhascos de pedra calcária branca de Gibraltar apareciam diante deles, Gabriel e Keller se apoiaram na amurada à luz do sol, o primeiro segurando o celular e o segundo fumando um cigarro.

— Enfim, em casa — disse Keller.

Gabriel não estava ouvindo; olhava para a foto que tinha tirado do rosto de Saladin.

— A melhor foto que ele já tirou — comentou Keller.

Gabriel se permitiu um breve sorriso. Então, mandou a foto por meios seguros para Adrian Carter em Langley. A resposta de Carter foi instantânea.

— O que diz? — quis saber Keller.

— *Alhamdulillah*.

Keller jogou o cigarro no mar.

— Vamos ver.

Do terminal de balsas de Gibraltar, era preciso apenas uma curta caminhada pela Avenida Winston Churchill até o aeroporto, onde um jato executivo Falcon 2000 os esperava, cortesia do serviço secreto de inteligência de Vossa Majestade. Graham Seymour equipara o avião com várias garrafas de um excelente champanhe francês, mas ninguém a bordo estava em clima de comemoração. Quando a aeronave decolou, começaram a ligar os telefones e computadores capturados. Todos possuíam senhas, assim como os pendrives.

Era fim de tarde quando pousaram no aeroporto da cidade de Londres, no distrito de Docklands. Dois veículos esperavam: uma van e uma limusine Jaguar preta. A van levou Mikhail, Yaakov, Dina e Natalie para o aeroporto de Heathrow, onde eles pegariam um voo noturno para Ben Gurion. Gabriel e Keller foram no Jaguar para Vauxhall Cross, junto com a mala de lona.

Entraram no prédio pelo estacionamento subterrâneo e carregaram a mala até o escritório de Graham Seymour, que chegara de Washington algumas horas antes. Ele parecia só levemente melhor que Gabriel e Keller.

— Amanda Wallace e eu concordamos com uma divisão de trabalho em relação aos telefones e computadores. O MI6 ficará com metade e o MI5, com o resto. Nossos respectivos laboratórios estão com a equipe completa e prontos para começar.

— Fico surpreso de você ter conseguido manter os americanos longe — replicou Gabriel.

— Não conseguimos. A CIA e o FBI estão mandando oficiais para supervisionar. Caso você esteja se perguntando, era mesmo ele. A Agência confirmou com uma análise facial de oito pontos. — Ele esticou a mão para Gabriel. — Uma homenagem é necessária. Parabéns e obrigado.

Gabriel aceitou com relutância a mão de Graham.

— Não me agradeça, Graham, agradeça a *ele*. — Fez um gesto de cabeça em direção a Keller. — E a Olivia, é claro. Nunca teríamos chegado perto de Saladin sem ela.

— A Marinha Real a resgatou daquele navio de carga há mais ou menos uma hora — contou Seymour. — Nem preciso dizer que é essencial mantermos o papel dela em segredo.

— Isso pode ser difícil.

— Bastante — disse Seymour. — A internet já está pegando fogo com boatos de que Saladin está morto. A Casa Branca está ansiosa para fazer um anúncio formal antes dos marroquinos.

— Quando?

— A tempo dos jornais da noite. Queriam saber se o Escritório quer algum crédito.

— Pelo amor de Deus, não.

— Esperavam que você dissesse isso. Os marroquinos vão acabar superando a invasão de sua soberania por parte dos norte-americanos, mas os israelenses são outra questão.

— E os britânicos?

— Estamos formalmente proibidos de participar de operações de assassinato dirigidas. Portanto, não diremos nada. — Seymour olhou para Keller. — Mesmo assim, os interrogadores querem dar uma palavra com você. Os advogados, também.

— Isso — respondeu Keller — seria uma péssima ideia.

— Foi você quem...

— Não — disse Keller. — Não tive essa sorte.

Eram 18 horas quando os especialistas começaram a trabalhar nos aparelhos capturados. O MI5 foi o primeiro a entrar em um telefone; o MI6, num computador. Como esperado, todos os documentos estavam protegidos por criptografia avançada. Às 19 horas, técnicos de ambos os serviços abriram os documentos à vontade, entregando-os às equipes analíticas para filtrar dicas vitais. A primeira leva era de coisas de baixa hierarquia. Gabriel e Keller, monitorando a busca a partir do escritório de Graham Seymour, alertaram contra a complacência. Tinham visto o olhar de Saladin enquanto mandava sua última mensagem.

Às 21 horas, horário de Londres, o presidente norte-americano e o diretor da CIA, Morris Payne, entraram na Sala de Imprensa da Casa Branca para anunciar que o gênio do terror conhecido como Saladin fora assassinato durante a madrugada, numa operação clandestina dos Estados Unidos nas montanhas do Médio Atlas, no Marrocos. A morte dele era resultado de um esforço meticuloso do país para levar a justiça ao homem responsável por perpetrar o atentado a Washington, e era prova da determinação do novo governo em erradicar o terrorismo islâmico de uma vez por todas. Os marroquinos souberam da operação com antecedência e forneceram assistência valiosa. Fora isso, a empreitada havia sido americana do começo ao fim.

— Os resultados — vangloriou-se o presidente — falam por si.
— Sem arrependimentos? — perguntou Seymour.
— Nenhum — garantiu Gabriel. — Prefiro ir e vir sem ser visto.

Quando o presidente e o diretor da CIA terminaram, repórteres e especialistas em terrorismo contratados rapidamente tentaram preencher as muitas lacunas no relato oficial. Infelizmente para eles, a maior parte da informação vinha de Adrian Carter e sua equipe, o que significava que pouco dela tinha uma semelhança mesmo que passageira com a verdade. Às 22h30, Gabriel e Keller já tinham se cansado. Exaustos, entraram na limusine Jaguar e atravessaram o rio para West London. Keller foi para sua elegante casa em Kensington; Gabriel, para o antigo esconderijo do Escritório na Bayswater Road com vista para o Hyde Park. Ao entrar, ele ouviu uma mulher cantando suavemente para si mesma em italiano. Fechou a porta e sorriu. Chiara sempre cantava quando estava feliz.

67
BAYSWATER, LONDRES

— Onde estão as crianças?
— Quem?
— As crianças — repetiu Gabriel, deliberadamente. Irene e Raphael. Nossos *filhos*.
— Deixei com os Shamron.
— Quer dizer que deixou com Gilah. Ari mal consegue cuidar de si mesmo.
— Eles vão ficar bem.

Gabriel aceitou uma taça de vinho branco Gavi gelado e se sentou em um banco no balcão da cozinha. Chiara lavou e secou um pacote de cogumelos e, com habilidade incomum no manejo da faca, reduziu-os a fileiras de fatias perfeitas.

— Não cozinhe — disse Gabriel. — Está tarde demais para comer.
— *Nunca* está tarde demais para comer, meu bem. Além disso, parece que você precisa de um pouco de comida. — Ela franziu o nariz. — E de um banho.
— Hamid e Tarek disseram que, seu eu tomasse banho, importunaria os *jinns*.

— Quem são Hamid e Tarek?
— Funcionários desavisados da inteligência israelense.
— E os *jinns*?

Gabriel explicou.

— Queria ter estado lá com você.
— Fico feliz que não estava.

Chiara jogou os cogumelos numa frigideira e, um momento depois, o cheiro de azeite de oliva quente preencheu o ambiente. Gabriel bebeu um pouco do vinho.

— Como você sabia que estávamos vindo para Londres?
— Um contato dentro do Escritório.
— Esse seu contato tem um nome?
— Ele prefere ficar anônimo.
— Imagino.
— É um antigo chefe. Muito importante. — Ela sacudiu um pouco a frigideira, os cogumelos começaram a chiar. — Quando ouvi que você e a equipe estavam fugindo por Gibraltar, peguei logo um voo para Londres. O pessoal da Manutenção fez a gentileza de colocar algumas coisas na geladeira.
— Por que ninguém contou nada disso para o chefe atual?
— Eu pedi segredo. Queria que fosse uma surpresa. — Ela sorriu. — Você não notou meus guarda-costas na Bayswater Road?
— Estava cansado demais para ver.
— Suas habilidades estão começando a decair, meu bem. Dizem que acontece com quem passa tempo demais atrás de uma escrivaninha.
— Duvido que Saladin concordaria com você.
— É mesmo? — Chiara olhou de relance para a televisão ligada no mudo no balcão. — A BBC diz que foi uma operação 100% americana.

— Os americanos — falou Gabriel — ajudaram muito. Mas fomos nós que o pegamos, com a ajuda significativa de Christopher Keller.

— E pensar que ele tentou matar você. — Ela bebeu um pouco do vinho de Gabriel.

— Quanto Uzi contou a você sobre o que aconteceu?

— Muito pouco, para falar a verdade. Sei que o ataque de drone não saiu como planejado e que você rastreou Saladin até um complexo nas montanhas. Depois disso, as coisas ficaram um pouco confusas.

— Inclusive para mim — disse Gabriel.

— Você estava lá?

Ele hesitou e, então, assentiu lentamente.

— Foi você quem...

— Isso importa?

Ela não disse nada.

— Sim — respondeu Gabriel —, fui eu. Fui eu que o matei.

Ele contou o resto para ela. A mulher que detonara na escada. O quarto cheio de telefones e computadores nos quais Saladin passara suas últimas horas. A mensagem final.

Inshallah...

— Provavelmente, era só falatório — opinou Chiara.

— De um homem que quase contrabandeou um carregamento de cloreto de césio para a França. Quantidade suficiente para construir várias bombas sujas que tornariam o centro de uma cidade inabitável por anos. — Ele parou, antes de completar: — Você entendeu.

Chiara esperou os cogumelos soltarem água antes de temperá-los com sal, pimenta e tomilho. Depois, jogou *fettuccine* seco em uma panela de água fervendo.

— Quanto tempo planeja ficar em Londres? — perguntou ela.

— Até os britânicos terminarem de varrer os telefones e computadores que encontramos no complexo.

— Está preocupado dele nos atacar?

— O primeiro alvo dele foi o Centro Isaac Weinberg para o Estudo do Antissemitismo na França. É melhor eu ficar aqui enquanto a inteligência é processada. É menos provável deixar algo passar.

— Mas chega de heroísmo — alertou ela.

— Chega — garantiu Gabriel. — Sou o chefe agora.

— Já era chefe quando estava no Marrocos. — Ela pegou um fio do *fettuccine* para ver se estava al dente. Então, olhou pela cozinha pequena e sorriu. — Sabe, sempre gostei desse apartamento. Tivemos bons momentos aqui, Gabriel.

— E maus também.

— Nós nos casamos aqui. Você se lembra?

— Não era um casamento de verdade.

— Eu achei que fosse. — A expressão dela escureceu. — Lembro tudo muito bem. Foi na noite antes de...

A voz dela diminuiu. À frigideira, ela adicionou vinho e creme de leite. Colocou a mistura em cima da massa e jogou queijo ralado. Preparou uma porção única e colocou em frente de Gabriel. Ele enfiou um garfo na massa e girou.

— Nada para você? — perguntou.

— Ah, não. — Chiara olhou para seu relógio de pulso. — Está tarde demais para comer.

Gabriel usara o esconderijo com tanta frequência que havia roupas dele no armário e seus produtos de higiene lotavam o compartimento do banheiro. Depois de terminar um segundo prato de massa, ele tomou banho, fez a barba e caiu, exausto, na cama ao lado de Chiara. Esperara dormir sem sonhar, mas não foi o caso. Ele subia um lance de escada infinito, com os degraus encharcados de sangue e sujos com os restos mortais de uma mulher. Quando ele encontrou a cabeça e afastou o véu, viu o rosto de Chiara.

Inshallah...

Pouco antes das 5 horas da manhã, ele acordou assustado com o som de uma bomba. Era só o celular, tremendo pela superfície do criado-mudo. Ele o levou rapidamente à orelha e ouviu em silêncio. Levantando-se, ele se vestiu na escuridão. E para a escuridão voltou.

68

THAMES HOUSE, LONDRES

A limusine Jaguar aguardava na Bayswater Road. Ela levou Gabriel não a Vauxhall Cross, mas à Thames House, sede do MI5. Miles Kent, vice-diretor, o acompanhou até a suíte de Amanda Wallace no andar de cima. Ela parecia abatida e cansada, e obviamente, enfrentava grande estresse. Graham Seymour também estava lá, ainda vestido com o mesmo terno que usara na noite anterior, mas sem a gravata. Oficiais juniores entravam e saíam da sala, e havia uma videoconferência segura em andamento com a Scotland Yard e Downing Street. O fato deles estarem reunidos ali, e não do outro lado do rio, só podia significar uma coisa. Alguém tinha encontrado prova nos telefones e computadores de Saladin que um atentado era iminente. Londres, mais uma vez, era o alvo.

— Há quanto tempo vocês sabem? — perguntou Gabriel.

— Descobrimos o primeiro material em torno de 2 horas da manhã — disse Seymour.

— Por que ninguém me contou?

— Achamos que você precisava dormir um pouco. Além disso, é problema nosso, não seu.

— Onde?

— Westminster.
— Quando?
— Hoje de manhã, mais tarde — falou Seymour. — Achamos que às 9 horas.
— Qual é o método do ataque?
— Homem-bomba.
— Vocês sabem a identidade dele?
— Estamos trabalhando nisso.
— Só um? Têm certeza?
— É o que parece.
— Por que só um?
Seymour entregou uma pilha de papel impresso a Gabriel.
— Porque só precisam de um.

A mensagem fora enviada às 3h15 da madrugada anterior, horário do Marrocos, quando o provável emissor estava em sofrimento emocional e dor física. Por consequência, não tinha os protocolos secundários e terciários de criptografia da rede, permitindo, assim, que um técnico de informática do MI5 a escavasse em um dos telefones tirados do complexo de Zaida. A linguagem era codificada, mas óbvia. Tratava-se de uma ordem para executar uma operação de martírio. Não havia menção de um alvo, mas a aparente pressa com que a mensagem foi enviada permitiu que o técnico encontrasse comunicações e documentos relacionados que tornavam claro o objetivo do atentado e o horário em que ele deveria ser executado — claríssimo, até. Inúmeras fotos de revestimentos foram encontradas, e até um documento debatendo os ventos predominantes e o provável padrão de dispersão do material radiológico. Os organizadores esperavam, com a ajuda de Deus, uma área de contaminação nuclear que fosse da Trafalgar Square até a Thames House. Os próprios especialistas do MI5, que estudaram cenários similares, previam que um ataque daquela magnitude tornaria a sede do governo britânico inabitável por meses, senão anos. O custo econômico, para não falar dos danos psicológicos, seriam catastróficos.

O receptor da mensagem tinha sido mais cuidadoso que o emissor. Ainda assim, o erro inicial do emissor acabara por anular o cuidado do receptor. Como resultado, o técnico do MI5 foi capaz de localizar toda a troca de mensagens, junto com um vídeo de martírio. O súdito falava com a câmera num sotaque londrino, com o rosto coberto. Especialistas em linguística do MI5 avaliaram que ele era do norte de Londres, nascido ali, e provavelmente de ascendência egípcia. Com ajuda do GCHQ, o serviço de inteligência de sinais da Inglaterra, o MI5 estava comparando freneticamente a voz do homem com a de radicais islâmicos conhecidos. Além disso, o serviço secreto e o SO13, o Comando de Contraterrorismo da Polícia Metropolitana, monitoravam extremistas e membros suspeitos do EI. Em resumo, todo o aparato de segurança nacional do Reino Unido estava no modo de pânico silencioso, mas eficiente.

Às 6 horas, com o céu começando a clarear, todos os esforços para identificar e localizar o homem-bomba suspeito se mostraram infrutíferos. O primeiro-ministro Jonathan Lancaster, na Sala de Gabinete da Downing Street, número 10, chamou uma videoconferência meia hora depois. Ele iniciou com uma pergunta que profissional algum de contraterrorismo jamais queria ouvir.

— Devemos isolar Westminster e ordenar uma evacuação dos bairros dos arredores?

Um por um, ministros experientes, funcionários públicos, chefes de inteligência e comissários de polícia deram suas respostas. A recomendação era unânime. Bloquear Westminster. Fechar o tráfego para trem, ônibus e carro em direção ao centro de Londres. Começar uma evacuação ordeira e completa.

— E se for uma farsa? Ou um blefe? Ou se for baseada em informações erradas? Vamos parecer covardes. Da próxima vez em que dissermos que o céu está caindo, ninguém vai acreditar.

As informações, todos concordavam, eram tão boas e oportunas quanto possível. Eles estavam rapidamente ficando sem outras opções para evitar um desastre monumental.

O primeiro-ministro espremeu os olhos.

— É você que estou vendo, senhor Allon?

— É, sim, primeiro-ministro.

— O que você acha?

— Não sou eu quem tenho que dizer, senhor.

— Por favor, não faça cerimônias. Nos conhecemos bem demais para isso. Além disso, não há tempo.

— Na minha opinião — começou Gabriel, com cuidado —, seria um erro ordenar fechamentos e evacuações.

— Por quê?

— Porque vocês vão perder a única chance de evitar o atentado.

— Qual seria essa chance?

— Vocês sabem o horário e o lugar em que vai ocorrer. Se tentarem isolar o centro de Londres, vão incitar pânico em massa, e o homem-bomba vai escolher um alvo secundário.

— Continue — instruiu o primeiro-ministro.

— Mantenha as entradas a Westminster abertas. Coloque equipes de defesa química, biológica, radiológica e nuclear, além de oficiais armados da SCO19 em pontos estratégicos em torno do Parlamento e de Whitehall.

— Deixar que ele entre numa armadilha? É isso que está dizendo?

— Exatamente, senhor. Não vai ser difícil encontrá-lo. Ele vai estar usando roupas demais para o verão, e o detonador vai estar visível em uma das mãos. Vai estar suando de nervoso e recitando orações. Talvez até sofra de síndrome aguda da radiação. Quando passar por um contador Geiger — concluiu Gabriel —, vai acender. Só garanta que os oficiais armados que o seguirem tenham o sangue-frio e a experiência para fazer o que é necessário.

— Algum candidato? — quis saber o primeiro-ministro.

— Só dois — disse Gabriel.

69
PARLIAMENT SQUARE, LONDRES

— Acho que é o começo de uma linda amizade.
— Ou o fim de uma.
— Por que você é sempre tão fatalista? — perguntou Keller. — Não estamos mais no Saara. Estamos no meio de Londres.
— Sim — falou Gabriel, olhando ao redor. — O que poderia dar errado aqui?

Estavam sentados em um banco na beira oeste da Parliament Square. Era uma bela manhã de verão, fresca e suave, com uma promessa de chuva no fim do dia. Atrás deles estava a Suprema Corte, a mais alta do reino. À direita deles, a Abadia de Westminster e a igreja medieval de St. Margaret. Em frente, do outro lado do gramado verde da praça, localizava-se o Palácio de Westminster. O relógio na torre icônica informava que faltavam cinco minutos para as nove da manhã. O trânsito da hora do *rush* estava fluindo pela Westminster Bridge e para cima e para baixo de Whitehall, passando pela Administração Fiscal e Aduaneira de Vossa Majestade, pelo Ministério das Relações Exteriores, pelo Ministério da Defesa e pela entrada de Downing Street, residência oficial do primeiro--ministro. *Sim*, pensou novamente Gabriel. *O que poderia dar errado?*

Ele tinha um fone receptor de rádio na orelha direita e uma arma escondida nas costas. Uma Glock 17 9mm, arma padrão da SCO19, a unidade tática de armas de fogo da Polícia Metropolitana de Londres. O rádio estava conectado à rede de comunicações segura da polícia. O chefe do SO15, o Comando de Contraterrorismo, estava na liderança, com assistência de Amanda Wallace, do MI5. Por enquanto, tinham identificado dois potenciais suspeitos se aproximando de Westminster. Um deles atravessava a ponte vindo de Westminster. O outro caminhava pela Victoria Street. Na verdade, naquele exato instante, ele passava pela Scotland Yard. Os dois homens usavam mochilas, algo nada incomum em Londres, e aparentavam ser do Oriente Médio ou do sul da Ásia, também não incomum. O homem da ponte começara sua jornada no bairro de Tower Hamlets, no leste de Londres. O que passava pela Scotland Yard viera de Edgware Road, no norte de Londres. Vestia roupas quentes e parecia gripado.

— Parece ser nosso homem — comentou Gabriel. — Estou apostando em Edgware e gripe.

— Saberemos em um minuto. — Keller folheava a edição daquela manhã do *Times*. Estava cheia de notícias sobre a morte de Saladin.

— Você não pode pelo menos...

— O quê?

— Deixa para lá.

O homem de Tower Hamlets chegara ao lado de Westminster da ponte. Passou por uma filial do Caffè Nero e pela entrada do metrô Westminster. Passou em frente a uma equipe disfarçada da CBRN, a defesa química, biológica, radiológica e nuclear, e por dois oficiais táticos armados à paisana. Sem rastro de radioatividade, sem detonador na mão, sem sinais de estresse emocional. Homem errado. Ele cruzou a rua para a Parliament Square e se juntou a um pequeno e melancólico protesto que tinha algo a ver com a guerra no Afeganistão. Isso ainda estava rolando? Até Gabriel achava difícil imaginar.

    Ele virou a cabeça alguns graus à direita para observar o segundo homem — aquele de Edgware Road no norte de Londres —, que caminhava pela Broad Sanctuary, passando pela torre norte da Abadia. Keller fingia ler as notícias de esportes.

    — Como ele parece?

    — Doente como um cão.

    — Algo que comeu?

    — Ou algo que está vestindo. Ele parece que brilharia no escuro.

    Uma equipe da CBRN estava no gramado norte da Abadia, posando para fotos como turistas comuns, junto com outra unidade da SCO19. O time da CBRN já tinha começado a detectar níveis elevados de radiação, mas, conforme o homem de Edgware se aproximava, os níveis subiram de forma dramática.

    — Parece a porra de Chernobyl — disse Keller. — Achamos.

    Uma comoção irrompeu no rádio, com várias vozes gritando de uma vez. Gabriel se forçou a desviar o olhar.

    — Quais são as chances? — perguntou, calmamente.

    — De quê?

    — Dele nos escolher?

    — Diria que estão ficando melhores a cada minuto.

    O homem cruzou a Broad Sanctuary até o prédio da Suprema Corte e entrou na Parliament Square pelo canto sudoeste. Alguns segundos depois, suando, com os lábios se movendo, pálido como a morte, ele se aproximou do banco em que Gabriel e Keller estavam sentados.

    — Alguém precisa acabar com o sofrimento desse pobre camarada — disse Keller.

— Não sem uma ordem do primeiro-ministro.

O homem passou pelo banco.

— Que nível de exposição acabamos de sofrer? — perguntou Keller.

— Dez mil raios-X.

— Por quantos você já passou?

— Onze mil — respondeu Gabriel. Depois, falou murmurou: — Olhe a mão esquerda.

Keller olhou. Segurava um detonador.

— Olhe o dedão dele — disse Gabriel. — Ele já está colocando pressão no gatilho. Sabe o que isso significa?

— Sim — confirmou Keller. — Significa que ele tem uma bomba suja com um gatilho de homem morto.

O Big Ben badalava 9 horas quando o mártir em potencial alcançou o lado leste da praça. Ele parou por um momento para observar o protesto e, pareceu a Gabriel, para considerar as opções — o Palácio de Westminster, diretamente à sua frente, ou Whitehall, à sua esquerda. O primeiro-ministro e seus conselheiros de segurança também consideravam as opções. Nesse ponto, só havia uma. Alguém precisava conceder ao homem a morte que ele tanto desejava, enquanto outra pessoa segurava o dedão dele com firmeza no detonador. Caso contrário, várias pessoas morreriam, e a sede do poder e da história da Inglaterra seria um lixão radioativo pelo futuro próximo.

Por fim, o mártir em potencial foi para a esquerda, na direção de Whitehall, com Gabriel e Keller alguns passos atrás. Uma leve brisa vinda do norte batia diretamente no rosto deles — uma brisa que dispersaria a radioatividade por toda a região de Westminster e Victoria se a bomba fosse detonada. A equipe da CBRN, que antes estava no Caffè Nero, agora se posicionava em frente ao prédio da Administração Fiscal e Aduaneira; as medições foram altíssimas quando o homem passou por eles. Era a única prova de que o primeiro-ministro precisava.

— Abater — ordenou ele, e o líder do Comando de Contraterrorismo repetiu a ordem para Gabriel e Keller. Então, adicionou em voz baixa: — Que Deus esteja com vocês dois.

Mas de que lado, pensou Gabriel, *estaria Deus naquela manhã?* Do fanático com uma arma de destruição em massa amarrada ao corpo ou do lado dos dois homens que tentariam impedir que ele a detonasse? O primeiro movimento seria de Keller. Ele precisava agarrar a mão esquerda do mártir num aperto de ferro antes de Gabriel disparar o tiro da morte. Senão, o dedão do mártir ia enfraquecer no detonador e a bomba explodiria.

Eles passaram pelo arco da King Charles Street e pela entrada do Ministério das Relações Exteriores. O trânsito em Whitehall diminuíra. Evidentemente, a polícia o tinha bloqueado ao sul da Parliament Square e ao norte da Trafalgar Square. O mártir em potencial não pareceu notar. Ele caminhava para seu destino, caminhava para a morte. Gabriel sacou o revólver Glock e apressou o passo enquanto Keller, um borrão em sua visão periférica, respirou fundo algumas vezes.

Diante deles, o mártir suado e doente de radiação passou sem ser notado por um grupo de turistas e foi na direção do portão de segurança da Downing Street, o alvo aparente. Parou, porém, quando viu os policiais uniformizados na calçada. De repente, ele notou a peculiar ausência de carros na rua normalmente lotada. Ao se virar, percebeu os dois homens caminhando em sua direção, um deles com uma arma na mão. Seus olhos se esbugalharam, os braços se levantaram e se esticaram na largura dos ombros.

Keller correu enquanto Gabriel levantava a Glock. Ele esperou até o instante em que Keller agarrou a mão esquerda do homem-

-bomba. Os dois primeiros tiros obliteraram o rosto do homem. Os outros, ele disparou depois do alvo estar estirado no asfalto. Atirou até a arma estar vazia. Atirou como se tentasse enterrar o homem e enviá-lo aos portões do inferno.

De repente, havia técnicos de desativação de bombas e policiais correndo na direção deles vindos de todos os cantos. Um carro encostou na rua, a porta traseira se abriu. Gabriel se jogou no banco de trás e nos braços de Chiara. A última coisa que viu enquanto o carro se afastava foi Christopher Keller segurando o dedão de um homem morto em cima de um detonador.

Parte Quatro

GALERIA DE MEMÓRIAS

70

LONDRES

A evacuação de Westminster e Whitehall foi muito mais curta do que Saladin teria esperado, mas, mesmo assim, traumática. Durante nove longos dias, o coração pulsante da política britânica, o epicentro religioso e político de uma civilização e um império outrora gloriosos, ficou isolado do resto do reino e fechado para negócios. A zona morta ia da Trafalgar Square, no norte, até Milbank, no sul, e, a leste, ia de Victoria até a Scotland Yard. Os grandes ministérios ficaram vazios, bem como as Casas do Parlamento e a Abadia de Westminster. O primeiro-ministro Lancaster e sua equipe deixaram o número 10 da Downing Street e se mudaram para uma casa não divulgada no interior. A rainha, a contragosto, foi levada para o Castelo de Balmoral, na Escócia. Apenas equipes da CBRN tinham permissão de entrar na área restrita, e só por períodos limitados. Elas se moviam pelas ruas e praças desertas em trajes de proteção verde-limão, cheirando o ar para detectar traços restantes de radioatividade, enquanto o badalar fúnebre do Big Ben marcava a passagem do tempo.

Não houve alegria na reabertura. O primeiro-ministro e sua esposa, Diana, entraram furtivamente no número 10 como se estivessem invadindo a própria casa. Enquanto isso, por toda a extensão de Whitehall, funcionários civis e secretários permanentes voltavam em silêncio às suas mesas. Na Casa dos Comuns, houve um minuto de silêncio; na Abadia, uma missa. O prefeito de Londres alegou que a cidade emergiria mais forte como resultado de quase ter passado por um desastre, embora não tenha explicado por que isso aconteceria. A manchete de um dos mais importantes tabloides conservadores dizia BEM-VINDOS AO NOVO NORMAL.

Era uma quarta-feira, o que significava que o primeiro-ministro deveria aparecer perante os Comuns ao meio-dia e enfrentar inquirições da oposição. Eles foram educados, no início, mas não durou muito. Queriam saber, principalmente, como era possível que, apenas seis meses após o atentado devastador no West End, o Estado Islâmico conseguira contrabandear os ingredientes de uma bomba suja para o Reino Unido. Como, dado o nível elevado de ameaça, os serviços de segurança só identificaram o homem-bomba na manhã do atentado planejado. O primeiro-ministro pensou em argumentar que a situação enfrentada pela Grã-Bretanha era resultado de erros cometidos por uma geração de líderes — erros que transformaram a terra de Shakespeare, Locke, Hume e Burke no centro supremo da ideologia salafista-jihadista. Mas ele desistiu e disse, por fim:

— O inimigo é determinado — declarou —, mas nós também.

— E quanto à forma como o suspeito foi neutralizado? — quis saber o parlamentar de Washwood Heath, região de Birmingham, cidade com forte presença muçulmana nas Midlands Ocidentais, que produzira inúmeros terroristas e planos de ataque.

— Ele não era um suspeito — interrompeu o primeiro-ministro. — Era um terrorista armado com uma bomba e vários gramas de cloreto de césio radioativo.

— Não havia mesmo outra forma de lidar com ele sem ser uma execução a sangue-frio? — insistiu o parlamentar.

— Não foi nada disso.

A posição declarada do Governo de Sua Majestade e da Scotland Yard era que os dois homens que impediram o terrorista de detonar a bomba suja eram membros da divisão especial de armas de fogo SCO19 da Polícia Metropolitana. A instituição se recusou a tornar públicos os nomes deles. Também não concordou com o pedido da mídia para liberar imagens de CCTV da operação. Por algum motivo, havia um único vídeo do incidente, gravado por um turista norte-americano que, por acaso, estava no portão de segurança da Downing Street às 9 horas. Fora de foco e tremido, o vídeo mostrava um homem disparando várias balas na cabeça do terrorista, enquanto outro segurava o botão detonador na mão esquerda dele. O atirador imediatamente deixou o local no banco de trás de um carro. Acelerando por Whitehall, ele podia ser visto abraçando uma mulher. O rosto dele não estava visível, só um tufo grisalho, como um borrão de cinzas, na têmpora esquerda.

Foi o parceiro dele, aquele que segurou a mão do terrorista no detonador por três horas enquanto os técnicos desarmavam a bomba, que recebeu a maior parte da atenção midiática. Do dia para a noite, virou um herói nacional; o homem que tinha, de forma altruísta, arriscado a própria vida pela Rainha e pela nação. Histórias assim raramente sobreviviam por muito tempo — pelo menos, na era deselegante das notícias em tempo real e das redes sociais. Logo apareceram várias reportagens questionando a identidade e a afiliação dele. O *Independent* alegou que ele era um antigo membro do SAS que tinha servido notadamente na Irlanda do Norte e na primeira Guerra do Iraque. O *Guardian*, porém, entrou com uma alegação duvidosa de que ele na verdade era um oficial do MI6. Os limites estavam borrados, disse o jornal, ou talvez até ultrapassados. Graham Seymour tomou atitude incomum ao emitir um comunicado de negação. Oficiais do serviço secreto de inteligência, disse ele, não se envolviam em atividades de segurança, e sequer carregavam armas de fogo.

— A alegação — declarou ele — é risível.

Em meio a tantos dedos apontados, quase esqueceram o fato de que Saladin, autor de uma trilha transatlântica de derramamento de sangue e prédios arrasados, estava morto. No início, sua legião de seguidores, incluindo alguns que abertamente andavam pelas ruas de Londres, recusou-se a acreditar que ele partira. Alegavam não passar de propaganda norte-americana pensada para enfraquecer o domínio do EI na geração de jovens radicais islâmicos. A fotografia do rosto sem vida e operado de Saladin não ajudou em nada, pois possuía poucas semelhanças com o original. Contudo, quando o EI confirmou o falecimento em um dos principais canais em redes sociais, até os apoiadores mais ardentes pareceram aceitar que ele tinha morrido. Os tenentes mais próximos não tinham tempo de ficar de luto; estavam ocupados demais desviando de bombas e mísseis norte-americanos. Londres foi a gota d'água. A batalha final — aquela que o EI esperava levar à volta do Mahdi e começar a contagem regressiva para o fim dos dias — começara.

Quais foram as circunstâncias da morte de Saladin no complexo nas montanhas do Médio Atlas, no Marrocos? A Casa Branca — e o próprio presidente — deram várias versões conflitantes da história. Para complicar ainda mais a situação, houve um relato de um site de notícias independente marroquino sobre os três Toyota Land Cruisers encontrados no extremo sudeste do país, próximo ao mar de areia das Dunas de Merzouga. Uma das SUVs parecia ter batido, mas as outras duas eram carcaças queimadas. O site alegou que tinham sido destruídas por um drone Predator dos Estados Unidos, acusação apoiada por uma fotografia dos fragmentos de míssil Hellfire. A Casa Branca negou o relato com a linguagem mais pesada possível. O governo do Marrocos também. Depois, para garantir, tirou do ar o site que publicara as fotos e jogou o editor na cadeia.

A alegação do ataque de drone norte-americano em solo marroquino inflamou protestos por todo o país, especialmente nos bidonvilles onde os recrutadores do EI conduziam seu negócio mortal. A revolta quase ofuscou o assassinato brutal de Mohammad Bakkar, maior produtor de haxixe do Marrocos, autoproclamado rei das montanhas do Rife. A condição deplorável do corpo, disseram os gendarmes, sugeria que Bakkar tinha sido alvo de uma vingança relacionada a drogas. Mais difícil de explicar era o fato de que Jean-Luc Martel, francês hoteleiro e dono de restaurantes e hotéis muitíssimo bem-sucedido, fora encontrado a poucos metros, com duas balas no rosto. Os marroquinos não estavam lá muito interessados em determinar como Martel encontrara seu destino; só queriam tirar a questão da frente o mais rápido possível. Entregaram o corpo à Embaixada da França, assinaram a papelada necessária e deram um caloroso adeus a JLM.

Na França, porém, o fim violento de Martel foi motivo para uma investigação séria, por parte tanto da imprensa quanto das autoridades, e para um bom exame de consciência. As circunstâncias ao redor da morte dele sugeriam que os boatos, afinal, eram verdadeiros, que ele não era um empresário com toque de Midas, mas um traficante internacional de drogas disfarçado. Com os detalhes começando a aparecer nas páginas dos jornais *Le Monde* e *Le Figaro*, carreiras políticas outrora promissoras foram arruinadas. O presidente francês foi obrigado a emitir um comunicado de arrependimento sobre sua relação com Martel, bem como o ministro do Interior e metade dos membros da Assembleia Nacional. Como sempre, a imprensa francesa lidou com a questão de modo filosófico. Jean-Luc Martel era visto como metáfora para tudo o que afligia a França moderna. Os pecados dele eram os pecados do país. Ele era prova de que algo, em algum lugar, estava errado com a Quinta República.

Logo seguiram-se prisões, da sede da JLM Enterprises em Genebra às ruas de Marselha. Os hotéis foram fechados. Os restaurantes e as lojas, também. As propriedades e contas bancárias, confiscadas e congeladas. Na verdade, a única coisa que o governo francês não pegou para si foi o cadáver. Ele permaneceu vários dias num necrotério de Paris até um parente distante da aldeia dele na Provença fazer o requerimento para enterrá-lo. Houve pouca gente no velório e no sepultamento. Uma ausência notável era Olivia Watson, a ex-modelo deslumbrante que era companheira e sócia de Martel. Todos os esforços das autoridades e da mídia francesas para localizar a srta. Watson foram infrutíferos. A galeria dela em Saint-Tropez continuava fechada, a vitrine com vista para a Place de l'Ormeau sem obra alguma. O mesmo valia para a loja de roupas na Rue Gambetta. A vila que ela compartilhava com Martel parecia deserta. Curiosamente, o palácio extravagante do outro lado da baía também.

Haveria uma conexão entre a morte de Jean-Luc Martel e o assassinato do gênio do terror do EI conhecido como Saladin? Uma conexão além de horário e local similares? Até os jornalistas que mais tendiam às teorias da conspiração achavam improvável. Ainda assim, havia ligações tênues suficientes para incitar uma segunda análise, e eles o fizeram — do West End de Londres ao sétimo *arrondissement* de Paris, de uma galeria de arte vazia em Saint-Tropez para uma poça de sangue no asfalto próximo à entrada de Downing Street. Repórter especializados em questões de segurança e inteligência pensavam poder detectar um padrão. Havia fumaça, diziam. Onde há fumaça, em geral, há um princípio de fogo.

Com o tempo, até as mentiras mais elaboradas se desfazem. Só é necessário um fio solto. Ou de um homem que se sinta compelido, por motivos de honra ou talvez uma sensação de dívida, a jogar luz sobre a verdade. Não a trama toda, claro, pois isso não seria seguro. Só um pequeno pedaço, o suficiente para manter uma promessa. Ele deu a reportagem a Samantha Cooke, do *Telegraph*, de Londres, que a escreveu a tempo da edição de domingo. Dentro de horas, ela tinha incendiado quatro capitais distantes. Os norte-americanos ridicularizaram o relato como fantasia pura, e os comentários dos britânicos e franceses foram apenas um pouco menos cáusticos. Apenas os israelenses se recusaram a comentar, afinal, isso era o procedimento padrão deles no que dizia respeito a operações de inteligência. Aprenderam a duras penas que era melhor não dizer nada do que emitir uma negação na qual ninguém acreditaria mesmo. Nesse caso, pelo menos, a reputação deles era merecida.

O oficial no centro da história foi visto na reunião semanal do gabinete rebelde do primeiro-ministro e, naquela mesma noite, com a esposa e os dois jovens filhos no restaurante Focaccia, na Rua Rabbi Akiva, em Jerusalém. Quanto a Olivia Watson, ex-modelo, galerista e não-exatamente-esposa de Jean-Luc Martel, o paradeiro continuava um mistério. Um proeminente repórter investigativo francês perguntou se ela estaria morta. Embora ele não tivesse como saber, Olivia se perguntava a mesma coisa.

WORMWOOD COTTAGE, DARTMOOR

Eles a trancaram em Wormwood Cottage, com a companhia apenas da srta. Coventry, a empregada, e de alguns guarda-costas para cuidar de sua segurança. E do velho Parish, o cuidador, é claro, mas ele mantinha distância. Cuidara de todo tipo de gente durante os muitos anos trabalhando na propriedade — desertores, traidores, agentes de campo descobertos, até um israelense —, mas algo na recém-chegada lhe causava desconfiança. Como sempre, por motivos de segurança, Vauxhall Cross não divulgou o nome da hóspede. Mesmo assim, Parish sabia exatamente quem ela era. Era difícil não saber, já que seu rosto estava estampado nas páginas de todos os jornais do país. O corpo também, mas só nos tabloides mais indelicados. Era a garota bonita de Norfolk que viajara aos Estados Unidos para virar modelo. A garota que se envolvera com pilotos de Fórmula 1, astros do rock, atores e aquele horrível traficante do sul da França. Era por ela que a polícia francesa supostamente estava procurando em todos os cantos. Era a garota de JLM.

Ela estava acabada na noite em que chegou e continuou assim por muito tempo. O cabelo loiro era longo e escorrido e os olhos azuis nórdicos estavam assombrados, um olhar que dizia a Parish que ela vira algo que não deveria ter visto. Já magra como um palito, ela perdeu ainda mais peso. A srta Coventry tentava cozinhar para ela — comida tipicamente inglesa —, mas ela não se alimentava. Na maior parte do tempo, permanecia em seu quarto no andar de cima, fumando um cigarro atrás do outro e olhando para a charneca lúgubre. No começo de cada manhã, a srta. Coventry colocava uma pilha de jornais em frente à porta dela. Invariavelmente, quando coletava os jornais no fim do dia, havia várias páginas rasgadas. No dia em que o rosto dela apareceu no *Sun* abaixo de uma manchete nada elogiosa, o jornal inteiro foi rasgado em pedacinhos. Apenas uma foto sobreviveu. Tinha sido tirada há muitos anos, antes da queda. Escritas com tinta vermelho-sangue na testa dela, estavam as palavras *A garota de JLM*.

— Bem feito para ela por se misturar com um traficante — disse Parish, cheio de julgamento. — Ainda por cima, um traficante francês nojento.

Ela não tinha roupa alguma, só o figurino elegante com que tinha chegado. A srta. Coventry se ofereceu para ir até a loja de departamentos M&S comprar umas coisinhas. Não era nada como aquilo com que ela estava acostumada, claro — afinal, ela tinha a própria linha de roupas —, mas era melhor do que nada. Muito melhor, por sinal. Aliás, tudo o que a srta. Coventry selecionou parecia ter sido desenhado e ajustado para o corpo alto e esguio dela.

— O que eu não daria para ter um corpo como aquele por só cinco minutos.

— Mas veja aonde a levou — murmurou Parish.

— Sim, veja.

No fim da primeira semana, as paredes começaram a oprimi-la. Por sugestão da srta. Coventry, ela saiu para uma caminhada curta pela charneca, acompanhada por dois guarda-costas, muito mais felizes do que o normal. Depois, ela tomou um pouco de sol no jardim. Mais uma vez, não era nada como aquilo com que ela estava acostumada, já que o sol de Dartmoor era bem diferente do de

Saint-Tropez, mas fez maravilhas pela aparência dela. Naquela noite, ela comeu quase toda a torta de frango deliciosa servida pela srta. Coventry e depois passou várias horas na sala de estar assistindo às notícias na televisão. Foi a noite em que a CNN transmitiu o vídeo gravado num telefone celular por um turista norte-americano em frente à Downing Street. Quando apareceu na tela um *close* granulado — um *close* do oficial que manteve o dedão do terrorista pressionando de leve o detonador —, ela de repente levantou-se num pulo.

— Meu Deus, é ele!

— Quem? — perguntou a srta. Coventry.

— O homem que conheci na França. Ele se chamava Nicolas Carnot. Ele não é policial. É...

— Não falamos sobre esse tipo de coisa — disse a senhorita Coventry, interrompendo-a. — Mesmo nessa casa.

Os belos olhos azuis se moveram da tela da televisão para o rosto da srta. Coventry.

— Você também o conhece? — perguntou ela.

— O homem no vídeo? Céus, não. Como conheceria? Sou só a cozinheira.

No dia seguinte, ela caminhou um pouco mais e, ao retornar a Wormwood Cottage, pediu para falar com alguma autoridade sobre a situação de seu caso. Promessas foram feitas, insistiu. Garantias, dadas. Ela insinuou que eram vindas do próprio "C", uma alegação em que Parish achou difícil acreditar. *Como se o próprio "C" fosse se importar com tipos como ela!* A srta. Coventry, porém, não descartou de cara a ideia. Como Parish, ela testemunhara muitos acontecimentos na propriedade. Por exemplo, a noite em que um oficial de inteligência israelense bastante notório recebeu a cópia de um jornal que declarava que ele estava morto. Um oficial de inteligência israelense que, pensando bem, tinha semelhança mais do que passageira com o homem que atirara diversas vezes na cabeça de um terrorista em Whitehall. Não, pensou a srta. Coventry, não era possível.

Até a srta. Coventry, que ocupava o degrau mais baixo da hierarquia da inteligência ocidental, sabia que era, sim, possível. Portanto, não ficou nada surpresa ao encontrar, na primeira página da edição de domingo do *Telegraph*, uma denúncia longa sobre a operação que levara ao assassinato do gênio do terror do Estado Islâmico conhecido como Saladin. Parecia que Jean-Luc Martel, o agora morto traficante francês e ex-companheiro da atual ocupante de Wormwood Cottage, estava, afinal, conectado ao caso. Aliás, na opinião do *Telegraph*, ele era o herói anônimo da operação.

A srta. Coventry colocou o jornal e o café em frente à porta do quarto da mulher. No fim daquela manhã, enquanto o arrumava, encontrou a matéria, intacta e cuidadosamente recortada, em cima do criado-mudo. Naquela noite, com uma ventania soprando forte em Dartmoor, um homem escalou o portão de segurança sem fazer barulho e subiu pelo caminho de cascalho até a porta da frente da propriedade. Ao entrar, limpou os pés e pendurou o casaco encharcado no cabideiro.

— O que tem para o jantar? — perguntou.

— Torta de carne — respondeu a srta. Coventry, sorrindo. — Gostaria de uma xícara de chá, senhor Marlowe? Ou algo mais forte?

Ela serviu o jantar a eles na pequena mesa na alcova e, então, vestiu a capa de chuva e amarrou um cachecol abaixo do pescoço.

— O senhor cuida da louça, não é, sr. Marlowe? Use detergente desta vez, querido. Ajuda.

Um momento depois, a porta da frente se fechou com uma batida suave e eles ficaram, enfim, sozinhos. Olivia sorriu pela primeira vez em muitos dias.

— Sr. Marlowe? — perguntou, incrédula.

— Aprendi a gostar muito do nome.

— Qual é seu primeiro nome?

— Peter, aparentemente.

— Não é o nome com que você nasceu?

Ele fez que não com a cabeça.

— E Nicolas Carnot? — perguntou ela.

— Era só um papel que fiz brevemente, recebendo aplausos moderados.

— Fez o papel bem. Muito bem, na verdade.

— Imagino que você tenha conhecido outros homens como ele.

— Jean-Luc parecia atraí-los como moscas. — Ela estudou Keller com atenção. — Como você conseguiu? Como acertou tão bem o papel?

— O mais importante são os pequenos toques. — Ele deu de ombros. — Cabelos, guarda-roupa, esse tipo de coisa.

— Ou talvez seja um papel que já interpretou antes — sugeriu Olivia. — Talvez, estivesse só reprisando.

— O jantar está esfriando — disse Keller, sem demonstrar emoção.

— Nunca gostei de torta de carne. Me faz lembrar de casa — explicou ela, franzindo a sobrancelha. — De noites frias e chuvosas como esta.

— Elas não são tão ruins.

Ela deu uma garfada para experimentar.

— E então? — perguntou Keller.

— Não é como comer no sul da França, mas acho que vai servir.

— Talvez isto ajude.

Keller serviu para ela uma taça de Bordeaux. Ela a levou aos lábios.

— Isto definitivamente é inédito — disse Olivia.

— O quê?

— Jantar com o homem que matou meu...

Olivia hesitou. Nem ela parecia saber como se referir a Jean--Luc Martel.

— Você o enganou, no começo. Mas, quando contou que era britânico, ele não demorou para descobrir quem você realmente era. Ele disse que você era um oficial antigo da SAS que tinha passado vários anos escondido em Córsega. Disse que era um profissional...

— Já é suficiente — interrompeu Keller.

— Que bom que esclarecemos isso. — Após um silêncio, continuou: — Não somos tão diferentes, você e eu.

— Você é muito mais virtuosa do que eu.

Ela sorriu.

— Você nunca me julgou?

— Nunca.

— E seu amigo israelense?

— Quem tem telhado de vidro...

— Eu o vi naquele vídeo — contou Olivia. — Vi você, também. Foi ele quem matou o homem-bomba. E você segurou o detonador. Por três horas — murmurou ela, em voz baixa. — Deve ter sido horrível.

Keller não disse nada.

— Não vai negar?

— Não.

— Por que não?

De fato, por que não?, pensou ele, observando a chuva bater contra as janelas da alcova pequena e aconchegante.

Olivia bebeu um pouco do vinho.

— Você teve oportunidade de ler os jornais hoje?

— Dá para acreditar naquela reportagem sobre a Victoria Beckham no *Mail*?

— E naquela do *Telegraph* sobre o assassinato de Saladin? Aquela sobre como Jean-Luc Martel ajudou a inteligência britânica e israelense a penetrar na rede de Saladin e localizá-lo no Marrocos?

— Uma leitura interessante — falou Keller. — Verdadeira, para variar.

— Nem tudo.

— Repórteres... — desdenhou Keller.

— Imagino que seu amigo israelense tenha sido responsável.

— Em geral, é.

— Por que ele fez isso? Por que recuperar a imagem de Jean-Luc depois da forma como ele agiu no acampamento no Saara?

— Talvez você não tenha lido o resto do artigo — comentou Keller. — A parte sobre como a linda namorada britânica de Jean-Luc não sabia como ele ganhava dinheiro de verdade. A parte sobre como as autoridades francesas não têm interesse em investigá-la, tendo em vista o papel de Jean-Luc na eliminação do terrorista mais perigoso do mundo.

— Eu li essa parte, sim.

— Então, entende que ele não fez isso por Jean-Luc, mas por você. Você está limpa agora, Olivia. Pode recomeçar.

— Igual a você?

— Muito melhor, na verdade. Você manteve todo o acervo profissional de obras, mais os cinquenta milhões que pagamos pelo Basquiat e pelo Guston. Para não falar das moedas que encontramos embaixo do sofá na galeria. Só o prédio vale pelo menos oito milhões. Nem é preciso dizer que você é uma mulher muito rica.

— Com um nome sujo.

— O *Telegraph* não parece achar isso. Nem o resto do mundo artístico de Londres. Além do mais, eles são só um bando de ladrões. Você vai se encaixar direitinho.

— Uma galeria?

— Foi a promessa que meu amigo fez a você naquela tarde na vila em Ramatuelle — disse Keller. — Uma tela em branco para pintar o que quiser. Uma vida sem Jean-Luc Martel.

— Sem ninguém — comentou ela.

— Algo me diz que não vão faltar pretendentes.

— Quem iria querer ficar com alguém como eu? Eu sou a garota de...

— Coma — interrompeu Keller.

Ela provou mais uma garfada da torta.

— Por quanto tempo ficarei aqui?

— Até o serviço secreto de inteligência de Sua Majestade determinar que é seguro você sair. Mesmo depois disso, pode ser inteligente contratar os serviços de uma empresa de segurança profissional. Vão colocar uns camaradas ex-SAS bacanas para cuidar de você, do tipo que Jean-Luc sempre odiou.

— Alguma chance de você estar na equipe?

— Infelizmente, tenho outros compromissos.

— Então, nunca mais vou vê-lo?

— Provavelmente, é melhor assim. Vai ajudá-la a esquecer as coisas que viu naquela noite no Marrocos.

— Não quero esquecer. Ainda não. — Ela afastou o prato e acendeu um cigarro. — Qual é seu nome?

— Marlowe. — E depois, quase como se acabasse de lhe ocorrer, Keller completou: — Peter Marlowe.

— Parece algo que alguém inventou.

— E é.

— Me diga seu nome real, Peter Marlowe. O nome com que você nasceu.

— Não tenho permissão.

Ela esticou a mão pela mesa e a colocou em cima da de Keller. Em voz baixa, disse:

— Você tem permissão de ficar aqui para eu não ficar sozinha nessa noite inglesa fria e melancólica?

Keller desviou o olhar dos olhos azuis de Olivia e observou a chuva batendo contra as janelas.

— Não — falou. — Não tenho tanta sorte.

72
KING STREET, LONDRES

Ela não tinha planos para uma abertura extravagante, mas, de alguma forma, com a ajuda de uma mão escondida, ou talvez por mágica, eles se materializaram. Assim que o sol se pôs no segundo sábado de novembro, o mundo artístico e todos os acompanhantes aleatórios entraram pela porta. Havia *marchands*, colecionadores, curadores, críticos. Atores e diretores de teatro e de cinema, romancistas, dramaturgos, poetas, políticos, estrelas da música, um marquês que parecia ter acabado de sair de seu iate e mais modelos do que se poderia contar. Oliver Dimbleby enfiou o cartão de visitas com laminação dourada nas mãos de qualquer pobre garota que ficasse mais de um ou dois segundos ao alcance de suas mãos úmidas. Jeremy Crabbe, último marido fiel de Londres, parecia incapaz de falar. Só Julian Isherwood conseguiu se comportar. Ele se plantou na ponta do bar que servia bebidas de cortesia, ao lado de Amelia March, da *ARTnews*. Amelia fitava Olivia Watson com desaprovação, que posava para fotografias em frente ao seu Pollock, protegida por dois guarda-costas.

— Deu tudo certo para ela no fim, não acha?

— Como assim? — perguntou Isherwood.

— Ela se envolve com o maior traficante da França, ganha milhões como dona de uma galeria suja em Saint-Tropez e agora se estabelece em St. James's, cercada por você, Oliver e o resto dos fósseis de Velhos Mestres.

— Somos muito gratos por isso — declarou Isherwood enquanto observava uma garota com jeito de gazela passar flutuando ao lado dele.

— Você não acha esquisito?

— Ao contrário de você, doçura, eu adoro finais felizes.

— Eu gosto dos meus com uma pitada de verdade, e algo nisso não está certo. Saiba que pretendo investigar até o fim.

— Tome mais um drinque, em vez disso. Melhor ainda — disse Isherwood —, saia para jantar comigo.

— Ai, Julian. — Ela apontou para o mar de cabeças na direção de um homem alto e pálido parado a alguns metros de Olivia. — Olhe ali seu antigo cliente, Dmitri Antonov.

— Ah, sim.

— Essa é a esposa dele?

— Sophie — explicou Isherwood, assentindo. — Mulher adorável.

— Não é o que ouvi dizer. Quem é aquele ao lado dela? — perguntou Amelia. — Aquele boa-pinta que parece outro guarda-costas.

— O nome é Peter Marlowe.

— O que ele faz?

— Não saberia dizer.

Às 20h30, Olivia pegou um microfone e fez alguns comentários. Ela estava feliz por fazer parte do grande mundo artístico de Londres e por estar em casa novamente. Não mencionou Jean-Luc Martel, herói anônimo da caçada ao gênio do terror do EI conhecido como Saladin, e repórter algum, incluindo Amelia March, deu-se ao trabalho de perguntar a ela sobre JLM. Ela estava livre, algo que, antes, parecia impossível.

Às 21 horas em ponto, as luzes baixaram e a música aumentou, e mais uma onda de convidados se apertou para passar pela porta. Muitos eram sobreviventes com cicatrizes de guerra das festas na Villa Soleil. Aqueles que estavam ocupados sendo ricos juntos. Aqueles com todo o tempo do mundo para tudo. Os Antonov apertaram algumas das mãos mais importantes antes de entrarem sorrateiramente em sua limusine Maybach, para nunca mais serem vistos. Keller saiu alguns minutos depois, mas não antes de puxar Olivia de lado para dar parabéns e desejar boa noite. Pensou que ela nunca estivera mais linda.

— Você gostou? — perguntou ela, radiante.

— Da galeria?

— Não. Do quadro que pintei na tela branca que seu amigo me deu. — Ela o puxou para perto. — Quero ver você — sussurrou no ouvido dele. — Não importa o que aconteceu no passado, prometo que posso curar tudo.

Lá fora, começava a chover. Keller pegou um táxi em Pall Mall e deu o endereço da sua casa no Queen's Gate Terrace. Após pagar o motorista, parou na calçada por um tempo considerável e examinou as cortinas em suas muitas janelas. Os instintos lhe disseram que havia perigo presente. Virando-se, ele avançou lenta e silenciosamente pelos degraus até a entrada de baixo e sacou a Walther PPK que levava presa na parte de trás da cintura antes de destrancar a porta. Entrou em sua casa num turbilhão, do mesmo jeito que havia feito no quarto sudeste da casa em Zaida. Apontou a arma para o homem sentado calmamente no balcão da cozinha.

— Babaca — disse, abaixando a arma. — Essa passou muito perto.

* * *

— Você precisa parar de fazer isto.

— Chegar sem avisar?

— Invadir minha casa. O que os vizinhos elegantes do sr. Marlowe em Kensington pensariam se ouvissem tiros? — Keller jogou o sobretudo Crombie no balcão de mármore, ao qual Gabriel estava sentado, iluminado pela luz sóbria embutida. — Não conseguiu achar nada para beber na geladeira?

— Um chá seria bom, obrigado.

Keller franziu o cenho e encheu a chaleira elétrica de água.

— O que o traz à cidade?

— Uma reunião em Vauxhall Cross.

— Por que eu não estava na lista de convidados?

— Sigilo.

— Qual era o assunto?

— Que parte de sigilo você não entendeu?

— Você quer chá ou não?

— A reunião era sobre certas atividades suspeitas relacionadas ao programa nuclear iraniano.

— Imagine só.

— Difícil de acreditar, eu sei.

— E a natureza dessas atividades?

— O Escritório está certo que os iranianos conduzem pesquisas de armamento na Coreia do Norte. O serviço secreto de inteligência britânico concorda. Deveria — completou Gabriel. — Temos a mesma fonte.

— Quem é?

— Algo me diz que você vai descobrir em breve.

— Chá Darjeeling ou Prince of Wales?

— Não tem Earl Grey?

— Darjeeling, então. — Keller pôs um saquinho em uma xícara e esperou a água ferver. — Você perdeu uma festa e tanto.

— Ouvi dizer.

— Não conseguiu encaixar na agenda lotada?

— Não achei que seria sábio mostrar minha cara numa parte de Londres onde ela é bastante conhecida. Além disso, esforcei-me muito para tornar Olivia apresentável de novo. Não queria estragar o trabalho.

— Você removeu o verniz sujo — comentou Keller. — Retocou as perdas.

— É uma forma de dizer.

— O artigo no *Telegraph* foi um belo trabalho de sua parte. Com uma exceção flagrante — adicionou Keller.

— Qual?

— O retrato heroico de Jean-Luc Martel.

— Foi inevitável.

— Esqueceu que ele colocou uma arma na cabeça de Olivia?

— Eu vi tudo.

— Dos assentos mais baratos.

Keller colocou a xícara de chá no balcão. Gabriel não a tocou.

— Obviamente — disse ele após um momento —, seus sentimentos por Olivia estão nublando este julgamento.

— Não tenho sentimentos por ela.

— Me poupe, sr. Marlowe. Sei muito bem que você visitou Wormwood Cottage com frequência durante a estadia dela.

— Graham lhe disse isso?

— Na verdade, foi a srta. Coventry. Além do mais — seguiu Gabriel —, soube que você e Olivia tiveram um momento íntimo hoje na abertura da galeria dela.

— Não foi íntimo.

— Gostaria de ver a foto?

Sem dizer nada, Keller colocou dois dedos de uísque num copo de vidro. Gabriel assoprou seu chá.

— Não fui um bom amigo, apesar das circunstâncias infelizes de nosso começo? Não ofereci a você conselhos sensatos? Afinal, se não fosse por mim, você ainda estaria...

— O que está querendo dizer? — interrompeu Keller.

— Não cometa o mesmo erro que eu — respondeu Gabriel. — Olivia o conhece mais do que qualquer outra mulher no mundo, fora aquela vidente maluca em Córsega. E ela é velha demais para você. Além disso, Vauxhall Cross já conhece toda a roupa suja dela, o que significa que o serviço secreto não vai ser obstáculo para a relação de vocês. Foram feitos um para o outro, Christopher. Agarre-a e não a deixe escapar.

— O passado dela é...

— Nada comparado ao seu — afirmou Gabriel. — Veja como você se deu bem.

Keller esticou a mão.

— O quê? — perguntou Gabriel.

— Deixe-me ver.

Gabriel passou seu celular por cima do balcão.

— O casal feliz — falou.

Keller olhou a foto. Tinha sido tirada do outro lado da sala, enquanto Olivia sussurrava no ouvido dele.

Não importa o que aconteceu no passado, prometo que posso curar tudo...

— Quem tirou?

— Julian — contou Gabriel. — O verdadeiro herói da operação.

— Não se esqueça dos Antonov — lembrou Keller.

— Como poderia?

— Eles fizeram uma breve aparição na festa, aliás. Pareciam felizes de verdade, para variar.

— Não me diga.

— Acha que eles vão dar certo?

— Sim — disse Gabriel. — Acho que podem dar.

73
BOULEVARD REI SAUL, TEL AVIV

Isso deixava um último fio solto. Não um, na verdade, mas várias centenas de milhões. Para não falar de uma casa assombrada no coração da antiga Casablanca, uma vila luxuosa na Côte d'Azur francesa e uma coleção de quadros adquiridos sob o olhar de especialista de Julian Isherwood. As propriedades foram vendidas discretamente, a um preço bem mais baixo do que valiam, incluindo mobília, cuidadores e *jinns*. Os quadros, como prometido, encontraram o caminho até Jerusalém e foram parar nas paredes do Museu de Israel. O diretor queria chamar de Coleção Dmitri e Sophie Antonov. Gabriel, porém, insistiu que a doação permanecesse anônima.

— Mas por quê?

— Porque Dmitri e Sophie não existem de verdade.

A caridade dos Antonov não acabava ali. Eles tinham à sua disposição uma vasta soma de dinheiro que precisava ir para algum lugar. Dinheiro que tomaram emprestado, sem juros, do Açougueiro de Damasco. Dinheiro que o Açougueiro tinha saqueado dos cidadãos antes de jogar gás e bombas neles e dispersá-los para campos de refugiados na Turquia, na Jordânia e no Líbano. Os Antonov, por meio de seus representantes, doaram vários milhões para alimentar, vestir, abrigar e cuidar das necessidades médicas dos desalojados. Também comprometeram milhões para construir escolas nos territórios palestinos — escolas que não ensinavam os alunos a simplesmente odiar — e para uma instituição no Deserto de Negev que cuidava de jovens com deficiências graves, tanto judeus quanto muçulmanos. O Centro Médico Hadassah recebeu vinte milhões de dólares para auxiliar na construção de um novo conjunto de salas de cirurgia subterrâneas. Outros dez milhões foram para a Academia de Arte e Design Bezalel, para um novo espaço de estúdios e um programa de bolsas para artistas israelenses promissores vindos de famílias de baixa renda.

A parte maior da fortuna dos Antonov, porém, residiria no Banco de Israel, numa conta controlada pela agência governamental com sede num quarteirão de escritórios anônimos no Boulevard Rei Saul. A quantidade era grande o suficiente para cuidar de todos os pequenos extras da vida — assassinatos, deserções, passaportes falsos, esconderijos, gastos de viagem e até uma festa de noivado. Mikhail assinou os últimos documentos no escritório de Gabriel. Ao fazer isso, deu descanso final a Dmitri Antonov.

— Vou sentir falta dele. Não era tão ruim, sabe.

— Para um traficante de armas russo — disse Gabriel. — Você trouxe o anel?

Mikhail entregou a caixinha de veludo. Gabriel usou o dedão para abrir a tampa e franziu a sobrancelha.

— O que foi?

— Tem um diamante aqui em algum lugar?

— De um quilate e meio — protestou Mikhail.

— Não é tão bom quanto o que ela estava usando em Saint--Tropez.

— É verdade. Mas não tenho o dinheiro de Dmitri.

Não, pensou Gabriel enquanto guardava a papelada em sua maleta. *Não mais.*

★ ★ ★

Chiara e as crianças esperavam na garagem, no banco de trás da SUV blindada de Gabriel. Enquanto atravessavam a Galileia em direção ao leste, foram seguidos por uma segunda SUV, com Uzi e Bella Navot, e por uma caravana de carros cheios de mais de duzentos membros da equipe analítica e operacional do Escritório. Estava escuro quando chegaram a Tiberíades, mas a casa de Shamron, empoleirada em sua escarpa com vista para o lago e para o campo antigo de batalhas, estava banhada de luz. Mikhail e Natalie foram os últimos a chegar. O anel brilhava na mão esquerda dela. Os olhos também brilhavam.

— É muito melhor do que o de Sophie, não?
— Ah, sim — disse Gabriel, apressadamente. — Muito.
— Você teve algo a ver com isso?
— Só por ter oferecido a você um emprego que mulher alguma em sã consciência aceitaria.
— Agora, sou uma de vocês — disse ela, levantando a mão com o anel. — Até que a morte nos separe.

O evento não tinha a devassidão das festas concorridas dos Antonov na Villa Soleil e, a isso, todos os presentes estavam gratos. Verdade fosse dita, eles não bebiam muito. Ao contrário dos aliados britânicos, não usavam o consumo pesado de álcool como parte da espionagem. Além do mais, era noite de semana, como gostavam de dizer, e a maioria estaria de volta às suas mesas pela manhã, exceto por Mikhail, que sairia de madrugada para uma operação em Budapeste. A doutrina do Escritório ditava que ele devia passar a noite num "local de transição" em Tel Aviv. Gabriel e Yaakov Rossman, que ia com ele, deram um descanso a Mikhail.

Apesar disso, houve música, risadas e mais comida do que alguém seria capaz de comer. Saladin, porém, não estava longe dos pensamentos de todos. Falaram dele com respeito e, mesmo na morte, com um traço de mau agouro. A previsão sombria do futuro feita por Dina Sarid — uma ciberjihad eterna — surgia diante dos olhos deles. O califado do EI se desfazia. Devagar demais, era verdade, mas, ainda assim, morria. Isso, no entanto, não significava que o fim do Estado Islâmico fosse iminente. Muito provavelmente, ele se tornaria mais um grupo terrorista salafista-jihadista, o primeiro entre seus pares com simpatizantes do mundo todo dispostos a empunhar uma faca, uma bomba ou um automóvel em nome do ódio. Saladin era agora o santo padroeiro. Graças à reportagem no *Telegraph* que Gabriel plantara, Israel e os judeus da diáspora eram os alvos primários.

— Foi — afirmou Shamron — um grave erro de sua parte.

— Não foi o primeiro — respondeu Gabriel. — E não será o último.

— Espero que ela tenha valido a pena.

— Olivia Watson? Valeu.

Shamron não pareceu convencido.

— Talvez você só a tenha usado como desculpa para justificar aquele vazamento inconsequente à tal repórter inglesa amiga sua.

— Por que eu faria uma coisa dessas?

— Talvez quisesse que os seguidores de Saladin soubessem que foi você quem o matou. Talvez — disse Shamron — quisesse assinar seu nome.

Eles tinham se afastado da festa para o lugar favorito de Shamron na varanda. O lago brilhava prateado à luz do luar, o céu acima das Colinas de Golã tinha os flashes de amarelo e branco da vingança norte-americana. Atingiam alvos por toda a Síria.

Com seu velho isqueiro Zippo, Shamron acendeu um cigarro.

— Sabe o que eles estão fazendo?

— Os norte-americanos?

Shamron assentiu lentamente.

— Ainda não sabemos — respondeu Gabriel.

— Você não parece esperançoso.

— Nunca gostei dessa palavra.

— Otimista — sugeriu Shamron.

— Há pouco motivo para ser... — confessou Gabriel. — Suponhamos que os norte-americanos e aliados eliminem o califado. E aí? A Síria vai ser consertada? E o Iraque? Desta vez os norte-americanos vão ficar e garantir a paz? Improvável, o que significa que haverá vários milhões de muçulmanos sunitas descontentes e marginalizados vivendo entre o Tigre e o Eufrates. Eles vão ser uma fonte de instabilidade regional por gerações.

— São países artificiais desde o início, o Iraque e a Síria. Talvez seja hora de desenhar novas linhas na areia.

— Outro Estado árabe fracassado a ser criado — comentou Gabriel. — É bem disso que o Oriente Médio precisa.

— Talvez, agora que Saladin se foi, eles possam ter uma chance. — Shamron olhou de lado pra Gabriel. — Devo dizer, meu filho, você levou o conceito de chefia operacional bastante longe.

— Foi você quem fez aquele discurso sobre andar e mascar chiclete ao mesmo tempo.

— Não significava que era para você se atirar num quarto e matar Saladin pessoalmente. E se ele estivesse com uma arma, e não um celular?

— O resultado teria sido o mesmo.

— Espero que sim.

— Essa palavra de novo.

Shamron sorriu.

— *Espero* que você tenha guardado um pouco daquele dinheiro.

— O Açougueiro de Damasco — disse Gabriel — financiará operações secretas do Escritório por muitos anos.

— Você doou muito para cuidar das vítimas dele.
— Vai pagar dividendos no futuro.
— A caridade começa em casa — falou Shamron, desaprovando.
— É um provérbio corso?
— Na verdade — esclareceu Shamron —, estou bem certo de que o cunhei.
— Um quarto da população síria vive fora das fronteiras do país — explicou Gabriel. — A maioria é sunita. Cuidar dessas pessoas é uma política inteligente.
— Um quarto — repetiu Shamron —, e centenas de milhares mais estão mortos. Mesmo assim, o mundo culpa os israelenses pelo sofrimento dos árabes. Como se a criação de um Estado palestino fosse magicamente resolver todos os muitos problemas da região. A falta de educação e de emprego, os ditadores brutais, a repressão às mulheres...
— Estamos numa festa, Ari. Tente se divertir.
— Não há tempo. Pelo menos, não para mim. — Shamron amassou o cigarro lentamente. — Essa guerra horrível na Síria deveria deixar mais que óbvio o que aconteceria aos inimigos que conseguissem penetrar nossas defesas. Se o Açougueiro de Damasco está disposto a massacrar o próprio povo, o que faria com o nosso? Se o Estado Islâmico está disposto a matar outros muçulmanos, o que faria se conseguisse colocar as mãos nos judeus? — Ele deu um tapinha paternal no joelho de Gabriel. — Esses problemas agora são seus, meu filho. Não meus.

Eles observaram o show de luzes no céu, o antigo chefe e o atual, enquanto, atrás deles, amigos, colegas e familiares esqueciam por alguns momentos o mundo de desgraças que os rodeava.

— Quando eu era menino — falou Shamron, por fim —, costumava ter sonhos.
— Eu também tinha — disse Gabriel. — Ainda tenho.

O vento soprou suavemente do oeste, do antigo campo de batalhas de Hittin.

— Está ouvindo isso? — perguntou Shamron.

— Ouvindo o quê?

— O duelo de espadas, os gritos dos moribundos.

— Não, Ari, só ouço a música.

— Você é um homem de sorte.

— Sim — disse Gabriel. — Acho que sou.

NOTA DO AUTOR

A casa de espiões é uma obra de entretenimento e não deve ser lida como nada mais. Nomes, personagens, lugares e incidentes retratados na história são produto da imaginação do autor ou foram usados de forma fictícia. Qualquer semelhança com pessoas — vivas ou mortas, empresas, instituições, eventos ou locais reais é mera coincidência.

Há muitos prédios antigos graciosos na Rue de Grenelle em Paris, inteiramente intactos, mas nenhum deles abriga uma unidade de contraterrorismo de elite do DGSI chamada Grupo Alfa. Esta unidade não existe. Além disso, seria inútil procurar pela sede do serviço secreto de inteligência israelense no Boulevard Rei Saul, em Tel Aviv; ela se mudou há muito tempo para um local ao norte da cidade. O Campus de Inteligência Liberty Crossing, em McLean, Virginia — lar do Centro Nacional de Contraterrorismo e do Escritório do Diretor de Inteligência Nacional — foi destruído num atentado terrorista em *A viúva negra*, mas, felizmente, não na vida real. Funcionários das duas agências trabalham dia e noite para manter o solo norte-americano seguro.

Gabriel Allon e sua família não residem à Rua Narkiss, 16, em Jerusalém, mas, ocasionalmente, podem ser vistos no Focaccia ou no Mona, dois de seus restaurantes de bairro favoritos. Há várias galerias de arte na *centre ville* de Saint-Tropez, algumas melhores que as outras, mas nenhuma chamada "Olivia Watson". Os visitantes ao bairro de St. James's em Londres também não encontrarão uma galeria de Velhos Mestres de propriedade de alguém chamado Julian Isherwood, Oliver Dimbleby ou Roddy Hutchinson. Os quadros mencionados em *A casa de espiões* são, obviamente, usados de forma fictícia. O autor não tem comentários sobre a maneira como foram adquiridos, nem deseja insinuar que o governante sanguinário da Síria mantenha uma conta no estimado Banco do Panamá.

 O título da parte 3 deste livro foi inspirado em uma expressão de *O céu que nos protege*, obra-prima de Paul Bowles. A expressão também aparece no texto deste livro, junto com uma parte da frase subsequente e um dos títulos de Bowles. Além disso, tomei emprestada a iconografia de Bowles — e uma poesia de Sting, também admirador de *O céu que nos protege* — em minha descrição da breve exploração de Natalie Mizrahi à luz do luar nas dunas de areia do Saara. Obviamente, Gabriel imitou *O grande Gatsby* e *Suave é a noite*, de F. Scott Fitzgerald, ao criar a operação e, como consequência, ela foi mais elegante. Fãs da versão cinematográfica de *007 contra o satânico Dr. No* sem dúvida reconhecerão a inspiração de Christopher Keller para descrever o poder de um revólver Walther PPK.

 Finalizei o primeiro esboço de *A casa de espiões* com a descrição de dois atentados terroristas em Londres — um bem-sucedido, um evitado — em 15 de março de 2017. Às 14h40 de 22 de março, Khalid Masood, um convertido ao Islamismo de 52 anos, virou na Westminster Bridge dirigindo um Hyundai alugado. Enquanto cruzava o Rio Tâmisa a uma velocidade que chegou a 122 quilômetros por hora, ele atropelou vários pedestres indefesos na calçada do lado sul e, então, colidiu o carro num gradil da Bridge Street, em frente às Casas do Parlamento. Lá, esfaqueou e matou o policial Keith Palmer, 48 anos, antes de levar um tiro de um oficial armado do comando de proteção da Polícia Metropolitana. No total, o atentado durou 82 segundos. Seis pessoas morreram, incluindo Masood, e mais de cinquenta foram feridas, algumas com lesões catastróficas.

O nível de ameaça à época era "severo", e significava que um atentado era "altamente provável". Quatro meses antes, porém, Andrew Parker, diretor-geral do MI5, foi ainda mais direto em sua avaliação: "Haverá atentados terroristas na Grã-Bretanha", afirmou ao jornal *Guardian*. "Isso é uma ameaça contínua e, no mínimo, se trata de um desafio com o qual precisamos lidar." As táticas do EI diferem das da al-Qaeda. Um colete-suicida, uma arma, uma faca, um automóvel, um caminhão: essas são as armas do novo terrorista da jihad. Mas o Estado Islâmico tem ambições mais grandiosas. A divisão de operações externas do grupo tenta desesperadamente construir uma bomba que possa ser contrabandeada dentro de uma aeronave comercial sem ser detectada. Há, no momento, evidência real para sugerir que o califado busque adquirir os ingredientes para um dispositivo de dispersão radiológica, ou "bomba suja".

Com o califado do EI sob o cerco dos Estados Unidos e dos parceiros da coalizão, o fluxo de soldados estrangeiros do Ocidente e de outros países do Oriente Médio diminuiu muito. Ainda assim, o EI se mostrou hábil em recrutar novos membros para suas fileiras. Muitas vezes, estes vêm com um passado criminoso. O EI não os rejeita. Pelo contrário: recruta ativamente novos membros com ficha criminal, especialmente na Europa Ocidental. "Às vezes, as pessoas com os piores passados criam os melhores futuros." É o que dizia um post de rede social publicado por Rayat al-Tawheed, um grupo de soldados do EI de Londres. A mensagem era clara. O Estado Islâmico está disposto a empregar criminosos para realizar o sonho de construir um califado islâmico global.

O nexo entre crime e islamismo radical é uma das tendências emergentes mais perturbadoras enfrentadas pelos oficiais de contraterrorismo dos Estados Unidos e da Europa Ocidental. Tomemos como exemplo o caso de Abdelhamid Abaaoud, suposto líder operacional por trás do atentado do EI em Paris em novembro de 2015. Nascido na Bélgica e criado no bairro de Molenbeek, em Bruxelas, ele cumpriu pena em pelo menos três prisões por agressão e outros crimes antes de entrar para o EI. Salah Abdeslam, cúmplice e amigo de infância de Abaaoud, também era um bandido comum. Inclusive, os dois foram presos uma vez por invadir um estacionamento. Ibrahim El Bakraoui, que detonou um colete-suicida dentro do aeroporto de Bruxelas em março de 2016, também atirou na polícia com um fuzil de assalto Kalashnikov durante uma tentativa de assalto a uma casa de câmbio em 2010. O irmão mais novo, Khalid, que detonou um explosivo suicida numa estação de metrô de Bruxelas, tinha um longo passado criminal que incluía condenações por vários roubos de carro, assalto a banco, sequestro e acusações de porte de armas.

Inúmeros agentes do califado vêm do mundo das drogas ilícitas, e o próprio EI esteve ligado ao contrabando de drogas no leste do Mediterrâneo quase desde sua criação. Há evidências que sugerem que o grupo, com problemas financeiros, está envolvido no lucrativo comércio de haxixe no norte da África. Pouco depois da queda de Muammar Kadhafi na Líbia, em 2011, policiais da Europa Ocidental notaram um aumento repentino no fluxo de haxixe vindo do Marrocos, junto com uma mudança na rota tradicional de contrabando, com portos líbios como ponto de partida principal. Será que o EI, que estabelecera presença na Líbia pós-Kadhafi, ligara-se ao comércio de haxixe? Os policiais europeus não tinham certeza. Mas receberam uma notícia bem-vinda no fim de 2016, quando autoridades marroquinas prenderam Ziane Berhili, acusado de ser um dos maiores produtores de haxixe do mundo. Berhili era proprietário de uma grande fábrica de sobremesas no Marrocos.

Segundo as autoridades italianas, porém, ele ganhava a maior parte de seu dinheiro contrabandeando cerca de quatrocentas toneladas de haxixe anuais para a Europa. O valor dessas drogas na rua seria algo em torno de quatro bilhões de dólares.

O Marrocos não exporta só drogas para a Europa; também exporta terroristas. Abdelhamid Abaaoud, Salah Abdeslam e Ibrahim e Khalid El Bakraoui têm mais em comum do que apenas um passado criminoso. Todos têm etnia marroquina. Mais de 1.300 marroquinos entraram para o EI, junto com várias centenas de marroquinos étnicos da Europa Ocidental, principalmente da França, da Bélgica e dos Países Baixos. Durante uma viagem de pesquisa ao Marrocos no inverno de 2017, vi um país em alto alerta. Por bons motivos. O chefe do serviço de contraterrorismo do Marrocos alertou, em abril de 2016, que sua unidade tinha desmantelado 25 núcleos do EI no país só no ano anterior, um deles envolvendo gás de mostarda. A indústria vital de turismo do Marrocos, que atrai milhares de ocidentais para o país a cada ano, é um alvo primário.

Podemos presumir que os Estados Unidos e parceiros sairão como vencedores na campanha contra o EI no Iraque e na Síria. Será que a perda do califado significa o fim do terrorismo inspirado ou dirigido pelo Estado Islâmico? A resposta, provavelmente, é não. O califado físico já está sendo substituído por um digital, onde conspiradores virtuais recrutam e planejam na segurança e no anonimato do ciberespaço. O sangue vai jorrar no mundo real, em estações de trem, aeroportos, cafés e teatros do Ocidente. O movimento jihadista global se provou impressionantemente adaptável. O Ocidente também deve se adaptar. E rápido. Caso contrário, caberá ao EI e às suas inevitáveis crias determinar a qualidade e a segurança de nossas vidas no "novo normal".

AGRADECIMENTOS

Sou enormemente grato pelo amor e pelo apoio de minha esposa, Jamie Gangel, que me ajudou a conceber *A casa de espiões*. Ela contribuiu com vários argumentos para a narrativa e, habilmente, editou meu manuscrito, finalizado apenas minutos antes do prazo. Meus filhos, Lily e Nicholas, foram uma fonte constante de amor e inspiração, especialmente durante minha viagem de pesquisa ao Marrocos, quando eles me ajudaram a mapear as reviravoltas da longa sequência climática do livro.

Falei com inúmeros espiões, oficiais de contraterrorismo e políticos envolvidos na segurança nacional, e os agradeço agora de forma anônima, como eles preferem. Louis Toscano, meu querido amigo e editor de longa data, fez incontáveis melhorias ao livro, grandes e pequenas. Kathy Crosby, minha preparadora de originais pessoal, com olhos de lince, garantiu que o texto estivesse livre de erros tipográficos e gramáticos. Quaisquer erros que tenham passado por essa impressionante crítica são meus, não deles.

Consultei centenas de livros, jornais e artigos em revistas e sites enquanto preparava este manuscrito, coisa demais para nomear aqui. Seria omisso, porém, se não mencionasse *A casa do califa*, de Tahir Shah e *A House in Fez* [Uma casa em Fez], de Suzanna Clarke. Um agradecimento especial a Michael Gendler, Linda Rappaport, Michael Rudell e Eric Brown pelo apoio e sábios conselhos.

As equipes do Four Seasons Hotel, em Casablanca, e do Palais Faraj, em Fez, cuidaram maravilhosamente de nós durante a estada no Marrocos. Nossos guias, M e S, nos deram um vislumbre do incrível país, de que nunca nos esqueceremos. Histórias de suas lutas contra os *jinns*, contadas durante uma viagem de carro de um dia inteiro pelas florestas nevadas das montanhas do Médio Atlas, acabaram em meu manuscrito. A generosidade e gentileza deles, também.

Tenho uma eterna dívida com David Bull por seu conselho de especialista em todas as questões relacionadas à arte e à restauração. A cada ano, David me concede várias horas de seu valioso tempo para garantir que meus romances estejam livres de erros. Como punição, ele agora é conhecido no mundo da arte como "o verdadeiro Gabriel Allon". Finalmente, o inimitável Patrick Matthiesen tirou um tempo em uma recente viagem aos Estados Unidos para me presentear com histórias de suas experiências num mercado de arte em mutação. A extraordinária galeria de Velhos Mestres de Patrick compartilha o endereço do eternamente problemático estabelecimento de propriedade do fictício Julian Isherwood. Fora isso, eles só têm em comum o profundo amor e o conhecimento de arte, o senso de humor e a humanidade.

PUBLISHER
Omar de Souza

GERENTE EDITORIAL
Mariana Rolier

EDITORA
Alice Mello

COPIDESQUE
André Sequeira

REVISÃO
Thadeu Santos

DIAGRAMAÇÃO
Abreu's System

ADAPTAÇÃO DE CAPA
William Rabello

Este livro foi impresso em Rio de Janeiro, em 2022,
pela Vozes, para a HarperCollins Brasil. A fonte usada no miolo é
Bembo Std, corpo 11,25/15,8. O papel do miolo é pólen natural
80g/m², e o da capa é cartão 250g/m².